清代道咸寒士群体的缩影
——姚燮文学创作研究

周 璐 著

中央编译出版社
Central Compilation & Translation Press

图书在版编目（CIP）数据

清代道咸寒士群体的缩影：姚燮文学创作研究/周璐著．—北京：中央编译出版社，2024.1
ISBN 978-7-5117-4524-8

Ⅰ.①清⋯ Ⅱ.①周⋯ Ⅲ.①姚燮（1805—1864）—文学创作—古典文学研究 Ⅳ.①I206.49

中国国家版本馆 CIP 数据核字（2023）第 188442 号

清代道咸寒士群体的缩影——姚燮文学创作研究

责任编辑	彭永强　李媛媛
责任印制	李　颖
出版发行	中央编译出版社
网　　址	www.cctpcm.com
地　　址	北京市海淀区北四环西路 69 号（100080）
电　　话	（010）55627391（总编室）　（010）55627319（编辑室）
	（010）55627320（发行部）　（010）55627377（新技术部）
经　　销	全国新华书店
印　　刷	天津雅泽印刷有限公司
开　　本	710 毫米×1000 毫米　1/16
字　　数	230 千字
印　　张	14
版　　次	2024 年 1 月第 1 版
印　　次	2024 年 1 月第 1 次印刷
定　　价	78.00 元

新浪微博　@中央编译出版社　　微　信　中央编译出版社（ID：cctphome）
淘宝店铺　中央编译出版社直销店（http://shop108367160.taobao.com）（010）55627331

本社常年法律顾问：北京市吴栾赵阎律师事务所律师　闫军　梁勤
凡有印装质量问题，本社负责调换，电话：（010）55627320

目　录

绪论 ………………………………………………………………… 1

第一章　姚燮思想及现存文学著述考论 ………………………… 15
　　第一节　姚燮思想论略 ……………………………………… 15
　　第二节　姚燮现存文学著述考辨 …………………………… 31

第二章　姚燮诗歌研究 …………………………………………… 47
　　第一节　姚燮诗歌的平民情结及其成因 …………………… 47
　　第二节　姚燮诗歌对其穷愁心曲的抒写——兼论其删改诗作现象 …… 65
　　第三节　姚燮诗歌的审美特点 ……………………………… 86

第三章　姚燮词研究 ……………………………………………… 102
　　第一节　姚燮词坛交游网络考述 …………………………… 102
　　第二节　姚燮词风变化及其成因 …………………………… 118

第四章　姚燮骈文研究 …………………………………………… 135
　　第一节　姚燮各体骈文内容探析 …………………………… 136
　　第二节　姚燮骈文的艺术风貌 ……………………………… 160

结语 ………………………………………………………………… 187

主要参考文献 ……………………………………………………… 192

附录一　未收入《姚燮集》的姚燮佚诗佚文及序跋题评 …… 201

附录二　《国朝骈体正宗评本》中姚燮评语辑录 …………… 212

绪　论

　　道光、咸丰时期（1821—1861），清王朝经历了由表面承平到大厦将倾的剧烈变化。鸦片战争的炮火击碎了"天朝上国"的美梦，太平天国运动等起义瓦解着政权根基，西方的思想文化逐渐传入。面对社会剧变，有志于世的文士们将自己的人生感悟、精神面貌乃至政治见解倾注于笔端，记录着家国社会的变迁、士人心态的演变和平民百姓的苦难。若要对这一时期的社会状况、寒士心态和文坛风貌进行探究，那历经嘉庆、道光、咸丰、同治四朝的寒士姚燮及其文学创作，不失为一个较好的透视窗口。

　　姚燮（1805—1864），字梅伯，号野桥、大梅山民、二石、二石生、复庄、复翁、大某、疏影词史、汝梅等，浙江镇海（今宁波市镇海区）人，在道咸同时期的浙东文坛享有盛名。姚燮于道光十四年（1834）乡试中举，之后从道光十五年（1835）至道光二十四年（1844）先后参加五次会试，终未能及第。贫寒的家境、不羁的性格、渺茫的希望、混乱的现实等一系列因素，使得他在不惑之年绝意仕进，而后一度流寓上海、苏州等地，以著述授徒为业，以鬻文卖画为生。以志士自居的姚燮虽未入仕途，蹭蹬失意，无法实现兼济天下的志向，但却在文艺创作和学术研究领域绽放出了令人称道的光彩，在诗文、词曲、经史、地理、小说、绘画等方面都颇有造诣，堪称道咸寒士群体的一个缩影。其文学作品主要有《复庄诗问》（三十四卷）、《疏影楼词》（五卷）、《疏影楼词续钞》（一卷）、《玉笛楼词》（一卷）、《复庄骈俪文榷》（八卷）、《复庄骈俪文榷二编》（八卷）、《复庄文酎初编》（不分卷）、《梅心雪传奇》（现存不足十一折）等。其学术著作主要有《今乐考证》（十二卷）、《读〈红楼梦〉纲领》（即《红楼梦类索》）、《夏小正求是》《玉枢经篇》《四明它山图经》等。此外，姚燮还编选了《今乐府选》（五百卷）、《蛟川诗系》（三十一卷）、《皇朝骈文类苑》（十四卷）等，评点了《红楼梦》和曾燠编选的骈文选本《国朝骈体正宗》。

　　在道咸文坛，姚燮的诗、词、骈文广为称道。《清史列传》卷七十三

《文苑传四·姚燮》云："诗笔力雄健……所为诗乃愈苍凉抑塞，逼近少陵。骈体文亦沉博绝丽，与彭兆荪相近。尤工倚声，其《疏影楼词》，读之者以为厉鹗复生。"① 道咸以来，姚燮在文学创作上取得的卓越成就，渐入学人视野。清人对姚燮生平和文学创作的研究除了集中于时人为其诗文所作的序跋和为他所作的墓志、传记外，还分见于各类地方志、诗文别集、笔记、诗话、词话等文献中，如蒋敦复《芬陀利室词话》、徐时栋《烟屿楼读书志》、王韬《瀛壖杂志》、谭献《复堂日记》、谢章铤《赌棋山庄词话》及（光绪）《诸暨县志》等。这些都为今人清楚认识姚燮其人其文奠定了重要的基础。20 世纪 30 年代，钱南扬《姚复庄先生著述考》②、郑振铎《姚梅伯的〈今乐府选〉》③、杜颖陶《姚梅伯今乐考证》④、赵万里《〈今乐考证〉跋》⑤、赵景深《姚梅伯的〈今乐考证〉》⑥ 等文对姚燮在戏曲研究方面所取得的成就与贡献给予高度评价，正式开启了现代学术意义上的姚燮研究。但从 20 世纪 40 年代至 80 年代，学界对姚燮为数不多的探讨多集中于其生平和戏曲研究方面，而对其文学创作和其他方面的关注甚少。80 年代以来，随着古代文学研究的深入发展，学界关于姚燮的研究逐步扩大、深化，涉及生平经历、交游活动、著述版本、学术成就、文学创作、文学思想等多个方面。因本书研究的重点是姚燮的文学创作，而对其戏曲研究和《红楼梦》评点不予涉及，故下文将主要对姚燮生平经历、著述版本和文学创作成就的研究概况予以综述。

一、姚燮生平、交游和著述考论

在 20 世纪八九十年代，较早系统梳理、考述姚燮生平事迹和著述版本的学者当属洪克夷、赵坚、赵杏根三位先生。洪克夷在《论晚清诗人姚燮》⑦ 一文中简要介绍了姚燮的人生经历，而后其《姚燮评传》⑧ 以时间为序，对姚燮每一人生阶段的经历、交游、心态、著述活动，以及其在文学创作和学术研究方面所取得的成就予以全面揭示和评析，并附有《姚燮年表》，

---

① 王锺翰点校：《清史列传》（第十九册），北京：中华书局 1987 年版，第 6048 页。
② 载《北平图书馆馆刊》，1932 年六卷六号。
③ 载《清华周刊》，1933 年第 8 期。
④ 载《剧学月刊》，1935 年第 10 期。
⑤ 《复庄道人今乐考证》卷末，北京大学影印，1935 年。
⑥ 载《东方杂志》，1936 年第 14 号。
⑦ 载《杭州大学学报》，1983 年第 1 期。
⑧ 洪克夷：《姚燮评传》，杭州：浙江古籍出版社 1987 年版。

为后来的研究者提供了丰富的、可资借鉴的材料,打开了姚燮研究的新局面。赵杏根《姚燮著述考》①继民国时期钱南扬《姚复庄先生著述考》之后,梳理出姚燮四十余种现存及仅见于文献记载而今已不传的著述,并对其中一些重要的著述进行了考辨和介绍。另外,赵杏根还有《姚梅伯集外诗辑》《姚梅伯集外诗辑(续)》②《姚梅伯年谱简编》③等文,或辑佚姚燮的集外诗,或考述姚燮的生平行迹。赵坚《姚燮年谱》④在资料考证方面用功颇深,虽因条件限制而未能将相关文献详尽利用,但较同时问世的"洪表"和之后的"赵谱"更为细致地展现出姚燮的人生轨迹、生活面貌和文学活动。此后,周妙中《姚燮生平考略》⑤、郭延礼《中国近代文学发展史》第四章第一节"姚燮的生平与创作"⑥、邓庆佑《红学人物小传(中)》⑦等文对姚燮的生平、交游、著述也有简要论述。其中周妙中先生之文在姚燮参加会试的次数、是否续弦、《苦海航乐府》与《复庄曲》之关系等问题上的记述和推论,可能因材料所限而有所失当。

21世纪以来,以姚燮为题材的学位论文相继出现,其生平交游和著述依然是探讨较多的一个方面。如李姣玲《姚燮诗歌研究》⑧在第一章重点论述了姚燮青年和中年时代在枕湖吟社、京师文化圈的生活经历和交游活动,重点突出了厉志、叶元阶、徐宝善、张际亮、潘德舆、汤鹏、魏源等人对其诗学思想和诗歌创作倾向的影响。魏明扬《姚燮研究》⑨分"生平、交游与著述""诗歌创作""戏剧研究与戏剧创作""《红楼梦》的研究"四部分对姚燮展开探讨,其中第一部分考述了姚燮的各个阶段的经历及其与底层文人、道光经世派文人、寓居上海的文人之间的交游情况,并将其著述按"经史子集"的标准分为七类予以辨析,此外附录部分还有从地方志和他人文集中辑录出的11篇姚燮散体文。王珏丹《姚燮考论》⑩首先在上篇"专题研究"第一章将姚燮著作分为现存已刊类(20种)、现存未刊类(12种)、存目亡

---

① 载《中华文史论丛》,1985年第2期。
② 二文分别见钱仲联主编《明清诗文研究资料集》第一、二辑,上海:上海古籍出版社1986年版。
③ 《明清诗文研究资料辑丛》,长春:吉林文史出版社1990年版。
④ 赵坚:《姚燮年谱》,复旦大学硕士论文,1987年。
⑤ 《中华戏曲(第八辑)》,太原:山西人民出版社1989年版;又载《艺术百家》,1997年第1期。
⑥ 郭延礼:《中国近代文学发展史》,济南:山东教育出版社1990年版。
⑦ 载《红楼梦学刊》,1999年第4辑。
⑧ 李姣玲:《姚燮诗歌研究》,暨南大学硕士论文,2003年。
⑨ 魏明扬:《姚燮研究》,华东师范大学博士论文,2006年。
⑩ 王珏丹:《姚燮考论》,浙江大学硕士学位论文,2006年。

佚类（27种）进行考论，增补了几种前人未述及的著作，而后在前人年谱、年表、评传和其他相关研究的基础上补正了一些年谱资料，是为下篇"年谱补正"。魏明扬和王珏丹在已有成果的基础上梳理了姚燮著述以弥补前人之不足，但因版本复杂或资料所限，故其中还存在一些疏漏和错误。如关于《疏影楼词》《疏影楼词续钞》（一卷）、《续疏影楼词》（八卷）的版本流传情况及后两者之间的异同（即八卷本包含了一卷本的所有词作，二者都是姚燮晚年编订的稿本，但在编排次序和个别题名上略有不同），二人都有或多或少的失当之处。这一点在时润民《〈疏影楼词〉与〈水云楼词〉比较研究》一文中得到了补充和纠正。

经过多年研究，现今在姚燮生平行迹和著述方面最具有总结性的著作当是汪超宏的《姚燮年谱》[①]。这部年谱在前人研究成果的基础上，又征引了大量的文献材料，对姚燮的生平、交游、著述等进行了非常详细的考索，不仅对一些文献记载和前人成果中存在的错误和疏漏进行了订正、补充，解决了一些悬疑问题，而且有助于读者通过姚燮广泛的交游认识当时的文人群像，对后来姚燮的相关研究实大有裨益。但需要指出的是，"汪谱"也因资料繁杂而难免存在个别疏漏，如对《疏影楼词续编》和《玉笛楼词》编订时间的考证失当，关于《大梅山馆集》的不同版本及各自的收录情况也未能详加说明。不过，这也是现今考述姚燮著作之文中共同存在的问题。

自民国以来，姚燮的文集被陆续整理或影印出版，其主要情况如下：一、诗集《复庄诗问》。1988年上海古籍出版社出版了由周劭标点的排印本，《续修四库全书》（集部，第1532—1533册）亦影印收录。二、词集。(1) 1937年开明书店出版的《清词名家》（第8册，陈乃乾辑录）收录排印本《疏影楼词》（五卷）；(2) 1986年浙江古籍出版社出版了由沈锡麟标点的排印本《疏影楼词》，该书包括收入《疏影楼词》（五卷）与李一氓所藏《续疏影楼词》（稿本八卷）；(3)《续修四库全书》（集部，第1726册）影印收入《疏影楼词》（稿本原五卷，实存四卷）和《疏影楼词续钞》（稿本一卷）；(4) 张宏生编《清词珍本丛刊》（第13册，凤凰出版社2007年版）影印收入《苦海航乐府》（稿本一卷）；(5)《清代诗文集汇编》（第618册，上海古籍出版社2010年版）影印收入《疏影楼词》（五卷）。三、骈文集。(1)《复庄骈俪文榷》（八卷）、《复庄骈俪文榷二编》（八卷），先后收入于《续修四库全书》（集部，第1533册）和《清代诗文集汇编》（第618册）中。(2) 2010

[①] 汪超宏：《姚燮年谱》，北京：中国社会科学出版社2011年版。

年杜怡顺整理、钱振民审校的《复庄骈俪文榷》点校本（包括初编和二编）收入《海上文学百家文库2·姚燮、蒋敦复卷》一书，由上海文艺出版社出版。四、文学创作全集。2014年浙江古籍出版社出版了由路伟、曹鑫整理编集的《姚燮集》（七册）。该书收录了姚燮诗集三种（《复庄诗问》《红桥舫歌》《西沪棹歌》），文集三种（《复庄骈俪文榷》《复庄骈俪文榷二编》《复庄文酎初编》），词集四种（《疏影楼词》《疏影楼词续钞》《玉笛楼词》《苦海航乐府》），曲二种（《红雪吟》《梅心雪传奇》），以及上述集内不存而散落在其他文献中的作品、清人为其各集所作的序跋题词、姚燮传记资料等，将姚燮现存的诗、词、骈文、古文、散曲、戏曲等作品基本全部呈现而出，是现今收录姚燮文学作品最全的集子，为姚燮研究的进一步展开提供了很大的帮助。

二、姚燮诗歌研究

姚燮弟子董沛认为姚燮"词第一，诗次之，骈文又次之"[①]，然而在今天的许多学者看来，姚燮文学创作中成就最大的当属诗歌。在姚燮诗歌研究方面，钱仲联先生应有开创之功。他在《梦苕庵诗话》[②]《论近代诗四十家》《三百年来浙江的古典诗歌》等著述中简要评述了姚燮诗歌，认为其诗包罗万象，既有描绘浙江风光的山水诗、反映现实的乐府诗，又有描写乡土风光的七绝组诗、歌咏民间艺术的长篇等，而其中最杰出的当是反映鸦片战争之诗，且其山水诗在清代只有高心夔的庐山诗、刘光第的峨眉诗可以与之鼎足。[③] 钱论虽篇幅不多，但却有较大影响，不仅高度肯定了姚燮的诗歌成就，而且对后来的研究者多有启发。

在姚燮各类诗歌中，那些具有社会现实意义、特别是反映鸦片战争的诗篇是学界最先广泛讨论的对象，这也是20世纪八九十年代其诗歌研究的热点或特点所在。如洪克夷《论晚清诗人姚燮》着重分析了姚燮诗歌对人民疾苦和鸦片战争时重大历史事件的书写，并简略论及姚燮的写景诗、深沉苍劲的基本诗风和虽法古但求独创的诗学主张。而后，洪克夷《姚燮评传》指出了姚燮诗歌中对家庭悲欢与个人情怀的抒写，但二者在主要内容和侧重点上

---

① ［清］董沛：《姚复庄先生墓表》，见姚燮撰，路伟、曹鑫编集：《姚燮集》（七），杭州：浙江古籍出版社2014年版，第2134页。备注：下文中凡出自《姚燮集》的引文，大都只注书名、集名、卷数、篇目和页码。

② 钱仲联：《梦苕庵诗话》，济南：齐鲁书社1986年版。按：此书作于20世纪30年代。

③ 钱仲联：《三百年来浙江的古典诗歌》，载《文学遗产》，1984年第2期，第9页。

基本一致。张志良《姚燮反映鸦片战争的爱国诗歌》①、胡克善《姚燮反映鸦片战争的爱国诗歌》②专门探讨了姚燮反映鸦片战争的诗歌。邵胜定《谈姚燮鸦片战争前的诗歌》③则针对当时学界大多仅关注姚燮反映鸦片战争的诗歌这一情况，着重分析了其鸦片战争前描绘社会现状和人民苦难、抨击官僚阶层之诗，以表明姚燮在此前就写出了一些具有现实意义和艺术特色的诗歌。赵杏根《时代的现实 进步的思想——论姚燮诗歌创作的主要内容》④重点突出姚燮诗歌所具有的时代现实精神，认为其诗展现了下层社会的人物形象和鸦片战争时期浙东地区生灵涂炭的历史画卷，描写了具有鲜明时代烙印的婚姻悲剧，其山水诗也蕴含了某些进步、爱国思想，但其艳情诗则是糟粕所在。郭延礼《中国近代文学发展史》第四章以鸦片战争为界将姚燮诗歌分为前后两期进行论述，亦侧重于揭示姚燮诗歌中所展现的现实社会和历史时事。⑤

这一时期的姚燮诗歌研究，除了侧重于挖掘其现实内容和社会意义外，还有其他方面的专门探讨。如赵杏根的两篇文章：《试论姚燮诗的主要语言风格》⑥结合姚燮诗歌的题材内容和结构形式等详细剖析了其诗主要的语言风格，即朴素、瑰丽、新奇三种，且朴素中有古朴、通俗之分，瑰丽中有平正现实、奇幻幽峭之分；《论姚燮诗歌创作与其经历、素质之关系》⑦从姚燮科举失意、生活艰辛，早年的师从和结社，对李白、杜甫、李商隐、黎简等前辈诗人和经史百家的广泛学习等方面探究其诗取得较高成就的内因。赵坚《姚燮文学观初探》分别探讨了姚燮在诗、词、骈文方面的理论和主张，认为其诗论从针砭诗坛流弊出发，反对模拟复古和依傍门户，肯定独造和真情，其文学观的基本特点即是"强调创作个性和真实情感，追求独辟之境和自成一家"⑧，但他亦有非常平庸之论，如诗文要润色太平。该文首次对姚燮的文学观念予以专论，揭示出了其基本概貌，但在深度、广度还稍显不足。马亚中《中国近代诗歌史》将姚燮的诗歌成就置于魏源之上，通过相关

---

① 载《苏州大学学报》，1984年第4期。
② 载《山东社会科学》，1990年第5期。
③ 载《上海大学学报》，1985年第3期。
④ 《明清诗文论文集》，南京：江苏古籍出版社1986年版，第160—179页。
⑤ 郭延礼：《中国近代文学发展史》，济南：山东教育出版社1990年版。
⑥ 载《宁波师院学报》，1985年第1期。
⑦ 载《苏州大学学报》，1990年第2期。
⑧ 赵坚：《姚燮文学观初探》，《文学评论丛刊》（第31辑古典文学专号），北京：文化艺术出版社1989年版，第404页。

比较，简要论述了姚燮的诗学主张、长篇古诗和乐府诗的叙事成就，山水诗的艺术表现及精炼典雅的诗歌语言等，从而认为姚燮重学古而不废性灵、反拟古而追求创新，其叙事诗在融合俗文学之特长方面又前进了一步，其山水诗较之魏源则是生动有余而理趣不足[①]。该论避开了当时的讨论热点，视野开阔，其中对姚燮诗学和山水诗的分析虽未完全展开，却极有意义。

总之，在20世纪八九十年代，学界对姚燮诗歌虽有一定研究，但尚不能呈现出姚诗全貌。这是因为大多数研究者重点关注那些社会现实意义较强的诗歌，而对其诗论及其诗歌在抒写个人情怀、描绘自然山水、赠答友人等方面的具体表现少有深入探讨。

21世纪以来，姚燮那些具有时代现实意义之诗的研究热度较之前冷却许多，对其专门探讨的文章甚少且缺乏新意。如石继复《姚燮爱国诗歌创作研究》[②]结合时代背景和姚燮的生平经历着重分析了其爱国诗歌创作的成因、主题和思想艺术，但多数见解并未超出前人相关论述。总体而言，近二十年来，学界对姚燮诗歌的讨论不再只是侧重于那些反映社会、民生与战争的现实之作，而是从多角度、多层面予以深化，从而呈现出了综合研究和专题分析两种态势。在综合研究方面具有代表性的是三篇学位论文：李姣玲《姚燮诗歌研究》将姚燮诗歌的创作主题归纳为社会（关心民生疾苦、直面现实）、个人（抒写情怀）、山水（写景纪游）三类，认为其诗具有雄奇恣肆、蕴藉宛转的艺术特点，而其诗学主张可简要概括为"陶铸众有而自成一家"[③]。魏明扬《姚燮研究》也对姚燮的诗学主张、诗歌主要内容和艺术特征进行分析，其新颖之处在于将姚燮的诗学主张和其创作实践相结合，从而揭示出姚燮在坚持抒写性情与突破个体趣味之局限性等方面所做出的努力，肯定了姚燮"以复古求新变"[④]的合理性，并分析了姚燮诗歌所具有的多种美感和艺术风格的变化轨迹。李晨《道咸两浙诗歌流变》将姚燮作为道咸时期宁波诗坛的领军人物，主要探讨了其诗学渊源、诗歌创作成就及其对宁波区域诗史构建做出的贡献，认为姚燮诗歌"是清代道咸诗歌的典型，时局的变迁、衰世的暴露在其诗中充分展现"[⑤]。

相比于综合研究，专题分析有利于进一步呈现姚燮诗歌在形式、内容和

---

① 马亚中：《中国近代诗歌史》，台北：学生书局1992年版，第199页。
② 石继复：《姚燮爱国诗歌创作研究》，河南大学硕士论文，2015年。
③ 李姣玲：《姚燮诗歌研究》，暨南大学硕士论文，2003年，第29页。
④ 魏明扬：《姚燮研究》，华东师范大学博士论文，2006年，第70页。
⑤ 李晨：《道咸两浙诗歌流变》，苏州大学博士论文，2017年，第170页。

理论上所具有的特点。这方面的主要成果如下：

其一，叙事诗。王萱《姚燮叙事诗艺术探析》将姚燮的叙事诗分为故事性叙事诗、纪事性叙事诗和长篇叙事诗三类，认为它们的艺术特点分别是"典型人物与戏剧化情节的统一""以主观的叙述方式结构征实性的情节""民歌传统与文人抒情诗风格的融合"①。该文是首篇探讨姚燮叙事诗的专论，观点新颖，但在分类上似乎不太恰当，比如长篇叙事诗也可归入故事性叙事诗的范畴。申丽丽《姚燮叙事诗研究》②揭示出姚燮叙事诗的思想内容和艺术成就，并着重对《双鸠篇》进行分析。

其二，山水题材。时志明《魂系普陀 梦归四明——晚清诗人姚燮的山水诗及爱国诗初探》③首先结合创作年代分析了姚燮描绘普陀山（作于道光十三年之前）和四明山（作于道光二十二年）风景的两组诗歌在艺术特点和创作心境方面的不同与变化，然后又联系姚燮鸦片战争时的爱国诗篇，进而认为其山水诗和爱国诗是交相辉映、一脉相承的。纪锐利《姚燮山水诗初探》④结合姚燮的诗歌创作观念，从题材内容、表现形式、艺术特点等方面对其山水诗的总体概貌予以考察，认为其山水诗较多描写了浙东一带的山水风光，诗体上以五古见长，总体风格雄奇俊逸，且后期诗风因生存环境的变化而转向沉郁，但其缺点在于不够含蓄。

其三，女性题材。王珏丹《姚燮考论》上篇第二章探讨了姚燮诗、词、文和戏曲中的女性题材，将姚燮笔下的女性分为德才烈女或贫苦劳妇、妻妾老母和女儿姊妹、青楼妓女和卖唱的伶女艺人三类，认为他同情、关爱下层女性，对女性题材的用心是深刻而隽永的。此外，该文还将姚燮与晚清狎妓风尚相联系，试图通过姚燮一人观照晚清士人狎妓背后的矛盾心境。这一角度较为新颖，但遗憾的是论文对姚燮猎艳心态的分析较为单薄，也缺乏对其他士人的举例分析，致使其部分结论，即姚燮的香艳之作"间接表现了自身追求个性解放，改变现存状态以俟力挽衰世之狂澜的理想与要求"⑤，尚可商榷。此后，郑雅宁《姚燮女性题材诗歌论略》⑥、谭乐园《姚燮女性题材诗歌研究》⑦均以姚燮诗歌中的女性题材为研究对象，而其分类标准和思路

---

① 王萱：《姚燮叙事诗艺术探析》，载《岱宗学刊》，2000年第4期，第27—29页。
② 申丽丽：《姚燮叙事诗研究》，西北师范大学硕士论文，2018年。
③ 载《苏州市职业大学学报》，2000年第4期。
④ 载《聊城大学学报》，2005年第3期。
⑤ 王珏丹：《姚燮考论》，浙江大学硕士论文，2006年，第22页。
⑥ 载《宝鸡文理学院学报》，2007年第5期。
⑦ 载《安徽文学》，2011年第11期。

与王玞丹相似。

其四，诗歌理论。韩立平《姚燮"元气说"探究》根据姚燮诗歌中多次出现的"元气"一词及相关剖析，认为"元气说"是姚燮诗论的核心，其内涵体现在师法天地自然、直面社会人生、学古而不泥古、以古朴为尚等方面，且它是姚燮对明代以来门户之争的回应，亦是对中国古代整个诗学的清理，对"清代末期凋敝的诗坛无疑具有振聋发聩的意义"①。该文将姚燮视为"元气说"的正式提出者，并给予较高评价，视角和观点可谓独到，但难免过情。

三、姚燮词研究

姚燮现存词集有《疏影楼词》（五卷）、《续疏影楼词》（八卷）、《疏影楼词续钞》（一卷）、《玉笛楼词》（一卷）、《苦海航》（一卷）等。其中，《疏影楼词》是姚燮二十九岁之前的作品；《续疏影楼词》中的大部分作于道光二十二年以后，所收词作基本包含了《疏影楼词续钞》和《玉笛楼词》二集（并非全部）；《苦海航》是描写上海妓院的俚俗之作。1986年浙江古籍出版社出版了由前两者合并而成的排印本《疏影楼词》（收词五百余阕），故学界习惯将代表姚燮创作成就的词统称为《疏影楼词》。

李一氓先生藏有《续疏影楼词》，他较早地关注到姚词，并在《读词札记》②中简述了姚词的版本和内容，即集中题画、应酬之作很多，续集较前集多长调，气势稍展。而后，钱仲联在《疏影楼词·前言》中概述了姚词的题材内容、艺术特色、师法取径及词史地位等，认为其词多游宴、题赠、咏物、应酬之作，少反映时代现实之篇，具有含蓄委婉、工于摹写、清空醇雅、辞藻华美等艺术特点，在继承浙西词派传统的基础上有所变化，取径不限于姜夔和张炎，总体成就虽"还不能与朱彝尊、厉鹗相比"③，但凌驾于浙派后学吴锡麒、黄安涛之上，足以自成一家。该论呈现了姚燮前后两期词作的整体概貌，并肯定其成就，为姚词研究奠定了重要基础。陈铭《浙派词人的最后代表姚燮——读〈疏影楼词〉》④侧重于分析姚词的艺术特点，认为其词清空中有寄托、醇雅中有谐俗、含蓄中有愤激，对浙派的清空醇雅之

---

① 韩立平：《姚燮"元气说"探究》，《古代文学理论研究》第二十三辑，2005年，第423页。
② 载《文学遗产》，1982年第4期。
③ 钱仲联：《疏影楼词·前言》，见姚燮著，沈锡麟标点：《疏影楼词》，杭州：浙江古籍出版社1986年版，第8页。
④ 载《古籍整理出版情况简报》，1986年第168期。

风有所承变，但因多为应酬之作，故其词精少庸多。

此后直至20世纪末，洪克夷《姚燮评传》、严迪昌《清词史》、郭延礼《中国近代文学发展史》等著作对姚词有所简论。三位先生一致认为其词题材狭窄，在浙派影响下讲求声律和辞藻，语言凝练华美，力主骚雅，但他们对姚燮后期词作的评价却不尽相同：洪克夷认为姚燮晚年所作回避动荡的社会现实，情感疏淡，构思也不如早年那样缜密精巧；郭延礼则认为姚燮前期词情感真挚、委婉细腻，而后期词具有一定的社会内容，思想意义高于前期词；严迪昌突出了姚燮在两部词集中流露出的不同情感与心境，认为后期词中虽仍有较多应酬、题赠之篇，但"在山程水驿的吟哦中却深溢出悲凉萧瑟感"①，与前期之宛妙有较大不同。

在前辈学者简要而述的基础上，21世纪以来的姚词研究有了进一步深化。莫立民《清吟与哀唱——论姚燮词两种心曲的认识价值》②探究了姚燮前后期词作中传达的不同心曲及其认识意义，认为《疏影楼词》中的闲放、闲冶、闲愁和《续疏影楼词》中的凄苦、悲凉、颓丧两种心曲，代表着当时传统文士在社会承平和动荡转型两个时期的不同心境，有助于我们认识鸦片战争前后知识分子的面貌与状态。李亮伟《论姚燮的山水词》③将姚燮山水景物题材的词作归纳为描写居所和园林环境、游观和羁旅、题写画意三类，并从内容、艺术等角度对每一类予以具体分析，以呈现出姚燮山水词的多种面貌和情感寄寓。时润民的硕士论文基于姚燮和蒋春霖之词虽为同时名家但身后际遇却差别较大这一情况，将姚《疏影楼词》与蒋《水云楼词》置于道咸词坛转折背景下加以比较，具体分析二人之词在题材、选调与选韵、格律与四声、技法与特色、境界、批评与影响、版本流传与选录情况等方面的异同，认为姚燮上承浙派余绪，重在摹写，境界清响，而蒋春霖则下启清末常州词风盛行之幕，重在抒发，境界凄寒宏阔，二人分别代表的私人化和集体意识化两种不同创作路线，"在清道咸时期，完成词体创作分流与主流演变之历史任务"④。该文在微观探究和宏观把控上得当相宜，通过对姚、蒋之词多角度、多层面地细致比较，不仅呈现出他们词作的具体面貌，而且对二

---

① 严迪昌：《清词史》，南京：江苏古籍出版社1990年版，第471页。
② 载《漳州师范学院学报》，2001年第2期。
③ 载《宁波大学学报》，2004年第1期。
④ 时润民：《〈疏影楼词〉与〈水云楼词〉比较研究》，华东师范大学硕士论文，2011年，第V页。

人文学史地位与作用予以定位。唐艳《从〈疏影楼词〉到〈续疏影楼词〉》①承继其师莫立民先生之论,从创作内容、情感展示、风格表现等方面对姚燮前后两部词集加以比较,进而揭示出二者所呈现的不同生活境遇及其认识意义,然而该文对姚燮词坛交游的考述,既不全面,又在个别地方存在疏漏。郝林芳《姚燮〈疏影楼词〉研究》②详细探讨了姚燮词的艺术渊源、理论主张、创作内容和艺术特点,更为全面地展现出了姚词的面貌,但其对姚燮学习仿效前辈词人的分析,虽意在突出姚燮取径广泛、词兼众体,但立论稍显不足。兰石洪《姚燮题画词论析》③揭示出姚燮题画词所蕴含的人生寄意和艺术词境,及其对晚清东南、京师词坛题画词创作的影响。

另外,21世纪以来关于姚燮词论的探析也出现了新的观点,如刘贵华《被忽视的词学理论——清人词品理论初探》④、刘深《后期浙西词派研究》都根据清代江顺诒《词学集成》对姚燮几篇词序的解析,对姚燮的"词品"理论予以探析。刘深之文认为姚燮在郭麐"十二词品"的基础上,又进行了新的阐发,这主要包括两个方面:第一,姚燮提出了柔腻、明润、疏秀、俊逸、绵远、绮而不靡、典而不滞等关乎艺术风格的"词品",与浙西词派其他几位词人一起,"对'清空醇雅'的阐发进行补充和发展,以引导词人迈入浙派词风之正途"⑤。第二,姚燮在《张次柳词序》列出的登临、游宴、投赠感怀三品,阐述了"抒写性灵"的具体表现。该文将姚燮"词品"理论置于清代后期浙西词派的发展历程中进行探讨,呈现出了姚燮对浙西词派的继承与发展。

四、姚燮骈文研究

相较于姚燮诗词研究的深度和广度,姚燮骈文研究尚处于起步阶段,这与清代乃至整个古代骈文研究相对不足的现状有关。现今学界对姚燮骈文的相关探讨主要集中在三个方面:

其一,骈文创作。洪克夷《姚燮评传》第九章对姚燮骈文作了简要评析,认为其骈文题材丰富,艺术手法变化多样,与洪亮吉和彭兆荪一派较为接近,其中虽不乏思想性和艺术性较佳的作品,但大多缺少对社会现实的深

---

① 唐艳:《从〈疏影楼词〉到〈续疏影楼词〉》,湘潭大学硕士论文,2011年。
② 郝林芳:《姚燮〈疏影楼词〉研究》,广西师范大学硕士论文,2014年。
③ 载《宁波大学学报》,2018年第3期。
④ 载《兰州学刊》,2006年第1期。
⑤ 刘深:《后期浙西词派研究》,南京大学博士论文,2009年,第126页。

度反映，且那些议论和诔墓之作有堆砌典故、铺叙过甚之嫌，故总体成就不如其诗词。之后直至 2013 年杨旭辉《清代骈文史》出版，学界对姚燮的骈文创作少有论述，偶有提及，则或是延续洪克夷之论，或是以"沉博绝丽""骈文名家"等词一带而过。而对于洪克夷评姚燮骈文"珠玉冠面，终少人情"①之论，杨旭辉则认为虽然这一点难免存在于其应酬之作中，但其大多数作品"还是能做到力避'獭祭昧真''狐饰縻气'的"②。该书肯定了姚燮骈文创作的总体成就，但由于篇幅所限，只简论了几篇佳作，未能呈现出其具体概貌。

其二，骈文理论。赵坚认为姚燮于骈文"倡导自然醇古、气格疏宕之作，反对襞积恒钉、狐饰昧真之习"③。该论虽简略且未臻全面，但却是较早地揭示出了姚燮一个重要的骈文主张。吕双伟在《清代骈文理论研究》第五章中简论了姚燮对骈文发展史的梳理、对清代几位重要骈文作家的评价及其《皇朝骈文类苑》的编纂、成书情况，认为他从求真、气畅的角度反对堆砌典故、辞藻等骈文创作流弊，且其评价"成为后人，如刘师培、钱基博、刘麟生和张仁青等人评论的直接来源"④。杨旭辉《清代骈文史》对姚燮骈文理论的认识与吕双伟基本一致，同时认为姚燮之于清代骈文发展有着不可轻忽的作用。路海洋《"辟途径于文苑，示楷模于艺林"——论〈国朝骈体正宗〉及其姚燮、张寿荣评点的骈文批评建树》⑤分析了姚燮评点《国朝骈体正宗》的内容特点，认为其评点与曾燠的编选、张寿荣的评点一起指出了骈文存在的弊端，共同倡导骈文高格、树立清代骈文经典。

其三，骈文总集的编纂。姚燮曾仿李兆洛《骈体文钞》之体例编选《皇朝骈文类苑》，计划收录清代 125 位作家的 532 篇骈文，遗憾的是他编排目录之后，尚未搜集校订，便辞世而去。后来此集由张寿荣、郭传璞等根据其选目搜集整理而成，并于光绪七年（1881）刊刻。由于姚燮并未列出第一类典册制诰文的目录，故刊本只收录了 105 位作家的 14 类骈文，共计 495 篇。作为清代一部选辑作家较多的断代骈文总集，《皇朝骈文类苑》也得到了一些学者的关注。如洪伟、曹虹《清代骈文总集编纂述

---

① 洪克夷：《姚燮评传》，杭州：浙江古籍出版社 1987 年版，第 134 页。
② 杨旭辉：《清代骈文史》，北京：人民出版社 2013 年版，第 287 页。
③ 赵坚：《姚燮文学观初探》，《文学评论丛刊》（第 31 辑古典文学专号），北京：文化艺术出版社 1989 年版，第 408 页。
④ 吕双伟：《清代骈文理论研究》，浙江大学博士论文，2006 年，第 118 页。
⑤ 载《新疆大学学报》，2021 年第 4 期。

要》①、孟伟《清人所编清代骈文总集的文献价值与文学批评意义》② 等文中都简要介绍了该集的相关情况，揭示出其在保存文献、肯定清代骈文成就等方面的贡献。对该集深入论述的有：路海洋《〈皇朝骈文类苑〉对〈骈体文抄〉体例的承与变》③ 分析了此集在编选体例上与李兆洛《骈体文钞》的承继关系，认为其继承之处少而变通之处多，且其变通主要体现在对《骈体文钞》中的文类进行合并、增补其未有文类等方面。路海洋《〈皇朝骈文类苑〉的编纂旨趣与文学价值刍论》结合清代骈文选集的相关情况和特点，将此集的编纂旨趣概括为三点，即"弥补此前清代骈文总集之不足、为当代骈文创作树立轨范和主张融合骈散"④，认为此集文体选择全面、类分简洁，充分展示出清代骈文的真实面貌，对清代骈文的传播和保存有较大贡献。卞东波《〈皇朝骈文类苑〉的编选特色与清代的骈文新风》⑤ 分析了该集选文的地域与时代特色，揭示出其所体现的清代骈文新风，即"以古文为骈文""以骈文论学"。

综上所述，目前学界对姚燮及其文学创作的研究已取得一定成果，不过还存在一些问题和不足。这主要包括以下几方面：第一，学界重在考论姚燮的生平事迹，较少对他的思想特征和心路历程进行专门探讨和全面呈现。另外，虽然关于姚燮著述的研究已取得了较大成果，但还存在个别细小问题有待商榷。第二，姚燮诗歌虽获得了较多的关注，但大多侧重于探讨其诗歌主题，尤其是基于社会历史批评的方法来挖掘其中的现实意义，而对姚燮寄寓其中的复杂心灵世界和精神状态挖掘不足，也较少结合姚燮的诗学主张来分析其诗的审美特质，并且大都将其诗以鸦片战争为界分为前后两期，不免忽视了其诗在道光十五年（1835）至道光二十年（1840）之间和道光二十三年（1843）以后这两个阶段的某些变化。第三，对姚燮词的研究主要集中于《疏影楼词》和《续疏影楼词》的题材内容、艺术特点及二者所反映的作者不同心境等方面，较少将姚燮的词学主张和创作实际结合起来，且对姚燮的词坛交游情况尚未深入探析。第四，关于姚燮骈文创作的研究尚未深入展开，其人其文所具有的认识意义还有待深化。

---

① 载《古代文学研究》（第十三辑），2010年。
② 载《古籍整理研究学刊》，2015年第4期。
③ 载《兰台世界》，2013年第10期。
④ 路海洋：《〈皇朝骈文类苑〉的编纂旨趣与文学价值刍论》，载《广西社会科学》，2013年第10期，第150页。
⑤ 载《暨南学报》，2017年第1期。

因此，将姚燮及其文学创作置于当时广阔的社会背景和文化生态下进行系统考察，以揭示出其复杂思想、心路历程和文学创作成就，进而窥探道咸时期纷繁多元的文坛风貌和寒士群体的精神世界，乃是本书努力的方向和目的。另外，出于使用方便和避免错误的双重考虑，本书将以《姚燮集》（浙江古籍出版社 2014 年版）为文本依据，同时参考《续修四库全书》《清代诗文集汇编》等丛书所收录的姚燮诗文集及其他相关的整理本。在研究过程中，如遇特殊情况，将会根据实际问题和行文需要慎重选择文本，并加以注释。

第一章　姚燮思想及现存文学著述考论

第一节　姚燮思想论略

生活在道咸衰世的姚燮，既曾于承平表象下闲放度日，又因科场失意橐笔四方，还亲身经历了鸦片战争、太平天国运动等重大历史事件。风云突变的时代环境、沉闷压抑的社会体制、复杂多重的自身性格、命途多舛的生活遭际等一系列内外因素交织在一起，影响着他的生活方式、责任意识和人生道路，亦使其思想心态处于矛盾之中。现今前人对姚燮其人的研究，多注重考述生平际遇和交游情况，并未集中探讨他的思想矛盾及其成因。因此，本节将通过以下三个方面对这一问题予以深入探讨，以期更为客观地把握姚燮的个性特征和心路历程。

一、对游幕和大挑的态度

姚燮三十岁中举，在三十一岁至四十岁的十年里，参加五次会试皆不第，最终绝意仕进。在此期间，他所经历的几次人生选择，折射出他对科举和游幕的复杂态度，而这自然与其性格和价值追求密不可分。

豪放不羁、胸怀傲骨是姚燮性格中的主要特点，在他二十岁左右便已形成。姚燮曾对自己的年少时光总结道："少年忘捡束，避礼法如槛囚；好宴娱，弃精神于营蒯。……抑复高意气，好结纳，车笠满天下，标榜雄一时。姓氏耳习，恨不见我；缣楮目遭，疑为古人。或以文章坛坫相尊，或以弋猎科名为勗。"① 此时，他的这番轻狂与傲气，主要缘于年少时的家庭氛围和自身才学。在十八岁之前，姚燮居住在租赁的小有居别墅，后因家道中落而

---

① ［清］姚燮：《复庄骈俪文榷二编》卷四《陈桐屋明经春明集序》，见《姚燮集》（五），第1408页。

迁出。不过在此居住期间，其祖父时常在春秋佳日"邀招耆旧，觞豆结欢"①，其父亦和诸多好友在此作文会，而姚燮往往执弟子礼参与其间。这种友人集会、诗酒唱和的环境对姚燮带来了一定影响，使他在"台池花木之娱，朋从诗酒之乐"②的浪漫氛围中度过了少年时代。因此，姚燮对宴游、交友的热衷，当与年少时的家庭生活环境有较大关系。更为重要的是，姚燮具有过人的资质和才华。早慧的他自幼便得到前辈的肯定和期许，稍长后读书广泛，"自经史百家，以逮道藏释典，靡不周览"③，并从事诗文创作。道光四年（1824），年长姚燮二十二岁的厉志赠诗云："凡百传闻过其实，一朝眼见徒相悬。艺林得名更莫据，奈于姚子独不然。初闻意气甚兀傲，及见温温探清渊。"④据此可知，姚燮二十岁时已在艺林得名，且当时就有他孤傲不羁的传闻。之后，他在叶元阶主持的枕湖吟社中磨砺诗才，虽为"同调中最少"，但"每一篇成，诸老苍皆敛手避，由是啧啧以诗称"⑤。二十九岁时，姚燮《疏影楼词》的结集刊刻，在印证其才学的同时，也为他带来了较高名望。因此，学识过人，较早成名，加之年少气盛，众人标榜等一系列因素，便容易使姚燮轻视礼法，放纵自傲。然而，也正是这份豪放和傲气，令姚燮即使在漂泊无依、未能得志的境况下，也不想一再借助别人之力，免得受到诸多拘束，如他在尚未中举时对不舍其离去的好友叶元阶说："傲情同畏羁，安肯借人煦？"⑥

与姚燮不羁之性相统一的是其"人生贵自达"⑦的价值追求。他一方面与自幼研习儒家经典、肩负诸多期许的读书人一样，想步入仕途，显亲扬名，改善贫寒无依的家庭状况，另一方面则认为实现这一理想最可贵的方式是凭借自己的真才实学和不懈努力。因此，姚燮在荆棘遍布的科举道路上，始终坚持着自己的准则。这主要包括以下两个方面。

第一，不攀附权贵，也不愿依附他人。道光十五年（1835），姚燮第一次落第后作《傀儡》一诗来嘲讽京中的干谒之风，并表明己志："纷纷傀儡

---

① [清] 姚燮编撰：《蛟川诗系》卷二十八，民国二年（1913）活字版。
② 《疏影楼词·剪灯夜语》之《探春慢》，见《姚燮集》（七），第1833页。
③ [清] 董沛：《姚复庄先生墓表》，见《姚燮集》（七），第2134页。
④ [清] 厉志：《白华山人诗集》卷七《丁巳集·赠姚野桥燮》，又见《复庄诗问》卷二《答厉山人志赠诗》后附厉志原作，载《姚燮集》（一），第31页。
⑤ [清] 陈继聪：《大某山人生传》，见《姚燮集》（七），第2128页。
⑥ 《复庄诗问》卷五《答叶君送别韵》，见《姚燮集》（一），第129页。按：《复庄诗问》卷一至卷五中的诗作于道光十三年以前，而姚燮在道光十四年中举。
⑦ 《复庄诗问》卷十三《喜厉山人自禾中来得诗四章》其三，见《姚燮集》（二），第356页。

递乔装，几辈优游识退藏？俗士文章冠带券，豪门阶庑马牛场。梦寻死鹿蕉都坏，眼惜奔驹日共忙。我慕东邻编苇叟，科头跣足傲羲皇。"①在姚燮看来，"侯门虽云安，跼促难久寄"②，与其终日奔走于权贵门下，像傀儡一样失去自我，还不如做一个优游自得的穷苦平民。故而他"平生以竿牍为耻，毋论苞苴"③，即使"所交皆贵显者，亦绝不干以私"④，在当时文人游幕之风盛行的情况下也多是以坐馆、代笔、卖画谋生。的确，对于一些出于无奈而攀附公卿或游幕的清代文人而言，在寄人篱下境况下不得不小心谨慎、惟命是从，甚至曲意奉承，违背己意，乃是一种痛苦和折磨，因为这意味着独立人格的丧失。如乾隆年间的文人金兆燕因科场屡败、家境窘迫而在卢见曾幕下谋生时，就为自己"为新声作诨剧，依阿俳谐，以适主人意"⑤ 的行为感到耻辱和羞愧。并且金兆燕也明白，如今入幕已不像唐代那般是为捷宦之径，最终只能是"鞍马依人，闲置以老"⑥。

　　与金兆燕的亲身感触有所不同的是，姚燮多是通过身边游幕者的境遇体察这一群体的不易与辛酸。如他的朋友王竹怡在浙江游幕二十年，昔日因才高而为幕主所重，"意气陵轹，朝入千金，暮箧已匮，明复满盈"，今日却鲜有人知，"颓然臞貌，衣有寸尘，图书零落，缄筒空虚"⑦。虽然造成如此落差的直接原因是遭到幕主废弃，但主要因素则是同行中伤、排挤，导致声名日下。类似于此的情况在姚燮《责友四章》《江都李育过访寓斋缕谈近况诗以慰之》等诗中，也有所反映。姚燮清楚地认识到，游幕者面临的困境既有养家重责和尊严难保，更有他人的嫉妒、孤立及幕主的轻弃，而那些只亲近显贵而与低微之人争长短的攀附者，不仅会使自己"揖让之习等优施"，失去骨气和人格，而且"一旦急难所在，裹足者多；且复穷愁之端，识心者少"⑧，只能独自黯然。姚燮晚年评点《红楼梦》时，还针对甄士隐在家被烧毁后依岳父而生一事论说道：

---

① 《复庄诗问》卷八《傀儡》，见《姚燮集》（二），第223页。
② 《复庄诗问》卷六《责友四章》其一，见《姚燮集》（一），第144页。
③ [清] 蒋敦复：《姚复庄孝廉六十寿言序》，见《姚燮集》（七），第2151页。
④ [清] 王韬：《瀛壖杂志》卷四，见《姚燮集》（七），第2143页。
⑤ [清] 金兆燕：《棕亭古文钞》卷六《程绵庄先生莲花岛传奇序》，见《续修四库全书》（1442），上海：上海古籍出版社，第336页。
⑥ [清] 金兆燕：《棕亭古文钞》卷七《严潄谷先生七十寿序》，见《续修四库全书》（1442），上海：上海古籍出版社，第345页。
⑦ 《复庄文酌初编·送王竹怡还庐江序》，见《姚燮集》（六），第1593页。
⑧ 《复庄骈俪文榷二编》卷四《陈桐屋明经春明集序》，见《姚燮集》（五），第1408页。

> 此回写士隐之依丈人者，为全书中如黛玉之依外祖母，薛氏母女之依姊妹，邢岫烟之依姑母，李婶母之依侄女，尤氏母女之依女婿等，以见依人者之必无好收成也。若豪仆如周、林等，宠婢如鸳、琥等，门客如詹、王等，犹其下焉者耳。①

虽然姚燮所举之例中有与实际不符者②，但从中可知他认为依人者必定不会有好结果。因此，他一再劝诫寄身于公卿门下的友人不要久留，否则就是"坐待道旁弃"③的后果。

清代盛行的游幕现象虽有弊端，但亦有存在的必要和价值。至于士子们对此持何种态度，是否甘愿入幕，又会怎样调和理想与现实之间的矛盾，当然也因人而异。就姚燮来说，他尽管不愿依附别人，但还是因现实困境难以完全做到。如道光二十年（1840），姚燮从京城返回家后借贷无门，只能靠典当衣物维持全家生计，以至于"终穷御冬术"④，因此便应镇海县令黄维同之请在郡邮整理文献典籍。对于自己"寄人作门户"⑤的现状，姚燮虽痛心却无可奈何，而能消解其矛盾的恐怕也就是他对"士为知己者用"⑥这一人生信条的坚守了，毕竟他所寄居之处的主人真正欣赏其才学⑦。在姚燮看来，"士才而贫不足病，士才而贫而见轻于不贫与无才者，而士乃窘矣"⑧，与贫穷相比，被虽富足却无才者轻视更加摧残寒士的内心。故联系姚燮的实际情况，可将他对游幕的态度总结为：虽不甚认同，但在不得不作幕时，所效力的对象必须是爱才惜才之人，以致自己的才能可以得到尊重和施展。因而，姚燮并非对抛来的橄榄枝都来者不拒。道光二十一年（1841）英军攻陷定海、镇海等地后，他在携家流亡、贫困交加的境况下，谢绝了娥江军营的招赴，并表示自己"迂儒生志短""老病苦亲殚"⑨，没有从军的能力。这或许是姚燮的真实想法，但应还有更为深层的因素，即他不愿与那些目的不纯

---

① 朱一玄编：《红楼梦资料汇编》，天津：南开大学出版社2012年版，第669页。
② 如邢岫烟最后觅得佳婿薛蝌，不可谓不好；李婶母只在李纨处暂住数日，小说中也未交代其结局。
③ 《复庄诗问》卷六《责友四章》其一，见《姚燮集》（一），第144页。
④ 《复庄诗问》卷二十《冬日月湖寓楼写怀呈黄明府维同一百韵》，见《姚燮集》（三），第575页。
⑤ 《复庄诗问》卷二十《枕上偶得四章》其二，见《姚燮集》（三），第582页。
⑥ 《复庄诗问》卷二十一《席上醉赠歌妓》，见《姚燮集》（三），第594页。
⑦ 除黄维同外，还有好友叶元阶、业师徐宝善等，这在下文中有相关论述。
⑧ 《复庄文酉初编·送王竹怡还庐江序》，见《姚燮集》（六），第1592页。
⑨ 《复庄诗问》卷二十三《有招予赴娥江军营者谢以诗二章》其一，见《姚燮集》（三），第656页。

的从军者为伍，更担忧将帅不能慧眼识人、重用自己。这是因为，此期姚燮曾以《前从军诗五章》《后从军诗五章》两组诗揭示"昔人悲从军，今人视为乐"①的可恶现象，其中一幕便是部分从军者趁急需用人之机，凭借献策和阿谀奉承而求得官职，鲜有功绩却"朝博夕挟娼"，终日饱食，且"主将寡真识，贴耳受其愚"②。面对军队如此混乱、污浊的情形，姚燮又岂会加入其中，况且据陈继聪《大某山人生传》（按："大某山人"是姚燮号之一）记载，早在一年前，姚燮便因"世无梅霖，谁知文长"，放弃了"欲献策军门"③之念。"梅霖""文长"分别是明代的梅国桢、徐渭。④梅国桢在给袁宏道的书信中，称徐渭"病奇于人，人奇于诗"⑤，可谓徐渭知己。结合该典故可知，所要效力、依靠之人是否真能赏识、理解自己，对姚燮的人生道路至关重要。这既与他的高傲骨气和独立人格相统一，也是他寄人篱下时缓解内心矛盾的调节剂。

第二，不接受通过大挑获得的官职。"大挑"是清代乾隆十七年（1752）所定的选官制度，只有三次会试不中的举人才有资格参选，"一等用知县者，又借补府经历，直隶州州同、州判，属州州同、州判，县丞，盐大使，藩库大使，凡九班；二等以学正、教谕用，借补训导，凡三班。时谓之九流三教。"⑥该制为屡战屡败的举人提供了晋身机会，但"九流三教"之称无论是否为玩笑，都带些许贬义。加之，其挑选标准首重其外在形貌，"形貌相传以同、田、贯、日、气、甲、由、申八字为标准，'同'者面方体正，'田'者举止端凝，'贯'者体貌颀长，'日'者骨骼精干，如此者为合格。'气'者形相不正，'甲'者上宽下削，'由'者上窄下粗，'申'者上下皆锐而中粗，如此者为不合格"⑦。只有形貌合格后才能参加第二轮的考核——审查应对。因而，不少文人并不认同这种选官方式，姚燮便是其一。道光十五年

---

① 《复庄诗问》卷二十四《前从军诗五章》其一，见《姚燮集》（三），第696页。
② 《复庄诗问》卷二十四《后从军诗五章》其三，见《姚燮集》（三），第698页。
③ [清]陈继聪：《大某山人生传》，见《姚燮集》（七），第2130页。
④ 梅国桢（1542—1605），字客生，号衡湘，万历十一年进士。徐渭（1521—1593），字文长。据笔者考察，梅国桢并无"梅霖"之称，而陈继聪之所以采用此称，应是为了与"文长"对仗。
⑤ [明]袁宏道著，钱伯城笺校：《袁宏道集笺校》卷十九《徐文长传》，上海：上海古籍出版社2008年版，第717页。
⑥ [清]陈康祺：《郎潜纪闻二笔》，北京：中华书局1984年版，第544页。注：据《清史稿》卷一百十《选举志五》记载，大挑最初六年一选，"十取其五，一等二人用知县，二等三人用学正、教谕"（赵尔巽等：《清史稿》，北京：中华书局1976年版，第3212页），后来因时代发展而在年限、人数、官职等方面不断变化。
⑦ 商衍鎏：《清代科举考试述录》，北京：生活·读书·新知三联书店1958年版，第95页。

（1835），姚燮得知一位友人大挑二等、以教职用的消息时，曾说："儒官纵卑末，亦足励清名。"①但三年后，当已三次落第的姚燮经大挑由国子监誊录即选知县时，却放弃了这次机会，并对好友潘德舆大挑一事发表看法，认为他若去安徽做县令，就是"侧身六合空长策，屈志微官亦苦谋"②。

多年奔波于场屋的潘德舆，在五十一岁时（道光十五年）大挑一等，以知县分发安徽，而他对大挑的态度是既渴求又不甘。从潘德舆在道光十五年二月至五月写给儿子的几封家书中可知，在三月会试之前，他已寄希望于大挑，期盼最好挑得二等，并说"挑得一等，必改教职"③，可当三月底得一等时，又言："不愿改教职，教官本非余之所乐。……知县原不易为，然舍却知县不做，则是全以无为自弃，亦非中正之道。予平生颇以济人为念，今有知县不做，天下尚有济人之事乎？……同一坐候，不如候知县之稍有用矣。"④若从潘德舆兼济之志的角度着眼，当不会苛责其前后言行矛盾。不过，此时他一方面满意大挑结果，让儿子用黄纸写"大挑一等，分发知县"八字张贴于大门外，另一方面却还期待能在候补的三、四年中进士及第⑤。故潘德舆在道光十八年（1838）又一次应试，并对姚燮说："吾老矣，倘复见黜，当不复为冯妇，殆终身于一令矣。"⑥表示此次若还不中便不会再考，接受以县令终老的命运。遗憾的是，结果依旧，且当姚燮在诗中为他鸣不平时，他作答："墨绶铜章招我辈，石田茅屋恋诗人。君知怀葛陶元亮，只戴东篱漉酒巾。"⑦其中的不甘与无奈，可以想见，而更有意味的是，直到道

---

① 《复庄诗问》卷八《送赵九琳下第归里三章》其三，见《姚燮集》（二），第206页。
② 《复庄诗问》卷十四《送潘君之安徽作宰二章》其二，见《姚燮集》（二），第410页。
③ ［清］潘德舆等著，朱德慈整理：《潘德舆家书与日记（外四种）》，南京：凤凰出版社2015年版，第53页。
④ ［清］潘德舆等著，朱德慈整理：《潘德舆家书与日记（外四种）》，南京：凤凰出版社2015年版，第54—55页。
⑤ 大挑得官者在候补期间可继续参加会试，商衍鎏《清代科举考试述录》言："大挑到省后未经委署告假回籍愿应会试者，由原籍督抚声明给咨送部准其会试。"（北京：生活・读书・新知三联书店1958年版，第96页。）
⑥ 见《姚燮集》（六），第1659页。按：此处运用"再作冯妇"之典。《孟子·尽心章句下》云："晋人有冯妇者，善搏虎，卒为善，士则之。野有众逐虎，虎负嵎，莫之敢撄。望见冯妇，趋而迎之。冯妇攘臂下车。众皆悦之，其为士者笑之。"（杨伯峻、杨逢彬译注：《孟子译注》，长沙：岳麓书社2021年版，第280页。）
⑦ ［清］潘德舆：《养一斋诗》卷十《别梅伯》其二，见《续修四库全书》（1511），上海：上海古籍出版社，第17页。注：该诗首句后有小注云："梅伯来诗讯余作宰事。"所来之诗即为《复庄诗问》卷十四《送潘君之安徽作宰二章》，且其后附有三首潘德舆答诗，其中之一便是《别梅伯》其二。不过，二者略有不同："恋诗人""君知"，《复庄诗问》中分别作"称诗人""君看"。

光十九年（1839）去世，潘德舆也未赴职。① 与潘德舆相比，姚燮对大挑的态度有些简单，即直接放弃，在著述中亦不提及此事②。究其原因，一方面是姚燮正值盛年，同样心有不甘，觉得尚有机会进士及第，另一方面则根源于其"不为鹏抟，宁甘鸿冥"③之念。并且，姚燮真正在意的并非官职微小，而是获得的途径。在他心中，大挑终为卑末，远不如进士及第，而他对友人所说的大挑"足以励清名"，多半也是出于安慰或鼓励之意，并非其真实想法。

放弃大挑后，姚燮又经历了两次会试失败，终在不惑之年彻底打消仕进之念。他之所以没有继续坚持，一方面由于壮心已摧，另一方面则出于对人生追求的双重认识。身为一介寒士，入仕为官当然是姚燮的第一选择，不过他也早已设想了另外一条实现自我价值的道路，即退而著述。在第一次赴京会试途中，姚燮曾对意气虽高但没有出路的少年（或许就是他自己）表达己见："既不为击壮士筑，又不甘抱王门筝。曷不屈足牖下穷一经，保肌护肉同儿婴？致尔万岁千秋名。"④ 在他看来，如果入仕希望渺茫，也不愿依附显贵，那何不专意于学问和创作，通过"立言"以传名后世。并且，在竞逐科场的路途中，姚燮少年时的轻狂和傲气，经过穷苦岁月的洗礼日渐沉淀。到不惑之年时，已洞悉世事人情的他渐渐反思年轻时的放诞之举，在京城"闭楣局守，不多诣人，宴会之间，循循尽礼"⑤，不似前些年"狂不受中贵络，醉不辟巡尉呵"⑥那般恣意，表现出其性格中谨慎温和的一面。不过，姚燮依然保持着傲然独立的人格和豪放不羁的性情，劝谏好友道："出当为有用才，入当尽吾生事。唯凫鹥是恋，岂为丈夫；苟进退不知，何以行路？"⑦ 因此，当他四十岁还不得一第时，回首过往，深感多年艰苦换来的竟是光阴虚度，遂潜心著述，期望在文艺天地中成为有用之才，传名后世。

二、志士情怀的高扬与局限

鸦片战争的爆发给沉醉于天朝上国之美梦中的清王朝沉重一击，亦使无

---

① 从姚燮《送潘君之安徽作宰二章》的题名和"谓将作宰古鄢州"一句来看，潘德舆在道光十八年是要赴安徽就职，但或许还要继续等待，或许是本人有意拖延，以致最终"未赴而卒"（鲁一同《安徽候补知县乡贤潘先生行状》）。

② 放弃大挑一事见于蒋敦复为姚燮所作的墓志铭，即《例授文林郎即选知县姚君墓志铭》，笔者在姚燮现存著述中未见到关于此事的记载。

③ ［清］蒋敦复：《例授文林郎即选知县姚君墓志铭》，见《姚燮集》（七），第2132页。

④ 《复庄诗问》卷八《少年行》，见《姚燮集》（二），第199页。

⑤ 《复庄骈俪文榷二编》卷四《扬州寄汤海秋郎中书》，见《姚燮集》（五），第1416页。

⑥ 《复庄骈俪文榷二编》卷四《扬州寄汤海秋郎中书》，见《姚燮集》（五），第1415页。

⑦ 《复庄骈俪文榷二编》卷四《陈桐屋明经春明集序》，见《姚燮集》（五），第1408—1409页。

数仁人志士的爱国情怀空前高涨。他们或直接参与战斗，思索抗敌之策，甚至捐躯国难，或将战争见闻付诸笔端，大声疾呼，哀歌以哭。常以"志士"自称的姚燮正是这一时期，以极为沉痛的诗笔记述了百姓所遭受的深重灾难，挞伐了战争中的种种罪恶行径，从而使其忧国忧民的襟怀得以高扬，成为后世称赞的爱国诗人。

  实际上，在鸦片战争之前，姚燮这番志士之心就已显现，他不仅在诗文中揭露官吏罪行，反映民生凋敝的社会现状（如《巡江卒》《迎大官》《谁家七岁儿》《北风吟》《哀鸿篇》等诗），而且借机表达政见，期望为时所用。如道光十五年，姚燮在为即将赴任肃州知州的举人同年陈墫所作的送别诗中，不仅表达了对他的赞扬和不舍，而且简析了当地的历史、地理和现状，指出一些政务问题，如"所虞沐宏化，积习仍顽冥""番马积利弊，窑矿多变更"，并建议他要"善以蒸蒸法，酿兹熙熙民"，对讼狱之事"剖析同渭泾"，慎重处理，且需"规画潜图经"，最后更是希望这些分析和意见能受到重视，"愿纳卑末议，方寸日夕铭"①。由此可见，当姚燮的治世抱负没有机会施展时，只有将满腔热忱和期望寄托于得第者。他在京应试期间，曾多次上书陈述政见，但"频遭摈斥"②。至于被摈斥的主要原因是否在于姚燮之言不合时宜，姑且不论，仅就其举动来看，便可见他的用世之心。况且，姚燮在《纲纪以维系人心论》《治兵宜复屯卫论》《海运疏》《上麟河帅论水利书》等文章中分别阐述了自己对法令制定、地方军务、海运和水利等方面的一些看法和建议，均针对时务而发，其中第一篇尤见他的民本思想。该篇强调了人心的重要性，认为"人心者，帝王之所敬求也"，国家立法须以利于民、合民心为首要前提，但若说"区区之心不足恃，而惟吾权之是为也"③，那么国家的法制禁令便不能真正地维系天下人之心，最终导致纲纪不振，治化不成。姚燮的这些政见，虽难以获得当局重视，但昭示着他心系百姓与国家的士子襟怀。

  姚燮志士情怀的形成主要缘于他自幼受到的儒学熏陶和日益贫寒的家境。这两个因素，促使姚燮具有古代知识分子普遍存在的社会责任感，极易对下层百姓所遭受的种种苦难产生较为切身的感受。不过，姚燮在京期间的交游经历也在一定程度上促进了其思想境界的提升。道光十五年，姚燮第一

---

① 《复庄诗问》卷九《送陈同年墫宰肃州四十六韵》，见《姚燮集》（二），第235页。
② ［清］姚燮：《十洲春语》，见［清］虫天子辑：《香艳丛书》（4），北京：人民文学出版社1994年版，第4277页。按：该版《香艳丛书》共二十集，原由上海国学扶轮社于宣统元年至宣统三年相继印行，《十洲春语》收录于十五集卷三。
③ 《复庄文酳初编·纲纪以维系人心论》，见《姚燮集》（六），第1570页。

次北上，之后为应考滞留京师一年有余，居其座师徐宝善之壶园。在这段时间里，才艺出众的姚燮在徐宝善奖掖下扬名京城，不仅结交了潘德舆、张际亮、鲁一同、黄燮清等布衣文士，而且得到了黄爵滋、端木国湖、汤鹏、陈用光等士大夫的赏识。在与前辈、友人的诗酒唱和、集会往来时，姚燮置身于论经济、谈文章的氛围中，增长了许多见识，也激发了自信心，乃至发出"海上狂生能说剑，径思请烛竟宵游"①之言。更重要的是，姚燮最为尊崇的徐宝善、力主禁烟的黄爵滋，以及后来成为自己莫逆之交的潘德舆、张际亮、汤鹏、魏源等人，都是道光经世派文人的重要代表。他们均年长于姚燮②，早在姚燮入京之前，彼此之间就互相往来，如道光九年、十年（1829、1830），徐宝善和黄爵滋延续理学经世派代表陶澍在嘉庆年间发起的宣南诗社传统，先后组织了两次"江亭饯春"集会活动，且潘、张、汤、魏和龚自珍、潘曾绶等数十人都参与其中。③ 性情相似、均有经世之志的他们互相砥砺，在坚守自我的同时，也影响着那些志同道合之人。因此，姚燮与他们的深交，更能坚定正直耿介之品性，增强政治意识和社会责任感。可以说，正是这些内外因素共同促使姚燮在亲身经历的鸦片战争期间，以高涨的志士情怀奏出了众多令人痛彻心扉、难以忘却的历史悲歌。

　　对于姚燮在道咸文坛的地位及后世影响，清末有学者曾云："四明姚梅伯孝廉燮，与魏默深、龚定庵、蒋剑人同时，才气学术足以凌铄魏、龚，蒋剑人非其敌也。……死后名不甚彰，当世崇拜龚、魏而无一人知有姚氏者，殆文运未昌之故欤？"④ 这位学者认为姚燮的才学与同时代的龚自珍、魏源

---

① 《复庄诗问》卷八《饮陈宗伯师用光太乙舟席上坐》，见《姚燮集》（二），第210页。
② 诸人生卒年如下：徐宝善（1790—1838），黄爵滋（1793—1853），潘德舆（1785—1839），张际亮（1799—1843），汤鹏（1801—1844），魏源（1794—1857）。
③ ［清］徐宝善《壶园诗外集》卷六《四月九日偕树斋编修约同人花之寺看海棠盖续江亭饯春之集也……会者朱椒堂京兆为弼彭荆田太守邦畯潘研辅解元德舆……龚定庵舍人自珍魏默深舍人源汤海秋仪部鹏陈登之通守延恩潘星斋待诏曾莹绂庭典簿曾绶……》云："去年饯春城南亭，旌帜骚坛尽名宿。"（《清代诗文集汇编》567，上海：上海古籍出版社2010年版，第167页）"树斋"，乃黄爵滋号。
④ ［清］陈琰辑：《艺苑丛话》，见钱仲联编：《清诗记事》（十四），南京：江苏古籍出版社1989年版，第9766页。按：此言先后出现于1911年由上海六艺书局出版的《艺苑丛话》和1925年由大东书局出版的《南亭四话·庄谐诗话》中。《南亭四话》署名"李伯元"，而陈琰在《艺苑丛话》小序中称："其稿半属亡友南亭所贻，仆肇年做客，原稿零落散乱，遗失过半。近年有所见闻，东鳞西爪随笔录之。"据此可知，《艺苑丛话》十六卷，一部分为李伯元（其别号"南亭亭长"）遗著，一部分源自陈琰或他人。且据今学者考证，《南亭四话》是由《艺苑丛话》和《滑稽丛话》二书合印重印而成，其中掺杂了他人文字，并非全由李伯元所作（见谭新红：《清词话考述》，武汉：武汉大学出版社2009年版，第162页）。因此，暂无法判定《艺苑丛话》和《南亭四话·庄谐诗话》中关于姚燮的这条评论的作者。

并驾齐驱，但在后世的名气和影响力不如他们，颇有为姚燮鸣不平之意。其实不必如此，因为对于清末急于救亡图存、力主变革之士来说，最需要的不是抒发性情的诗文，而是能振聋发聩、合乎世变的经世思想和主张，而姚燮虽在文学创作和学术研究上有较高成就，但其思想和眼界远不如龚、魏那般进步、深远，与张际亮、潘德舆等布衣也存有一定差距。在鸦片战争之前，姚燮的绝大部分诗歌都还沉浸于自我穷愁的抒写之中，反映现实之作并非主流。当然，这种创作风貌在当时的文坛普遍存在，亦自有其价值，并不能因此对姚燮加以苛责，但值得关注的是他在这些诗文中流露出来的思想局限。这首先表现为：在鸦片战争爆发之前，姚燮虽已感触到了弊政、民瘼和败坏的士风，但却对已危机四伏的国家局势缺乏深刻认识。如作于道光十八年（1838）的一首诗云："民心灼苦乐，匿抱多隐情。相利善与导，糠秕皆华英。两仪顺黄轨，六合今澄清。藩疆各有责，弗徒循尔名。"① 虽然他知道民生状况糟糕，不容轻视，当政者应恪尽职守加以治理，但还是认为四方秩序安定，国家太平，依然声称"天朝运方盛"②，"圣世无文网"③，诗文当宣盛世之音。

然而，在早已道出"避席畏闻文字狱，著书都为稻粱谋"④ 的龚自珍心中，当时的国家状况是此番景象：

> 今中国生齿日益繁，气象日益隘，黄河日益为患，大官非不忧，主上非不谘，而不外乎开捐例、加赋、加盐价之议。……自乾隆末年以来，官吏士民，狼奸狙骳，不士、不农、不工、不商之人，十将五六；又或饫烟草，习邪教，取诛戮，或冻馁以死；终不肯治一寸之丝、一粒之饭以益人。承乾隆六十载太平之盛，人心惯于泰侈，风俗习于游荡，京师尤甚者。自京师始，概乎四方，大抵富户变贫户，贫户变饿者，四民之首，奔走下贱，各省大局，岌岌乎皆不可以支月日，奚暇问年岁？⑤

在此段论述中，龚自珍不仅道出当时水患严重、赋税增多、官吏贪腐、

---

① 《复庄诗问》卷十五《南辕杂诗》其四十八，见《姚燮集》（二），第430页。
② 《复庄诗问》卷十一《题罗两峰画狮》，见《姚燮集》（二），第311页。
③ 《复庄诗问》卷十四《书孔继鑅诗后三章》其三，见《姚燮集》（二），第400页。
④ ［清］龚自珍著，王佩诤校：《龚自珍全集·咏史》，上海：上海古籍出版社1999年版，第471页。
⑤ ［清］龚自珍著，王佩诤校：《龚自珍全集·西域置行省议》，上海：上海古籍出版社1999年版，第106页。

士民堕落、人心涣散、风俗浇漓、财政空虚等衰败气象，而且对其根源有所剖析。如他认为造成现在民生日益艰难、士人奔走游食的主要原因，是乾隆盛世带来的奢靡、游荡之风，而事实亦确实如此。乾隆六十年间虽为承平之盛世，但积生出一系列危害后世的现象。这包括以八旗子弟为主的豪门贵族骄奢游堕，至嘉庆年间"动辄于歌场酒肆，恣意游荡，并或设局聚赌，稍有睚眦，即逞凶持刀相向"①；都市的繁荣和经济的发达促使地区居民喜好消费，崇尚豪奢，如聚集在扬州的盐商"竞尚奢丽，一昏嫁丧葬，堂室饮食，衣服舆马，动辄费数十万"②；官吏贪污腐败日趋严重，最为家喻户晓的莫过于权相和珅的巨贪。嘉庆初年，和珅虽被抄家诛灭，但清王朝纲纪已坏，积重难返，国势每况愈下。面对道光朝侵入骨髓的弊病，志在力挽狂澜的潘德舆呼吁："欲救人事恃人才，欲救人才恃人心，欲救人心恃学术，欲救学术，则非重定取士之制不可。"③潘德舆层层递进地表明了解决诸多问题的根本途径，即改变现行的科举制度，并认为若"不重定取士之制，士习所趋如众水汹汹东下"④，"奔走下贱"之士风将愈演愈烈。

相比于龚、潘二人的卓识高论，姚燮重在抨击这些不良风气，而较少深究其根源、极力寻求挽救之道。究其原因，则有两种可能：其一，姚燮的思想认识并未达到"透过现象看本质"的层面；其二，他也知晓诸多时弊及其缘由，但却"以我热场置，醉作冷眼看"⑤。在笔者看来，后者所占比重更大一些，因为博古通今、以民为重的姚燮虽思想保守，但不至于难以深知个中原因，而其近乎全身远害的处世态度则影响着其选择和做法。时值壮年的他虽与张际亮、汤鹏一样为人正直，具有傲骨，但为人谨慎，"游公卿间，口不谈人长短"⑥，不似二人那般刚烈、倔强；虽不屑攀附显贵，但也不会如二人那样直接与显贵发生冲突。⑦再者，在这位家中长子心中，亲人的温

---

① 戴逸、李文海主编：《清通鉴》（12），太原：山西人民出版社1999年版，第5100页。
② ［清］李斗著，许建中注评：《扬州画舫录》，南京：凤凰出版社2013年版，第150页。
③ ［清］潘德舆：《养一斋集》卷二十二《与鲁通甫书》，见《清代诗文集汇编》（548），上海：上海古籍出版社2010年版，第477页。
④ ［清］潘德舆：《养一斋集》卷二十二《与鲁通甫书》，见《清代诗文集汇编》（548），上海：上海古籍出版社2010年版，第477页。
⑤ 《复庄诗问》卷十二《饮山景园留仙阁醉中书壁》，见《姚燮集》（二），第324页。
⑥ ［清］陈继聪：《大某山人生传》，见《姚燮集》（七），第2131页。
⑦ 据《建宁县志》载，张际亮性亢直，在道光五年入京后，因在席间见一士子拈去显宦曾燠胡须上的瓜仁而加以嘲笑，并于次日"投书曾倅，累数百言"，致使曾燠愤怒而多次诋毁他。《建宁县志》卷十六《文苑》，台北：成文出版社1967年版，第172页）道光十五年，时任山东监察御史的汤鹏因上书弹劾宗亲而被罢回户部，居闲职。

饱和性命占据着重要地位,其"颇矜身命保亲孥,敢曰乾坤坐忧患"① 一语便道出了诸多心酸和无奈。可见,姚燮并非没有忧患意识,却深感处于下层的自己无能为力,而其文网不存之言也多半是出于谨慎心态说的违心之语②。但对此,我们也只能说姚燮此时的志士胸襟没有达到一定高度,而不能说他自私。身为一介凡人,首先以家人为重,然后再为国家和万民考虑乃至奉献自己,既是人之常情,也是世上大多数人的选择,毕竟具有"苟利国家生死以,岂因祸福避趋之"这样至高境界的士人并不多见。人世的诸多牵绊和困苦,自身性格和人生追求的约束,导致姚燮表达出的战前时局认识并不深刻。而鸦片战争爆发后,他亲眼看到家乡受到外敌荼毒,并与亲人一起辗转流离,终将志士热血喷薄而出,将之前的诸多顾忌都抛散在时代浪潮中,正是"安顾忌讳深,缄口戒倾吐"③。

不过,在战争停歇特别是绝意仕进、旧友相继亡故后,姚燮雄心已消,虽依旧关心民瘼时事,编撰《洋烟考述》一书以为世用,却是"但有深情托粉黛,更无豪气薄幽燕"④ 的心态了,且至其终老,将更多的精力投入到文献整理和学术研究中。对于姚燮而言,四海承平、百姓安宁是他的宏愿和期待,但现实的残酷、科举的折磨、家庭的重担则令他从壮志满怀逐渐走向逃避,而他为自己寻求的避风港之一便是青楼这类明知荡志靡心却依然流连其中的场所。

三、狭邪之游背后的寄寓与矛盾

性本不羁的姚燮,还风流潇洒,好狭邪游。他从青年时代就常出入秦楼楚馆,与妓女歌姬相往来,直至晚年不断绝。不过,陈继聪《大某山人生传》中却有一则较有意思的记载:"山人年仅二十四……虽负盛名,而行殊恂恂,见人,面发赤,不能吐一语。当红烛高张,诸名流赋诗夜宴,曲终酒

---

① 《复庄诗问》卷十一《独居行》,见《姚燮集》(二),第 311 页。按:联系上下文可知,"敢曰"应是反问语气,意为"怎敢"。

② 姚燮对文字狱也是害怕的,这从其编刊诗集时删掉的诗歌中可知。如道光十五年,他在京城时曾因数月未雨导致农田旱灾严重而作《望雨吟》(五首),其中未收入《复庄诗问》的一首云:"陇上一寸苗,斯民一日命。……山中龙子常蛰眠,求之无术驱无鞭。即如去夏出骄横,倒堤决脯涇高田。今年欲雨偏不雨,阳魃司权老岠苦。"(《姚燮集》四,第 1087 页)自古便有龙王负责降雨的传说,所以姚燮在诗中将去年洪涝今年却大旱的责任归咎于常常蛰眠、凡人无法驱使的"山中龙子"。不过,"龙子"是皇帝或皇子的代称之一,虽然姚燮在此并无影射之意,但如若被心怀叵测之人看到很可能会带来麻烦。这很有可能就是他不将该诗收入传世诗集的根本原因。

③ 《复庄诗问》卷二十五《客自都中来致故人相忆之意因述近事报以诗六十韵》,见《姚燮集》(三),第 719 页。

④ [清] 姚燮:《病中有寄》,见《姚燮集》(四),第 1089 页。

阑，不免钗挂臣冠，山人则逃席于僻处，挟卷效洛阳生拥鼻吟。诸妓以书呆揶揄之。"① 传记中的姚燮在二十四岁时，还是一个见人脸红失语、避免与妓女往来的"书呆"，这不免令人生疑。据前文可知，青年时喜好宴游、结纳的姚燮在二十四岁之前，就已与多位文士交往，且在艺林中已有"意气甚兀傲"的传言。因此，我们很难将这样的姚燮与害羞的书呆子划为等号，而陈继聪的此番言辞应是对姚燮的夸大与美化。

姚燮一生流连于青楼歌场的原因主要在于两个方面。首先，与当时宁波青楼业兴盛的社会风气相关。清代顺治初期袭明代旧制，设立教坊司，允许官妓存在，而后则先后两次裁革京师教坊女乐，康熙时又重申禁令，裁汰各省乐户。② 雍正年间，朝廷正式下令废除乐户、惰民等贱籍，以"厉廉耻、广风化"③，并将教坊司改为和声署，至此唐代以来的官妓制度被废除，而此期的民间青楼业在官方禁令下亦陷入低潮。不过，乾隆初以来，各地私妓又复出从业，"至乾隆中叶，民间的青楼，遂又公然悬牌招客矣。而仍以南部的苏、扬、宁波、南京、广东一带为最盛……至嘉、道间，已成泱郁之势"④。这一时期，青楼首先在江浙、广东一带复盛，一方面与朝廷法令松弛、地方执行不力乃至同流合污有关，一方面则由于当地商品经济的蓬勃发展。如姚燮谈及宁波青楼歌场的兴盛缘由和开展情状时云：

> 甬江乃商渔通薮，日之出纳，以累万计。伧父大贾，多借坊曲为宴会交易之所，驰车朝往，挈灯夜游，恃侠负财，供其饕餮。以故风流旗帜，遍树闾衢，无怯而偃者。守土之令，忧虑风俗，思荡剔而扫除之。而邸将舆皂之流，姑息于外；调猱庙客之辈，卫蔽于中，皆赖诸院饱啖以浆分润其橐者。一令未下，闻信如矢，键门寂筦，相戒止哗。役吏反牌，以遁逸为报，而重帏复壁中，故依然扬舲荐衾，事事仍昔。守土⑤者知其故，因之易装改服，密自访稽，幸获其一，罔补于政，益增弊端。且自僚幕丁随以下，多以纡门狭巷为陶心息足之地。⑥

---

① [清] 陈继聪：《大某山人生传》，见《姚燮集》（七），第2128页。
② 王书奴：《中国娼妓史》，上海：上海书店1992年版，第261—262页。
③ 中国第一历史档案馆编：《雍正朝汉文谕旨汇编》第十册《世宗圣训》卷六，南宁：广西师范大学出版社1999年版，第96页。
④ 陶慕宁：《青楼文学与中国文化》，北京：东方出版社1993年版，第206页。
⑤ "守土"，原作"守上"，盖讹误，今改为"守土"。
⑥ [清] 姚燮：《十洲春语》，见 [清] 虫天子辑：《香艳丛书》（4），北京：人民文学出版社1994年版，第4274页。

在姚燮看来，由于宁波商业繁盛，豪纵的商人们多在娱乐声色场所进行贸易、玩乐，故此地青楼私妓遍布，不惧禁令，他们采用各种方法来应对官府稽查，而本应以身作则的幕僚、差役还时常流连其中。在此，姚燮并未提及风流文士在青楼兴盛过程中所充当的角色，但不言而喻的是，这样的社会风气和环境为由来已久的文人狎妓提供了更多的便利，且对为人疏旷的姚燮造成了较大影响。

其次，根源于姚燮的自身爱好和坎坷遭遇。若除却姚燮的好色之心不论，仅从其精神世界这一层面而言，他去青楼歌场寻访的既有喜好的艺术形式，又有心理慰藉。姚燮精通音律，喜欢听曲观剧，其诗词集中便有不少与之相关的作品，而青楼歌场不仅有通曲令、善歌舞的女子，而且可以令他的才华得以施展。道光十五年（1835）姚燮在京城备考时，常"跌宕歌场，张野狐、黄幡绰之流咸与相狎。每制传奇脱稿，梨园即播之管弦"①。道光十七年（1837），他在苏州浮香阁与自幼学曲、有意委身于他的妓女时湘文相恋，虽无钱财为她赎身，但"感其有效爱之隐，为作《某心雪传奇》以永其好"②，并为她作《倚梅图》，引来多人纷纷题咏。可以说，对于姚燮来说，与妓女、伶人的往来不仅愉悦其心，而且为其兴趣施展和文艺创作提供了一个新空间。然而，与这些相比更为重要的是，他将烟花之地作为可以暂时排解郁结、消除愁苦以获得丝丝慰藉之地，这在其笔记《十洲春语》中有明确体现。

《十洲春语》与清中叶以来的珠泉居士《续板桥杂记》、捧花生《秦淮画舫录》、张际亮《南浦秋波录》、许豫《白门新柳记》、周生《扬州梦》、王韬《海陬冶游录》及《花国剧谈》等性质相同，都是青楼兴盛的产物，都是专门记述青楼掌故、品评妓女的文人笔记。在时代风气和个人风流性情的促使下，姚燮创作了《十洲春语》，而其深层目的则是寄寓悲怨、舒解郁愁。该书成于道光二十一年（1841）春，当时姚燮三十七岁，已四上公车而未能得一第，故他深感自己"读书三十年，终与驽骞瓦砾为等"，且如今沉湎于烟花柳巷之中，并非甘愿"颓弃以自放"，而是"以牢骚落度之意，一寄诸幽馨顽艳之中，亦犹屈、贾之苦心，而嵇、阮之末计也"③。姚燮将自己的行为与屈原、贾谊、嵇康、阮籍的做法相提并论，实乃抬高自己，不过其中也

---

① ［清］陈继聪：《大某山人生传》，见《姚燮集》（七），第2129页。
② ［清］厉志：《湘文小传》，见《姚燮集》（七），第2124页。
③ ［清］姚燮：《十洲春语》，见［清］虫天子辑：《香艳丛书》（4），北京：人民文学出版社1994年版，第4277页。

确有他的内心寄寓。在《十洲春语》中，姚燮记述了自己与一些妓女相识相交之事，其中有几则颇能反映他欲在红粉丛中寻找知音、寄托哀伤的心态。如他在《饮玉立词冕醉歌赠润卿》这篇长诗中不仅感叹自己与妓女王润卿的相知之情，而且极力倾述自己"坐令青鬓成白头"、老大无成的苦闷，最后发出呼喊："不如君骖灵虬我文駞，披云长啸蓬莱峰。世间一切谁为有情物，行当逍遥相与游无踪。"① 在姚燮心中，王润卿虽沦落风尘却是自己的知音，能够明白他的不甘与无奈，能够做到"相知不厌歌百回"。然他想要与王润卿一起遁世，恐怕不仅是醉语，更是他的一厢情愿。青楼女子大多数以获得金钱为首要目标，难以真正对贫寒之人产生倾心难舍的深情。对此，姚燮了然于心。他曾说：

> 若士生穷愁，更何能与鱼盐负贩辈，扬钱刀而竞豪侈哉？董宛之于冒，李香之于侯，花蔌柳泽之中，非无感睐微茫，情钟心许者，而百不得一，求合益难。亦聊于吟啸之余，以之佐觞酒，写牢愁，等诸听鸟当歌，对花当舞之意云尔。②

姚燮深知身为一介寒士，在青楼根本不能与富商竞争财力，且像董小宛对冒襄、李香君对侯方域那般真正情钟心许的青楼女子少之又少，但他还是想沉浸在这番风花雪月之中，以获得片刻舒畅，暂时排解心中郁结。

正是上述几点，造就了姚燮"好狭邪游"的风流形象。不过，姚燮并非一位从不醒悟、只知放纵的浪荡者，而是对青楼和妓女的本质有着清楚的认识，对她们和猎艳行为的态度也随着年岁的增长发生着转变，这主要体现在《十洲春语》和《苦海航乐府》不同的创作目的和态度上。据《十洲春语》卷首竹林小浣序可知，姚燮编写此书的缘由之一是不忍王绣林、王素芳等具有才华之妓"湮没不彰"③，且该书主要记述品评宁波妓女们的身世、美貌、才情，多夸赞之语。而他在咸丰二年（1852）创作的《苦海航乐府》，则直接缘于他对上海妓院"蛊人尤甚于他方"的强烈感触，以及对那些深陷其中

---

① ［清］姚燮：《十洲春语》，见［清］虫天子辑：《香艳丛书》（4），北京：人民文学出版社1994年版，第4242页。
② ［清］姚燮：《十洲春语》，见［清］虫天子辑：《香艳丛书》（4），北京：人民文学出版社1994年版，第4275页。
③ 《十洲春语》序一，见［清］虫天子辑：《香艳丛书》（4），北京：人民文学出版社1994年版，第4199—4200页。

"以至于而贫而贱而病且死"① 之人的怜悯。这一大型组词以一百零八阕《沁园春》展现了上海妓院中形形色色的人、事、物，虽然其中杂以猥亵描写，却持否定、批判之意，揭露出其中种种龌龊和罪恶，以借此唤醒贪恋烟花、痴迷青楼者。

姚燮之所以有如此转变，并非突然，而是基于多年的所见所闻、所想所叹，其间也对自己的艳行（包括创作艳词）持有悔意。如道光十七年（1837）他作《灯船辞》一诗描述苏州"歌船酒船环一塘""男眉女目勾狎忙""一船一夕兼金偿"的浮靡淫逸之风。此时，姚燮已从金钱和健康两方面劝诫那些沉浸于温柔乡的青年男子，并向他们道："君不见有儒破屋陈缥缃，有妇蓬发持蚕筐。夜膏不继还然糠，明朝空釜愁无粮。"② 实际上，姚燮的这番呼声正是基于其寒士心理和立场，或许他所言的穷儒劳妇也包含自己及妻子在内，但遗憾的是他继续流连青楼的行径，背离了其正义之言和清醒意识。当姚燮无法脱离"缠头压马听歌去"③ 这样的放浪生活时，只能不断通过忏悔来暂时消解内心矛盾。如道光十九年（1839），他请费旭丹为自己绘《忏绮图》，并自作《忏绮图书后》一文，为在罗绮丛中虚度光阴而忏悔。道光二十三年（1843）秋，他在玉清道院养治重病，恍惚中觉得有神告诉自己"多作绮语，当入无间狱，不独疾之不愈也"④，于是为了保重自身，烧掉了自作的数十种绮语。另外，姚燮虽然对不幸流落风尘或有才华的青楼女子有同情或欣赏之心，但也曾与妓女发生过冲突。如咸丰二年（1852）到上海后，他与曾在四明定情的妓女云仙重聚，后因她忤逆自己而数月不见，而云仙在"寄声递简，杳不可致"⑤ 的情况下求蒋敦复调解，才得以与姚燮重修旧好。虽然不知云仙因何事忤逆他，但可以想见的是此类事情当不只一件，而且它们会使姚燮愈加清楚地认识到多数妓女的丑陋内心。姚燮晚年评论《红楼梦》时曾道："尝观失行妇女，初时亲热如火，倾肝吐胆，誓日指天，期于同死，而无不中道纷飞，反眼不识者。盖其廉耻早亡，狡诈百出，本性然也。不过上者恋嗜欲，下者贪财帛，一时弄人鼓掌间耳。"⑥ 此番认识当是姚燮常年出入欢场的深刻体会。况且，姚燮也清楚自己在青楼中所寻求的慰

---

① ［清］姚燮：《苦海航自序》，见《姚燮集》（七），第 1986 页。
② 《复庄诗问》卷十二《灯船辞》，见《姚燮集》（二），第 353 页。
③ 《复庄诗问》卷十三《悔曾九章》其一，见《姚燮集》（二），第 363 页。
④ ［清］陆墢：《玉枢经篇序》，见《琼贻剖墨·兰如集》卷一，同治元年稿本。
⑤ ［清］王韬：《海陬冶游录》，见 ［清］虫天子辑：《香艳丛书》（5），北京：人民文学出版社 1994 年版，第 5672 页。
⑥ 朱一玄编：《红楼梦资料汇编》，天津：南开大学出版社 2012 年版，第 694 页。

藉，并不能真正消解自己的愁苦。如道光二十九年（1849），他在酒宴上遇到十年未见的老友戈载时，作《湘春夜月》一词道："记当春，倚楼低掐红箫。惹得荻怨蘋愁，堆积上烟潮。莫为绮年难驻，借匼花沉酒，苦慰无聊。便狎蛾静夜，携莺好日，能几回消。"①

然而在几番挣扎后，姚燮虽以《苦海航乐府》正式明确了他对青楼和狎妓的否定态度，但之后依然"快行胸臆常寻乐"②。齐学裘《见闻随笔·姚孝廉风流》载："（姚燮）闻吴县水菓四官美艳无匹，遂邀余同访。见四官姗姗其来，姚双目注之，长跪叩首而已。四官笑不止，姚便叩首不止。年逾五十，风趣如此。"③ 若此事为真，那姚燮此番名为"风流"、实则不堪的行径也间接说明了一点：在狎妓之风盛行的生活环境中，姚燮即便洞悉了青楼中的诸多丑恶，即便一再反省并劝诫他人莫要作狭邪游，也难以停止自己的艳行。

综上所述，姚燮这位曾在贫穷生活和仕进道路中苦苦挣扎的寒士，既有豪放不羁、正直傲岸、有志于国的一面，又有谨小慎微、退守求适的一面。前者促使他在诸多困苦中依旧保持着独立人格，并揭露社会现实，高扬忧国轸民的志士情怀，而后者则随着岁月的磨砺愈加影响着他的心态和选择。性本风流的他面对诸多愁苦，将青楼翠阁当作消解、慰藉之地，而在狎妓这一问题上，他的欲望与理智、猎艳与省悟亦反复交织。身份地位、价值追求、处世态度、性格爱好等影响着姚燮的人生选择和思想矛盾的形成，也决定了他只能成为一位文学家、学者，而不能成为如龚自珍、魏源、汤鹏那样的思想家。不过，这样的姚燮在道咸剧变时代的寒士群体中正具有一定代表性。

第二节　姚燮现存文学著述考辨

姚燮五十余种著述中，既有他亲撰的诗文作品，又有研究经史、小说、佛道的学术著作，还有辑录编纂的历史文献，成果之丰，令人赞叹。虽然姚燮未刊、散佚、未传的作品较多，但现今学界对其各类著述的版本考辨已较

---

① 《疏影楼词续钞》之《湘春夜月·别顺卿十年，酒宴重见，为谱此声》，见《姚燮集》（七），第1941页。

② ［清］齐学裘：《劫余诗选》卷六《寄怀李小白刺史杰贵州陆次山太守壒四明姚梅伯孝廉燮定海蒋剑人茂才敦复……十三叠前韵》，见《续修四库全书》（1531），上海：上海古籍出版社，第429页。

③ ［清］齐学裘：《见闻随笔》，见《姚燮集》（七），第2145页。

为详尽,基本呈现出了其著作情况的全貌。不过,由于资料繁杂和条件所限,以往的研究论著中还存在个别疏漏需要加以辨析。另外,因本书的主要研究对象是姚燮的文学创作,故将根据前人成果和笔者亲见对姚燮现存文学著述①的版本和馆藏情况予以考述。

一、《大梅山馆集》的版本和收录情况

《大梅山馆集》是姚燮诗词文作品的合集,目前学界对编入其中的几部著作的版本源流做出了考辨,但相互之间不免存在一些矛盾而令人产生疑问,这主要集中在《疏影楼词》与《大梅山馆集》的关系上。据李一氓《读词札记》和钱仲联《疏影楼词·前言》可知,《疏影楼词》有道光十三年上湖草堂刻本和编入"约刊于道咸间"②《大梅山馆集》本。这一论断已得到研究者们的普遍认同,如时润民言:"是故《疏影楼词》之两刊刻本,即《大梅山馆集》本与上湖草堂单刻本,前人言之甚明,殆无疑义。"③但汪超宏《姚燮年谱》却对此有另一番考述:在列出《复庄诗问》《复庄骈俪文榷》《复庄骈俪文榷二编》的版本后,便称"上三种合刊为《大梅山馆集》"④,而对《疏影楼词》,则只表明它收录在《续修四库全书》中,并未言及其版本情况,且在相应年份的年谱记事中也没有明确这一点。由此可见,《大梅山馆集》的收录情况和《疏影楼词》的版本流传,还需进一步考辨和梳理。

姚燮最为重要的诗词文集主要有以下四种:诗集《复庄诗问》,以编年方式分为三十四卷,初刻始于道光二十六年(1846),完工于道光二十八年(1848),收录了姚燮四十二岁(1846)前所作、从近万首中挑选出的3488首诗歌;词集《疏影楼词》共五卷,收录了姚燮二十九岁前的词作,在道光十三年(1833)初刻于上湖草堂;骈文集《复庄骈俪文榷》和《复庄骈俪文榷二编》,各八卷,初刻均由王莳兰编次主持,其中前者刻于咸丰四年(1854),收文112篇,后者于"咸丰十有一年辛酉冬日,始蒇刻工"⑤,收文125篇。一般认为,《大梅山馆集》便是由以上四种著作合编而成。然而

---

① "现存文学类著述"即现存于世且与文学相关的著述,包括现今可见的姚燮创作的文学作品,研究文学的学术成果,编选辑录的文献总集等,故本书对姚燮与经学、史学、地理、佛道等相关的著作,以及只留其名而不存于世的文学著作不予考述。
② 李一氓:《读词札记》,载《文学遗产》,1982年第4期,第58页。
③ 时润民:《〈疏影楼词〉与〈水云楼词〉比较研究》,华东师范大学硕士论文,2011年,第65页。
④ 汪超宏:《姚燮年谱》,北京:中国社会科学出版社2011年版,第9页。
⑤ [清]王莳兰:《复庄骈俪文榷二编序目》,见《姚燮集》(六),第1742页。

事实却不尽如此,因为国家图书馆现藏有两种不同版本的《大梅山馆集》,它们的刊刻年代和收录情况均不一致。这两种版本分别是:

其一,同治十一年刊本,共十一册四十七卷,包括《复庄诗问》《复庄骈俪文榷》《疏影楼词》三种。其中,前两书(第一至十册)每半页10行,每行21字,版心题"大梅山馆集";《疏影楼词》(第十一册)每半页11行,每行23字,版心题"上湖草堂"。并且,每种著述后都有姚燮弟子郭传璞所作跋语。例如,诗集后跋云:"兵后雕板仅存,艰于刷印,爰商诸同年陈鱼门太守,太守慨然出白镪相助,乃先印若干部。"骈文集后跋云:"先生骈文为近时一大宗,吾友象山王纫香笃嗜之,于咸丰壬子刻初编,后八年又为刻二编,剞劂方半而粤寇至,片板无存。传璞拟通初二编分类重刊,勿为李汉所笑,而力有未逮,姑俟异日。然初编板存先生息游园,故无恙也。兹因陈鱼门太守之印《诗问》,并印若干部,以饷海内之同好者。"词集后跋云:"道光壬辰、癸巳间(按:即道光十二、十三年),先生馆慈溪叶氏……遂有是编之刻板,藏先生家久未刷印,今因重印《诗问》《文榷》,次第及之。……同治十一年壬申十一月鄞县弟子郭传璞谨跋。"① 由此可知,该种《大梅山馆集》乃是由郭传璞主持,陈鱼门出资,分别据《复庄诗问》《复庄骈俪文榷》《疏影楼词》的旧板刷印而成的,而《复庄骈俪文榷二编》之所以未编入此集,是因为其旧板毁于战火。郭传璞虽欲将两部骈文集合并,重新分类刊刻,像唐代李汉一样将其师(韩愈)的遗作结集流传,但又觉自己力有不逮,只好先将旧板犹存的《复庄骈俪文榷》刷印问世。

其二,同治十三年刊本,共十六册五十五卷,较同治十一年刻本增收了《复庄骈俪文榷》,且其中《复庄诗问》《复庄骈俪文榷》的版式和内容与同治十一年本一致。该集的刊刻原由在蔡鸿鉴《复庄骈俪文榷二编序》(按:下文简称"蔡序")中有明确交代,其序曰:"王纫香广文为刻骈文初、二编,刻甫竣,遭兵火,世皆愿见不得。……癸酉之冬,先生伯子揎伯来郡访予,以旧藏白紫清墨宝相质,予为重付手民,以慰先生于地下,以偿世之善读文者。……校既毕,乃识数语于后。同治十三年岁次甲戌三月上澣。"② (癸酉,即同治十二年1872)据此可知,蔡鸿鉴于同治十三年(1874)重新刊刻了《复庄骈俪文榷二编》,并编入其主持刊印的《大梅山馆集》中。至于他说初编《复庄骈俪文榷》亦遭兵火,当属错误,因为上文郭传璞之跋虽

---

① [清]郭传璞:《疏影楼词·跋》,见《大梅山馆集》,同治十一年重印本。
② [清]蔡鸿鉴:《复庄骈俪文榷二编序》,见《姚燮集》(六),第1740—1741页。

在二编刊刻的具体情况和年代上不够准确，但却指出当时雕版毁于战火的只有二编，并无初编，并且郭传璞在与王苕兰的信中道："尊刊《文权二编》，枣木已毁，同里蔡君季白重付梨人。"① "蔡君季白"即蔡鸿鉴，其字菉卿，号季白。可见，王苕兰编次的《复庄骈俪文权》和《复庄骈俪文权二编》，前者雕版尚存，后者则由于雕板毁于战火，至同治十三年才由蔡鸿鉴组织重刊，故现在流传的《复庄骈俪文权二编》当是同治十三年刊本。

这两个版本之间的差异除了有无《复庄骈俪文权二编》之外，还有各自所收录的《疏影楼词》在内容上有所不同，即同治十三年本中的附刻有孙家毅《种玉词》（一卷），并且其前有姚燮跋，后有陆云诩识，而同治十一年本中的并无《种玉词》。另外，国家图书馆还藏有单刻本《疏影楼词》（一册），其版式与上述两种一致，且亦附有《种玉词》，不过该本在装订时有所疏漏，即《疏影楼词·石云吟雅》第十七至十九三张全页（六张半页）编在了《种玉词》第二半页之后。至于此书属于道光十三年上湖草堂单刻本系统，还是属于《大梅山馆集》（同治十三年本）系统，尚不得而知。值得一提的是，现今学界比较关注的《大梅山馆集》似乎只有同治十三年本，而忽略了同治十一年本，因为目前收录姚燮诗词文集序跋最全的《姚燮集》中，都没有郭传璞所作的三篇跋文，并且在前人的相关论著中也未见有对该本的考述。

综合相关资料和笔者所见可推论：先后刻成于道光二十八年的《复庄诗问》、咸丰四年的《复庄骈俪文权》、咸丰十一年的《复庄骈俪文权二编》版式相同，版心均题为"大梅山馆集"。姚燮在世时应没有合集刊刻，后来到同治十一年和同治十三年，郭传璞、蔡鸿鉴等人先后组织重新刊印其诗文集，并将《疏影楼词》上湖草堂刊本的重刻本编入《大梅山馆集》。换言之，现在所见的《疏影楼词》刊本或是上湖草堂单刻本，或是上湖草堂本的重刻本，只不过是重刻本被后人编入《大梅山馆集》流传于世。这也就是汪超宏为什么没有将《疏影楼词》和其他三部一起纳入《大梅山馆集》的原因了。由此可见，学界普遍认为的"《疏影楼词》之两刊本分别是《大梅山馆集》本和上湖草堂单刻本"这一观点，尚值得商榷。因为现存《大梅山馆集》还有同治十一年本和同治十三年本之分，且二者所收录的《疏影楼词》在内容上亦存在差异。另外，现存《疏影楼词》除了有刊本五卷外，还有藏于宁波

---

① ［清］郭传璞：《金峨山馆文甲乙集》之《与王纫香书》，转自赵杏根：《姚燮著述考》，见朱东润、李俊民、罗竹风主编：《中华文史论丛》（总第三十四辑），上海：上海古籍出版社1985年版，第283页。

天一阁博物馆的稿本四卷，现收录于《续修四库全书》（集部，第 1726 册）。故汪超宏指出的"《疏影楼词》，收入《续修四库全书·集部》第 1726 册"①这一信息未臻全面，因为他并未详细说明其所言的《疏影楼词》是稿本还是刻本。

二、姚燮三种词集之间的关系及其编订时间

《续疏影楼词》（八卷）、《疏影楼词续钞》（一卷）、《玉笛楼词》（一卷）均为抄本，是姚燮成书于咸丰以后的词集，故学界普遍将它们视为姚词的续集。目前三者馆藏已明确，但它们之间的关系及后两部的编订时间，尚需进一步辨析。

（一）三种词集之间的关系

翻阅这三种词集可知，《疏影楼词续钞》和《玉笛楼词》中并无相同词作，而《续疏影楼词》则收录了前者的全部（分布于卷一至卷六）和后者的绝大部分作品（分布于卷六至卷八），其中少数词在文字内容和排列次序上有所差异。但是，早年一些研究者由于尚未见到《玉笛楼词》及查询材料不便等因素，故对这一问题的辨析还存有疏漏和不足。例如，关于《疏影楼词续钞》，王珏丹《姚燮考论》言其"共分八卷，凡二百五十九阕，《续修四库全书》第 1726 册收其北图藏稿本影印本"②。魏明扬《姚燮研究》言其"有两种版本，其一，四卷本，国家图书馆藏，今收入《续修四库全书》集部词类第 1726 册。另有李一氓藏本，分为八卷，收词 259 首，比四卷本多收词大约 56 首……"③ 后来，唐艳硕士论文中有与魏明扬观点相同的表述。④ 综合来说，这些考论的失当之处主要在于两方面：第一，对《续疏影楼词》和《疏影楼词续钞》不在书名上加以区分，极易使尚未深入研究的读者混淆；第二，影印收入《续修四库全书》的《疏影楼词续钞》，其稿本现藏国家图书馆，共一卷，而非四卷，至于王珏丹所谓的"八卷"本，则是魏明扬所言的"李一氓藏本"，即李一氓所藏的《续疏影楼词》。

（二）《疏影楼词续钞》和《玉笛楼词》的编订时间

在汪超宏《姚燮年谱》（按：下文称"汪谱"）问世之前，那些考述姚燮著作的文章因未见到现藏于国家图书馆的《玉笛楼词》，故都未表明它在何

---

① 汪超宏：《姚燮年谱》，北京：中国社会科学出版社 2011 年版，第 9 页。
② 王珏丹：《姚燮考论》，浙江大学硕士论文，2006 年，第 6—7 页。
③ 魏明扬：《姚燮研究》，华东师范大学博士论文，2006 年，第 51 页。
④ 唐艳：《从〈疏影楼词〉到〈续疏影楼词〉》，湘潭大学硕士论文，2011 年，第 17 页。

时编订，并且也未明确《疏影楼词续钞》的成书时间。现"汪谱"将其二者的编订时间均定为咸丰三年（1853），郝林芳《姚燮〈疏影楼词〉研究》可能是根据"汪谱"所载，也认为："1853年姚燮编订《疏影楼词续编》《玉笛楼词》。周白山为《玉笛词》作跋。"① 但是，"汪谱"所列出的证据却不能让人信服。这是因为：其一，并未举出任何可以证明《疏影楼词续钞》编订时间的文献材料；其二，其根据《玉笛楼词》卷末周白山《跋玉笛楼词后》中的一句话，即"《疏影楼词》出届三十年，海内工诗余咸曰《骚》《雅》圭臬，今之石帚也"②，认定该集作于咸丰三年（1853），并说："《疏影楼词》刊于道光十三年癸巳，至本年三十年。"③ 然而，道光十三年是1833年，其三十年后应为1863年，即同治二年，而非公元纪年为1853的咸丰三年，况且"三十年"这个整数也有可能不是实指。更重要的是，周白山此跋不能成为推断该集编订时间的有效证据，因为它是后来才抄写上去的，并且被修改了题名。首先，现存《玉笛楼词》版心下方题"大梅山馆集"，半页十行，卷首魏伯谦、黄安涛、朱绶、陈寿祺题辞和卷末周白山跋所在的纸张并无框边栏线，其笔迹与诸词的也颇为不同。其次，除陈寿祺题辞外，其余四篇都可见于姚燮在同治元年（1862）初春亲自编订的手稿本《琼贻副墨·兰如集》中，但通过比较可发现两处差异：第一，周白山跋在词集卷末题为"跋玉笛楼词后"，而在《兰如集》卷三中作"跋疏影楼续词后"；第二，词集卷首朱绶题辞中"读《玉笛楼词》"④一语，在《兰如集》卷二中作"读《疏影楼词》"。再者，该词集最后一首词后有题署为"己亥八月下□七日小□校毕次日重校一过"。

综合上述三点可推论：第一，现存《玉笛楼词》在光绪二十五年（己亥1899）经某人校读过；第二，其中的五篇题跋极有可能是成书之后才抄写上去的，且抄写者有意修改了原作，至于校读者与抄写者是否同为一人，尚不得而知；第三，周白山跋文中所谓的"三十年"当为约数，实际应不到三十年，且因其收录在编定于同治元年（1862）的《琼贻副墨》中，故它应作于同治元年之前。因此，对于《玉笛楼词》的编订时间，并不能根据其中不可靠的题跋来推断，而目前据现有材料也无法给出一个明确答案。至于《疏影楼词续钞》的成书时间，也因尚未发现明确记载而待考。不过，值得一提

---

① 郝林芳：《姚燮〈疏影楼词〉研究》，广西大学硕士论文，2014年，第16页。
② ［清］周白山：《跋玉笛楼词后》，见《姚燮集》（七），第2037页。
③ 汪超宏：《姚燮年谱》，北京：中国社会科学出版社2011年版，第313页。
④ 见《姚燮集》（七），第2036页。按：己亥即道光十九年，癸丑即咸丰三年，丁巳即咸丰七年。

是，现存《疏影楼词续钞》抄本，半页十行，上下双边，双鱼尾，版心下方题"浮碧山馆"，正文中有涂改墨迹，且页眉处有几处评语。据此可知，该抄本所用纸张应是出自名为"浮碧山馆"的书坊或私人住宅。实际上，"浮碧山馆"四字曾在姚燮《疏影楼词·画边琴趣上》中出现过，如艳情词《乳燕飞》的小序云："和浮碧山馆作也。芳草画楼，小桃冶巷，人远无梦，春来寡欢，余亦有杜樊川之感焉。"① 这里的"浮碧山馆"应是指某位妓女，其楼名或堂号乃是浮碧山馆，当和《疏影楼词续钞》版心所题无关。又查，宁波藏书家冯可镛（1828—1887）的室名为"浮碧山馆"，且冯可镛著有《浮碧山馆骈文》（两卷，民国六年铅印本），也曾与郭传璞、张寿荣一起整理校阅姚燮关于《国朝骈体正宗》的评点（详见下文对《国朝骈体正宗评本》的考述）。因此，现存《疏影楼词续钞》抄本，很可能与冯可镛有较大关系。

三、姚燮其他现存文学著述的版本

姚燮现存文学类著述除了上述七种外，还有许多，大致可将它们归纳为文学作品、文学研究和文献辑录等类。

（一）文学作品类

1. 诗集

《红桥舫歌》一卷，现有两种版本：其一，《红桥舫歌选》存诗46首，收录在由范寿金（即范柳堂）所辑的《蛟川诗系续编》卷六，前有姚燮所作骈体小序。《蛟川诗系续编》（八卷）在民国甲寅年（1914）以活字板印行，现藏于国家图书馆，与姚燮辑录的《蛟川诗系》合并为一函，且合集仍称为《蛟川诗系》。范寿金在小序中言："此《红桥舫歌》，乃邑人刘午亭所录，云自墨迹中钞出，而原本为范茂才醒研所珍藏者。用特录登斯编，且以见先生绮岁能诗已如此。"② 其二，江益明藏有紫荆花馆抄本《红桥舫歌 红雪吟》（二本合为一集），其中《红桥舫歌》（按：该本在下文称为"江藏本"）存诗112首，均为七言绝句，其中有个别诗歌重出，且也有上述46首诗和姚序，现收录在《姚燮集》中。由于江藏本鲜为世人所见，故前人对《红桥舫歌》的考述只涉及收入《蛟川诗系续编》的这一种。不过，现据上文可知，《红桥舫歌》是姚燮青年时所作的诗集，在当时有手稿本存世，其中46首诗选

---

① 《疏影楼词·画边琴趣上》之《乳燕飞》，见《姚燮集》（七），第1760页。
② ［清］范寿金辑：《蛟川诗系续编》卷六，民国三年活字版。

入《蛟川诗系续编》，而现存诗最全的集子应是江藏本（实际很可能是光绪八年刘慈孚抄本，详见下文《红雪吟》考述）。

《西沪棹歌》一卷，共120首七言绝句，每首诗后均有小注。其中第一首诗后注曰："咸丰十年庚申冬，余重客象山西沪，主沪上王氏翠竹轩二月余。选胜揽俗，泃韬潜之乐土也。同人耸为《棹歌》之作，拉杂成辞，以遣客况，采风者或有取焉。"① 据此可知，该集是咸丰十年（1860）姚燮再次客居象山西沪时所作，主要描述了西沪的山川景物、风土人情。该集现存两种版本：第一，铅印本。民国十五年（1926）由陈汉章总纂的《象山县志》铅印问世，其卷三十二《文征外编·五绝》收入了《西沪棹歌》。该志在1973年和2004年分别由台湾成文出版社、方志出版社印行。第二，稿本，藏于宁波天一阁，现收入《姚燮集》。通过对比可知，两个版本中的诗歌内容一致，但在排列次序和小注文字上略有差异。

《上湖诗问稿》《复庄诗初稿》《诗问稿》等，均为姚燮诗集稿本，现藏宁波天一阁。通过比较可知，这三部诗集中的一些诗歌或未选入《复庄诗问》中，或与《复庄诗问》中的诗在文字上有些许差异。然而，从这些删改诗作中，可窥探出姚燮复杂的心理世界及其诗歌创作的艺术追求。

2. 词集

《苦海航乐府》一卷，共有《沁园春》词108阙，现存三种版本。其一，国家图书馆所藏稿本。卷首有蒋敦复序、八则评跋、姚燮自序等。姚燮自序云："今来游沪，沪之堂名，其蛊人尤甚于他方。……因制《沁园春》词一百有八阙，以当晨钟百八，唤醒痴聋。……咸丰二年壬子小春月。"② 可见，是书作于咸丰二年（1852）。其二，上海图书馆所藏的著易堂排印本。该本卷首沈宗畸题辞曰："光绪丁酉，如皋冒君鹤亭以抄本《苦海杭》见赠，因托上海著易堂代排数百本，其中脱误无别本可校。"③ 卷末冒广生序曰："重披此卷，益尽伤于申浦回潮……己亥冬仲，水绘盦主记。"④ "冒君鹤亭"即冒广生，光绪丁酉、己亥分别是光绪二十三、二十五年，故该本应是据某一个抄本在光绪二十五年（1899）排印而成。其三，藏于苏州大学图书馆的抄本。据赵杏根考述，该本由"无名氏抄于戊申秋月，并于卷末题《沁园春》

---

① ［清］姚燮：《西沪棹歌》其一，见《姚燮集》（四），第1041页。
② ［清］姚燮：《苦海航自序》，见《姚燮集》（七），第1986页。
③ 见《姚燮集》（七），第2047页。按："杭"字误。
④ 见《姚燮集》（七），第2042页。

一首"①，卷首也有姚燮自序。这里的戊申年应是光绪三十四年（1908），故这一抄本应成书于光绪三十四年。《苦海航乐府》主要描述了上海青楼中的种种现象，以唤醒沉迷其中不能自拔之人，集中之词，语言俚俗，不乏格调低下之作，且因有青楼专属用语和方言，故多加小注以释意。

《词斠》，抄本，藏于天津图书馆。是书共两册，凡七卷，分别是《石云吟雅上》《石云吟雅下》《娟尾集》《疏影楼画媵上》《疏影楼画媵下》《迟忏词上》《迟忏词下》，所收词作都存于《疏影楼词》，仅在次序和文字上有差异②。另外，上册卷首有两条幻蜨主人识语。其中，同治九年（庚午）条言："《词斠》，姚梅伯先生著也。己巳夏见之于王君锡蕃行笥，盖副本也。"③光绪九年（癸未）条言："《疏影楼词》原本曰《词斠》，曩见于王君锡蕃行笥。后友人陈海帆为录一册，惜字太荒率，拟另录未遑。兹睹刻本，爰录其序记于首。"④据此可推论：虽然《词斠》是否为《疏影楼词》原本尚不可知，但它在同治八年（己巳1869）之前有抄本流传，在同治九年（1870）又有陈海帆誊录本，至光绪九年（1883）已有刻本行世。

3. 古文集

《复庄文酌初编》，抄本，不分卷，藏于上海图书馆，现整理收入《姚燮集》。是书卷首有宗源瀚作于光绪九年（癸未1883）的识语。卷末有姚燮自记："山居无俚，检旧稿之稍清楚可录者，命黼弟、燮儿誊成二册，署为《文酌初编》云。壬戌三月十三复翁记。"⑤又有一语为："同治二年春王正月，宝山蒋敦复校读一过。"⑥正文后附有《复庄文录目录》，将目次列为六卷。并且，是书篇末云："初编文卷六，都九十七首。咸丰甲寅岁正月山居手编。"⑦篇首小注云："凡不抄者已刻入骈体稿。"⑧据此可知，姚燮在咸丰四年（甲寅1854）正月计划编一部收录97篇散文和骈文、共计六卷的《复庄文录》，并先编好了目录，但不久之后他将目录中的骈文编入了《复庄骈俪文榷》（咸丰四年八月左右刊行），到同治元年（壬戌1862）时，又将目

---

① 赵杏根《姚燮著述考》，见朱东润、李俊民、罗竹风主编：《中华文史论丛》（总第三十四辑），上海：上海古籍出版社1985年版，第283页。
② 见《姚燮集》（七），第2035页。
③ 见《姚燮集》（七），第2034页。
④ 见《姚燮集》（七），第2035页。
⑤ 见《姚燮集》（六），第1640页。
⑥ 见《姚燮集》（六），第1640页。
⑦ 见《姚燮集》（六），第1642页。
⑧ 见《姚燮集》（六），第1641页。

录中的散文和另外一些散文合编为《复庄文酎初编》。这部文集收录了姚燮68篇散文，包含了赋、说、论、记、书、传、墓志、序跋等多种文体，且因蒋敦复曾在同治二年校读过此书，故文中和文末有蒋氏的校注和批语，另有曹峋、潘德舆、李棨廷等人眉批。

4. 戏曲和散曲

《某心雪传奇》一册，现残存不足十一折，有稿本、萧山朱氏别有斋油印本、张宗祥誊清本。后者中张宗祥《某心雪序》云："《某心雪传奇》稿本一册，甲午春冯孟颛兄见赠。计全书共十一折，而第十一折《留约》亦仅开场两套，下即阙如。书中改窜涂抹、难于辨析者甚多……丙申夏休假之际，邺卿又函问及此。乃以五日之力录此一册，其不能辨析之字仍留空格，待再补校。"① 张宗祥（1882—1965），浙江海宁人，曾任浙江图书馆馆长；冯孟颛，即冯贞群（1886—1962），宁波著名藏书家。据张序可知，《某心雪传奇》稿本原为冯孟颛所藏，其中字迹涂改颇多，1954年（甲午）冯氏将此本赠予张宗祥，1956年（丙申）张氏据其誊写，加以句读。并且，由于这部戏曲以姚燮与苏州妓女时湘文之间的故事为蓝本，故张氏还将与此事相关的厉志《湘文小传》、杨韫华之记（原收于《浮香阁本事》）录于誊清本的卷首。现冯氏所赠稿本藏浙江图书馆，萧山朱氏别有斋油印本藏浙江大学中文系资料室②，张宗祥誊清本藏于宁波天一阁，而收入《姚燮集》中的《某心雪传奇》则是以张宗祥誊清本为底本、参校浙江图书馆藏本整理而成的。另外，"某"为"梅"古字，故（光绪）《诸暨县志·人物志列传》和蔡序中均作"梅心雪传奇"，而蒋宝龄《墨林今话》和王韬《瀛壖杂志》中的"梅沁雪"则是误记。

《红雪吟》一卷，现有江益明藏紫荆花馆抄本（与《红桥歌舫》合为一集），收入111首散曲小令和6套套数。该抄本卷首有刘慈孚《跋》："《红桥歌舫》《红雪吟》者，乃吾邑姚复庄先生燮少年所作诗与词也。……是集乃其手书，笔墨精妙，丰神秀出，应是正本。近藏范醒研家。庚辰夏一借读，遣儿辈录之，惜多错误，何当更抄一过。校既竟，系之以诗。……壬午夏六月下浣，午亭灯下书。"③ 据此可知，刘慈孚于光绪六年（庚辰1880）借到藏于范醒研家的《红雪吟》和《红桥歌舫》手稿本，在光绪八年（壬午

---

① 张宗祥：《某心雪序》，见《姚燮集》（七），第2123页。按："冯孟颛"，《姚燮集》作"冯孟嵩"，今改。
② 汪超宏：《姚燮年谱》，北京：中国社会科学出版社2011年版，第105页。
③ ［清］刘慈孚：《跋》，见《姚燮集》（七），第2122页。

1882）亲自抄录、校阅这两部书。又，刘慈孚自撰诗集《云闲诗草》（四卷）为光绪二十三年紫荆花馆活字排印本①。因此，江益明所藏的紫荆花馆抄本《红桥舫歌 红雪吟》很可能是光绪八年刘慈孚抄本。

5. 笔记

《十洲春语》，署为"二石生著"，先后收录于《艳史丛钞》（光绪四年）、《香艳丛书》（宣统元年至三年）等中印行。其中，"香艳丛书本"卷首有5篇序文和12人题词，且诸序均作于道光二十一（辛丑1841）年。其中时间较早、作于是年三月初三的白华山人（厉志）序云："余于二月中旬自郡东城徙居西郭来观亭左偏。……今晨初霁……闻有叩柴荆者，启视之，乃三交门二石生，袖出书一卷，题曰《十洲春语》。"② 又，书内言及道光辛丑年发生之事，故此书应成于是年一二月间。是书全本共有上、中、下三卷，分别为《品艳》《选韵》《捃余》，主要记述了数十位宁波妓女的身世、性情、才貌，以及她们与作者及其友人的交往情况。另外，书中数十首收入《复庄诗问》的诗歌，或是编年有误，或是诗题有异，详见赵杏根《姚燮著述考》和本书第二章第二节的相关论述。

（二）文学研究和文献辑录类

1. 戏曲编选与研究

《今乐府选》，稿本，单鱼尾，版心下题"大梅山馆集"，上下单边，左右双边，半页11行，与《复庄诗问》《复庄骈俪文榷》等刊本的板式一致。是书原192册，现残存不全，分藏于浙江图书馆（110册）、宁波天一阁（56册）、台湾"中央"图书馆（16册）、中国国家图书馆（2册）等处。关于是书卷数，蔡序、（光绪）《诸暨县志》等中均记五百卷，《中国古籍善本数目》记六百三十五卷。而今由于该书残缺不全，只有四百卷左右为人所见，故其总卷数尚不能确定。该书是一部规模宏大的戏曲选集，选录了金、元、明、清四代四百余种戏曲作品（全本或折子戏），在体例上分为衢歌、弦索、杂剧、院本、散曲、耍词六类，并附有姚燮校记、题识、评语等。1954年，浙江图书馆购得此书中的110册后，馆长张宗祥编写了《复庄今乐选详目》，并以朱笔对这110册认真校勘，这即是浙图藏本与别馆藏本较为不同的地方。关于该书的收藏流传过程、存目情况、主要内容等，详见洪

---

① 李灵年、杨忠主编：《清人别集总目》（上），合肥：安徽教育出版社2000年版，第554页。
② 《十洲春语》序四，见［清］虫天子辑：《香艳丛书》（4），北京：人民文学出版社1994年版，第4202—4203页。

克夷《姚燮评传》、周妙中《江南访曲录要》、徐永明《姚燮与〈复庄今乐府选〉》、吴敢《〈今乐府选〉序考》、魏明扬《姚燮研究》等论著。

《今乐考证》，今存手稿本，版式与《今乐府选》相同。1935年北京大学据手稿本影印，题为"复道人今乐考证"，书末附有马裕藻和赵万里作于民国二十四年（1935）的跋文。马裕藻跋云："亡弟隅卿（廉）……潜心戏曲小说之研究。民国二十一年，在宁波书肆忽睹此稿，惊为秘籍，以重价得之……余特承隅卿遗志，先将姚氏此稿赠予北京大学，请其印行，不及两月，全书即以印成。"① 从中可知此书由手稿本到影印本的经过。1959年《中国古典戏曲论著集成》（十），以北大影印本为底本重新排印此书，但删去了赵万里的跋文。另外，《续修四库全书》（第1759册）也收录了北大影印版。是书包括缘起（一篇）、宋剧（一篇）、著录（十篇）三部分，著录考证了宋、金、元、明、清的戏曲作家和作品，"总计入载宋剧九百七十五种，元明清杂剧二百零三家一千一百七十六种，金元明清院本三百十六家一千一百十六本"②，搜罗宏富，虽然其间有一些失误，但却难掩姚燮的收集编纂之功。

2. 小说研究

《读〈红楼梦〉纲领》，原有稿本两册，为慈溪魏友棐所藏，而后上海珠林书店在民国二十九年（1940）排印该书时改题为《红楼梦类索》，并署名为"姚梅伯遗著，魏友棐、洪荆山校订"。排印本前，姚燮《原序》云："姑分为二册存稿。暇日校补完成，再行分卷可耳。咸丰十年庚申秋七月复翁手抄。"③ 魏友棐作于民国二十九年的序云："是书原名读红楼梦纲领，分上下两卷……前年春，余整理故籍，得是书，识为先生手稿，乃为校写一过，谋付剞劂。会故友同里洪通叔君主笔远东日报，见而好之，因索副本排日刊等报端，未终卷而报纸中辍。"④ 由此可知，民国二十七年（1938）魏友棐曾据稿本抄写，并交付友人登诸报端，而该书则成于咸丰十年，初为稿本两册，不分卷，故魏序所说原稿分上下两卷，当为上下两册，且排印本分人索、事索、余索三卷应是魏友棐、洪荆山所为，并非姚燮本意。该书对《红楼梦》进行了资料性的分类搜辑和统计，在红学史上有一定的地位和意义。

---

① 中国戏曲研究院编：《中国古典戏曲论著集成》（十），北京：中国戏剧出版社1959年版，第320页。
② 洪克夷：《姚燮评传》，杭州：浙江古籍出版社1987年版，第102页。
③ ［清］姚燮著，魏友棐、洪荆山校订：《红楼梦类索》，上海：上海珠林出版社1940年版，第1页。按：该书封面、目录、正文第一页都题为"红楼梦类索"，但版权页题为"红楼梦类纂"。
④ ［清］姚燮著，魏友棐、洪荆山校订：《红楼梦类索》，上海：上海珠林出版社1940年版，第2页。

《红楼梦》评语。现有十九种《红楼梦》评点本收录姚燮评语，若按所收评语内容可将它们分为两类：其一，王希廉（护花主人）、姚燮（大某山民）合评系统，其中姚燮评语有总评、回评、眉批、夹批等形态。初有光绪十一年上海广百宋斋铅印本《增评补图石头记》，凡一百二十卷，每卷首前题"悼红轩原本，东洞庭护花主人评，蛟川大某山民加评"。此后至20世纪30年代，该系统评本曾多次重刊，版本和题名不尽一致，如光绪十二年铅印本《增评绘图大观琐录》、光绪二十六年石印本《绣象全图增批石头记》、民国十九年（1930）"万有文库本"和民国二十四年（1935）"国学基本丛书本"《石头记》① 等。其二，王希廉、姚燮、张新之（太平闲人）三家合评系统，凡一百二十回，其间姚燮评语只有总评和回评。较之王、姚合评本，三家合评本的刊行流传更为广泛，先后有光绪十年上海同文书局石印本、光绪十四年上海石印本、光绪十五年上海石印本、光绪十八年上海石印本《增评补象全图金玉缘》、光绪二十四年上海书局石印本《绣象全图金玉缘》、光绪三十四年求不负斋石印本《增评全图足本金玉缘》、民国十四年（1925）上海石印本《增评加注全图红楼梦》、上海江东书局石印本《评注加批红楼梦全传》、民国十六年（1927）上海文明书局铅印本《红楼梦》等。

3. 诗词编选

《句东三家诗合刻》十二卷，道光十五年刻本，现藏国家图书馆。前人多因未见到该书而认为它失传，如汪超宏《姚燮年谱》便将它列入"未有传本者"中。"句东"即"甬句东"，指宁波；"三家"即姚燮好友陈仅、叶元阶、厉志。是书乃是姚燮选辑三人诗歌合刻而成，共三册，半页九行，每行二十一字，单鱼尾，上下单边，左右双边。每册四卷。三册分别为陈仅《渔珊诗钞》、叶元阶《赤堇诗钞》、厉志《白华诗钞》，每册卷首都有吴德旋《句东三家诗合刻序》，其言曰："姚君野桥选三家诗合刻之，属予为序。……道光十五年岁次乙未十一月二十四日，宜兴吴德旋仲论甫序。"② 每册在吴序之后，又各有单序，分别为道光十一年（1831）吴德旋《文则楼诗集原序》、道光十五年（1835）吴德旋《赤堇山人诗集原序》、道光十五年汪能肃《白华山人诗集原序》，而后均列出鉴阅、校刊姓氏。

---

① 汪超宏《姚燮年谱》言收入《国学基本丛刊》中的为《大某山民加评〈红楼梦〉》，但实际上题名为《石头记》。又，《大某山民加评〈红楼梦〉》之称出自《清史稿·艺文志补编·子部·小说类》，而以其为书名的本子并不存在。

② 《句东三家诗合刻》卷首吴德旋《句东三家诗合刻序》，清道光十五年刻本。按《清代诗文集汇编》（486）之吴德旋《初月楼文续钞》卷四，亦收录该序，但末尾没有题署年月。

《红犀馆诗刻》不分卷，同治四年刻本，藏于浙江图书馆。书前董沛作于同治四年（1865）的序云："咸丰庚申，欧星北司马倡诗社，以红犀名其馆，而延镇海姚复庄先生为祭酒。……社之例一月一举，杂拟古今体诗，糊名易书，而先生判其甲乙。……始为社，议以二十四集，遭乱不终。今所编者，凡十集，为诗千有余篇，梓而传焉。"① 据此可知，是书所收之诗，乃是咸丰十年（庚申1860）众位文士在象山参加红犀馆诗社活动时所作。十集之中，存姚诗五十余首，且最后两集《丹山倡和诗卷》《海山分韵诗卷》因非诗社活动之作，故不以集次。

　　《乐府补题今编》，上海图书馆藏抄本两卷。是书收录了清初至乾嘉十余位词人的咏物之作，其中卷一和卷二分题"赋蝉"和"赋蟹"，盖仿朱彝尊辑录的《乐府补题》之体例而成。两卷卷首分署"蛟门姚燮汝梅辑，慈水叶元垿小谱校"；"蛟门姚燮汝梅辑，鹤皋叶元垿联奎校"。叶元垿，即叶元壁，叶元阶堂弟，字联辉、联奎，号小谱，慈溪人。姚燮青年时常与叶元壁同游唱和，联吟填词，相交甚笃，在《疏影楼词》中，就有十余首与叶元壁相关的作品。因而，《乐府补题今编》很可能是姚燮青年时所编。是书前序跋云："古今来名媛诗不少矣。余向谓闺中弱质，不过枕畔愁思、窗前花月，撷拾成韵而已。"② 其内容与正文无关，且所系纸张亦与正文不同，故该页应是他人误订于此。

　　《词学标准》不分卷，现有两种版本：其一，姚燮手稿本，国家图书馆缩微影印。是书四周双边，半页九行，版心上方题"鹤鹿斋读本"，首页题署"玉笛楼词学标准十一册，未分卷，大某手录"，总目下题"大某手辑未定稿"，而后有姚燮识语："右词学标准一册，未分卷，少年学倚声时所采掇成帙者，其于审律修辞之道，已两括无遗蕴矣。因旧稿模糊涂乙，非他手所能辨录者，爰于养疴之暇，稍加删节，重录一周，差分眉目。……辛酉重九前一日，大梅识于息游园。"③ 由此可知，是书编成于咸丰十一年（辛酉1861），并未分卷，故蔡序、董沛《四明清诗略》、（光绪）《诸暨县志·人物志·列传八》等中言此书八卷，当为误记。是书收录了姚燮早年采辑的诸家词论，且侧重于审律修辞。其二，同治四年抄本，藏国家图书馆。是书卷首亦有姚燮识语，卷末有作于"同治乙丑春季"的杏笛词人识，且文后增加了几幅图文。

---

① ［清］董沛：《正谊堂文集》卷一《红犀馆诗序》，见《清代诗文集汇编》（707），上海：上海古籍出版社2010年版，第417页。
② 转引自魏明扬：《姚燮研究》，华东师范大学博士论文，2006年，第54页。
③ ［清］姚燮：《词学标准》，咸丰十一年稿本。

4. 骈文编选与评点

《皇朝骈文类苑》十四卷，光绪九年刊本，国家图书馆、浙江图书馆藏。是书共二十四册，上下单边，左右双边，半页九行，每行二十字。卷首有郭传璞序、姚燮叙录和张寿荣例言。郭序云："我师镇海姚复庄先生选有《皇朝骈文类苑》一书，凡百二十有五家，为文五百三十有二首，为类一十有五，盖衷李氏体裁。搜罗宏富，惟其书未经誊钞，仅存序录集选目。老友张鞠龄孝廉绩学多才……迄复梓先生是编，谓璞从游师门宜共衷辑。顾兵后简册销沉，庋藏家亦不多得，相与征求之外，尚阙文四十余首……光绪九年岁次癸未春正月鄞县郭传璞谨序。"① 是书的编撰刊刻过程由此可见。再者，据张寿荣例言可知，由于姚燮所列目录中并无第一类典册制诰文的具体篇目，而张氏"亦不敢妄行操选"，故是书只收录了103位作家的14类骈文，共计490篇，且将序类按内容主题分为四类。又，光绪二十一年（1895）玉轴山房重刊此书，并将其更名为《皇朝古学类编》。

《国朝骈体正宗评本》十二卷，现有两种版本：其一，光绪十年花雨楼朱墨套印本，共6册，半页9行，每行20字，藏于国家图书馆、浙江图书馆。是书卷首有曾燠原序、冯可镛序和张寿荣序及例言，共收入清代骈文172首，凡43家。张序云："先生一一为之点窜品题……予藏评本久，并于眉尾间有所潜注。甲申春，以同志假钞之纷，爰为排比审谛，授诸手民。"② 由此可知，是书为清代曾燠编选，姚燮评点，张寿荣参评并于光绪十年（甲申）付梓而成。其中，姚评多为文末总评，眉评甚少，且冠以"姚云"二字，而张评多为眉评，冯可镛和郭传璞亦偶有校注置于页眉，冠以"冯云"或"郭注"。其二，1912年上海文瑞楼石印本，共4册，上下双边，半页14行，每行31字。该本在内容上与花雨楼本一致，但却将书名改为"清朝骈体正宗评本"，这是因为其印行时已是民国，不能再称为"国朝"。另外，张、冯等人在整理该书时，补入了曾氏原刻中有而姚燮手批本中无的一篇骈文，即陈黄中《答光岳书》。此篇在花雨楼本中作为《补编》附于末端，在文瑞楼本中则并入卷十二。

5. 地方文献编撰及其他

《蛟川诗系》三十一卷，现存两种版本。其一，国家图书馆藏《蛟川诗

---

① ［清］郭传璞：《皇朝骈文类苑序》，见《皇朝骈文类苑》，光绪九年刊本。
② ［清］张寿荣：《国朝骈体正宗评本序》，见《国朝骈体正宗评本》，光绪十年花雨楼朱墨套印本。

系初稿》八册，稿本，半页十一行，无栏线、边框，每卷首端题署"邑人姚燮述"，页眉处有校语，但其笔迹与正文不同，当非姚燮所为。该本除第六、十一、三十卷外，每卷末都注有批定时间。其二，民国二年活字版八册，藏国家图书馆、浙江图书馆。活字版卷首有盛炳纬、范寿金民国二年（1913）序，其中盛序简要交代了是书刊行经过，即盛炳纬在光绪二十一年乙未（1895）从姚燮后人处得到了《蛟川诗系》手稿本，多年以后请老友范寿金至家雠校，历经两年方完成，而后借机付梓。是书搜辑了隋唐至清代嘉道时期345位宁波（即蛟川）诗人，不仅选录他们的诗歌，而且以人系传，简述诗人生平事迹，实存一方文献。关于该书的编撰缘起和经过，姚燮曾言："予家静海，曾勉为《交川诗征》之辑。自弱冠猎访以至于今，倖倖乎得三百数十家，而犹有偏而不举之患。"① 又，稿本卷二十九末注"（甲子）三月初一日完"，而姚燮于同治三年（甲子1864）四月二十五日去世，且（光绪）《诸暨县志》言其"临殁犹搜辑《蛟川耆旧诗》，纂先正小传"，故是书当成于姚燮逝世前不久，花费了他的半生心血和精力。另外，浙江图书馆藏《蛟川耆旧传》（稿本不分卷）当是此书定稿前的一部分。

《琼贻副墨》四十六卷，稿本，八册，版式与《今乐府选》同，现藏国家图书馆。前人多因未见到藏本，便据（光绪）《诸暨县志》的记述将该书著录为二十四卷。该书第一册前页题署"琼贻副墨七种都四十六卷复翁自题"。卷首姚燮识语云："壬戌春日山居……自正月廿四日起，至三月初十日蒇功，为种七，为卷四十有六，以八巨册合装之。"② 据此可知，该书在同治元年（壬戌1862）编写而成，共包含七种著述。其中，《兰如集》十四卷，收录了时人为其著述所作的序跋题辞、记述其事迹的笔记材料，以及与其酬赠唱和、纪游感怀的诗词。《尺素集》二十四卷，收录了时人写给姚燮的书信，共分四编，并按以人系信的体例编排。《浮香阁本事》四卷，收录了时人题咏其《倚梅图》之作。《二石花椵画梅题辞》《探梅图题辞》《忏绮图题辞》《吴门西山纪游图题辞》各一卷，分别收录了时人的题图之词，且这四卷第一页右下侧，均有"光绪辛丑夏月后学叶□□校一过"的字样。由此可见，是书具有资料汇编性质，集中呈现了姚燮的生平、交游和时人对其文艺创作的看法。

---

① 《复庄骈俪文榷二编》卷四《鲁瑶仙永兴集序》，见《姚燮集》（五），第1420页。
② 见姚燮编：《琼贻副墨》卷首，同治元年稿本。

第二章 姚燮诗歌研究

姚燮现存诗近四千首，其中绝大部分作于道光十四年（三十岁）至道光二十六年（四十二岁）之间①。道光二十八年，姚燮在亲手编定的《复庄诗问》刊刻问世时说："行年四十有四矣，日月坐废，一事无所成，即持此以问天下后世之能诗者，而尽以为可诗也，亦曾内何益于身、外何补于世也，是又可为长太息者也。"②此言表明了他以"诗问"命名诗集的原因，即想要询问后世能诗之人：吾诗虽得到了师友们的肯定，但其是否能内益于身，外补于世？这既是姚燮的谦虚之言，更是他对自己诗歌创作终极追求的表达和实际成就的审视。姚燮希望倾注半生心血的诗歌于内能自由、真实地表达自己，于外能对家国社会、百姓生活乃至诗坛发展有所裨益。基于此，本章将结合社会文化环境和姚燮的诗学主张，从平民情结、穷愁之感和审美特点三个方面对姚燮诗歌展开深入探讨，以期揭示出其诗于世于己所具有的意义。

第一节 姚燮诗歌的平民情结及其成因

姚燮在今世有爱国诗人和现实主义诗人之称，这是因为其诗集中既有展现底层小人物面貌、描绘社会风俗、反映世态人情的作品，更有反映民瘼、记述鸦片战争的篇章。在国家急剧衰落、世风日益浇漓的社会环境中，这些诗歌所蕴含的诗史品格和平民意识，不仅是时代感召的结果，而且是诗人志

---

① 《姚燮集》第一至第四册收录了《复庄诗问》《红桥舫歌》《西沪棹歌》及未见于三部诗集的存稿之作，共计约3908首（在不同版本中文字有异的诗歌算作一首）。另，姚燮《十洲春语》中约有78首诗歌未被《姚燮集》收录。在姚燮现存的近四千首诗歌中，有四百多首作于二十九岁之前（《复庄诗问》卷一至卷五及《红桥舫歌》），一百多首作于四十三岁之后（《西沪棹歌》和少量散佚诗歌）。本书将以《复庄诗问》中的诗歌为主要探讨对象，在论述时亦会兼顾其他两部诗集及散佚之作。

② ［清］姚燮：《复庄诗问自序》，见《姚燮集》（四），第1019页。

士之心和"以诗存史"这一创作意识的集中体现。目前,研究者们已充分关注了姚燮诗歌的诗史精神和时代意义,但尚未从平民书写的角度深入探析其诗所具有的平民情结及其成因。因此,本节将对此展开探讨,以揭示出姚燮诗歌所描绘的平民生活图景及其创作理念。

一、聚焦底层人物,彰显人间真情

将目光投向形形色色的底层小人物,真实摹写他们的生活状态、德行品质、命运遭际,是姚燮诗歌对平民书写的首要体现,这从他三十岁所作的《八怀诗》中可见一斑。从诗名来看,《八怀诗》应是诗歌中常见的题材类型——怀人诗,但其独特之处在于所感怀的不是诗人常念的师友、亲人,而是他以前接触的,甚至只有一面之缘的下层平民。他们分别是卖饼的和蔼老叟(《饼师毕叟》),在海战中受伤、追思李帅恩情的老兵(《北城老兵徐》),曾在诗人家里为佣、而今偶遇相帮的老妪(《横山妪周》),曾于钱清江风雨中竭力帮助诗人的船夫(《钱清舟子郭三》),持以礼节、替夫致歉的酒蛮之妇(《龙头场村妇》),以卖曲为生但恣意挥霍的艺人陆先生(《曲子先生陆》),寻仇十年以至身无分文、泣拜授钱老翁的持刀者(《莲花棚所见者》),昔日豪奢而今日落魄的乞丐(《东郭门丐》)。

八位底层人物的身份和职业各不相同,以他们为中心的故事也多是日常生活中的常态,与涉及国家政事的民瘼关系甚微。① 姚燮作为在当地已具有一定声名的文士,则能自发地以诗歌来叙述他们的德行、际遇,展现着人与人之间的种种情感。如《饼师毕叟》记述了姚燮童年时与卖饼老叟之间的故事:七十九岁的毕叟在孩童放学时前来卖饼,虽然"似怜小儿饥"的他是为了"觅微利",但久而久之,孩童对他产生了依恋,以至于"三日叟不来,鱼肉亦不甘""叟死竟不来,小官泪渌渌"②。"似怜""微利"二词的准确使用,令毕叟的形象达到了高度真实,而童年时的诗人与毕叟之间的关系最终越过嘴馋因素和买卖层面,上升为一种日久情深的人间常态。就人物身份而言,《八怀诗》中的毕叟、郭三、村妇等劳动者尚属商、农阶层。相较于他们,艺人陆先生的地位更为低下。不过,姚燮没有因此轻视陆先生,也没有指责他"积金恣霍挥"的行为,反而在他钱财散尽、无家可归、回避旧识的

---

① 虽然《北城老兵徐》叙述了老兵在战争中遭受"肉尽可见骨"的严重创伤,但令人感怀之处却是他对视兵如子、作战而死的李帅的深切思念。
② 《复庄诗问》卷六《八怀诗·饼师毕叟》,见《姚燮集》(一),第152页。

境况下陪伴左右,并为他祝寿:"酒为先生寿,先生为我歌。病马嘶西风,自觉哀音多。酒亦不能醉,哀亦不能止。"① 陆先生将满腹哀伤都倾注于酒和歌,然终不能解,不久便去世。姚燮作为这位孤独艺人的知音,以理解、同情的态度勾勒出他人生最后一段时光的生活剪影。这正体现出了姚燮平民意识的一个重要特点,即不以居高临下之姿、鄙夷愚弄之心对待身份低贱的艺人、妓女,真切关注他们的生存境遇,并常怀赞赏或珍惜之意。这一点在他之后所作的诗歌中可以得到印证。如《观石氏夫妇演技》和《莲郎曲》分别细致描写了石氏夫妇和七岁儿童表演的两幕汉京戏、阿莲在舞台上表演的战场戏。对于他们的技艺,姚燮从三个方面层层递进地予以揭示:首先,以生动的语言铺叙艺人们的表演动作和情态。其次,在铺叙过程中或结束后插入观众们的反应,以烘托出艺人技能的高超。如石氏夫妇和儿童的表演使"座有醉者神皆醒""哄堂拍手都叹奇"②,阿莲的绝妙演绎取得了"可怜广座千人心,摄入横波春一寸"③ 的效果。最后,从别具一格、与众不同的角度称赞他们的高超技艺。如石氏夫妇抛却了已经泛滥的"缘竿走索",以全新表演出奇制胜,而阿莲亦是"独删常格制偏胜"。从中可见,为突显艺人们的才能,姚燮采用了客观描写、侧面烘托、主观赞扬等方式。不过他心中所想的不止如此,而是还有对艺人前途的担忧与思考。在姚燮看来,"技虽神妙终何补",即便他们穷尽天巧,"亦只终身谋一饱"④,终究难以靠此消除卑贱地位,且等衰老技穷之后,就会失去谋生的资本。

在当时的社会体制下,市井艺人的生存处境也确如姚燮所言。但姚燮纵然有此认知,也未能提出较为明确且有效的解决办法,只是建议他们要好自珍重,在以后逐渐转换到受人尊重的行业。然而,"强因觅食卖歌舞"⑤ 的艺人特别是女伶,想要挣脱泥潭又谈何容易,外部环境的控制和自我的悲怨、沉沦,犹如双重枷锁,阻挡着他们开启平凡人生的大门。如姚燮在道光十四年(1834)结识的武林少女王双双,琵琶技艺已达到"浙西称第二手"的高度,她的演奏此起彼伏,"变音忽作落叶响""尾声忽转旖旎歌"⑥,引得座客的所思所想都随之波动。但此时年仅十三岁、尚且娇怯的她,因无奈

---

① 《复庄诗问》卷六《八怀诗·曲子先生陆》,见《姚燮集》(一),第154页。
② 《复庄诗问》卷九《观石氏夫妇演技》,见《姚燮集》(二),第240页。
③ 《复庄诗问》卷九《莲郎曲》,见《姚燮集》(二),第252页。
④ 《复庄诗问》卷九《观石氏夫妇演技》,见《姚燮集》(二),第241页。
⑤ 《复庄诗问》卷十八《诣女郎王双双殡词》,见《姚燮集》(二),第508页。
⑥ 《复庄诗问》卷七《秋夜席上听女伶王双双琵琶赠以长句》,见《姚燮集》(一),第173页。

选择卖艺为生而"怨意时时露眉颊"①，最终于次年香消玉殒。几年后，姚燮路过王双双的家乡，作诗哀悼，对她的生前身后事颇为感念。以艺谋生者尚且如此，那以色示人的青楼女子则遭受着更多的屈辱和痛楚。对此，姚燮有着清楚认识，但正如其狎妓心态具有矛盾性一样，他以妓女为书写对象的诗歌也呈现出了两种不同的情感指向。姚燮曾作《评花小诗一百首》品评、描述一百位宁波妓女的容貌、性情、才艺、情态或经历。而今，这些小诗多被视为格调卑下的艳情诗，且因其中对妓女生活的描写多是美化而非揭露痛苦，遭到论者否定。②但换个角度来说，姚燮的这些"美化"之词，未尝不是他对妓女关爱之心的一种表现，况且他作这些小诗的主要缘由就是要借机彰显妓女们的才华技艺③，而非全部出自风流文人的猎艳心态。再者，并不能凭借这些小诗就认定姚燮"对妓女采取的是狎玩态度"④，因为他也对妓女不幸的生存境遇有着深切关照。

  道光十五年，姚燮作《斜街行》一诗，首先描述了一位十六岁身姿曼妙、才艺出众的青楼女子深受京城众多侠少迷恋、追捧的情景："出门扶上长香车，群马若仆相依驰。赠以新词《金缕曲》，置之掌上明月珠。窥意所欲无不如，穷装极饰供其娱。"⑤因而，这位女子便拥有了许多财富，住所"富丽突过王侯居"。不过至此，诗人笔锋一转，展现了另外一幅图景：他昨日在街上遇到一位脸冻肘黑、衣着寒酸的卖唱女子，她说自己曾在秦楼楚馆，名夺一时，如今则是"旧主朱门半荆棘，家在江南归不得"⑥。不难理解，诗中的两位女子实为一人。昔日以色艺为资本、深受客人宠爱的妓女一旦失去了依靠，便会落得穷困潦倒的凄凉境地，这是该诗通过鲜明对比传达出的基本信息。不过姚燮虽未言明但实有其意的是，所谓的依靠不是安然无恙的旧主，而是自己的美丽容颜。同年，他曾有诗云："可怜良家女，鬻之青楼间。教以媚人术，演习今三年。对客试神态，果得投其欢。得计渐泯

---

  ① 《复庄诗问》卷十八《诒女郎王双双殡词》，见《姚燮集》（二），第 508 页。
  ② 赵杏根：《时代的现实　进步的思想——论姚燮诗歌创作的主要内容》，见苏州大学明清诗文研究室编：《明清诗文论文集》，南京：江苏古籍出版社 1986 年版，第 178—179 页；郭延礼《中国近代文学发展史》，济南：山东教育出版社 1990 年版，第 189 页。
  ③ 《评花小诗一百首》出自《十洲春语》卷中，其中三十八首收入《复庄诗问》。本书第一章第一节已言，姚燮撰《十洲春语》的缘由之一，即是不忍看到那些有一技之长的宁波妓女湮没不彰。
  ④ 赵杏根：《时代的现实　进步的思想——论姚燮诗歌创作的主要内容》，见苏州大学明清诗文研究室编：《明清诗文论文集》，南京：江苏古籍出版社 1986 年版，第 179 页。
  ⑤ 《复庄诗问》卷十八《斜街行》，见《姚燮集》（二），第 229 页。
  ⑥ 《复庄诗问》卷十八《斜街行》，见《姚燮集》（二），第 229 页。

耻，天良因尽捐。一朝就衰老，抚镜失旧妍。狼藉弃脂水，奚止东流川？不见歌舞地，秋树生夕烟。"① 在此，姚燮简要道出一些良家女子被迫沦落风尘后在心性和遭际上的变化，并点明了造成她们凄凉结局的重要原因，即容颜衰老，对她们的态度虽有怒其堕落的一面，但较多的还是哀其不幸。

　　在男权文化主导下，有狎妓爱好的姚燮没能指出造成妓女不幸的真正根源（即"男尊女卑"的社会制度和好色的男性），亦受传统观念的影响将优人和娼妓划归为下等"蠹民"②。不过，他以诗歌记录了艺人们的高超本领、妓女们的生活情状和曲折命运，足以体现其对这些地位卑下者的关注和思考。并且，由此折射出的一点是，姚燮似乎对女性有着特别的关注。其诗中的女主人公除上述流落风尘的女子和自己妻女外，还有弃妇、宫女、思妇、烈妇和劳动妇女等。③ 其中，姚燮倾注感情最深、也最引人注目的当属最后一类，即辛苦劳作、生活困苦的家庭妇女。如《卖菜妇》中的贫妇顶着严寒，抱着孩子走街串巷地卖菜："卖菜卖菜，叫遍前街后街无一应。……棉衣已典，无钱不可赎。娇儿瑟缩抱娘哭。姑胸贴儿当儿衣，娘背风凄凄。但愿儿暖儿弗哭，儿哭剜娘肉。"④ 这几句诗以口语化的语言，运用简笔白描和心理刻画的手法，展现了这样一幅情景：身着单衣、后背寒冷的母亲，一边辛苦叫卖而无一回应，一边用自己胸口的体温来暖瑟瑟发抖的幼儿，希望能止住他的哭泣，因为他的每一声哭泣都如同一把刀子，剜着母亲本已千疮百孔的心，但这显然无济于事。该诗接下来的描述更突显了卖菜妇令人敬佩的品行，其言曰："莫道赎衣无钱，床头有钱。床头有钱三十余，买得一升米，煮粥供堂上姑，余钱买麦饼为儿餔。……明日天雨，妾苦不足语，姑苦儿苦。"在这位卖菜妇心中，婆婆和孩子是首要的，自己所承受的各种苦难则无足轻重。再如，《织新衣》中的织妇在棉田绝收、母子无食的凄惨境况下，还是东拼西凑地缝制了一件窄衣，寄给远方瘦弱的丈夫。《罾妇行》中的渔妇竟"尺半腰裙才蔽髁"⑤，满身鱼腥味，因为她从早到晚都在打鱼补

---

① 《复庄诗初稿·古意同四农论诗》其三，见《姚燮集》（四），第1088页。
② 《复庄文酌初编·通说四》，见《姚燮集》（六），第1536页。
③ 如《怨诗五章》的主人公分别是因丈夫多情而哀怨的官妇、无人可托付终身的妓女、被君王抛弃的宫人、苦等情郎前来赴约的女子、送夫君离家的思妇。《暗屋啼怪鸦行为郑文学超记其烈妇刘氏事》的主人公刘氏，在道光二十一年八月英军攻陷定海、镇海时，和两个女儿一起饮鸩自尽。关于姚燮诗歌对女性的书写，详见王珏丹《姚燮考论》（浙江大学硕士论文，2006年）、郑雅宁《姚燮女性诗歌论略》（载《宝鸡文理学院学报》，2007年第5期）等。
④ 《复庄诗问》卷二十《卖菜妇》，见《姚燮集》（一），第87页。
⑤ 《复庄诗问》卷八《罾妇行》，见《姚燮集》（二），第191页。

网，以维持全家生计，根本无暇顾及梳洗穿戴。上述三首均为乐府诗，它们通过对相关细节和人物心理活动的描绘，展现了下层贫妇甘愿辛劳、舍己为家的美德和所经历的种种辛酸，这三位女主人公也正是千千万万辛勤劳作者的真实缩影。然而，在诗人笔下，平民世界所遭受的苦难和伤痛还远不止这些。

二、痛陈灾乱哀民生，直斥官吏无奈何

《复庄诗问》卷一排序紧连的《除日登北城》与《元日大雪》，呈现出了姚燮两天内的情感变化。在某一年的最后一日，他为家乡土地荒芜、人烟渐稀抚心长叹，为只求温饱的海民被迫为盗而官吏还要强征赋税感愤不已，但到了新年第一天，便因新气象——天降大雪宽心许多。瑞雪兆丰年，故而"群生齐悦欢"①，百姓们热切期待新的一年能有好收成，衣食有所保障。不过，气象预兆终归充满了不确定性，但姚燮还是在不知道此次大雪是否为吉兆的情况下，"以祥瑞颂"之，盼望百姓生活安定。在本该辞旧迎新、欢度佳节之际，他的这番所思所想、所悲所喜，都是缘于已处于水深火热之中的民生状况。基于对黎民苦难愈演愈烈的关切和思考，姚燮曾感叹道："尽泯饥寒虞，天地何不平？"② 这一认识虽然片面且理想化，却反映了他对人民生活的最低期待，即获得饱暖。而想达到这一点则是困难重重，因为于内既有自然灾害的不断侵蚀，又有朝廷的横征暴敛和官吏的肆意摧残，于外则发生了根本未曾想到的外族入侵。面对此景，倍感无力的姚燮只得将他所听闻到的民难民声，以及自己的沉痛思索诉诸笔端。

姚燮以天灾为背景的诗歌贯穿于《复庄诗问》的始终，叙述着他所到之处的蝗灾、干旱、洪水、大雨、冰雹、狂风、瘟疫等，从而描绘出十多年来黎民和国家在自然面前遭受的各种惨痛。从微观来看，诗人以复杂的情思赋予了此类诗歌一些特点。首先，对于灾情严重者，常以组诗或篇幅较长的古体铺陈、抒情。如《哀鸿篇》《冬淫篇》《悲风谣渡德州河车中作》《阴平车中大风》等均为古体，其中《哀鸿篇》（五言，共114句）以86句叙写流民向诗人哭陈的受灾、逃难、亲死、欲诉无门、卖儿卖女、强征为丁等一系列经过；《望雨吟四章》《八月初旬连日大风雨因述见闻作短歌纪灾得十章》《旱后淫雨二章》等均以组诗的形式从多方面叙述了天灾之害、民众之难和诗人之思。

其次，对于灾情稍轻者，姚燮仍述之以诗，虽言语简短，却依然情感悲

---

① 《复庄诗问》卷一《元日大雪》，见《姚燮集》（一），第12页。
② 《复庄诗问》卷十七《春阴独居即事五章》其五，见《姚燮集》（二），第474页。

恰，这在某种程度上反映出他对灾害是较为敏感的，而敏感背后则是其忧患之心和对平民的关怀。如《青天高高当董桃行》云："昔时清风满野，今日乱雹打瓦，稽首北面陛下。小民非昧昧者，奈何驱之为瓮中鲊？"①该诗作于道光二十五年（1845），此时在鸦片战争中遭到重创的浙东地区还未恢复往日光景。而此次姚燮的直接创作缘起——天降冰雹，与之前的洪灾、蝗灾相比，程度尚轻，但在他看来，任何一次小小的灾异都会加重百姓的苦难。多年以来百姓旧伤未愈、新伤又增的惨状，促使姚燮将心中积累的怨气和愤怒因此次冰雹喷薄而出，不禁以激切之言向皇帝呼喊。另外还需指出的是，前人多以该诗作为姚燮思想进步、敢于指责皇帝的证明②，但仔细斟酌之后会发现这一观点未免有些夸大。因为他所言的"驱民为瓮中鲊"者，或是凶恶贪婪的官吏，或是接二连三的天灾，或是二者兼有，而非万民之上的皇帝。在姚燮心中，皇帝虽在"深宫独斋宿"③，没能体察民情，但也颇为不易。如道光十六年（1836）正月，他在京城目睹了繁华热闹的东华门灯市，尽管不满于朱门的豪奢，但还是觉得"欢场补得帝心苦，打遍冬冬太平鼓"④，认为皇帝也因治理国家而心怀苦楚。道光二十年（1840）战争一触即发时，他所担忧的除民众和家人性命外，还有"圣虑频谁慰"⑤。在姚燮身上，传统文士忠君、忧君的思想再次得到鲜明体现。对于百姓的伤痕累累，他不认为是皇帝的过错，而之所以向皇帝发出如此呼喊，一方面是因为极度郁结，另一方面则在于他已对官府厌恶至极（详见下文），希望自己之言能直接上达天听，但这无疑是一个不可能实现的梦。

再次，在倾吐百姓灾难的过程中，常伴随两方面的内容：第一，对比富贵人家，以贫富悬殊进一步突显底层苦难和社会不公。如《谁家七岁儿》中那个在瘟疫中丧父、随乞丐流浪的孩童，已处于"干号若蛮咽""伏地啮枯草"的濒死境地，而朱门孩儿则在舒适华丽的襁褓中，"得饵更索乳，娇泣怀中藏"⑥。

---

① 《复庄诗问》卷三十一《青天高高当董桃行》，见《姚燮集》（四），第916页。
② 如钟贤培《论鸦片战争时期诗歌的发展变化》认为姚燮以该诗"直接指斥封建最高同治者"（《中国近代文学评林》第3辑，广州：广州文化出版社1988年版，第74页）；周群认为该诗"不仅敢怒而又敢言，已剑拔弩张了的'小民'形象呼之欲出，连狼狈不堪、无言以对的'陛下'形象也跃然纸上"（《充溢文苑的爱国精神》，沈阳：辽宁古籍出版社1995年版，第150页）；王飙认为该诗"向最大的剥削者皇帝提出控诉"（《鸦片战争前后的"志士之诗"及其诗风新变》，载《文学遗产》，1984年第2期，第90页。）
③ 《复庄诗问》卷八《大雨三日有作》，见《姚燮集》（二），第225页。
④ 《复庄诗问》卷十《东华门灯市》，见《姚燮集》（二），第258页。
⑤ 《复庄诗问》卷二十《铃骑》，见《姚燮集》（三），第566页。
⑥ 《复庄诗问》卷一《谁家七岁儿》，见《姚燮集》（一），第8页。

《北风吟》也描写了截然相反的两个世界,一为饿莩遍野,"白肉成骨白骨黄",一为阁楼欢娱,"清歌如雪笙管飔"①。这种贫富对比的书写方式既是对古典诗歌优秀传统的继承,又是诗人真实想法的外化,广泛存在于姚燮其他类型的诗歌中。第二,抨击官府。"国方下诏求时瘼,官且悬书问旧租"②,是姚燮对官府面目的一次典型概括。灾害连年不断,地方官吏不但不思拯救之策,加以抚恤,反而继续催交赋税,使得民不聊生,然而这只是其罪行之一。对无所作为、压榨百姓、欺上瞒下、巧取豪夺的官吏予以强烈控诉,暴露他们的丑陋、奸诈,是姚燮诗歌的重要主题,这已由前人深论③。不过进一步来说,姚燮虽常常将"官"和"吏"合在一起进行抨击,但较之官,他更憎恨地位较低却仗势欺人的"吏",即官府中的胥吏、差役。对于"官""吏""民"三者之间的关系,姚燮曾有一番精彩论述:

> 官,傀儡也;吏,机线也。机线引而后傀儡灵,乃敢坐南面以听事。吏,钩也;官,饵也;民,鱼也。钩以饵饵鱼,吏以官饵民。饵鱼者钩鱼,饵民者钩财。鱼失命,悔饵不怨钩;民失财,怨官不问吏。然则为傀儡者,未有不为饵;为机线者,未有不为钩。④

通过两对比喻,姚燮形象地表示:许多官员在胥吏的唆使、谋划下办理公事,成为他们操纵的傀儡和鱼肉百姓的工具,而人民一般都会把指责、痛恨的矛头指向官员,并不问罪于胥吏。他将吏视为幕后黑手,认为"为官莫听吏言"⑤,当然不是为官开脱,而是要指出这种现象以表达对吏的愤怒。官员容易受到左右当差之人的不良影响,确实是官场中的常态。《红楼梦》第四回中,刚补授应天府、欲秉公行事的贾雨村,最终徇情枉法、胡乱判案的肇始之因,就是旁边门子适当阻拦,告诉了他其中的利害关系。当他假装不能因私废法时,门子冷笑道:"老爷说的何尝不是大道理,但只是如今世上是行不去的。……还要三思为妥。"⑥ 之后,门子更是道出了早已想好的、

---

① 《复庄诗问》卷一《北风吟》,见《姚燮集》(一),第7页。
② 《复庄诗问》卷十一《真疑》其一,见《姚燮集》(二),第292页。
③ 如赵杏根《时代的现实 进步的思想——论姚燮诗歌创作的主要内容》(《明清诗文论文集》,南京:江苏古籍出版社1986年版)、邵胜定《谈姚燮鸦片战争前的诗歌》(载《上海大学学报》,1985年第3期)、石继复《姚燮爱国诗歌创作研究》(河南大学硕士论文,2015年)等文。
④ 《复庄文酛初编·井言》,见《姚燮集》(六),第1558页。
⑤ 《复庄诗问》卷三十一《青天高高当董桃行》,见《姚燮集》(四),第916页。
⑥ [清]曹雪芹著,无名氏续,程伟元、高鹗整理:《红楼梦》,北京:人民文学出版社2013年版,第61页。

为薛蟠脱罪的计策。依贾雨村的品行，即便没有门子的阻拦、劝说，也最终会不顾公道和英莲之父甄士隐昔日对自己的恩情，胡乱判案，因为他总会知道薛蟠的家世。但这段故事让我们看到：职位甚微的一个衙役竟然有如此深且坏的城府，竟然能随时影响到官员的判断和决定。与小说中的门子相比，姚燮所言的吏显然更为可恶，且其诗歌中也有对仗势欺人、助纣为虐之吏的集中刻画。如其《猎虎曲》云：

> 猎虎猎虎，子无强弩。子有强弩虎有距，不愁虎生距，但愁狐假威。髑髅载面秋萝衣，拥蓬作髻低压眉，山鬼啾唧行相随。子无弩，弗猎虎，狐狸吹火虎伥舞。高楸阴阴鬼相语，白日当天照凄语。①

该诗题名和开端均表明要"猎虎"，而实际上诗人最想猎的是假借虎威的"狐狸"，即仗着官员势力作威作福、助官为非作歹的差役。在诗人笔下，他们是一群披着外衣的骷髅，是谄媚逢迎、为虎作伥的恶鬼，是令百姓生活暗无天日的帮凶。若具体到真实人物，那他们便是《哀鸿篇》中向家破人亡、欲对官府陈告苦难的灾民索要钱财的里胥，《粮船汹如虎》中"挥鞭趯行路"②、催迫纤夫加快前进速度的差役，《南辕杂诗》（第六十五）中无视蝗灾、沿门催迫赋税的胥吏。

若将这些灾情或重或轻、叙述或详或略的诗歌集中编排，那不免会令读者的心情更加沉重，因为其中纵然偶有展现民众抗灾智慧之作③，也难以消减整体带来的悲怆之感，即当时的平民在自然灾害和多数官府、富人面前，真的是命如草芥，且相比无法预知、抗衡的天灾，故意而为、根植骨髓的人祸更具摧毁性。而那些编排在一起、集中反映鸦片战争的诗歌则将这种摧毁性凸显得淋漓尽致。

姚燮最受瞩目的这部分诗，不仅具体刻画了战争中来自四面八方的施难者，如捉夫索钱、奸淫抢掠、毁坏神庙的"鬼"——英军，懈怠轻敌、弃民

---

① 《复庄诗问》卷二十八《猎虎曲》，见《姚燮集》（三），第829—830页。
② 《复庄诗问》卷二十八《粮船汹如虎》，见《姚燮集》（三），第828页。
③ 《复庄诗问》卷十一《瓮堤行泊镇江作》云："审视虚其中，积瓮如堵墙。胚圆卵累石，孔细蜂攒房。洞内始容外，至柔乃折刚。人巧信无浃，物理悟有常。"（《姚燮集》二，第291页）该诗叙述了道光十六年（1836）诗人在江苏镇江看到的以瓮抗洪灾的情景。姚燮在歌咏当地居民智慧同时，想到江汉之地已连年歉收，不禁叹问："谁哉任屏牧，力扞东南疆。"可见，这份欣喜也未能暂时退却他的忧虑之心。

逃跑、谎报军情的将吏，沦为英军爪牙欺凌弱民、"攫财供饕淫"①的投降者，乘乱而起、遍地掳掠的亡命之徒等，而且在真切描绘百姓流离失所、饥寒交迫、家破人亡的同时，道出了他们随时而变的内心渴望，以及为此所做的诸多努力。道光二十年六月，英军战舰抵达定海，此时包括姚燮在内的当地百姓将生存的基本愿望降低到"饥饿信不辞，但求丧乱免"②。为保卫家园，定海未逃难的民众誓死跟随县令姚怀祥抗敌，"敢以偷生速公死"③，镇海百姓亦竭尽所能，"贫户当役，富户募粮"④，与汗如雨下、束手无策的大官和胥吏形成鲜明对比。可次年八月，英军的炮火还是轰开了定海、镇海、宁波等地的城门，暂时幸存的百姓仓皇逃难，"共乞皇天仁，愿缓时日亡"⑤，"不顾无火伤刀箭瘢，但愿不受战殁全尸还"⑥，只求能多活些时日，死后能留个全尸。然而在保存性命的路途中，他们所要面对的威胁竟然还有将吏和盗贼。如《哀东津》云：

> 败兵泄愤来捉人，险地株连到黄口。……大傩四目遭鬼欺，去向穷村吓痴妇。健儿赤臂刀悬肘，缚军桥梁馘三首。县官率隶来助威，石响锒铛绁拖杻。⑦

士兵大败后居然厚颜无耻地拿百姓泄愤，当地官吏不但不劝阻，反而前来助阵。在这种状况下，已无路可退的群众只能奋起反抗，也只能依靠互相团结来抵制甚为猖獗的盗贼。如《段塘火》中"姜山义民奋臂起，三五百人誓同死，来如行云去如水"⑧。《十字港》中的居民设岗放哨，"千户联一心，同困资同依""备寇如备夷"⑨。他们以智慧和勇敢保卫家园，但类似于此的抵抗只是小概率、小范围事件，残酷的现实则是"行无道路宿无屋，多少流

---

① 《复庄诗问》卷二十四《感事三章》其一，见《姚燮集》（三），第686页。
② 《复庄诗问》卷二十《闻定海警感作三章》其三，见《姚燮集》（三），第564页。
③ 《复庄诗问》卷三十二《雪夜饮酒听赵二裕熙说庚子岁定海县知县姚公怀祥总兵张公朝发殉难拒夷事纪以长歌》，见《姚燮集》（四），第948页。
④ 《复庄诗问》卷二十《当解剑歌七章还家后作》其五，见《姚燮集》（三），第576页。
⑤ 《复庄诗问》卷二十二《惊风行五章》其二，见《姚燮集》（三），第626页。
⑥ 《复庄诗问》卷二十二《速速去去五解八月二十六日郡城纪事作》，见《姚燮集》（三），第624页。
⑦ 《复庄诗问》卷二十二《哀东津》，见《姚燮集》（三），第628页。
⑧ 《复庄诗问》卷二十三《段塘火》，见《姚燮集》（三），第640页。
⑨ 《复庄诗问》卷二十三《十字港》，见《姚燮集》（三），第647页。

民受摧辱。异乡不得口数粥，疟病妻子骨郊暴，新鬼啾啾杂人哭。"①

随着战争的消歇，饱受外夷荼毒和同族欺凌的百姓对国家太平的渴望更加强烈。这本甚合情理，但姚燮作于道光二十四年（1844）的长诗《大市观灯行》在叙述今日灯庆之热闹、昔日战争之惨烈后，描绘了一个令人无奈、压抑的场景：

> 昔日大梵宫，今作官府厅。官府坐厅上，百戏娱酒觥。……稽首谢官府，官府千百龄。官府千百龄，百姓长太平。悦尔官府目，媚尔官府听。官府增爵禄，百姓免圜图。……官府岂真醉，百姓岂真醒？借问官府谁，官府曾苦征。借问百姓谁，百姓曾苦兵。一朝竟安堵，不乐当无情。百姓长太平，愿为官府赓。②

百姓为了能获得长久的太平，不再经受战乱之苦，竟借节庆活动（十月初一灯行）去讨好曾摧残他们、不顾其生死的官府。这与其说是善良的百姓不计前嫌或没有认清官府的腐朽不堪，不如说是他们除此之外，没有别的选择。就该诗来说，姚燮对百姓的这种做法既理解又有些不认同，这源于他对官府本质的认知。战前，他已预料到平日敲骨吸髓的守土官吏并不能、更不会挽救民众，即："官吏谋一身，犹苦身手单。剜肉医疮痍，奚补斯民艰？"③英军入侵浙东后，虽有姚怀详、李向阳这些拼死抵抗、以身殉国的县官，但还是有许多官吏和将士或开城迎降，或弃城逃跑，与姚燮所预料的有过之而无不及。因而，姚燮尽管清楚在如此严峻的形势下，"便得河阳百里才，难及当时见功半"④，但还是极其愤怒地将战争祸端和百姓苦难归咎于各层官吏，不无讽刺地道："谁之功勋，驱我困苦。小民流离，大人之祜。"⑤可以说，正是鸦片战争的这番惨痛经历，让姚燮对许多官吏失望透顶、愤恨至极，甚至发出"尔有子孙，生气断绝"的诅咒。但无法挥剑斩佞、持弩猎虎的他，纵然不赞同百姓的讨好之举，还是对贪官黩吏有着最低期望："有酒使尔醉，有肉使尔饱。但愿不下霜，遍地活枯草。"⑥以"枯

---

① 《复庄诗问》卷二十四《无米行》，见《姚燮集》（三），第702页。
② 《复庄诗问》卷二十九《大市观灯行》，见《姚燮集》（四），第865页。
③ 《复庄诗问》卷二十《闻定海警感作三章》其二，见《姚燮集》（三），第563页。
④ 《复庄诗问》卷三十四《送王明府有龄入都即题其慈湖种花图》，见《姚燮集》（四），第994页。
⑤ 《复庄诗问》卷二十四《当气出唱五章》其三，见《姚燮集》（三），第696页。
⑥ 《复庄诗问》卷三十一《剚剚为为当猛虎行》，见《姚燮集》（四），第915页。

草"比喻遍体鳞伤的百姓，形象、贴切之余，又见其平民情怀，而他的无可奈何、愤懑郁结又怎会比百姓少？

三、浮绘迷信之风，揭露民众之愚

姚燮诗歌对世态人情中的不良现象多有揭露，如繁华都市里青楼歌坊林立、市民纵情享乐的浮靡生活，只知攀附权贵而不奋力进取的士林风气，市民阶层金钱至上的婚姻观念①。除此之外，还有以平民百姓为主角的迷信风俗。姚燮的内心贴近底层百姓，但也会批评其愚昧陋习和失当行为，并非一味褒扬或同情他们。

道光十五（1835）年正月，姚燮在进京途中路过江苏某地时，作《冲天王庙》一诗描述了当地百姓争相拜叩冲天王的情景。在他笔下，"小户烹嫩鸭，大户宰肥羊""大户枲谷米，小户鬻丝纻"②，都只为向冲天王祈求赐福。此时，姚燮在诗中多是对百姓、胥长里役、庙祝的做法进行直观描述，尚未流露出明显的批判之意。次年，他从京城返家途中，曾因江苏镇江、常熟等地淫雨不止作诗以叹，但当他看到民众在天晴后穷饰龙舟竞渡的场景时，已难掩愤慨，直接对他们"典衣鬻环助神醉"而不顾租税之忧、大水未退的做法表示不满。龙舟竞赛以祭奠屈原或伍子胥，是流传至今、津津乐道的风俗活动，而姚燮这时则极力反对，并道："谁创淫祀据稗乘，十姨五圣同讹诬。"③在他看来，怀念"二灵"当在心中，不应将大量钱财浪费在祭神求灵这等虚无之事上，况且民间那些诸如"十姨""五圣"④之神灵的说法都是以讹传讹，不可相信。

---

① 前者如《灯船辞》，中者如《傀儡》，这两点在本书第一章第一节中有相关论述。后者如学者常论的长篇叙事诗《双鸩篇》，叙写了嫌贫爱富的父母想要拆散女儿婚姻、但坚守爱情的女儿最终选择与丈夫一起饮鸩自尽之事。内容与其类似但篇幅较短的还有《王淑姑诗》。
② 《复庄诗问》卷八《冲天王庙》，见《姚燮集》（二），第192页。
③ 《复庄诗问》卷十一《阳湖观竞渡》，见《姚燮集》（二），第293页。
④ "十姨"是据"杜拾遗"而来。杜甫官职左拾遗，去世后民间立有"拾遗庙"，后来因谐音被民众误作"十姨庙"，庙中所塑女像或为一尊，或为十尊。如沈起凤《谐铎·十姨庙》中的"十姨"即为十位女子，其来历则借杜甫之神灵道出："忽一人冠带而来，某乘机阁笔。十姨趋侍左右。其人据案而坐曰：'吾浣花溪杜拾遗也！自唐时庙祀于此，不意村俗无知，误拾遗为十姨，遂令巾帼者流，纷纷鸱踞。'"（[清]沈起凤著，乔雨舟校点：《谐铎》，北京：人民文学出版社2006年版，第121页。）"五圣"，又称"五通""五显""五郎"等。明代田艺蘅记载："五郎神，即五通也，一作五显、五圣。"（[明]田艺蘅著，朱碧莲点校：《留青日札》下册，杭州：浙江古籍出版社2012年版，第428页。）五通神问世于唐代，后经不断演变，至明清时期已成为"江南地区民间信仰中重要的神灵之一，亦是一般民众意识里亦正亦邪的存在"。（罗兵、苗怀明：《从民间信仰与通俗文学的互动看五通神形象的演变》，载《文化遗产》，2020年第1期，第103页。）

道光十七年（1837），姚燮客居吴中时又亲见了当地许多迎神游市、名之为"解天饷"的风俗活动，遂作《天饷行》《五峰山》二诗，较之前情感更为激烈。解天饷，又称解钱粮、解皇钱，即民众向上天（玉皇大帝）交付钱粮以求保佑，其媒介是道士和地方的城隍庙、玉皇殿等宗教场所。关于其缘起和实质，顺康时期的小说家褚人获曾言："明末年岁不登，社稷将亡，听命于神奸道，借天师之名，黜陟十乡土地，盘踞玄妙观，以收各会首，矫诬上天之赉……今之托名欲解天饷以苛敛民财者，大率如此，为民牧者宜痛惩之。"① 明末时局动荡，天灾战乱致使国家风雨飘摇，人心惶惶，故江南一带的奸猾道士便谎称能通天感神，宣扬其论，使得内心恐惧、祈求平安的百姓甘愿交饷供奉上天。此后"解天饷"便被吴中百姓遵为岁例，直到民国时期才逐渐消歇。② 据徐珂《清稗类钞·吴人有解饷会》记载：

> 苏州之迎神游市者，不一而足……道光时，有所谓解饷会者，尤可笑。盖土地各分坊市，每岁，庙祝推一车，击小锣，周行辖境，沿户敛钱，谓之完天饷。敛毕，乃用纸锭，舁神，亲至穹窿山。山有玉皇殿，道士住持之。神至，供偏殿，先送纸锭，次则庙祝与道士议私费。③

由此可知，这一地域性人群集体活动有一套完整的流程。首先各区域庙祝按照贫富程度挨家挨户收取天饷，然后百姓们购买已分配好定额的昂贵纸钱，迎神像齐赴穹窿山玉皇殿（或其他庙宇），接着由道士主持供神祭神的仪式，百姓拜神禳灾、焚告祈福。

姚燮《天饷行》在描述该过程后，又呈现了两幅图景：第一，道士一本正经地念着咒辞，"似为民白精力殚"，但实际上其"籍尔家室戮尔嗣，幽囚骨肉诛心肝"等语令民众恐惧不安，唯唯诺诺，面容凄惨。第二，民众纷纷携带市价比绸缎还贵的纸钱，争先恐后地前去祭神，甚至互相争执、典当物品、不衣不食也在所不惜，此番疯狂已经到了"一传万哄蔽城市，若狂若醉无从拦"④ 的程度。然而，道士们却肥头大耳，居住高楼别院，享用珍奇异宝，不惧官府问罪，并且地方官员如同哑巴和盲人一般，"听其妖惑民受剐"。面对此景，姚燮并非如徐珂那般感到"尤可笑"，也不像褚人获那样寄

---

① [清]褚人获辑撰，李梦生校点：《坚瓠集》，上海：上海古籍出版社2012年版，第1129页。
② 参见[日]滨岛敦俊著，朱海滨译：《明清江南农村社会与民间信仰》，厦门：厦门大学出版社2008年版，第194—206页。
③ [清]徐珂编撰：《清稗类钞》（第三十四册"迷信类"），北京：中华书局1984年版，第19页。
④ 《复庄诗问》卷十二《天饷行》，见《姚燮集》（二），第353页。

希望于官府惩治，而是深感"卓哉文正毁淫祀，整饬薄俗今所难"①。"文正"即范仲淹（其谥号为文正），他曾于宋仁宗明道二年（1033）奉命巡视安抚蝗灾严重的江淮地区，"所至开仓廪，赈乏绝，毁淫祀"②，功勋卓越。在此，姚燮今昔对比的主要用意便是通过对范仲淹的赞扬，反衬出当时地方官员的无能与冷漠。

其实，也不是所有地方官员都是这样。当时江苏巡抚裕谦（1793—1841）就针对吴地的一些陋习发布了《训俗条约》，批评了吴中以解天饷、打万金、舍身、赎罪等为名目"专事崇饰庙观僧道"的习俗，对庙观僭越仪制、僧道煽惑敛财予以指斥。面对当地"不论大小神佛俱作赛会"以至劳民伤财的恶果，他劝诫百姓道：

> 试思为神者不问人善恶，只就还愿与否便降祸福，此乃至愚极陋者所不为，而谓聪明正直之神为之乎？至于以阴官为阳官，尤属不成事体。我军民切勿以辛苦之资浪掷空虚之地。③

为了揭示"只要信神供神就能获福免灾"这一信条的荒谬性，裕谦辨析了神明降临祸福的主要依据（即人之善恶，而非是否还愿），并试图引导百姓切勿继续执迷，浪费血汗钱，且或许还有某种暗示，即他们真正要做的是修养德行，持善弃恶。相比之下，姚燮《五峰山》则采取以文为诗的表达方式和直露、激切的语言，直指问题核心。

《五峰山》开端首先表明吴中道士告诉百姓五峰山下有能保国护民的天降神虎，如果不敬奉它，那它便会"褫尔魄磔尔尸，使尔子孙家室刀兵水火疾疫多灾危"，因此百姓费尽人力物力建祠供神祈愿："悚悚悢悢，遣巫驱祝。厘我士女，嘉我百谷。愿我皇天，不我殄我戮。愿我官府，不我箝我酷。我戒我勖，我恭我肃，以邀我神之福。"④ 接下来，该诗转而叙述道士之言：

> 赫赫上帝御太清，命左右吏纠窈冥。谓有夫己氏之鬼为厉于世，性

---

① 《复庄诗问》卷十二《天饷行》，见《姚燮集》（二），第354页。
② [宋]李焘：《续资治通鉴长编》（九），北京：中华书局1985年版，第2623页。
③ [清]裕谦：《训俗条约》，见郑钟祥等修，庞鸿文等纂：《重修常昭合志》（二），台北：成文出版社1983年版，第241页。
④ 《复庄诗问》卷十三《五峰山》，见《姚燮集》（二），第365页。

黯而貌狞。乃遣六甲，乃檄五丁，轰轰訇訇，惟雷惟霆，灼灼荧荧，惟焚惟倾。①

道士对百姓说：玉皇大帝派左右稽查出有"夫已式之鬼"贻害人间。"夫已式"即某人，意在不欲明指对方的真实身份。《左传·文公》云："齐公子元不顺懿公之为政也，终不曰'公'，曰'夫已式'。"杜预注"夫已式"为"犹言某甲"②。据此可知，道士所说的厉鬼还没有一个明确称呼，而姚燮采用这个典故的意图有二：其一，形象而诙谐地揭示出道士对百姓的蒙蔽和糊弄；其二，间接映衬百姓的愚昧无知，因为如此低端的手法却令他们深信不疑。对于道士的弥天大谎和虚张声势的趋鬼举动，姚燮更是愤怒道："尔虎何威神何灵！"这是因为，既然先前说敬奉神明和神虎能得到庇佑，那为什么还会有厉鬼存于此地，又为什么驱赶者是道士而非神虎？真实答案便是所谓的神虎、神灵都是虚假谎言，如果人们认识到这一点，便不会再畏神惧神，亦不会被道士之言迷惑。因此，姚燮以"心无畏惑民太平，五峰之山常青青"收束全诗，道出问题根源和解决方向，即百姓的畏神之心。

姚燮在《五峰山》中表达的见解可谓深刻，然而人心本不易变，纵然历朝都有批判之声，纵然有裕谦这样的官员予以训导，但在民智未开、传统观念根深蒂固的时代尚难移除此类习俗。况且，几年后的鸦片战争更加剧了江浙百姓的恐慌，民间专事鬼神而不事生产的风气有增无减。道光二十五年，姚燮在《感事二十四韵》中直言："迩来风益浇，流毒遍乡术"所导致的恶果是"桑麻多败凋，耕作久忘废"，如果再不加以严治，那将会酿造更为严重的危机，即祸乱到来时，"不攻势将溃"③。外族侵略的强烈刺激使姚燮在面对此等浇薄风俗时，于揭露、批评之外又生忧患之心，可身为穷白布衣，他最后也只能对父母官依旧装聋作哑感到无奈和愤怒。

如果仅从姚燮这些反对祭神的诗歌来看，会觉得他不信奉鬼神，但事实并非如此。身为古人，姚燮也相信神明的存在，亦在除夕等节日祭神祈愿④。他之所以不断反对民间的祭神活动，是因为那是已形成一定规模、深

---

① 《复庄诗问》卷十三《五峰山》，见《姚燮集》（二），第365页。
② ［晋］杜预集解：《春秋经传集解》卷九《文公下》，上海：上海古籍出版社1986年版，第497页。
③ 《复庄诗问》卷三十一《感事二十四韵》，见《姚燮集》（四），第907页。
④ 道光十六年，姚燮因"恐无以著神功、昭众敬"而作《重修显灵侯助海孔侯庙记》（《复庄文酧初编》），又在岁末作《除夕祭神》（《复庄诗问》卷十一），来祈求来年家中平安、丰盈。

植人们心中的巫风和淫祀，势必会对百姓乃至地方带来危害。故而他在诗中，不单单指出这些活动"给人民造成的种种伤害"[①]，讽刺道士和官府，而且还细致描写了人民敬神时的疯狂场面和愚昧之举，寄寓着欲唤醒执迷不悟者这一苦心。

四、姚燮诗歌平民情结的形成因素

姚燮诗歌对平民世界的多重描绘与深刻思考，既缘于其个人经历和思想素养，又与其诗学主张密切相关。具体来说，其诗平民情结的形成因素主要在于两个层面：

其一，自身生活经历和民胞物与之志的感召。常年为衣食奔波的姚燮与这些市井细民一起生活在社会底层，对他们所遭受的苦难深有体会。更为重要的是，他"平生志胞与"[②]，较之身份贵贱，更在乎人们之间的珍贵情谊和民命。如道光二十一年（1821），他以诗送别两位家仆时道："论恩吾愧薄……关河有后期。大江残照下，含泪各逶迟。"[③]在携家逃难途中，姚燮不得不遣归两位家仆，但作为主人，他既念及家仆的恩情，又对自己的"薄情"感到愧疚，只能期盼后会有期。在分别时，主仆双方都含泪不舍，其间的温厚情感已超越了单纯的雇佣关系。对于身世凄苦的妓女伶人，姚燮不仅具有同情之心，而且常怀同病相怜之感。如道光十五年（1835），姚燮在京城遇到的吴人钱伶，自幼父母双亡，在抚养其长大的姐姐去世之后被卖到了京城梨园之中，过着"朝鞭成一舞，暮挞成一歌"[④]的悲惨生活，纵然心中千般不愿，但还是暂放羞耻之心，男扮女装，登台表演，只为求得一丝延喘，然而对于自幼困苦的钱伶而言，比身体倍受折磨更为痛心的是客人的肆意耍弄和同辈的妒忌中伤。悲伤难忍的他向姚燮哭诉其遭遇，而此时姚燮刚落第不久，正羁留京师等待参加次年的恩科会试，其间也遭到了诋毁。故而，当他听到钱伶的这番哭诉后心情更加郁结，不禁倾吐谋求微官的艰难和壮志难酬的苦闷，并向钱伶道："我亦沦落厕污贱，与生苦作风目怜。"这正是白居易"同是天涯沦落人"（《琵琶行》）的异代延续，也是历代遭际坎坷的士子容易产生的情绪。难能可贵的是，姚燮从此与钱伶结下了惺惺相惜般

---

① 赵杏根：《时代的现实 进步的思想——论姚燮诗歌创作的主要内容》，苏州大学明清诗文研究室编：《明清诗文论文集》，南京：江苏古籍出版社1986年版，第163页。
② 《复庄诗问》卷二十二《江道中得五章》其二，见《姚燮集》（三），第634页。
③ 《复庄诗问》卷二十三《遣二仆归诗以送之》，见《姚燮集》（三），第655页。
④ 《复庄诗问》卷八《樱桃街沈氏垆醉后感歌赠钱伶》，见《姚燮集》（二），第218页。

的情谊。道光十八年（1838），他第三次落第后重遇钱伶，在赞赏其才艺之余还劝其"荏苒韶华尔自惜"①，言语之中难掩伤感。道光二十四年（1844），几经生死的他在京城与钱伶再次相逢时，"下车无一语，揽手两逡巡"②，之后向其倾诉着飘零之痛，此时已多次出现在他诗歌中的钱伶，俨然是其多年未见、真心相待的好友。

其二，学诗经历和诗学思想的共同影响。如果说同病相怜、患难与共的经历和重情义轻贵贱的意识直接促使姚燮向底层百姓倾注许多情感，那么其学诗经历和对诗歌本质的认识则进一步导致他将这些情感发之为诗。姚燮《问己斋诗集序》云："曩予为诗，取法袁简斋，下笔立成，觉抒写性灵，具有机趣。中岁晤定海厉君骇谷、慈北叶君心水，规予返本还原，究心汉、魏，约拟古以作课程。"③ 据此可知，姚燮为诗初学袁枚，二十四岁左右转学汉魏古诗，这段经历对其诗歌创作的影响不仅在于审美、技巧等艺术层面，还在于表现题材、情感取向等内质层面。

在诗歌本质方面，姚燮始终认为"诗以道性情"，并推崇"性情作经元气纬"④ 的创作实践。"元气"是姚燮诗歌中出现频率很高的词汇，亦是其文学主张之一，如他曾说"文章要有元气包"⑤，"高文辅元气，喷薄弥九垓"⑥。不过对于"元气"的内涵要义，姚燮并没有予以阐发，而明清一些诗论家多将"元气"与汉代诗歌联系在一起。如明代胡应麟《诗薮》云："周之《国风》、汉之乐府，皆天地之元声。""诗之难，其《十九首》乎！……盖千古元气，钟孕一时。"⑦ 清代费锡璜《汉诗总说》云："不知古诗浑浑浩浩，纯是元气结成，若以字句求之，真是呓语。"⑧ 清代陈本礼《汉诗统笺》："今所传《铙歌》十八曲，不尽军中乐……此亦天地元气造化所钟，萃于一时，自然而成，合乎天籁。"⑨ 因此，有学者认为："从艺术特征而言，'元气'表征的是一种自然混融之美；从思想内容而言，'元气'所表征的则

---

① 《复庄诗问》卷十四《席上重遇钱郎》，见《姚燮集》（二），第397页。
② 《复庄诗问》卷二十七《赠钱伶二章》其一，见《姚燮集》（三），第808页。
③ ［清］姚燮：《问己斋诗集序》，见《姚燮集》（六），第1726页。
④ 《复庄诗问》卷十八《赠朱绶即题其知耻堂诗卷》，见《姚燮集》（二），第515页。
⑤ 《复庄诗问》卷十二《虎丘山楼纳凉与高文学敏谈诗戏作》，见《姚燮集》（二），第351页。
⑥ 《复庄诗问》卷二十七《与汤郎中鹏话旧感赠五章》其一，见《姚燮集》（三），第799页。
⑦ ［明］胡应麟：《诗薮》，北京：中华书局1962年版，第62页。
⑧ ［清］费锡璜：《汉诗总说》，见《清诗话》，上海：上海古籍出版社1978年版，第948页。
⑨ 转引自赵明正：《汉乐府研究史论》，北京：同心出版社2009年版，第212—213页。

是如《国风》《古诗十九首》一样对社会人生这一本原现象的关注与表现。"① 此见解符合姚燮的诗歌创作实际。进一步来说，姚燮的"元气"主张与汉乐府密不可分。在学习汉魏诗歌的过程中，姚燮全面继承了乐府传统的风雅精神。考察《复庄诗问》可知，他在三十岁之前已创作了不少以汉乐府旧题命名的诗歌，如《相逢行》《东门行》《西门行》《陌上桑》《上邪》《战城南》等。在此基础上，姚燮又自觉创作了许多自拟题目的乐府诗。如其《辽女辞》首先叙写了一位辽东女子自少年失去亲人后辛苦劳作、流落风尘、从良夫死、复入青楼的悲苦人生，而后道："四弦在手鸳鸯槽，变调凄凉新乐府。凄凉变调《辽女辞》，闻者当为辽女悲。"② 可见，姚燮有意以新题乐府来展现底层小人物所经历的种种不幸和凄苦生活，以引起世人对他们的同情和关心。而他那些以讽喻时事、伤民病痛、指刺风俗为主要内容的新题乐府，更是对杜甫和白居易新乐府现实精神的继承和延续。

　　值得注意的是，在鸦片战争爆发之前，姚燮多次表示诗文要"润色今太平""与升平润祥色"③。他对诗歌社会功用的这种认识与几位好友有所不同。如潘德舆主张诗歌要"上可裨教化，舒之济万民；下可理性情，卷之善一身"④，张际亮则提出了享誉后世的"志士之诗"。因此，如果仅从姚燮润色太平之言来看，那他也不过是一位无甚高见的儒生。然反观姚燮此期的诗歌创作可知，那些纯粹的山水诗、观技诗、游宴诗等确实展现了国家的大好河山和多姿多彩的民间文化，给当时表面上的和平增添了一些美色，但现实社会的残酷和诗歌直面现实社会的传统精神，令他"背离"了那不合时宜、甚至可能是有悖于心的言论，从而将诗歌作为关注民生、反映社会问题的重要通道，印证着其"感不可遏乃有辞"⑤ 这一深切体会。不过，姚燮此类诗歌中的抨击之语和激切之情，在当时也遭到了反对，如道光十六年，一位自称"西楼"的友人读姚诗后道："间有伤时刺目等句，则在此必删。诗乃风人之遗，须得忠厚之意。古人临文不讳，朱紫阳亦有敷陈其事而直言之语，然激楚之音不宜于大雅，尤恐失我性情耳。"⑥ 可见，当时遵循"温柔敦厚"

---

① 韩立平：《姚燮"元气说"探究》，《古代文学理论研究》第二十三辑，2005年，第420页。
② 《复庄诗问》卷十《辽女辞》，见《姚燮集》（二），第265页。
③ 《复庄诗问》卷十四《黄大鸿胪爵滋招同朱绶丁晏张际亮严宗望江开杨希龄许瀚蒋湘南温训鲁一同饮江亭醉后成歌》，见《姚燮集》（二），第408页。
④ [清]潘德舆著，朱德慈辑校：《养一斋诗话》，北京：中华书局2010年版，第172页。
⑤ 《复庄诗问》卷十八《问诗图为徐编修师题》，见《复庄诗问》（二），第230页。
⑥ 西楼题辞，见《姚燮集》（四），第1130页。

之传统诗学的文士还不在少数。而姚燮也并未受到此论影响，依然继续书写"伤时刺目"之诗，且至鸦片战争爆发时和众多志士一起开启了以诗存史的创作意识，以饱含血泪的创作成为时代强音。直到暮年，他还坚持着这一创作观念，将咸丰十年象山县团练兵搜捕盗贼之事记以长诗，并以"养酿实有端，焉能曲笔讳"①的态度陈述了当时海盗猖狂、官府无视、郡邑兵备废弛以至大败，以及团勇最终擒拿海盗等实况。此诗以其具有的历史意义载入《象山县志》，得以留存。

综上所述，姚燮基于自身经历、情感认知、诗学主张及现实环境等一系列因素，将诗歌的表现题材深入到包括妓女伶人在内的底层人民，既赞赏他们的品德、性格、智慧和技艺，又对他们所遭受的种种苦难哀痛不已，亦会在理解其心理、处境的基础上批评他们的愚昧、失当之举。尽管其中因受传统观念的禁锢而有保守的地方，但它们紧扣时代脉搏，对下层百姓生存状态和心理情感的深度揭示，充分展现了诗人的平民情怀和责任意识，亦描绘出道光年间堕落腐化、满目疮痍的衰世图景。

第二节 姚燮诗歌对其穷愁心曲的抒写
——兼论其删改诗作现象

姚燮将诗歌作为寄托心曲情志的重要载体。"苦吟累心血，不吟心失凭"②，"吾之诗，吾自寄其性情耳"③，是他对诗歌内质的本真体认，并且这种体认随着阅历的增长越来越凝重。道光十五年（1835），姚燮在京城向名列"粤东七子"的黄钊表明自己的作诗情况："中年出涉世，寸腑哀乐并。悠悠千古事，恻恻饥寒情。但余穷愁言，拉杂来纠萦。"④道光二十六年（1846），他又在《复庄诗问》最后一首诗中道："廿年肝肾苦雕搜，炫采矜华只自羞。……身怜早弃何辞病，发苦将斑敢讳愁？"⑤若将这两首相差十一年的诗作联系在一起，可窥探出：姚燮从"中年涉世"到"发苦将斑"的十余年间，都以真挚、苦思的态度创作诗歌，而他的穷愁际遇无疑是其中最

---

① ［清］姚燮：《庚申十一月抄纪象西团勇搜擒逸盗事》，见《复庄诗问》（四），第1112页。
② 《复庄诗问》卷二十九《赠范丈潆六十韵即题其诗卷》，见《姚燮集》（四），第872页。
③ ［清］姚燮：《复庄诗问自序》，见《姚燮集》（四），第1019页。
④ 《复庄诗问》卷八《答黄丈钊》，见《姚燮集》（二），第246页。
⑤ 《复庄诗问》卷三十四《答方广文成珪见题诗问韵即自题卷后二章》其二，见《姚燮集》（四），第1015页。

主要的内容。对此,目前学界尚未充分关注,故本节将具体探讨姚燮诗歌对其穷愁心曲的多方抒写和由此折射出的矛盾,分析其诗在情感抒发上的演变情况,以揭示出一代寒士复杂的心灵世界。

一、嗟贫叹卑,感伤离乱

"穷士""下士""客"是姚燮诗歌中常出现的自称之语,如"穷士感此无悦心,穷居聊作《穷巷吟》"①"余亦穷岛一下士,卷轴无补穷浩叹"②"我为海上钓鱼客,半世尘波困卑泽"③。当然,他偶尔也会在醉酒时称自己为"狂生",如"狂生有辞敢陈告,政事文章尚枢要",但这种豪言壮语随着岁月的增长逐渐消失在众多清苦之音中。若综合而言,这几种称谓则凝聚着姚燮的贫寒之悲、羁旅之苦、失意之恨,在给其诗打上浓重悲凄色彩的同时,一起彰显着他的郁愤和悲怨。

姚燮自幼有"异禀"之赞,及长又具古代文人常有的骄傲与自信,然三十岁才得中举人、之后五次科考又皆落败的坎坷经历,必然导致"怀才不遇、壮志难酬"这一传统文学主题成为其诗抒写的部分内容。虽然他一度曾言"长安取官亦反掌,青云无梯援可上"④,但现实状况却不得不让他感愤道:"科名关众望,几辈解论才?"⑤"知我者死矣,不知我者左右嬉笑相揶揄。"⑥在艰难的仕进道路上,他不愿去攀附权贵以求进身之机,而所面对的境况则是不仅要承受失败的打击,而且要忍受别人的嘲笑。且因身居卑末,他纵然有经世雄心,也无计可施,只能在反映民瘼、抨击官吏、指摘时弊的同时长叹道:"可怜鲰生贱,跼身一椽俯。噤口不得开,有掌相谁拊?"⑦不过,鸦片战争前,姚燮尚能凭借才华自傲,对那些不赏识他的人加以指责。此期,与不得志互相生发的烦愁,便是"羁旅漂泊家亦贫"的生存状态。

"自从穷岁别家室,蓬叶脱根飘随漪"⑧,"家居坐愁食,客居愁无衣"⑨,

---

① 《复庄诗问》卷二十一《穷巷吟四章》其四,见《姚燮集》(三),第616页。
② 《复庄诗问》卷四《郁噫篇贻郭莱隋》,见《姚燮集》(一),第77页。
③ 《复庄诗问》卷十四《黄大鸿胪爵滋招同朱绶丁晏张际亮严宗望江开杨希龄许瀚蒋湘南温训鲁一同饮江亭醉后成歌》,见《姚燮集》(二),第408页。
④ 《复庄诗问》卷八《赠周布衣渭》,见《姚燮集》(二),第224页。
⑤ 《复庄诗问》卷十四《雨过七章》其五,见《姚燮集》(二),第398页。
⑥ 《复庄诗问》卷十七《和弹篇七章当鞠歌行》其六,见《姚燮集》(二),第480页。
⑦ 《复庄诗问》卷十一《夏日里居寄厉山人志阮明经训叶茂才元阶并示张广文振夒卢明经派》,见《姚燮集》(二),第483页。
⑧ 《复庄诗问》卷八《雨中长歌纪怀寄同社诸子》,见《姚燮集》(二),第197页。
⑨ 《复庄诗问》卷十三《秋感诗二章》其一,见《姚燮集》(二),第367页。

是姚燮对其生活状况的基本概括。他为了养家,自弱冠时便在外以文谋生,故嗟叹贫困、感伤飘零是其诗歌最主要的抒写主题,且随着年龄的增长,其中蕴含的消极情绪更加浓厚。如其作于道光十七年的《赠杨山人韫华四章》其三云:"吾贫为谋食,橐笔阊门城。踽踽生汗颜,何待人褒轻?不犹命同感,摧此傲骨峥。"① 过了而立之年,两次科考未中,依然靠文字谋求温饱,这令他在即便没有遭到别人鄙夷的情况下,已感到非常羞愧,何况周围又怎会少冷嘲热讽、白眼轻视?此时,外物的一点刺激都会引起诗人的无限愁思。如其《同邱泰厉志饮韦君在山草堂听其十三龄女公子韵觉弹琴》由摹景绘音忽然转入叹己伤怀:

> 厉君何感意昏愦,竟说明朝要还越。……我亦不得饮,我亦不得归。我不必双涕垂,自觉掩掩抑抑中心悲,悲不我解将怨谁?怨其窕年娟处不识世间愁苦事,何以一弹再弄直使六合无阳回?我诗未终曲已尽,转笑吾诗似蝼蚓……乳燕归巢四幕昏,醉看长空捎独隼。②

在这个的秋天,已客居数月的姚燮本就感到傲骨已摧,而宴席间的萧瑟琴音和厉志"竟说明朝要还越"、即将返回家中的情形,更令他陷入哀伤,这较之其三十岁中举后所言的"人生在客意萧索,我愿时时逢此乐"③,有很大不同。姚燮因不能排解忧愁,竟暗自怪罪起弹琴的女孩子(即韦光黻次女韵觉)来,并以文章笔法铺叙成篇,来宣泄内心的悲苦,曲终后即便自嘲了尚未完成的诗作,但还是以燕子归巢、鹰隼独飞予以收束。归巢是诗人所愿,但现实则使其像那只隼一样在天地之间独自徘徊。从饮酒听琴到悲苦难抑,从埋怨女孩子到自嘲诗作,此番情绪波动的背后是诗人的脆弱之心和身世之悲。进一步来说,该诗也间接表明姚燮多次以诗传达的生活态度和其日常行为——及时行乐④,并不能真正消解内心悲愁,以致后来自悔道:"苦

---

① 《复庄诗问》卷十三《赠杨山人韫华四章》其三,见《姚燮集》(二),第368页。
② 《复庄诗问》卷十六《同邱泰厉志饮韦君在山草堂听其十三龄女公子韵觉弹琴》,见《姚燮集》(二),第369页。
③ 《复庄诗问》卷七《十月初八日招同王丈丕绪厉山人志张锦江吕震显吴春焕叶金胪诸同年雅集寓斋》,见《姚燮集》(一),第175页。
④ 如《复庄诗问》卷十《庄平旅夕闻歌》:"得乐且乐今其时,葡桃泛泛双屈卮。"卷十三《秋夜二章》其二:"得乐且为乐,勉尽天涯觞。"卷十七《和弹篇七章当鞠歌行》其二:"劝尔少年早行乐,行乐行乐,夜烛可燃,白日莫错。"纵观姚诗题名,有不少与饮酒、宴会、听歌有关。

将愤郁随欢度,劳使形骸愧影非。"①

再者,从镇海进京赴试,路途遥远,往往会历经整个寒冬②,故姚燮每次入京途中所作之诗,在展现民间灾乱的同时,也记述了其行役之苦。如其作于道光二十年初的《大风坐独轮车踰东平山自王古店进句龙抵旧县得诗六章》《德州大风渡河至留智庙下车成歌》二诗,既反映了所经之地百姓"托命颠危间,仰首失援恃"的惨状,又记述了其"昨行陟山今渡水"这一艰难旅途。然而相比之下,是年,姚燮日思夜想的归途更不轻松,因为令他极为忧虑的已非以往的自然风雨、再次落第和路费短缺,而是战争带来的家室乱离。如其《任邱雨后作》云:"但得亲属各安堵,敢辞道路苦行征。"③《恩县秋感四章》其二云:"怕吟杜老《无家别》,谁惜刘生下第归?"④

鸦片战争的炮火荼毒了姚燮的家乡,致使其诗歌创作将主要目光由自身转向了时事和人民,重在感伤离乱,而他所感伤的除国与民外,还有自己和家人的流离飘零。这从《八月二日遣仆之镇迎母及妹与两儿移居郡寓暂避海警得三章》《闻皋儿在城中阻夷军不得出同弟向长春门冒刃入城至寓馆觅得之薄暮始出城》《赁百梁桥南杨氏屋移家居杂述十三章》等诗的题名中便可窥知。对于姚燮此期诗歌,学界重在探讨其时代意义和诗人的爱国精神,尚未深入关注诗人的离乱遭际和复杂内心。而这些诗歌所展现的一面是:避乱途中,姚燮将保全家人放置首位,在"全家寄旅少储粟"⑤、多病欲药医难求的困境下,不得不冒着危险去向朋友求助,致使自己心力交瘁。他也毫不隐讳地对朋友说:"各保亲孥与死争,但求食息得明日,那有闲怀及朋友?"⑥这番看似有些"自私"的肺腑之言,反而正烘托出他和家人在战争中遭受的生死之难。对于姚燮此期对自我遭遇的悲吟,魏源曾道:

年来东海扬鲸鳍,万家荡析无安遽。君尤茧足面目黧,室毁册燹田菽藜,老亲弟妹同跰跹。时非天宝非拾遗,七歌《同谷》嗟何为?⑦

---

① 《复庄诗问》卷二十九《感旧事三章》其二,见《姚燮集》(四),第880页。
② 姚燮入京,往往在十一月从镇海出发,至次年二月底三月初抵达,除夕在苏州度过。
③ 《复庄诗问》卷二十《任邱雨后作》,见《姚燮集》(三),第565页。
④ 《复庄诗问》卷二十《恩县秋感四章》其二,见《姚燮集》(三),第567页。
⑤ 《复庄诗问》卷二十三《自沙港口至柝社作》,见《姚燮集》(三),第639页。
⑥ 《复庄诗问》卷二十三《吴颎见过村居》,见《姚燮集》(三),第663页。
⑦ [清]魏源:《魏源全集》卷十四《走笔送姚梅伯燮归四明》,长沙:岳麓书社2011年版,第168页。

魏源在中间三句道出姚燮及其家人的战争之难，最后两句则以杜甫歌诗之典，表示姚燮不应像杜甫那样悲嗟自己在战乱中的穷愁境遇。"七歌《同谷》"即《乾元中寓居同谷县作歌七首》，又称《同谷七歌》。唐乾元二年（759）十月，杜甫因安史之乱颠沛流离到同谷，在天寒地冻的山谷里生活了一月左右。此期，无依无靠的杜甫以十分哀伤、愤激的基调唱出这一组诗，悲嗟家人饥寒、国运飘摇、弟妹离散，感愤自己不遇。

鸦片战争时期，姚燮在诗歌创作就有意追慕杜甫，曾先后五次依杜甫《秋兴》韵创作组诗，整体风格也变为悲凉顿挫，且其抒写个人遭际之语——"遥怜煮橡供佳节，全命空山漂一毛"①，就化用了《同谷七歌》中的"岁拾橡栗随狙公，天寒日暮山谷里"。实际上，与杜甫相比，姚燮此时的境况要好许多，毕竟家人都相聚在一起，也有可以依靠的朋友。估计这也是魏源不赞同的原因之一，不过其言正指出了姚燮此期诗歌的另一面，即悲嗟身世。并且，随着战争的消歇，姚燮诗歌的抒写重点又转回一己之穷愁。如道光二十二年（1842）秋，姚燮向好友厉志道："须知今我无长策，只伴凄蛩哭旧人。废卷难收灰后劫，败荷还写病余身。"② 而这次转变的成因及此后姚诗的演变情况，都与姚燮的进退之思密切相关，这将在下文详论。

二、与亲人、师友的生离和死别

道光十五年，姚燮在酬答已数次落第的潘德舆时言："君既不获承平著作金马门，又不屑俯哀乞饭同王孙。苦缚科第误妻子，强折意气随车轮。年年出门春草绿，去去秋风白发新。"③ 常年离家为科举奔波，结果不仅功名未得，意气和年华也在风雨、车舟中消磨殆尽，还连累家人忍受着长久的分别、贫穷，以及一次次期盼的落空。这既是潘德舆的不幸遭遇，也无疑是古代众多失意寒士的真实写照，而姚燮之后在仕进道路上所经历的种种都验证着今时的此番感悟。并且，姚燮不应举时还要离家谋生，从而使得其诗歌中的穷愁之音常常哀诉着对家人的深切思念和愧疚。

离乡思亲是千百年来在外游子普遍抒写的主题，以致姚燮有"百诗难写是离乡，王粲文词已滥觞"④ 之叹。面对这种状况，他还是采取多种角度和表现方式来倾泻这份与生俱来、无法遏制的情感。在其诗歌中，有的借思妇

---

① 《复庄诗问》卷二十三《九日同叶元壁元垚昆季作歌》，见《姚燮集》（三），第 646 页。
② 《复庄诗问》卷二十五《再和感咏诗四章代柬》其四，见《姚燮集》（三），第 722 页。
③ 《复庄诗问》卷十六《潘丈德舆以诗留别长歌以答之》，见《姚燮集》（二），第 237 页。
④ 《复庄诗问》卷二十九《离乡》，见《姚燮集》（四），第 855 页。

口吻尽道别离之伤,如《明珠篇》《春蚕篇》《怨诗》中的女子在送别郎君时或泪如雨下,"搴衣与君别";或为其歌唱充满浓情厚意的春蚕曲,以消减长离之哀;或劝其切勿思念自己,因为"思妾益君痛"。相较之下,更能打动人心的还是直接叙写与家人分离、寄书的诗篇。

姚燮第一次入京时曾作《别家三十六韵》,细致描述了父母、妻子、弟妹、幼子乃至邻里的临别言行,其中"慰之欢喜辞,恐使心悲酸。亦恐悲我心,笑语迭相欢"①四句,在"我"与"家人"的主语转换中尽显离别常态和无限伤感。在漂泊异乡的岁月里,姚燮只能靠书信与家人联系,且"习惯平安裁短札"②。向至亲之人报喜不报忧,免得他们挂怀,是人间寻常而珍贵的情愫。姚燮在道光十八年第三次落第后所作的《寄家书》,则将这份情愫抒写得淋漓尽致。该诗首先叙写一直愁病的自己每月寄两封信以告慰家人,但往往难以措辞,因为"委云起居好,所告能毋欺。又恐据实陈,徒使深忧疑",继而分三个层次道出父母来信内容,即今秋收成会好,家中亲人具安,园中耕种琐事。至此不难看出,姚燮的家人在信中也没有诉说丝毫忧伤。而敏感的姚燮却已看出端倪,深知家人的真实处境,进而不禁责怪自己。其言曰:

> 寻常语琐屑,并不及寒饥。虽不及寒饥,梦寐吾虑之。去腊吾出门,事事手所治。被身丝与布,下饭盐与藋。五世儒素风,俭朴诚适宜。所忧瓮中粟,储仅三月炊。届今月阅五,区区终何裨?纵堪亲朋谋,在昔索已疲。念此怆我怀,焉忍甘粥糜?寄书复寄书,寄书增郁伊。居者苦莫食,行者苦莫归。悔以侥幸心,酿为轻别离。……寄书亦已寄,我归仍无期。③

姚燮心知,家人恐怕已经断粮,也难以再得到亲朋帮助。想到这里,他已不忍食粥,将本可慰藉双方的家书视为增添郁结之物,更悔恨自己不该心存侥幸来求取希望渺茫的功名,以致与家人天各一方。这番感念所蕴含的基调,已与姚燮三十岁前在同名之作中所言的"箧中短剑吾生事,人日高堂去岁情"④,相去甚远。科举受挫,很容易使客居异乡的贫寒士子心生厌倦,

---

① 《复庄诗问》卷七《别家三十六韵》,见《姚燮集》(一),第186页。
② 《复庄诗问》卷五《寄家书》,见《姚燮集》(一),第121页。
③ 《复庄诗问》卷十四《寄家书》,见《姚燮集》(二),第411—412页。
④ 《复庄诗问》卷五《寄家书》,见《姚燮集》(一),第121页。

加重思亲之念，如诗人郑珍亦在此年会试落败，其思家之作《思亲操》言："人言读书成名可以显亲，我未见为有益而徒累人……高堂老泪日不知其几落……我何为兮安饱于此都也？"① 较之重在抒发归家和田园向往的郑诗，姚燮《寄家书》的可叹之处在于：不仅尽显诗人的思家之痛和消沉意气，更展现了可谓永恒的人伦亲情，即与家人联系时，客居在外的游子为了不给家人增添愁苦，多是报喜不报忧，但家中亲人又何尝不是如此？也正是这一点，加重了姚燮对家人的愧疚，也足以让读者心中泛起层层涟漪。而这份愧疚在姚燮的悼亡诗中流露得更加真挚、凄切。

在姚诗感怀的家人中，发妻陈氏是最重要的一位。其《寄妇三章》《夜坐吟二章示内子》《郡内闻内子病剧》等诗都是为妻子而作，且《到家四章》《出门谣》《入门二章》《入门复出门三十六韵》等抒发自己与家人"偶得贫贱聚"②、复又饥寒离的诗歌中，亦常显现其妻身影。而几乎无一例外的是，"妻"字前面总有修饰语，或为"病"，或为"弱"。在与姚燮成婚的第十八年（道光二十一年），这位素来孱弱的妻子终于不堪重负，撒手人寰。对此，姚燮痛彻心扉，无力挽回的他只能作二十三首悼诗"焚之榇前以代诔哭"。在这一组悼亡诗中，姚燮不仅回忆妻子病情加剧时强颜送自己出门谋生的情景，痛陈全家在其死后的无限悲痛，而且还痛思妻子的患病缘由，即常年与夫君别离，又不忍向其诉说满腹辛酸悲苦，加之为家庭上下操劳，以致常年郁结，容颜渐衰，衣带渐宽。因而，姚燮一面向妻子的亡灵倾吐藏在心底许久的谢意，感激她始终甘守贫苦，不怨不悔，一面满怀愧疚地道："使汝至斯极，对汝还何辞？""愿汝苦早离，送汝游佛天。今生已苦汝，弗结来生缘。"③ 对于妻子的悲苦和病故，姚燮自责不已，甚至不愿相约来世，以免她再跟随自己备受磨难。丧妻之痛，内疚之意，一至如斯。这组极为沉痛的悼亡之作，让我们看到了这位好狭邪游的寒士最真挚的情爱，毕竟十八年的相濡以沫是风月之情根本无法比拟的。

"出门负朋友，入门愧妻子"④ 之念，时常萦绕在姚燮心头。在贫寒穷苦的岁月里，恩师、好友犹如家人般给予姚燮许多慰藉和帮助，故其许多酬

---

① [清]郑珍著，白敦仁笺注：《巢经巢诗钞笺注》（上），成都：巴蜀书社1996版，第330页。
② 《复庄诗问》卷十八《入门二章》其一，见《姚燮集》（二），第505页。
③ 《复庄诗问》卷二十一《妇病自春晚始剧至六月四日竟不复生感触所缘记以哀响都得二十三章焚之榇前以代诔哭》其十七，见《姚燮集》（三），第604页。按："弗结来生缘"，《姚燮集》误作"弗结求生缘"，今改。
④ 《复庄诗问》卷十五《南辕杂诗》其二十六，见《姚燮集》（二），第425页。

答、唱和、怀人、哀悼等类型的诗歌，往往寄寓着对师友的珍惜、感念或愧疚之情，以及自己的身世之悲。如道光十八年姚燮在座业恩师徐宝善病逝时，忍痛写下二十八章短言哀哭以祭。其中两章为：

> 我裳弊兮，夫子释兮。我名卑兮，夫子立之。我容悴兮，夫子拭之。（十七）
>
> 慰夫子之爱兮，而无其时。负夫子之爱兮，而又谁语之？①（十九）

"裳弊""名卑""容悴"是姚燮诗歌经常悲叹的内容，亦是他的真实状态，而编修徐宝善对境况如此的姚燮却是青睐有加。姚燮前两次在京会试时，因资金匮乏而与几位士子一起寄居在徐宝善的壶园，凭借自己的才学结交了不少海内名辈和都中士大夫。对于寄居，虽然姚燮本人称之为"程门喜作一年住"②，但在有些人看来就是寄食，如陈墉在给姚燮《探梅图》作序时毫不客气地说："编修师牧之，寄食门左。"③ 并且在此期间，已颇有才名的姚燮又常将卖画得来的钱财花费于歌场酒楼之中，从而遭到恶意中伤。他的妹婿袁久堂曾专意来信道："吾兄在京，鄞、镇两处，讹谣甚多。有信者，有疑者，大约出之于嫉妒者之口。务祈出入起居，格外谨慎，并乞详示近况，以慰众悰。维祈得意荣归，解释群谤耳。"④ 可见，对姚燮不利的流言已传到了家乡。至于个中情由，姚燮在诗文中并没有详说，但从他在诗歌中多次传达的"勿争长短"之意，以及在道光十六年（1836）除夕祭神时的祈祷之语——"群生罔猜"⑤可知，这次事件给他留下了或多或少的心理阴影。不过徐宝善并没有因此轻视姚燮，故姚燮在临别赠言中道："由来憎谤起纤末，使予动足深临渊。荆州匿爱入肝腑，感通一气逾磁针。"⑥ 姚燮知道，回报此番"匿爱"的最好方式就是登第，但结果却只能是辜负和愧对。

---

① 《复庄诗问》卷十四《哭徐编修师得短言二十八章拉杂写哀不能成篇幅也又何暇于文》其一，见《姚燮集》（二），第418页。
② 《复庄诗问》卷十《夏夜壶园饮饯长歌留别编修师并示同寓诸子得三十五韵》，见《姚燮集》（二），第270页。
③ ［清］陈墉：《卓庐初草·姚梅伯〈探梅图序〉》，转引自汪超宏：《姚燮年谱》，北京：中国社会科学出版社2014年版，第83页。
④ 载《琼贻副墨·尺素集》卷十七，转引自汪超宏：《姚燮年谱》，北京：中国社会科学出版社2014年版，第85页。按：此信写于道光十五年十一月十日。
⑤ 《复庄诗问》卷十一《除夕祭神》，见《姚燮集》（二），第316页。
⑥ 《复庄诗问》卷十《夏夜壶园饮饯长歌留别编修师并示同寓诸子得三十五韵》，见《姚燮集》（二），第270页。

并且，对于厚待自己的朋友，他也只有在深表谢意的同时致歉："寄书谢群公，别言愧深受。仍以落寞归，报答复何有？"①

人生聚散终有时，怎奈离别是常态。姚燮与至交每一次久别重逢时的喜悦，都意味着再次分离时的难舍。道光二十四年，曾在四年前资助姚燮匆匆返家的蒋湘南（1795—1854）再次落第，并拒任大挑补授的教谕一职，决意返家，不再科考。频年不得志的相似经历和后会无期的现实，令姚燮为蒋湘南写下了长达115句的送别诗，既悲他们"踽踽在人下"，又"不悲男儿贫贱在人下，所悲身世出入各有东与西，奈何奈何使之多别离"②，旋而又再叹他们"踽踽在路歧"，心绪复杂交错。然而，相较于生离，挚友的先后离逝更冲击着姚燮本已脆弱的内心。道光二十四年具有经世之才的汤鹏"以卑官死"，姚燮作七诗以悼，其中第七首言："一哭潘山阳，再哭张松寥。……子复骑箕星，去与游逍遥。……亮无三十年，重当续良会。"③"潘山阳""张松寥"即为潘德舆和张际亮，是姚、汤的共同好友。二人相继逝世后，汤鹏又复离去，这令姚燮在万分悲痛之余，预想来生转世后和好友会是怎样一番情形。然结果却是，即便还如今世这样相见相亲，但终究还是会死去，还是会分离。旧友逐渐寥落，不禁使诗人开始悲嗟生死："浩浩生死悲，茫茫劫安止？"

在众多好友中，姚燮视为肝肺之交的莫过于在弱冠之年结交的叶元阶和厉志。姚燮曾对叶、厉二人言："吾生共聚到头白，差抵浮游生命促。"④ 然叶、厉分别于道光十九年（1839）和道光二十三年（1843）冬病逝。姚燮在哀悼二人的诗歌《江上四哀诗·叶山人元阶》《哭白华先生厉志一百二十韵》中共同强调了两点：第一，临终之时自己未能守在身旁。当得知叶元阶病剧时，姚燮已在赴试途中，未曾想到的结果竟是"谁知慰问书，竟作墓前诔"⑤。听闻厉志病危时，姚燮虽重病未愈却还是匆忙赶去，只因"相期一握臂，远抵信问十"，但还是晚了一步，故言："我罪实负君，君目竟不瞑。"⑥ 第二，恐身后遗作或文名不传。叶、厉二人都为布衣诗人，姚燮正是在他们的规劝下才诗学汉魏，后来亦感念道："非二君切劘之力，余今日

---

① 《复庄诗问》卷十五《南辕杂诗》其二十一，见《姚燮集》（二），第424页。
② 《复庄诗问》卷二十七《送蒋湘南还光州》，见《姚燮集》（三），第809页。
③ 《复庄诗问》卷二十九《闻汤户部讣哭之以诗得七章》其七，见《姚燮集》（四），第869页。
④ 《复庄诗问》卷十一《揽碧轩即事与叶十八厉三两山人》，见《姚燮集》（二），第300页。
⑤ 《复庄诗问》卷十八《江上四哀诗》其四《叶山人元阶》，见《姚燮集》（二），第512页。
⑥ 《复庄诗问》卷二十六《哭白华先生厉志一百二十韵》，见《姚燮集》（三），第791页。

当不能诗也。"① 对于没有功名的文士而言，以诗文传世、扬名可以说是他们共同的人生追求，故面对叶元阶无子承业、厉志诗名不彰的境况，姚燮分别哀叹道："身后余遗文，茫茫付谁氏？""君死苟不传，吾惭旧盟歃。"其间蕴藏着多少布衣寒士的辛酸与苦楚。

若论上述两首悼诗最大的不同，则是后者比前者多204句1020字。由于叶元阶家境殷实，未经历鸦片战争，而性格高傲的厉志虽因羞为举业而未经历仕进之苦，却和姚燮一样橐笔远游以养贫家，并亲历兵劫，加之姚燮亲自送他归葬，所以姚燮在长达1200字的悼诗中，详细叙述了自己赶去见厉志的前前后后，以及厉志的穷苦遭际、性情德行、诗歌成就和逝世前抱病去道院宽慰自己之事，极尽哀痛之情。其实，这首诗和前文所引《寄家书》(《复庄诗问》卷十四)《送蒋湘南还光州》等诗一起，印证了后世对姚诗的一则评价，即"千言郁律，言之务尽"②。这些诗歌篇幅较长，很少用典，明白如话，且因内容太过详细而不够凝练、含蓄。不过，这一特点或者说缺点的形成，主要缘于姚燮想最大限度地表达内心的真挚话语、充沛感情和复杂思绪，亦是他主张以诗道性情的结果，正如他在哭悼厉志时说："纵有十万言，末由尽笺札。"③ 而这些篇幅、韵律均限制较小的古诗，确实比律诗、绝句更能直接显现姚燮的穷愁经历。

三、挣扎于进与退之间

谋生、仕进的路途中的遍野荆棘和常年在外漂泊的孤独，逐渐摧残着姚燮的壮心、傲骨和意气，这令他在诗歌中不仅愤喊"男儿堕地根愁愤，一意经营百不如"④，而且不时流露出世之想，如"读书不济贱，荣贵能袭名。我将投荒山，而为菟裘营"⑤。随着鸦片战争的爆发，他将这一想法表现得更为鲜明。如其作于道光二十年（1840）冬的《城东酒楼逢王耦庚感赠长歌》云：

男儿在世太仓米，贫贱谋生无善体。得闲随地且寻欢，相对何人许

---

① [清]姚燮：《赤堇遗稿题辞》，见《姚燮集》（六），第1725页。
② 徐世昌编，闻石点校：《晚晴簃诗汇》，北京：中华书局1990年版，第5964页。
③ 《复庄诗问》卷二十六《哭白华先生厉志一百二十韵》，见《姚燮集》（三），第793页。
④ 《复庄诗问》卷十三《题家明经丈观光墨林如意室图四绝句》其三，见《姚燮集》（二），第377页。
⑤ 《复庄诗问》卷十四《蓟门四章》其四，见《姚燮集》（二），第402页。

流涕。……试魂危路博微饱，白透衣尘再难皂。扶犁学稼嗟我迟，积炭烧书劝君早。蜉蝣晨飞松已老，竞力名场鲜寿考。不才奚称冠盖荣，有命徒供妻子造。①

此诗亦是借感赠朋友之机，来抒写自己的内心话语。从中可知，姚燮已对漂泊谋生、竞力名场这类摧残身心之事非常厌倦，甚至劝朋友早日"烧书"，即断绝以文谋生得名的念想，善保自身以守护家庭。至于他提出的另一种生活方式——农耕，由于其贫弱之躯和作为读书人的价值追求，又显得那么不切实际。且事实上，此时姚燮正应镇海县令黄维同之请在郡邮整理文献，以谋取微薄之资。理想与现实之间的差距，令他曾颇为无奈地自责道："我生不习农，饿死亦谁怨？"②

为了排解愁苦，姚燮和往常一样及时寻欢，纵情歌酒，流连风月。在《复庄诗问》中，较少有诗歌直接叙写姚燮此期的行乐之事，但有几首在隐约间显现出他内心的苦楚。如《听歌》云："巡江戍海客兵多，凄咽群鸿掠雨过。惭愧萧闲如我辈，侧身花里听清歌。"③ 在浙东战火已起的焦灼形势下依然周游于群芳之中，这着实令诗人感到羞愧，毕竟他此时还以"谁怜风雨屯军苦，绿酒红灯自画楼"④ 讽刺了玩忽职守、寻乐青楼的士兵。既然能心怀愧疚，那就说明诗人并没有完全沉沦，且事实上，急剧恶化的局势也使他根本无法打消用世之心，这一点明确体现在其自喻诗《大树篇》中。该诗以具有"梁栋材"的大树比喻自己，以榛栎比喻攀附权贵之人，首先表明大树遭受折磨的原因是"倔强多枝柯，不如榛栎气柔靡，得凭天相邀阳和"。面对如此情形，"大树将奈何"便是诗人要思考的问题，而他给出的答案则是：

大树大树空离奇，曷不空山偃蹇化龙卧，养精蓄锐完尔姿。斧斤无尔及，白云无尔疑。必欲抱其孤心耿介岩岩以独立，而今也非其时。⑤

既然不愿屈身迎合，亦不能施展才能，那为避免再受折磨的最佳选择就是隐匿空山，继续耿介独立。此言与姚燮先前所想并无二致，但令人意外的

---

① 《复庄诗问》卷二十一《城东酒楼逢王耦庚感赠长歌》，见《姚燮集》（三），第 581—582 页。
② 《复庄诗问》卷三十四《旱后淫雨二章》其二，见《姚燮集》（四），第 990 页。
③ 《复庄诗问》卷二十一《听歌》，见《姚燮集》（三），第 597 页。
④ 《复庄诗问》卷二十一《旛帛》，见《姚燮集》（三），第 599 页。
⑤ 《复庄诗问》卷二十一《大树篇》，见《姚燮集》（三），第 610 页。

是其最后的转折——"而今也非其时"。据此可知，姚燮真正的答案是，如今外敌入侵，家国蒙难，实非埋首隐居之时，亦不能不问世事。因而，姚燮关于战争的诗歌，不仅记述了战争罪恶和百姓苦难，而且也针对时局发表看法和建议。如《近闻十六章》条分缕析地指出道光二十一年夏发生的多件时事，认为军队"乘虚可作黄龙战，莫待羊亡悔补牢"。尽管姚燮在最后一首诗中道"纸上空言咄尔豪，谓渠未肯试吾刀"①，明白自己的建议终究不会被采纳，但还是以拳拳之心渴望局势能有所好转。

然而，姚燮在携家流亡路途中所经历的生死磨难，以及当时令人非常失望的抗敌形势和时局演变，使他愧感身为未能得用的书生，于事无补，"百谋鲜一善"②，进而复生遁世之心。道光二十一年（1841）重阳节，姚燮去借钱粮时与叶元壁、叶元垚两兄弟饮酒作歌，并描绘了席间情景。即：出于对时事的忧愤，自己"狂歌且作哀猿号"，叶氏兄弟亦"起拓银屏挥宝刀"。然而，诗人突然转笔道："我将往钳群虎噑，鞭挞屈平焚《离骚》。……结交孟客师陶公，皞然太古开黄农。"③"屈原""离骚""楚辞"等典故，在姚燮此期诗歌中经常出现，多用来象征忧患之心或不遇之感。而在此处，他则以"鞭挞"一词表达退隐之念。这虽为醉后不敬之狂语，却也可见他因当时局势产生的愤怒。在之后所作的诗歌中，姚燮尽管继续将目光投向时事和民瘼，但也多次以温和或无奈的语气表达退意及田园之思，如《秋晚村居杂述七章》《遣情五章》《田家杂兴十五章》等。道光二十三年秋冬之际，他在玉清道院养病时，又作了数十首与道家有关的诗，如《读老子》《步虚辞五章》《游仙诗十四章不必拟郭宏农也》《天女散花辞》等，以"姑作尽境思，强忍屏一切"④。

两年的战争和不久后的重病，不仅使姚燮在入世方面心灰意冷，而且影响着其诗歌创作观念。先前，他或为自己，或为国家人民写下许多愤激之作，但随着战争的消歇，却转而认为"矫激抒悲愤，悠悠徒丧名"⑤，病愈后亦言"熙皞物无忤，牢愁吾以删"⑥。故姚燮作于道光二十三年的诗歌，很少有悲愤之语，如《秋日病中咏怀二十一章》均在寄托出世之想，已不再

---

① 《复庄诗问》卷二十一《近闻十六章》其十六，见《姚燮集》（三），第609页。
② 《复庄诗问》卷二十一《江水二章》其二，见《姚燮集》（三），第650页。
③ 《复庄诗问》卷二十三《九日同叶元壁元垚昆季作歌》，见《姚燮集》（三），第646页。
④ 《复庄诗问》卷二十六《病剧就养城北玉清道院作三章》其二，见《姚燮集》（三），第770页。
⑤ 《复庄诗问》卷二十四《托感十二章》其一，见《姚燮集》（三），第708页。
⑥ 《复庄诗问》卷二十六《岁暮偶作》，见《姚燮集》（三），第794页。

如先前的咏怀之作那样嗟叹身世。在次年入都途中所作之诗，不仅数量骤减（现仅见十四首），而且苦意微淡，并言："便须我亦嵇孙辈，已厌唐衢恸哭声。"① 唐衢是唐穆宗时人，虽久而不第，五十岁尚处饥寒之中，但为名流所重。如白居易曾为其作《伤唐衢二首》，韩愈亦感叹他道："奈何君独抱奇材，手把锄犁饿空谷。"② 唐衢易感伤，"见人文章有所伤叹者，读讫必哭，涕泗不能已。每与人言论，既相别，发声一号，音辞哀切，闻之者莫不凄然泣下"③。故唐衢的诗歌意多感发，或悲己，或伤时，"声发涕辄随"。姚燮在此处用"唐衢痛哭"之典，意在表明如今虽还有诸多愁苦，却已不愿像唐衢那样满腹伤悲了，这便是他在历经生死劫难后的心境变化。可是，不久之后的再次落第又给姚燮此时近于平和的心理状态带来一定冲击。

据陈继聪所言，姚燮第五次参试的原因是"思终博一第，慰白头二老"④。而依然如故的结果一方面使他完全走出科举泥潭，结束了多年来的徘徊，另一方面则令其诗复写牢愁悲怨，即便是退隐之后还时常嗟贫叹穷，不过在情感激烈程度上虽偶有强者，但已是整体趋向衰弱。如《喜魏源王柏心李杭诸君成进士寄之以诗五章》名为贺诗，实则是借机自抒愁苦。看到好友成为进士，已决意离去的姚燮终究难掩落寞："自愧材拳曲，频遭弃盛时""承平难许效，吾曷慰吾生？"⑤ 将此语与道光十八年的"知我者死矣""几辈解论材"相比，可见他的愤意和气势都消减许多。再如《风》："中宵使我感生平，相对摇摇短烛檠。不散积愁同乱叶，恐吹梦远在荒城，人都久厌干戈苦，天亦谁为意气争？且自敛藏听造化，空山猿鹤莫悲鸣。"⑥ 此诗的基调依旧苦涩，却已无不平之气，且其中听天由命的诗人形象与昔日那位意气独陵厉、"向天狂啸挥吴钩"⑦的青年，相去较远。这也正是姚燮重病之后心态和诗作的总体特点。绝意仕进两年后，历经几番挣扎的姚燮以"曾我诗

---

① 《复庄诗问》卷二十七《平原客邮次壁间东越何生韵示同行诸子四章末章兼调叶恕》其三，见《姚燮集》（三），第796页。
② ［唐］韩愈著，屈守元、常思春主编：《韩愈全集校注·赠唐衢》，成都：四川大学出版社1996年版，第460页。
③ ［后晋］刘昫等：《旧唐书》卷一百六十，北京：中华书局1975年版，第4205页。
④ ［清］陈继聪：《大某山人生传》，见《姚燮集》（七），第2130页。
⑤ 《复庄诗问》卷二十七《喜魏源王柏心李杭诸君成进士寄之以诗五章》其四，见《姚燮集》（三），第813页。
⑥ 《复庄诗问》卷三十二《风》，见《姚燮集》（四），第953页。
⑦ 《复庄诗问》卷三十三《过揽碧轩悼叶文学元阶并吊孙明府家谷厉山人志两先生即寄枕湖社同社诸公得长歌六十句》，见《姚燮集》（四），第966页。

怀堕清苦"① 总结其诗在情感抒发上的整体风貌。而在处世态度上，虽然他以"曷不和平养其度？愤无益已徒伤时"② 来劝导年轻士子，但在笔者看来，心气平和是其努力方向，也是他逐渐形成的状态，但要做到不悲不愤则尚有难度，因为"志虽寒血犹热"③ 的他，以后还要面对更加严峻的国家形势和依然贫困的家境。

通过考察姚燮诗歌创作风貌及其心态的演变过程可知，人终究是个矛盾体，心理认知和实际行为往往随着客观环境而变，且相互之间亦会因难以遏制的本能情感而存在背离。这一认识的获得，便是源于姚燮对"诗以道性情"这一创作主张的贯彻。不过，值得注意的是，姚燮诗歌在"道性情"上还是有所保留的。此种保留，不是不言，而是敢言但难以示人，这突出地表现在他对艳情和真实心愿的态度上。

四、对艳情和真实心愿的认同与回避

寻觅艳情，书写艳情，是姚燮消解穷愁之感的途径之一，且他唯一正式刊行的诗集《复庄诗问》中亦不乏赠妓和其他书写艳情之作，如《花窖曲》《扇影词三十八章》《席上醉赠歌妓》《疏黛四章》《嬛嬛篇三章》《柳枝曲二章》等。对此，前文已有相关论述。但若再深入探究，则会发现一个别有意味的现象，即他对自己的艳情诗，持有既认同又回避的矛盾态度，这从他编定《复庄诗问》时的删改做法中可窥探一二。总体而言，姚燮编刊诗集时对艳情诗的处理方式，除按照原诗（包括诗题）收录外主要还有以下两种：

第一，直接删汰不录。如《席上赠湘云》（六首）、《山塘重遇旧妓话别》《艳辞》《樽边曲集春痕榭分赠题扇》（八首）、《短别三首》《再赠润卿五首》及《评花小诗一百首》中的六十二首等并未收入《复庄诗问》。

第二，对收录之作，改动诗题，误定系年。如《复庄诗问》在收录《评花小诗一百首》中的38首时，删去了各首末尾原有的妓女之名，将题名变为"扇影词三十八章"，系年定为丁酉即道光十七年（1837）。然据评花小诗中"南来夷虏陷昌州，险夺名花出画楼"④ 一句可知，包含《扇影词》在内

---

① 《复庄诗问》卷三十四《送人之维扬》其二，见《姚燮集》（四），第1014页。
② 《复庄诗问》卷三十四《题周公子闲屠狗图》，见《姚燮集》（四），第1013页。
③ 《复庄诗问》卷二十七《市肆看刀》，见《姚燮集》（三），第799页。
④ 《十洲春语》卷中《评花小诗一百首·沈瘦海》。按：道光二十年六月，英军第一次攻占定海，即诗句所言之昌州。同年八月，姚燮抵达家中，大约之后不久开始撰写《十州春语》，至次年春完成。

的这一百首诗应作于道光二十年秋至次年春之间。再如，道光二十年（1840）秋，姚燮为妓女王绣林作《花解楼本事诗四首》《本事续诗八首》《本事后诗十二首》，希望"天下有情人读是诗者，当恻然鉴余之痴也"①。但他在将这些诗歌编入《复庄诗问》时，不仅将诗题中指向明确的"花解楼本事"（王秀林室名为"花解楼"）改为意思含蓄的"闲情"，是为《闲情四章》《闲情续诗八章》《后闲情十二章》，而且将其编年系为道光十四年（1834）。另外，姚燮《十洲春语》云："余既为初云馆主人制《洞仙歌》，主人意若未足，复索诗题扇。因作五律四首云……"② 这四首五律被编入《复庄诗问》卷四中，即为《疏黛四章》，而其系年却是"癸巳以前"，即道光十三年（1833）以前。

删汰诗作和改动诗题定是出自姚燮本意，并且我们有理由相信上述三次错误系年是他故意为之。首先，虽然《十洲春语》的稿本没有流传下来，现今我们能看到的最早版本是光绪四年《艳史丛钞》铅印本，但该本的内容经"玉魫生校订于弢园"③，应基本与稿本一致。"玉魫生"，是王韬别号。姚燮晚年时，流寓沪上，与王韬往来甚密。常出入风月场所的王韬，亦曾作《海陬冶游录》《花国剧谈》等艳情笔记。王韬并不认为此类著述导淫宣欲，而是觉得"情以缠绵而始悟"，感叹"名士才媛同为造物之所忌"④。因此，他将包括《十洲春语》在内的十种艳情笔记，编辑为《艳史丛钞》，铅印流传。在校订《十洲春语》时，王韬应会尽最大程度留其原貌，不会进行大幅度改动。其次，《复庄诗问》卷二十一"辛丑上"中有三首诗——《席上醉赠歌妓》《听歌》《䌫帛》，亦在《十洲春语》中，其中第一首原题为"饮玉立词龛醉歌赠润卿"，后两首原无题。辛丑，即道光二十一年（1841）。姚燮将此诗编入该年之下，是符合实际情况的。⑤ 故而，姚燮在编集时不可能因忘记上述两组诗的创作年代而弄错系年，更何况第二组诗歌在《十洲春语》卷下有明确的时间记载："王绣林，行二……庚子秋重过阁中……颇思为量珠之

---

① ［清］姚燮：《十洲春语》，见［清］虫天子辑：《香艳丛书》（4），北京：人民文学出版社1994年版，第4273页。
② ［清］姚燮：《十洲春语》，见［清］虫天子辑：《香艳丛书》（4），北京：人民文学出版社1994年版，第4268页。
③ ［清］王韬：《弢园文录外编》，上海：上海书店出版社2002年版，第205页。
④ ［清］王韬：《弢园文录外编》，上海：上海书店出版社2002年版，第206页。
⑤ 《席上醉赠歌妓》云："去年八月还海城，留槐过海方用兵。"这应是指道光二十年姚燮从京城返回家乡一事。据此可知，此诗定是作于道光二十一年。

聘，因作《花䐑楼本事诗》四首云……"① 庚子，即道光二十年（1840）。显然，姚燮将艳情诗编入《复庄诗问》时颇费心思，而他之所以这样做，盖缘于两点：

其一，姚燮受传统雅正观念的影响，认为自己的传世诗集不能存太多题名直露或纯写私情的艳诗。他删汰艳诗，虽不排除是因为不满意它们的艺术水平，但更主要的还是缘于他对其中内容性质的考虑。就赠妓、别妓诗而言，《复庄诗问》收录的大都属于"借他人之酒杯浇胸中之块垒"这一传统模式，未收入的则是叙写纯粹的私情，且情感故事更为清晰、缠绵。如《席上醉赠歌妓》的立意不是谈情说爱，也不是品评妓女，而是"还借酣歌振潦倒"②，抒发怀才不遇的苦闷。也许，这就是姚燮将其编入诗集时只换其名而未误其编年的重要原因。而约作于道光十七年（1837）的《山塘重遇旧妓话别》③则记述了他时隔五年重遇昔日交好妓女而又要与其别离之事。二人不期而遇时，"无语坐移晷，两意生百怜"，引得姚燮回忆起当年他们"结好越神表，不为黄金千"④的美好恋情，慨叹她今日容颜憔悴、姐妹沦丧的艰难处境。面对即将到来的离别，姚燮纵然心有千言万语，但却深感"欲告无其端"，只能以诗相赠，并劝她早日脱籍从良、善保自身。该诗所记是纯粹的私情题材，无关其他。

其二，姚燮在意时人和后世的看法。《复庄诗问》是姚燮要刊行于世、问传后人的代表作，故他必然会以非常重视、谨慎的态度进行编排。然而，对于那些纯粹抒写个人艳情或以褒义描写妓女生活情态的诗歌，历代评论者多是加以否定、贬斥，即便是在思想自由、视角多元的今天亦是如此。况且，《复庄诗问》中出自《十洲春语》的品妓、本事之作，大都创作于道光二十年秋至次年初。此期，在道光二十年（1840）六七月间发生的定海保卫战刚刚过去，英军也尚未全部撤出定海县（道光二十一年二月撤离），且浙东一带已进入应战状态，形势岌岌可危，百姓惶恐不安。故而，姚燮若将这些诗歌系年到这一时期，必定会对后人关于其人其诗的看法造成不良影响。对于这些，姚燮应深谙其理，故而在编刊正式诗集时采取少收录、变题名、

---

① ［清］姚燮：《十洲春语》，见［清］虫天子辑：《香艳丛书》（4），北京：人民文学出版社1994年版，第4269—4270页。
② 《复庄诗问》卷二十一《席上醉赠歌妓》，见《姚燮集》（三），第594页。
③ 山塘，是苏州名街。道光十七年，姚燮在苏州谋生，创作了一些以"山塘"命名的诗，如《山塘深夜》《山塘酒楼》等。再者，《山塘重遇旧妓》在《上湖诗问稿》中排在《席上赠湘云》（道光十七年作）之后、《望雨吟》（道光十八年春作）之前，故该诗很有可能作于道光十七年。
④ ［清］姚燮：《山塘重遇旧妓话别》，见《姚燮集》（四），第1086页。

误系年等方式处理艳诗,以达到既能借此抒写性情又能降低负面影响的目的。但或许姚燮没有想到的是,在他生前只有稿本的《十洲春语》会被刊行流传,以至于他的这些做法在今天看来,颇有掩饰之嫌。

对于自己的艳行,姚燮一方面发自内心地予以抒写,没有流露出亵渎妓女之意,并且他也肯定妓女与自己以诗唱和往来的行为,在晚年编定《琼贻副墨》时,还将吴中妓女苏雅的寄诗《答上湖生代柬》(二首)收入《兰如集》(卷四)中,可见他对诗写艳情的认可。另一方面则在编刊诗集行世时,采取删汰、改动的方式对艳情诗加以处理,尽量避免给读者留下不良印象。若从诗歌创作的角度来说,姚燮对艳情诗的认同与回避间接反映了其践行"诗以道性情"时的不彻底性,若就个人想法而言,则体现了他的顾忌心理。在这一方面,姚燮便与他最初师学的袁枚既有相似之处,又有较大差距。袁枚为诗力主"性灵",在精神内核上强调诗歌要抒写真实的、不受世俗羁绊的情感和个性,表现诗人的"赤子之心"①,基于这些思想,其诗歌创作便呈现出一个突出特点,即大量抒写私人情感,如亲情、友情、爱情、艳情等。这些诗歌无关道德教化和政事民生,只是集中展现着世间的种种情谊,及诗人真实的思想性情和趣味喜好,哪怕其中有些是世俗和礼教所贬斥的。

乾嘉时期,袁枚以"独抒性灵"为核心的诗学主张和创作实践,在商品经济发达、市民生活趋于享乐的江浙地区产生了广泛影响,追随者众多。对私人情感、欲望的重视与表现,便成为以袁枚为旗帜的性灵派诗人创作的共同特征。对于姚燮而言,尽管他在二十多岁时放弃学习袁枚诗歌(见本章第一节),尽管他所言的性情要合乎道,即"性以道为辅"②,不似袁枚的那般自由不羁,但其诗在个人化情感表现方面则与袁诗有相通之处。如对自我穷愁的大肆抒写,对亲情、友情的倾情吟哦,对底层劳动者、妓女艺人的深切关注,对自我艳情的感怀,都体现着其诗对个人意识和感情的重视。然而,对于艳情和艳诗,袁枚并无回避之态,因为他认为诗歌就要传达不可解之情,且"情之所先,莫如男女"③。这一主张在袁枚及性灵派诗人的诗歌中得到充分印证,从而形成了清代诗歌史上一道独特风景,即"抒写男女之情

---

① [清]袁枚著,王英志校点:《随园诗话》,南京:江苏古籍出版社2006年版,第55页。
② 《复庄诗问》卷十八《董观察丈国华以余卷中答黄广文钊韵作诗见贻依韵酬之》,见《姚燮集》(二),第516页。
③ [清]袁枚:《答蕺园论诗书》,《袁枚全集》(二),南京:江苏古籍出版社1993年版,第527页。

是性灵派诗最为人注目的内容"①。这些诗歌中有不少思想庸俗、直白露骨之作，而它们的刊行流传，既赋予了性灵派诗人敢于突破世俗的鲜明色彩，又引来了嘉道诗坛的强烈抨击。而姚燮对自己的艳情，即便是真实抒写，也终究会有所保留和顾虑，且他所顾虑的又岂止艳情？

从姚燮删汰的诗歌中，还可进一步得知他对摆脱贫穷的极度渴望。如道光二十四年（1844）五试不中时，他作《短歌十章》以抒怀，编刊诗集时删掉了其七、其八两首。其中第八首与收入诗集的第二首揭示了同一个现象，即无才无德之人靠攀附权贵而进身，获得权势和财物。从表面上看，这与《走厮篇当枣下何纂纂》所述之事类似，但仔细考究则知它们的立意并不相同：《走厮篇》意在抨击昔日"蓝褛襟无完"②的衙役在攀附公卿后位列缙绅、鱼肉百姓的恶行，而《短歌十章》其二、其八两首则是借此现象来抒发自身穷愁。不过，诗人在这两首诗中所寄寓的情感激烈程度却大相径庭。现列其诗如下：

> 巍峨大官府，已作骛马场。龌龊道旁子，今为执戟郎。矮篱青杙巢凤凰，小家灶婢千金妆。盛衰荣辱安有常，出门南望思故乡。③（其二）
> 生不能腰金衣紫封万户侯，安用手携寸管驰骤千百秋？田儿牧豕不识字，竟得高车驷马出入天市头。吁嗟乎！高车驷马岂我强，我有良田万顷金千箱。④（其八）

从中可知，前者在不满之余，不痛不痒地暗示已看清盛衰荣辱的自己不会和攀附之人一样，情感相对温和。后者则充满了愤怒，竟以"我有良田万顷金千箱"这一可望而终不可及的臆想，来对抗"高车驷马"，甚至将强烈的不满情绪波及自己的出身和文章事业。这显然是姚燮愤怒至极的结果，展现了一直穷苦的他最期盼的生活状态，即"良田万顷金万箱"。无独有偶，姚燮也删掉了《浩歌行十一章》中流露这种情感的第四首诗，其中有言曰："金钱万斛买田宅，粟米堆积如山邱。"⑤该诗应作于姚燮三十岁之前，可见

---

① 王英志：《性灵派研究》，沈阳：辽宁大学出版社1998年版，第88页。
② 《复庄诗问》卷三十四《走厮篇当枣下何纂纂》，见《姚燮集》（四），第1004页。
③ 《复庄诗问》卷二十七《短歌八章》其二，见《姚燮集》（三），第810—811页。
④ 《诗问稿·短歌十章》其八，见《姚燮集》（四），第1081页。
⑤ 《诗问稿·饮浩然楼杂感成歌》其四，见《姚燮集》（四），第1076页。按：该组诗名在《复庄诗问》卷一题为《浩歌行十章》。

饱暖生活一直是姚燮的强烈渴求。其实，这份渴求在《复庄诗问》中不是没有体现，如《除夕祭神》云："归天门，告天帝。帝曰嘻，降之祥，锡之瑞，毋使穷鬼与若为厉。穷鬼告退钱神来，合家稽首心颜开。"① 该诗表明姚燮的新年愿望就是穷鬼去、钱神来，虽世俗化，但却无伤大雅。相比之下，姚燮在前述所删二诗中流露出的期盼就显得过高了。基于贫苦和不遇境地而热切希望拥有许多财富，本是人之常情，无可厚非，但却不免与姚燮多次传达的安贫守拙之意相矛盾②，这大概就是导致他删诗的主要原因。而其敢言却难以示人的行为，也间接反映出一位穷愁诗人内心的纠结和不得已。

五、姚诗穷愁心曲的历史境遇

在诗歌成就上，道光年间的文士曾将姚燮与乾隆诗人黄仲则（1749—1783，名景仁，字仲则，诗集为《两当轩集》）相提并论。如姚燮《复庄诗问》卷首董镜溪题评云："胸中自有千秋，眼前直无余子，两当轩后不图再遇斯才。"③ 郭凤《书某伯诗卷后》云："当代诗人不乏大家，仆最心折黄仲则先生之诗，为其才大气清，如天马行空，不受羁勒。……今读大作，几于并驱。"④ 杨铸云："某伯诗……当与紫岘、仲则并峙千古，眼前无此才也。"⑤（按："某伯"乃姚燮号之一）他们多从艺术的角度寻找姚诗与黄诗的相似点，进而推扬姚燮的诗歌成就，却未免过度，故后来有论者对此道："或以黄仲则比之，尚非确论。"⑥ 其实，除却艺术表现不论，姚燮和黄仲则之诗在内容主题上有一共同点，即重在抒发一己之穷愁。生命停留在三十五岁的寒士黄仲则，虽生在乾隆盛世，却一生郁郁不得志，在十七岁时便发出了"百无一用是书生"这句引起后世强烈共鸣的悲怆之语。黄仲则敏感孤傲、狂放不羁的性格和依人作幕、贫病交加、恋爱受挫等凄苦经历，促使他将感愤与穷愁都倾泻于诗歌之中。

就诗歌中的个人穷愁来说，姚燮与黄仲则的主要区别在于：黄诗时有振奋之语，如"莫因失路气如灰，醉尔飘零浊酒杯。……我剩壮心图五岳，早完婚嫁待君来"⑦ "我欲云门峰，化为并州刀。持登天都最高顶，乱剪白云

---

① 《复庄诗问》卷十一《除夕祭神》，见《姚燮集》（二），第315—316页。
② 如《复庄诗问》卷二十《枕上偶得四章》其二："黄金百笏粟万钟，朝谋暮计宁非佣？"
③ 《复庄诗问》卷首董镜溪题评，见《姚燮集》（四），第1143页。
④ [清] 郭凤：《书某伯诗卷后》，见《姚燮集》（四），第1122页。
⑤ 《复庄诗问》卷首杨铸题评，见《姚燮集》（四），第1138页。
⑥ 徐世昌编，闻石点校：《晚晴簃诗汇》，北京：中华书局1990年版，第5964页。
⑦ [清] 黄景仁著，李国章标点：《两当轩集》卷九《别稚存》，上海：上海古籍出版社1983版，第237页。

铺絮袍。无声无响空中抛,被遍寒士无寒号"①。正所谓"黄生抑塞多苦语,要是饥凤非寒虫"②,黄仲则始终是一只想振翅高飞的凤凰,在极其困苦的情况下还有着昂扬的精神风貌。而姚诗则缺乏这种豪迈气质,其较多的是因穷苦而滋生的越来越浓厚的无奈心境和退隐情绪。③ 如同样是壮年不得志时的醉后成歌,黄仲则末句云:"瓮边可睡亦径睡,陶家可埋应便埋。只愁高处难久立,乘风我亦归去来。明朝市上语奇事,昨夜神仙此游戏。"④ 而姚燮末句则云:"丈夫不能濯足昆仑源,醉饱而死将谁冤?"⑤ 较之黄诗的蹈厉风发,姚诗则显得有些落寞。而黄仲则感愤诗歌的特色所在也正是"一方面是寒士的嗟贫叹卑,一方面是名士的高迈健举,二者颇具张力且相互映发"⑥,打上了独具诗人气质和人格魅力的鲜明烙印。故而,黄、姚之诗虽然都重在抒写个人穷愁,但在后世的境遇则大有不同。黄诗以其动人心魄的盛世哀音和感染力,以及艺术上的独特性而广受赞誉,但姚诗中最受关注和称赞的是那些反映时代现实之作,而非数量较多的抒写自我之作。

即使到了今日,姚燮诗歌的这种研究状况也无较大转变。这不免使笔者产生一个想法:如果姚燮没有创作出那些悲天悯人、富有现实意义和诗史精神的诗歌,而仅仅凭借其对自我遭际、困境的真挚抒写,那其诗在后世的评价将会和其尊敬的前辈文人郭麟相似,恐怕也难逃脱类似于"大隄游女,顾影自怜"⑦ 之评。诚然,从文学所具有的社会功用和历史价值这一角度来看,姚燮那些反映民瘼、揭露黑暗、记述战争的诗歌最具光芒,但并不能因此忽略甚至抹杀其他主题的诗歌。如果说姚燮诗歌中"一般流连景物以及抒写个人情怀之作,并无特色"⑧,那未免有些武断,因为抒写个人情怀贯穿于姚燮诗歌创作的每一阶段,它们共同呈现出了一个立体、矛盾的诗人形

---

① [清] 黄景仁著,李国章标点:《两当轩集》卷五《铺絮》,上海:上海古籍出版社1983版,第135页。
② [清] 张维屏:《听松庐诗话》,见张维屏编撰,陈永正点校,苏展鸿审定:《国朝诗人征略》卷三十九"黄景仁"条,广州:中山大学出版社2004年版,第579页。
③ 造成这一差异的主要原因还是二人性格和追求的不同。黄仲则有很强的入世之心,在两次乡试不售后便走上了幕客道路,且本就孤高和寡的性格随着愈加不如意的境遇而趋向癫狂。相比之下,逐渐趋于谨慎的姚燮,并没有强烈的仕进之念,宁愿"穷居郁高志",也不愿做幕僚。
④ [清] 黄景仁著,李国章标点:《两当轩集》卷十四《元夜独登天桥酒楼醉歌》,上海:上海古籍出版社1983版,第342页。
⑤ 《复庄诗问》卷八《醉后书城南酒肆壁上三章》其二,见《姚燮集》(二),第211页。
⑥ 许隽超:《黄仲则研究》,南京师范大学博士论文,2004年,第34页。
⑦ [清] 洪亮吉著,陈迩冬校点:《北江诗话》,北京:人民文学出版社,1983年版,第6页。
⑧ 刘大杰:《中国文学发展史》(下),上海:复旦大学出版社2011年版,第291页。

象,为后世了解此期寒士的生活面貌和心灵世界提供了一个切实参照。

综观道光二十年(1840)之前评论姚燮诗歌者,多有能理解诗人寄寓其中的悲苦之音和愤懑之情者。如程恩泽云:"处境愁郁,故旨合风骚,拓胸阔大,故辞无庸浅。"① 经历相似、性情相近的张际亮更是难掩深爱之心:"余尤爱其情韵宛转,俯仰慨叹,如见古之伤心人,每读之辄怦怦不能自已也。"② 而汤鹏在道光二十四年(1844)读姚燮近作时,最为动容的并不是姚燮对时事的记述,而是他在战乱中"出入干戈,备尝艰苦"和道光二十三年(1843)"旋膺危疾,濒死几殆"的惨痛遭遇。因此,汤鹏喟叹道:"直令人击碎唾壶,才士之穷乃一至于斯乎!"③道光二十五年(1845),与厉志、姚燮并称为"浙东三海"的画家傅濂,在夜读姚诗后深感其诗尽道其心之哀乐,且"其节悲以壮,其意郁以深"④。张、汤、傅之语传达出的不仅是惺惺相惜、难能可贵的知己真情,还有姚燮诗歌所具有一个突出特点,即其对自己穷苦遭际的抒写也可激起时人的强烈共鸣,因为这些诗歌以诗人的血泪倾诉着一段足以令人悲叹的人生经历,即历经道光一朝,他由曾经追逐浪漫、踌躇满志的少年,渐渐被磨蚀为凄苦满怀、终日为温饱计、空有济世之念的落拓寒士。究其原因,固然脱离不了姚燮贫寒的家境和自身性格的羁绊,但罪魁祸首则是腐朽不堪的社会体制。遗憾的是,思想保守的姚燮并未清醒认识到这一点,更无力与其抗争,他所能做的只有极力忍耐,不断妥协退让,暗自抒愤,寄情诗酒,跌宕歌场,甚至还要在传世诗集中掩藏一些真实性情。

在这种社会体制和时代环境中,还生活着许多与姚燮遭遇相似、心态相近的寒门士子。这在姚诗所酬赠、感怀的友朋中就有不少,如前文所言的潘德舆、蒋湘南、厉志等。此外,还有"半生贫贱缚文字,挟瑟未遇知音弹"⑤的郭莱隮;"家从别后已甘载,途到穷时无一涕"⑥的韩式桐;"出入公府

---

① 见《姚燮集》(四),第1136页。注:纪锐利《姚燮山水诗初探》中以程恩泽的题辞来说明姚燮诗风在鸦片战争期间的转变,但程恩泽逝世于鸦片战争之前,即道光十七年(1837)年,可见其材料引用失当。又,姚燮在道光十五年曾以《呈程少司农恩泽》一诗酬赠程恩泽,且从《上湖诗问稿》卷首和卷末的十余则写于道光十五或十六年的题评来看,姚燮在此期间曾将诗作出示给诸位文士,如徐宝善、潘德舆、郭仪霄等。因此,程之题评也应作于这一时期。
② 见《姚燮集》(四),第1127页。注:张际亮此跋作于"戊戌四月十四日",即道光十八年。
③ 见《姚燮集》(四),第1145页。
④ 傅濂赠姚燮二诗之一,附于《复庄诗问》卷三十一《答傅濂见赠韵二章》后,见《姚燮集》(四),第909页。按:厉、姚、傅分别为定海、镇海、临海人氏,故有"浙东三海"之称。
⑤ 《复庄诗问》卷四《郁噫篇贻郭莱隮》,见《姚燮集》(一),第77页。
⑥ 《复庄诗问》卷十《作歌赠韩式桐》,见《姚燮集》(二),第263页。

门，上座矜布袍……渐渐微技名，终非名世豪"① 的李育；"但求死后波，不沉贱名氏"②的山人杨韫华，等等。这也在一定程度上体现出姚燮感赠、哀悼朋友之诗的重要特点，即书写对象多为布衣寒士或不得志的士大夫，所抒发的情感也多与他们的牢愁悲怨相关。因此，可以说，姚诗不仅真挚抒写一己之穷愁，而且也展现了一部分文士的悲苦遭际。道光十八年（1838），姚燮在归家途中偶然看到张际亮题于破店墙壁上的诗，而后更是道出了众多寒士的悲哀："穷言隐歌哭，泪在无人知。"③ 的确，即便是有诗文集的传世或文献资料的记载，他们寄寓其中的穷愁心曲也难以被一一了解，何况还有那么多失意之士淹没在历史长河中。因此，若从历史缩影的角度而言，虽然姚燮诗歌在艺术表达和感染力等方面离黄诗有一定差距，但却为我们了解道光寒士群体提供了一个重要窗口。

第三节　姚燮诗歌的审美特点

姚燮诗歌在道咸年间受到诸多称赞，其中之一为："于阔大处见胸衿，于沉厚处见精力，于纡回往复处见心思之曲，于缠绵悱恻处见性情之真，是宜凌轹一时，涵盖千古。"④ 在今天看来，姚燮诗歌在历史长河中虽尚不足以享有"涵盖千古"之美誉，但应当得起"凌轹一时"之夸赞。这是因为，其诗不仅题材丰富，众体皆备，而且在艺术上也自有其特点。现结合姚燮的诗学主张，从以下三方面对其诗歌的审美特点予以探析。

一、以细笔和真情摹写具体情境

对于士人竞相奔走之风给诗坛带来的弊端，姚燮曾说："今之士稍稍有才具，辄挟其文章著述要结当道，以为进身之捷径。其为诗也，大抵尚声气浮夸，贡谀佞颂以为言，一不遂，则又牢骚愤懑，不屈而怨，不庾而哀，皆发之于咏歌，几若风之掠云、水之赴峡之不可以自遏。"⑤ 对于攀附权贵者的诗歌，姚燮在内容上否定了两点：阿谀奉承之词；牢骚愤懑之语。相较于

---

① 《复庄诗问》卷十二《江都李育过访寓斋缕谈近况以诗慰之》，见《姚燮集》（二），第336页。
② 《复庄诗问》卷三十三《吴门杨山人韫华病危以书见贻读竟题后》，见《姚燮集》（四），第972页。
③ 《复庄诗问》卷十五《南辕杂诗》其三十九，见《姚燮集》（二），第428页。
④ 顾承题辞，见《姚燮集》（四），第1142页。
⑤ 《复庄文酎初编·何小晴同年萝月轩诗序》，见《姚燮集》（六），第1589页。

前者，姚燮对后者的批评不免让人产生一丝疑问，即他本人就以诗抒发郁愤牢骚，那为什么会有此言？实际上，他否定的前提是攀附权贵者的牢骚类似于无病呻吟，与正直而失意之士的有着本质上的区别。在姚燮看来，他们的牢骚之语虽也在抒发个人情怀，却与阿谀之词一样都是伪音。由此可知，姚燮主张诗歌创作不仅必须"有我"，更要有真我。

若以此观照其创作实际，可以说其诗与许多优秀诗人的一样，都具有情意深挚的特点，这从前两节的相关论述中便可得见。不过相对而言，姚诗的突出之处在于，常以细致入微的笔法和真切的情感体验摹写具体情境，从而具有或动人心脾、或引发共鸣、或得见新奇的艺术效果。这首先在其哀悼诗中有着鲜明体现，如其描绘幼女和妻子临终前的情形云：

> 维昨日初十，汝病始恋床。烛光照肌肤，晕晕如海棠。枯眼视汝爷，棘手偎汝娘。但言儿可怜，一语尽两字。慰以平安辞，低吁翻伴睡。少睡吾亦安，焉知汝心碎？（《复庄诗问》卷二《悼亡女寿真诗七章》其三）

> 为言妾死后，郎须续佳婚。愿其能奉亲，弗辞多苦辛。愿其抚妾子，相爱毋相嗔。但得新人新，弗忘陈人陈。……妾在冥冥中，看郎双悦欢。妾多故物留，留与新人存。（《复庄诗问》卷二十一《妇病自春晚始剧至六月四日竟不复生感触所缘记以哀响都得二十三章焚之榇前以代诔哭》其十四）

> 决绝复决绝，舌结无能辞。我手揽汝腕，汝手寒我衣。仰面视翁姑，低面视两儿。有泪但盈眦，流短不到颐。（《妇病自春晚始剧……以代诔哭》其十六）

上列第一首诗作于道光十二年正月，当时姚燮未及八岁的长女寿真突然夭亡。该诗叙述的主语在"我"和"女儿"之间反复转换，进而展现了一幅感人至深的动态画面：在寿真临去前的那个晚上，盖因高烧而脸庞如海棠花般红晕的她，以泪水已枯竭的双眼看着父亲，以柔弱无力的小手依偎母亲，纵有千言万语，也无法诉说。守在旁边心疼不已的父母，只能以平安之词轻声安慰。而寿真或许是为了不使父母担忧，忍着病痛佯装睡去。这令父亲颇为自责，因为当时他看女儿睡去而内心稍安，竟未能体察她内心的悲戚。相比之下，第二首的叙述主体始终如一，即病故前的妻子。该诗以代言的形式尽述了妻子向夫君诉说的遗愿，即希望夫君续娶的新人能不辞辛劳地奉养双亲，不苛待她的二子（长子十五岁，幼子两岁），亦愿夫君切勿忘记自己，而她会在冥冥之中祝福他们，并将遗物留给新人。这是多么朴实、常见却足以催人泪下的弥留话语。

  前两首诗歌的共同之处是，细致摹写了妻女即将亡故时的神态和言语，从而使幼女惹人爱怜和病妻情深义重的形象跃然纸上，虽语句寻常，却感人至深。这在第三首诗中有着更加突出的体现，因为它展现的场景是：尚有诸多牵挂的妻子在诀别之际已是有口难言，只能靠仅存的一丝气息拉着丈夫的衣角，仰面看看公婆和兄妹后低首凝视依偎在床边的两儿，最终在万般不舍下流泪而逝。该诗令人赞叹处主要有二：第一，在极富画面感的动态过程中再现了骨肉至亲的死别之痛；第二，以"有泪但盈眦，流短不到颐"来收束妻子的死亡情形——在合上含泪双眼时，眼泪随之流出，最终停留在脸颊上方。此番描摹，无论是否为暗示妻子泪水已尽，都足以彰显诗人的细微之笔，都在较大程度上使读者既为之伤怀，又为之一惊。

  妻女临终情境无疑最令人伤痛，若这些情境是姚燮构建诗歌的骨骼，那么动态演示中的细节描写便是充实骨骼的血肉，两者相配相宜，从而令其诗蕴含着感人肺腑的情感力量，甚至会让读者随着脑海中的画面浮现而产生些许身临其境之感。在《复庄诗问》中，与此类似的还有那些以下层百姓为主人公的新乐府，如《卖菜妇》《北村妇》《山阴兵》《织新衣》等。其中《织新衣》细致描述了织妇为远方的丈夫裁衣服的情景，其言曰：

    旧纩捡空簏，破碎同蝶飞。长泪续短线，寸寸心如灰。脱儿髁上布，剪妾衣裹衣。颠倒结作领，窄幅难成围。寄郎穷旅中，与郎瘦相宜。①

  在秋收时节，因棉田受灾而无新棉可以做新衣，为此悲泣的贫妇还是从近乎空荡的竹篓中挑拣十分破旧的棉絮，从孩子脚踝上和自己内衬上获取一点碎布，费尽周折做了一件窄衣，但令人难以想到的是，这件窄衣恰好适合他十分瘦弱的夫君。在这段描述中，诗人充分发挥了炼字和造境之功，以"捡""续""脱""剪"等动词，将"旧纩""空簏""长泪""短线""髁上布""衣裹衣"等意象叠加起来，层层递进地细描了贫妇做衣和衣成后的动作、心情，最后更是以"与郎瘦相宜"这一看似偶然实则必然的结果，进一

---

① 《复庄诗问》卷二十五《织新衣》，见《姚燮集》（三），第720页。

步突显这个家庭的不幸。若论其中最具细思和新奇之句，当属"长泪续短线"。这是因为，该句以"长"和"短"这一组反义词描绘出一幅具有较大情感冲击力的画面：贫妇一边长泪不止，一边以短线拼接零碎的旧布。这说明家里已经穷困到连长线都没有的地步，而"续"也意在表明她的此番状态贯穿整个做衣过程始终。那么，与其说此衣是用短线一点点缝制，还不如说是用贫妇的眼泪穿织而成。由此亦可知，姚诗在细节描写上也有简而传神之笔。这一点亦体现于《哀东津》《速速去去五解八月二十六日郡城纪事作》等关于鸦片战争的诗歌中。

《哀东津》首先叙写宁波富商往日"市估意气同骄云""结群敛利逾国征"等嚣张气焰，继而描绘他们在战争中的情景："树巢欲折鸦何依，失色奔跟瘦如狗。窖银不救一餐饿，掘穴墙根作行膰。弱民侧目心幸灾，强者乘机起争踣。"① 从中可知姚燮的两层用意：其一，通过今昔对比讽刺宁波富商。其二，揭露鸦片战争的残酷无情。不过，上列诗句中的末尾两句最能让人眼前一亮，因为其以简洁之笔准确道出了寻常百姓对遭难富商的态度和行为，即弱民虽依旧心存畏惧，但不禁幸灾乐祸，而强民则趁机与他们争斗。平民们看着昔日仗势欺人、生活豪奢的富商如今落到这步田地，并无同情之心，而是心生快感或视为笑料，这实是人性驱使的自然结果，也是生活中的常态，不能视之为不道德。并且，诗人对百姓心理、行为的刻画还以弱民、强者两类分述，可见其细致体察和真实再现。《速速去去五解八月二十六日郡城纪事作》具体描绘了败逃的官兵、雇夫和老弱妇幼三类人群在镇海陷落后的遭遇，其中后者为："可怜翁妪妇女幼稚，翘足延颈当路叫讙。望爷觅子寻夫呼哥索弟，悲泪交汍澜。"② 在战乱中力量最弱的他们，只能求助于父亲、儿子、丈夫或兄弟，而诗中"望""觅""寻""呼""索"等动词的密集使用，在一个又一个动态展示过程中既简洁生动，又不失精细逼真之感。这种建立在情境再现上的摹写方式，使姚燮记述鸦片战争的诗歌具有一个鲜明特点，即"与其他诗人相比，不仅有一般纪事、书感之作，而且更多具体、真切、形象生动地描写，构成战乱中的血泪图"③，且其感染力当更为强烈。

另外，姚诗还时常描绘日常生活中的寻常情境或感受，往往能引起读者

---

① 《复庄诗问》卷二十二《哀东津》，见《姚燮集》（三），第 628 页。
② 《复庄诗问》卷二十二《速速去去五解八月二十六日郡城纪事作》，见《姚燮集》（三），第 624 页。
③ 王飚主编：《中国文学通史·近代文学》，南京：江苏文艺出版社 2013 年版，第 90 页。

共鸣。如他叙写女儿的成长经历道:"稍长驯言动,百态娇泥人。……戏言道旁弃,掩泣牵母裙。"① "邻儿得父爱,欢跃庭东堽。傲汝汝辄妒,时问余归期。余还更娇泣,索饼频呼饥。"② 当女儿一听要丢掉自己时,立即依偎在母亲身旁哭泣;当小朋友向女儿炫耀得到的父爱时,心中嫉妒的她便常常向母亲询问父亲的归期,等到父亲回来后更是想办法在他怀中撒娇。这些情景何其寻常,又何其真实,因为在孩提时代,我们基本上都会听到大人们诸如"道旁弃"的戏言或"恐吓"之语,也会与小伙伴比较所获得的宠爱,也会对父亲依恋不已。又如,以"过门风香邻饭熟"③ 这一生活常态,映写自己的饥肠辘辘。以"婴孩于书卷,往往仇不亲。鞭挞示佯怒,酸泪胸肬沦。……鸡鸣慰之睡,恐复劳其神"④,描绘了母亲佯装生气让孩子苦读、又怕其过度劳累的画面。以"小官今有儿,儿顽如昔时。出入索饼尝,忆叟为此诗"⑤,道出作诗动因,即从孩子身上看到自己年幼时的影子,进而追忆那时的人与事。想来纵然时移世易,这些日常情景亦会发生于现在,而诗人对人情物理的细致体察和会心捕捉,在为其诗增强情感力度的同时,也增添了一抹亮色。

二、构思巧妙,手法多样

前文已言,姚燮少年作诗,"取法袁简斋,下笔立成",二十余岁时在叶元阶、厉鹗的建议下学习汉魏古诗,数月后"觉诗较进。阅前所为诗,虽若可惊可喜,勿取也"⑥。这段经历,也使他多次对自己的诗歌创作进行反思。如,道光十五年(1835),姚燮道:"燮也少好诗,意在辞辄倾。不基幻楼阁,无律喧甲兵。未解一鸡缚,遂欲全牛烹。……乃知扫秋绳,渐使还空明。……赴矢准虱的,缘垤规蚁程。"⑦ 据此可知,姚燮为诗在由袁枚转学汉魏后,渐改往日的拉杂率意之病,转而注重整体的构思,有的放矢,按意布局谋篇。继而,他在首次居京的一年多内,通过与诸多文士的谈诗论艺,又得到了不少肯定和建议。从《上湖诗问稿》(姚燮诗歌稿本之一)卷首和卷末的题跋来看,此期对姚燮诗歌予以细致点评和大力指导之士,当是潘德

---

① 《复庄诗问》卷二《悼亡女寿真诗七章》其四,见《姚燮集》(一),第41页。
② 《复庄诗问》卷二《悼亡女寿真诗七章》其六,见《姚燮集》(一),第42页。
③ 《复庄诗问》卷二十四《后无米行》,见《姚燮集》(三),第702页。
④ 《复庄诗问》卷九《寒窗灯影图为孙丈题》,见《姚燮集》(二),第228页。
⑤ 《复庄诗问》卷六《八怀诗饼毕叟》,见《姚燮集》(一),第152页。
⑥ [清]姚燮:《问己斋诗集序》,见《姚燮集》(六),第1726页。
⑦ 《复庄诗问》卷九《答黄丈钊》,见《姚燮集》(二),第246页。

舆（号四农）。如郭仪霄云："四农评选无一字一首不细确，吾无间然。"①
蒋宝龄云："卷中诸评，山阳潘四农最细最当，不能更献一疑。"② 而潘德舆
在肯定姚诗"五言业已成家"的同时，又认为"七言不逮五言……然意匠略
加，便可高步"③，建议姚燮在构思布局方面再下功夫，以使七言古诗臻至成
熟。由此可见，如何立意布局、采用何种表现手法来结构全篇，当是姚燮在
提高诗艺的过程中必须深思的重要方面，而通过诗坛名家的指点和自身的刻苦
钻研，其诗在"意匠"方面是否有令人称赞的地方，便是一个值得关注的问题。

窃以为，姚燮诗歌在构思谋篇上是颇具匠心的。如《天饷行》的叙写顺
序大致是：吴人甚畏神——解天饷的大致过程——道士念咒致使民众惧怕不
已——民众争先恐后，甚至典卖衣物买纸钱祭神——道士生活豪奢且不怕问
罪——当政者亦迷惑其中故此薄俗难以整顿。全诗以"吴俗畏神逾畏官，恐
益冥谴违神欢"开端，首先点明吴地因为怕遭冥谴而甚畏神明的风气。在诗
人看来导致这一风气的直接因素是道士的故意恐吓，但从表面上看，道士们
却"似为民白精力殚"。为了说明这一点，他以十句诗道出他们的咒辞念语：

锡之饱暖常平安，灾无焚溺无凶奸。或作狡狯蔑科律，迟回抽减来
触掸。火犀赤眼透九井，呼吸不得雷霆瞒。女青执笔驱獲犴，泥犁五狱
刀巑岏。籍尔家室戮尔嗣，幽囚骨肉诛心肝。④

这些诗句中，只有前两句符合民心所愿，其余八句则都在强调一点，即
若蔑视科律，必会遭到神明戮嗣诛心这般极为恐怖的惩罚。道士如此凶多吉
少的念词，使百姓"乃惧乃惩戒，低声唯唯容凄寒"，更加畏惧神明，进而
导致百姓年复一年、心甘情愿地出钱供神，而最终结果就是道士中饱私囊，
气焰嚣张，地方官员即便清醒也难以整治这一积弊多年的风俗。由此可见，
这十句咒念之语以八比二的比例分配，既在全诗中起到了承上启下的作用，
又映照了诗之开端，还揭露了道士虚伪奸诈的嘴脸。

相对于《天响行》这类以直接铺叙为主要表现方式之作，姚燮运用多种
表现手法而作的诗更见其艺术构思。如其享誉较高的山水纪游诗之一《自华
桃横冒云下霞紫树陵》云：

---

① 见《姚燮集》（四），第1129页。
② 见《姚燮集》（四），第1133页。
③ 见《姚燮集》（四），第1131页。
④ 《复庄诗问》卷十二《天饷行》，见《姚燮集》（二），第353页。

对峰覆云如白莲,侧峰云袅犹如烟。近峰云作一龙走,远峰已裹千重棉。断云略让峰出巅,峰与云势相摩研。空飙一荡四云合,四云一白峰皆天。//我身纳入乱云里,隔面难索舆人肩。云行下上身中悬,有如漫海之浪一叶飘其间。但闻溪声过耳凉溅溅,衣袂欲蜕身欲骞。渺不知此身在天在云在峰路,又不知此身为龙为鹤为神仙。既无金支翠旗左右交翩跹,岂其置我混沌未凿洪荒前。//低风一揭云过偏,隔云下裂千寻渊。松厓萝峪夹奔瀑,乱石齿齿同钩连。迷茫一堕不值化云去,如何高风一抑仍迷漫。高风一抑更高揭,青霞红旭掩抑激射光新鲜,又似送我赤城玉阙朝真元。//入云为梦出云醒,道逢屐客尘中旋。为言子行不簦不蓬笠,乌知下山之雨已溢千鏊泉?下山之雨虽溢千鏊泉,慎毋出山东去改尔清沧涟,悠悠忽忽无还年。①(按:"//"乃笔者所加,以此将全诗划分为四层。)

道光二十二年(1842),姚燮借居鄞县朱立淇家中时为撰写《四明它山图经》而游四明山,并作六十首山水诗。该诗即为其中之一,主要叙写了他在云雾缭绕的下山途中所看到的景色,以及置身其间的感思。从宏观而言,此诗层次鲜明,其中第一、三层描绘云聚、云散时的客观景象,第二、四层抒发入云、出云时的主观感受,在自如有度的承转过程中将景物的变换与自己的行踪、思虑融为一体,章法井然。从微观而言,此诗运用了比喻、虚实相生、以文为诗等手法,其中最为突出的地方乃是视角的转换。这主要体现为两点:其一,从对峰、侧峰、近峰、远峰等不同视角对云聚时的万千姿态进行描绘。其二,当叙述视角由第三人称的叙述者变为第一人称的"我"后,既抒发了具体感受,又映衬出自然景物的缥缈、缭绕,最终道出因战乱流离而产生的忧愁,即"悠悠忽忽无还年",与身处云中时产生的一叶浮萍之感颇为吻合。总体而言,姚燮的山水诗尤其是游览四明山之作,往往将强烈的主观情绪融入景物描绘中,并以一以贯之的气势和开阖有度的章法进行结构。《登干山绝顶俯眺二百八十峰浩然作歌》《过桃花峡坐峡心濯缨石看云成歌》《由梅树孔星夜趋鬼叫坑三更抵化龙庄》等诗基本上都是如此,足显以其卓越才情和新颖构思。

姚燮亦常用衬托手法叙写诗歌。如《八月初旬连日大风雨因述见闻作短歌纪灾得十章》(其六)意在写狂风带来的灾害,但未在开端点明,而是先

---

① 《复庄诗问》卷二十五《自华桃横冒云下霞紫树陵》,见《姚燮集》(三),第744页。

交代在一棵树龄长达两百年的檀树上有许多鸢巢，并以壮夫难劈、崩地难伤来映衬其粗壮与根牢，接着转笔道：

> 闺人篝镫坐方织，灭火狂奔惊礔砺。堕鸢八九死六七，生者茕茕向门隙。似解求生争一息，呼童掬灰暖其翼。投之以粱不能食，炯炯窥人泪睛碧。①

对于狂风突然而至的自然情形，诗人并没有直接描绘，而是以礔砺巨声、灯灭、大树下织衣女子向屋内狂奔这一组集听觉和视觉于一体的镜像来凸显。显然，礔砺声正是大树遭受狂风袭击后枝杆尽折所致。故诗之开端所言的大树枝壮根牢，都是为了反衬今日的狂风肆虐，而狂风肆虐最终导致的恶果是：栖居在树枝间的飞鸟几乎全部坠落，极少的幸存者尽管有人们来给它们暖翼喂食，也终究是凄哀凝泪，奄奄一息。该诗最后通过对飞鸟向人类求助、含泪凝视的描写，来刻画它们惨状，既照应了诗之开端，又令人触目惊心。

实际上，动物常常作为意象出现在姚燮诗歌中，但大都如该诗中的"堕鸢"一样具有悲凉色彩，如凄蛩、哀鸿、孤雁、饿鹰、病马等，其中蛩和鸿出现的频率较高，或象征穷苦、思乡的自己，或象征饥寒交迫或无家可归的流民、灾民，或借此表达与之相关的内容，这与其诗的两大主题（自我穷愁和时事民生）密切相关。不过，姚燮也会赋予动物意象以明亮色彩。如《冬日杂诗八章》其三云："客致钱一缗，灶妪亦增色。翘首望炊烟，喜我今有食。黄鸡入屋来，向人作啾唧。但审物爱生，益知饱难得。"② 该诗从灶妪喜有食物、黄鸡致意客人的角度切入，将诗人目前的贫穷和得赠的欢喜衬托而出。至于那只充满灵性的黄鸡无论是真实存在还是想象虚构，都为此诗增添了些许生趣。

姚诗亦有完全运用反衬手法者。如《龙头场村妇》云：

> 酒蛮不畏官，酒蛮醉如虎。短髡左袒衣，霍霍坐磨斧。昔行过其里，视为奇货居。白昼关屋门，缚我当庭除。东邻走相告，西邻去相

---

① 《复庄诗问》卷二十六《八月初旬连日大风雨因述见闻作短歌纪灾得十章》其六，见《姚燮集》（三），第783页。

② 《复庄诗问》卷六《冬日杂诗八章》，见《姚燮集》（三），第749页。

避。莫结酒蛮冤，莫受酒蛮气。酒蛮亦有女，有女颜如花。有女方炊茶，有妇方绩麻。女儿走呼母，妇来酒蛮走。稽首尊客前，酒蛮是吾偶。①

该诗塑造主人公形象的方式以反面衬托为主，同时又辅以悬念设置。首先从诗题来看，该诗的主角应是村妇，但前十二句的叙事重点却是横行霸道、劫持诗人、民众畏惧的酒蛮，丝毫不见村妇身影，这一悬念当会引起读者对村妇形象的期待。第十三句开始将诗笔转向酒蛮之女，至第十六句才由酒蛮之女引出真正的主人公——正在屋内绩麻的酒蛮之妻，也就是龙头场村妇。紧接着这位村妇闻声前来，酒蛮看到她后跑掉，而后村妇向诗人稽首，陈告身份。至此全诗完结，但却留下了一个悬念：村妇表明身份之后，发生了什么？按照常理，应是村妇为诗人松绑，并向其赔罪，而她和酒蛮之间又会如何，这些读者都不得而知。并且，全诗从开始到倒数第三句，都没有正面而直接地刻画村妇的性格，而是一方面以前面三分之二篇幅所述的酒蛮横行、邻人回避，反衬出酒蛮之妇的贤良和能力，另一方面以"妇来酒蛮走"间接表明村妇乃是酒蛮顾忌之人。而最后开放式的结局，又使人好奇村妇是一位怎样的女子，因为她不仅能令嗜酒蛮横的丈夫顾忌自己，而且还勤劳、知礼。总之，姚燮以反面衬托、悬念设置等方式，塑造出村妇这位具有一丝神秘色彩的人物形象，从而使得该诗虽不像他那些令人称道的新乐府和叙事诗那样关乎时事民生、社会风貌，但当可和它们一起展现着姚燮的叙事才能和巧妙构思。

姚诗在构思上还有一个鲜明特点，即运用顶针手法来结撰诗歌。顶真作为一种修辞格，其功能便是促使诗歌上下衔接、结构严密、语势连贯、音律优美。姚诗中，既有句间顶真，如"此生此乐乐不在，独行独悲悲以慨"②，又有单字或多字的句句顶针，如"风声到地引蛮语，蛮语当风促逾苦"③"今年二月复行路，别眼看花增别愁。别愁黯与春愁聚，幽怨无端落江渚"④"记妾双眉蛾，为郎憔悴青不多。为郎憔悴青不多，郎真死矣还如何"⑤，还

---

① 《复庄诗问》卷六《龙头场村妇》，见《姚燮集》（一），第 154 页。
② 《复庄诗问》卷三十三《过揽碧轩悼叶文学元阶并吊孙明府家谷厉山人志两先生即寄枕湖社同社诸公得长句六十句》，见《姚燮集》（四），第 965 页。
③ 《复庄诗问》卷十三《秋夜宿宝莲寺触籁成歌》，见《姚燮集》（二），第 362 页。
④ 《复庄诗问》卷十二《春江曲》，见《姚燮集》（二），第 321 页。
⑤ 《复庄诗问》卷十《双鸠篇》，见《姚燮集》（二），第 261 页。

有顶针格的变体,如"城头惟听老鸦语,江上但有孤鸿声。孤鸿一声江月午,戍卒连营打严鼓"①"招之或在君山阳,君山不见见鸿翔。鸿翔忽下觅栖宿,客亦心动思故乡"②。最后一例中顶针及其变体联用,便是姚燮结构诗歌的重要手法之一。其山水诗《江行》《舟行兴济道中》《关外雨》《同家鸿焘万同年潮泛舟南湖登烟雨楼》等,便多以此层层递进地渲染所观看到的景象,进而描绘出一幅幅山水图画。并且,这一特点在下引诗歌中较为突出。该诗云:

大江一吸不复呼,万鱼揭向城根趋。城根柳枝胃枯藻,不栖鸠燕桯鸥凫。鸥凫飞飞入城里,城门如桥但通水。水声夹杂人哭声,不哭难生哭难死。③

诗人以"城根""鸥凫""水"将每一联衔接起来,又以"城"和"哭"分别衔接后两联的内部,最终通过顶针手法的密集使用,形成了一个圆融的顺承结构,即江——鱼——城根——凫鸥——城门——水声——哭声,从而使读者紧随作者一气呵成的镜头,看到这样一段流淌着的影像:大江水漫,鱼群游向城根,城根水面的枯藻上栖停着本应活动在江面的鸥凫,鸥凫向城中飞入,城门已如桥洞那般通水,顺着哗哗水声听去,那夹杂在其中的哭声无疑来自城内灾民,他们正纷纷因求生不得、求死不能而悲泣不已。该诗从江之鱼一步步递进到受灾百姓,并由视觉转入听觉,进而揭开全诗诗眼,即灾民求死都不得,不禁令读者的心情瞬间跌入伤感之中。这种表达效果的取得,正是基于顶针格的精心运用。

另外,姚燮还以顶针手法来结构组诗。如《到家四章》各首的首末句分别为:

归人未敢喜,居人未敢悲。……欲为废箸叹,恐动亲心疑。(其一)
欲慰亲心怡,加饭努吾力。……谓兄行路劳,劳当暂眠息。(其二)
暂眠良自佳,梦犹抱江鹭。……高鸿防铩罗,梁燕谢荣辱。(其三)
梁燕语啾唧,日暮闻扣门。……今夜眠虽迟,各各安梦魂。(其四)

---

① 《复庄诗问》卷二十一《元夜》,见《姚燮集》(三),第590页。
② 《复庄诗问》卷十三《同家鸿焘万同年潮泛舟南湖登烟雨楼》,见《姚燮集》(二),第379页。
③ 《复庄诗问》卷二十六《八月初旬连日大风雨因述见闻作短歌纪灾得十章》其三,见《姚燮集》(三),第782页。

这组诗作于道光十六年（1836），当时离家近两载的姚燮从京师返回家中。从整体结构来看，全诗前后呼应。因为其以"归人未敢喜，居人未敢悲"开端，而后分别叙写从早至晚父母、妻儿、兄妹、邻人与自己的互动，最终在末章倒数三、四句言"归者意已适，居者心已欢"①，表明家人和自己早晚两种不同的心情。若具体而言，章与章之间的顶针使整组诗意脉相连，结构紧密，较为完整地以时间顺序展现出诗人到家第一天的情形。由此可见，姚诗在结构布局上颇有一番思考。

三、陶铸众家，展转求质②

除"诗以道真性情"外，姚燮还有两点较为重要的诗学主张：其一，才、学、识相济。姚燮曾言："史有三长，曰才、学、识，诗亦然。"③ 这与袁枚所言，即"作诗如作史也，才、学、识三者宜兼"④，颇为相似。不过，二人的侧重点又有所不同。袁枚以"才"为先，认为"诗人无才，不能役典籍、运心灵"，而姚燮以"学"为重，并强调深思，认为"生有异质而未学，如金玉而间沙石。学焉养焉而未深之以参悟，如金未冶炼，玉未甄磨，而卒无呈其质而耀其光也"⑤。实际上，注重"灵机"的才子袁枚曾以"事从知悔方征学，诗到能迟转是才"⑥箴告诗人，并非不注重后天的学养和苦思，而姚燮对此亦非常认同，曾在评点《红楼梦》时道：

> 一日可得百首，一笔抹倒打油辈。袁简斋云："诗到能迟才是才。"学者毋自托于八叉七步，以自鸣得意。⑦

可见，袁枚与姚燮都不赞同诗人仅凭敏捷才思一蹴而就，只不过袁枚更倾向于个人才气在调运学识、传达心灵上的重要作用，而姚燮则更注重以深

---

① 《复庄诗问》卷十一《到家四章》，见《姚燮集》（二），第299页。
② ［清］张培基：《复庄诗传》，见《姚燮集》（七），第2131页。按：张培基说姚燮"自状其为诗展转求质"，详见下文。
③ ［清］姚燮：《海秋诗集评跋》，见《姚燮集》（六），第1725页。
④ ［清］袁枚：《蒋心余〈藏园诗〉序》，《袁枚全集》（二），南京：江苏古籍出版社1993年版，第489页。
⑤ ［清］姚燮：《问已斋诗集序》，见《姚燮集》（六），第1726页。
⑥ ［清］袁枚著，王英志校点：《随园诗话》，南京：江苏古籍出版社2006年版，第362页。按：盖是姚燮误将"转是才"误作"才是才"。
⑦ 第三十八回回评，见朱一玄编：《红楼梦资料汇编》，天津：南开大学出版社2012年版，第678页。

厚精醇的学养来增强诗歌内质。其实，才、学、识兼具这一主张在清代诗坛普遍存在，且自乾隆时期以翁方纲、厉鹗为代表的"学人之诗"兴起后，诗坛对"学"重视程度越来越高，如从道咸时期以程恩泽、祁玉藻、郑珍、莫友之、何绍基等为主要代表的宗宋诗群，到清末时期声势浩大的"同光体"，都以宋诗为尊，强调"以学问为诗"。不过，姚燮所谓的"学"既有书斋之学问，又有诗人的丰富阅历和见闻，还有师法对象上的不名一朝一家。这一点的形成主要基于两方面：一是姚燮认为学者为学要"务乎其上且大者以为学，而又一心以自专，而又虚其心不自足"①。简言之，就是学乎上、专其心、勿自满。但要想不自满，就必须打破自蔽、自囿、自矜的封闭状态，从书斋走向现实生活中更加广阔的天地，游览山川河海，阅经世事沧桑，以增长识见，开阔胸襟，并从诸多先贤、前辈和友朋那里汲取更多的营养。二是姚燮有欲自成一家的诗歌创作追求，这便关乎下文将讨论的其诗学主张的另一方面。

其二，既法古砭俗，又求创求变。清代诗坛，流派林立，诗学论争的激烈程度较明代有过之而无不及。对于清初至嘉庆的诗学嬗变，马亚中曾简明扼要地总结道："清初以来的诗歌运动，发轫于钱谦益，又经王士祯、沈德潜的曲折迂回，而激起性灵派的全面发动，结果矫枉过正，又引起乾嘉诸家的全面修正。"② 至道光时期，随着社会危机的日益加重和经世思潮的深入人心，袁枚性灵诗这一盛世产物愈加不合时宜，故诗坛延续着乾嘉诸君（如姚鼐、宋大樽、陈沆、潘德舆等）对性灵派的批评，努力矫正诗歌创作中存在的荒疏浮薄、率意俚俗等弊病，在内容上强调诗歌的社会功用以求匡救时弊，在艺术上主张以雅救俗，以学问补空疏，使诗歌创作复归传统。正是在这种时代思潮下，处于反"性灵"交游圈中的姚燮③，在诗学对象和创作实际方面发生了第一次重要变化，即放弃袁枚，转而法古。随着阅历学识的增长和创作实践的丰富，姚燮一方面觉得"吴工竞悦目，骨靡力从坏。毋论古

---

① 《复庄文酉初编·论学下》，见《姚燮集》（六），第1567页。
② 马亚中：《中国近代诗歌史》，台北：学生书局1992年版，第154页。
③ 姚燮青年时参加了叶元阶主持的枕湖吟社，社员中对其影响较大的除了劝其究心汉魏的叶元阶、厉志外，还有前辈诗人陈仅。道光十五年，姚燮曾选叶、厉、陈三人诗合刻。而陈仅对"性灵说"批评甚厉，曾在《竹林答问》中言："今之言诗者，知情之不可荡而无所归，亦知徒性之不可以说诗也，遂以'灵'字附益之，而后知觉、运动、声色、货利，凡足供其猖狂恣肆者，皆归之于灵，而情亡，而性亦亡。……诗人主情，彼荡而言性灵者，亦诗之贼而已矣。"（见郭绍虞编选，富寿荪校点：《清诗话续编》，上海：上海古籍出版社1983年版，第2222—2223页。）

法丧，适贻后起害"①。另一方面又认识到法古者容易产生的模拟之病，即"摹《风》缋《雅》习优孟"②，同时又对"今且竞门户"③ 的诗坛状况颇为不满。故而，他提出："诗必法古，《风》《骚》以降，汉魏六朝其选也。唐宋诗格递变，要皆各有其长。顾法古人而但蒙其面目，则性情亡矣。"④ 由此可见，姚燮既主张为诗从古人入手，又反对一味模拟，失去自我，还指出了上至先秦、下至宋诗这一较为宽广的师法对象，并未陷入清初以来的唐宋诗之争。

其实，姚燮的这些主张不仅是针对诗坛流弊而发，更是根源于他想自成面目的创作追求。姚燮自言"我无长技惟学诗"，对诗歌创作成就有着较高期待，但古典诗歌发展到道光时期，可供诗人们开掘的新天地少之又少。乾隆时期的诗人丁珠已言："我口所欲言，已言古人口。我手所欲书，已书古人手。不生古人前，偏生古人后。"⑤ 这恐怕是清中叶以后诗人普遍具有的无奈感受，即便是自言"诗笔建"的姚燮，也深感"今人作诗极艰苦"。在这种状况下，姚燮的为诗路径就是本于性情而陶铸众家，希望通过融会各个阶段符合自己审美的精华来铸造独立的风格。这与他最为推崇的清代诗人黎简的主张不谋而合。黎简（1747—1799）亦是一位终生未仕、生活清贫的布衣诗人，其诗真诚地抒写自我情怀，与黄仲则、王昙、舒位等同时代诗人一起发出乾隆盛世少有的危苦之音。对于诗歌创作，黎简有着较强的求新意识，但在具体途径上，又主张先继承后创造，如其《与升父论诗》言："士生古人后，宁有不践迹。始则傍门户，终自竖棨戟。"⑥基于对古人的广泛学习，黎简的创作实际打破了唐宋界限，"由山谷入杜，而取炼于大谢，取劲于昌黎，取幽于长吉，取艳于玉溪，取僻于阆仙，取瘦于东野，锤凿锻炼，自成一家"⑦，形成了多样化的艺术风格。因而，姚燮对黎简赞叹道："君生万古后，能出万古隙。"⑧

相较于主取唐宋的黎简，胸中有万卷书的姚燮取径更为广泛，这从道光年间文士们的题评和现今研究者的探讨中即可得见。正如赵杏根所言："姚

---

① 《复庄诗问》卷十二《赠朱翁昂之》，见《姚燮集》（二），第 325 页。
② 《复庄诗问》卷二十九《赠徐司马荣即题其诗卷》，见《姚燮集》（四），第 857 页。
③ 《复庄诗问》卷二十九《论诗四章与张培基》其一，见《姚燮集》（四），第 877 页。
④ 见张培基《复庄诗传》，见《姚燮集》（七），第 2131 页。
⑤ ［清］丁珠《遣怀》，见袁枚著，王英志校点：《随园诗话》，南京：江苏古籍出版社 2006 年版，第 131 页。
⑥ 《复庄诗问》卷十二《书韩生起钧诗草后即赠》，见《姚燮集》（一），第 140 页。
⑦ 王锺翰点校：《清史列传》卷七十二《文苑传三》，北京：中华书局 1987 年版，第 5958 页。
⑧ 《复庄诗问》卷三十二《灯下读黎简民诗得四章》其三，见《姚燮集》（四），第 939 页。

燮在诗歌艺术上，主要师承《诗经》、汉诗、白居易新乐府、张王小乐府和谢灵运、李白、杜甫、李贺、李商隐、谢翱、黎简等的诗。他根据自己诗歌创作艺术表现的不同需要，将前人这些诗艺术上的长处，以各种手段化到自己的诗中去，由此形成了他诗歌创作艺术上熔铸众美、面目多样的基本特色。"①的确，我们在姚燮诗集中可以领略到多种风格：古朴平易如"静言思之，知我者谁"②；悲愤沉郁如"粟不能饱侏儒之腹兮，剑不能断佞臣之头"③；雄浑恣肆如"阴阳离合变幻难复极，然后散作一丝一缕冉冉度出南天门"④；瑰丽幽峭如"珠烟上撒白龙沫，玉屑下碾青女霜。翠蟾朱鸟两腾跃，自边彻底纯作琉璃光"⑤；清新俊逸如"南极云低三辅夕，西山日落五湖秋"⑥；低回婉转如"梦醒何处寻残梦，天地斜阳一蝉送"⑦；绮艳缠绵如"怪尔犀心春一点，暗随酒晕上眉梢"⑧。这些诗风汇聚在一起，可谓精彩纷呈。

　　进一步来说，虽然姚诗有"每出一语，皆惨澹经营"⑨，推敲出新的一面（多体现在山水纪游诗中），但若论其主导风格，当属融入深挚情感的古拙自然、质朴晓畅之风。据姚燮好友张培基回忆，姚燮曾"自状其为诗展转求质，譬诸病者听于医，莽夫拘于法，始不胜其勉强，后乃相安于自然"⑩。可见，姚燮为诗可谓苦心孤诣，而他所追求的重要目标就是"质"。虽然姚燮并未阐释"质"的具体内涵，但联系其诗歌创作实际可知，情感上的真挚深厚和风格上的古朴自然当是他的主要追求，亦与潘德舆提倡的"质实"理论意脉相通。姚燮最为推崇汉魏诗歌，也建议他人多拟汉魏古诗。道光二十三年（1843），他曾将"李征君因笃所注汉诗"（按：即清初李因笃《汉诗评》）送给张培基，"令先拟之"，而后张培基便采纳姚燮建议拟作汉乐府，并在此基础上创作新诗。对于这些新诗，姚燮曾言："嗣作诗质古拙峭，不蹈才人习气，人谓与余四十后诗相似。"⑪据此可知，姚燮诗歌正有质古拙

---

① 赵杏根：《试论姚燮诗的主要语言风格》，载《宁波师院学报》，1985年第1期，第94页。
② 《复庄诗问》二十七《短歌八章》其七，见《姚燮集》（三），第811页。
③ 《复庄诗问》卷六《悲来行》，见《姚燮集》（一），第155页。
④ 《复庄诗问》卷二十五《过桃花峡坐峡心灌缨石看云成歌》，见《姚燮集》（三），第732页。
⑤ 《复庄诗问》卷七《渡黄婆洋观日入月出歌》，见《姚燮集》（一），第184页。
⑥ 《复庄诗问》卷三《登圆妙观弥罗阁》，见《姚燮集》（一），第67页。
⑦ 《复庄诗问》卷二十四《亡妇周年忌辰作》，见《姚燮集》（三），第704页。
⑧ 《复庄诗问》卷六《闲情续诗八章》其五，见《姚燮集》（一），第165页。
⑨ ［清］张际亮：《上湖诗问题辞》，见《姚燮集》（四），第1127页。
⑩ ［清］张培基：《复庄诗传》，见《姚燮集》（七），第2131—2132页。
⑪ ［清］姚燮：《问己斋诗集序》，见《姚燮集》（六），第1727页。

峭的一面，况且在其四十岁以前的诗歌中，具有古拙质朴风格的作品也不在少数。若具体而言，这类诗风的重要表现就是，语言明白晓畅，不用僻典僻字，亦不求诗句工整，而以辞达情切、浑融自然为第一要义。姚燮的新乐府、哀悼诗和许多抒写个人身世之作，基本上都有这一特点，这从前文引述的相关诗歌中即可见一斑。而其中最令人称道的地方则是融日常话语入诗，如《卖菜妇》中的"卖菜卖菜""得过且过，明日如何？明日天晴，卖菜街头行"①，《兵巡街》中的"尔家有妻保尔妻，尔家有儿保尔儿"，《高娟诗》中"公先行，妾随至，公死忠，妾死义"②等，都以符合人物身份、性格的话语或描写心理，或叙写事件，在一定程度上体现出对小说、戏曲心领神会的诗人，对俗文学的吸收和借鉴。有时，姚燮亦将散文笔法发挥到极致，仿若一篇篇或抒情或叙事的散文。如当跟随他十几年、名为湘奴的箫裂开时，他在《惜湘奴》中以与箫对话的方式表达甚为惋惜之情：

> 湘奴兮湘奴，尔既不叶清庙明堂之疏瑟，复不为王门豪座之滥竽，从我十年牢愁抑郁寄尔声呜呜。……或则下三十六陂，泛七泽，游五湖。……龙门昌黎青莲白石难复作，若有纡回不可告人之意吞吐在喉喋，尔今已矣安所托？湘奴兮湘奴，以尔一尺八寸三分之竹，于我牢愁抑郁十年寄尔声呜呜，我之待尔亦不辱。③

该诗句式长短不一，语言明白易懂，典故亦是寻常。其中"既……复""或""若""以……于""之"等关联词或介词，以及"尔""我"等人称用语的使用，在贯通诗人郁结之气、将箫与人融为一体的同时，亦令全诗仿若一篇诗化的散文，可谓于质朴中见新奇，犹不脱健骨和浩气。另外，姚诗也常以简单明了的语言表达平常之感，如"有事愁日短，无事愁日长。渴不辞苦水，既饮思甘浆"④，这已类似于江湜主张的使老妪皆知的"浅语"⑤了，但又因不失余味而未陷入俚俗。

姚燮在构思谋篇上苦心经营，对衬托、顶针、比喻、以文为诗、情景相

---

① 《复庄诗问》卷二十《卖菜妇》，见《姚燮集》（一），第87页。
② 《复庄诗问》卷二十《高娟诗》，见《姚燮集》（三），第559页。
③ 《复庄诗问》卷十九《惜湘奴》，见《姚燮集》（三），第532—533页。
④ 《复庄诗问》卷二十六《病愈将入都门拟古意二章》其一，《姚燮集》（三），第794页。
⑤ 江湜《小湖以诗见问戏答一首》："何如学我作浅语，一使老妪皆知音。读上句时下句晓，读到全篇全了了。"（见江湜著，左鹏军点校：《伏敔堂诗录》，上海：上海古籍出版社2008年版，第228页。）

生等多种手法的运用，特别是对具体情境细致而传神地摹写，都使其诗在彰显其才学识见的同时形成一个重要特点，即情文笃挚而又不失气骨。若从诗歌流变史的角度来看，姚燮诗歌的质朴自然之风，尤其是对日常用语和俗文学的吸收，在一定程度上顺应了古典诗歌发展到晚清时的总体趋势，即"诗体传统规范逐渐被愈来愈深入地突破解放，诗歌语言走向通俗化、平民化"①，而姚燮的创作实践——通过不断提高学养、陶铸众家等途径使诗歌自成面目，也反映了道咸时期优秀诗人普遍具有的融通意识和求变精神。

本章小结

从姚燮现存的三部诗集来看，似乎他在四十三岁以后创作诗歌之志骤减，然而事实恐非如此。同治十一年（1872），郭传璞在重印《复庄诗问》时说："先生有《续诗问》十二卷未刊，传璞与诸同人约将于明春开雕焉。"② 由此可推测，《续诗问》应是姚燮道光二十六年（1846）以后所作，盖是由于郭传璞因故未能将其刊刻，而其稿本也未能流传后世，所以并未为人所知。如此一来，姚燮晚年诗歌的创作风貌，以及寄寓其中的情感世界和思想心态便难以得知，这不免令人遗憾。不过从他现存诗歌中，我们已经能够感受到其诗包罗万象、倾吐心声的精神内涵和"不可以一格名，惟变所适"③ 的艺术品格了，正如时人刘大镐所言："某伯诗少年多矜炼刻苦之作，及出与贤士大夫交，一变为恣肆雄浑。……逮构辛、壬之难，俯仰身世，愤郁无聊，而一托之于诗，故又变为悲凉顿挫。……癸卯，疾几死，豪气渐衰，辄复变为幽眇之音，以寄其元眇之想。……大抵某伯生平，厄于境而笃于情，纵览是编，可识其梗概矣。"④ 在二十年左右的创作历程中，姚诗通过思想主题、风格面貌、情感基调的多次转变，在艺术上日臻成熟，在内容上真挚抒写自我性情、深度反映时事民生、生动描摹自然山水和民间文化，足以凌铄一时。

---

① 左鹏军：《穷愁诗人的心曲与歌哭》，载《深圳大学学报》，2010 年第 5 期，第 112 页。
② ［清］郭传璞：《跋》，见《大梅山馆集·复庄诗问》卷末，同治十一年重印本。
③ ［清］张培基：《复庄诗传》，见《姚燮集》（七），第 2132 页。
④ 《复庄诗问》诗评第五十三条刘大镐语，见《姚燮集》（四），第 1147—1148 页。

第三章 姚燮词研究

姚燮现存词集《疏影楼词》《疏影楼词续钞》《玉笛楼词》，共存词五百余阕。身为浙人，姚燮对浙西词派的两位宗师朱彝尊、厉鹗极为尊奉，在师学取径、词学主张、创作风貌上，都表现出了鲜明的浙派色彩，乃是道咸时期浙西词派的重要词家。约在咸丰末期，周白山在为姚燮词集所作的跋文中写道："《疏影楼词》出届三十年，海内工诗余咸曰骚雅圭臬，今之石帚也。"① 这虽为溢美之言，不过在一定程度上也说明姚燮词在道咸词坛颇具声名。三十年间，姚燮在词坛从声名鹊起终至名满江浙，一方面源于他较高的填词成就，另一方面则与他广泛的词坛交游不无关系。因此，本章将对姚燮的词坛交游予以考述，并结合他的词学主张探讨其词风。

第一节 姚燮词坛交游网络考述

姚燮交游颇为广泛，"游踪所至，骚客、侠士、方外、艺术、山人、闺媛，无不乐与唱酬，诗酒声歌，风流辉映"②，"其中名氏可考者就有二百多人"③，关系密切者也不在少数。前人对姚燮交游活动的考述多侧重姚燮所处的诗歌交游圈，在空间分布上以宁波、京师、上海为主，而对他所处的词坛交游圈，特别是与吴中词人的往来，还未予以全面而清晰地呈现。然"当嘉庆、道光间，吴中词派极盛"④，因而姚燮与吴中词人的往来唱和，当是其交游活动中的重要一环。鉴于此，本节将从浙江、吴中、上海三个地域，着重考述姚燮在道咸词坛的交游网络。

---

① ［清］周白山：《跋疏影楼续词后》，见姚燮编：《琼贻副墨·兰如集》卷三，同治元年稿本。
② 光绪《诸暨县志·人物志》，见《姚燮集》（七），第2140页。
③ 洪克夷：《姚燮评传》，杭州：浙江古籍出版社1987年版，第160页。
④ ［清］王大隆《桐月修箫谱跋》，见冯乾编校：《清词序跋汇编》（二），南京：凤凰出版社2013年版，第857页。

一、浙江词坛交游圈

姚燮成长于浙江，在第一部词集《疏影楼词》刊行（1833）以前，他的交游活动基本都在浙江。在此期所交往的友人中，对其词创作影响最大的当是慈溪叶氏兄弟，即叶元堚、叶元阶、叶元壁、叶元垲等。慈溪叶氏家族是当地望族，以经商致富，然"一门群从，皆擅清才"①，对结社、雅集之事较为热衷，如叶元阶与其兄长叶元堚一起"创诗社于月湖之揽碧轩、白湖之小隐山庄，邀请名流觞咏无虚月，一时称为盛事"②。其中，揽碧轩在叶元阶别业"枕湖吟舍"中，故在此集会的诗社即是对姚燮诗歌创作影响较大的枕湖吟社。在诗社中，社员之间相互交流的除诗歌外，还有填词。在于《疏影楼词》中，有许多与叶元堚、叶元阶、厉志、孙家谷等社员有关的作品（或题赠酬答，或同游记事），还有他们在白湖吟榭活动中所作的同题之词，如《金缕曲·白湖吟榭第一集，赋湖堤新栽春柳》后附厉志、叶元堚同作，《摸鱼儿·白湖吟榭第二集，赋白湖观打鱼》后附叶元堚同作。与同社诸君的往来，促进了姚燮词艺的提高。在姚燮客居叶元阶家的数年中，与他在词方面切磋较多的除了社员叶元堚（字午生，道光十二年举人，官刑部主事）外，还有叶元堚的堂弟叶元壁。然叶元堚不幸在道光十三年（1833）逝世，年仅三十六岁，叶元壁则一直与姚燮往来多年。

叶元壁，字联辉，号小谱，著有词集《滴竹露斋词》。对于叶元壁与姚燮交往及其词集的概况，郭传璞曾云："道光壬辰、癸巳间，先生馆慈溪叶氏。时叶君心水治诗有声。其从弟小谱先生雅好填词，先生与倡和无虚日。……而小谱先生《滴竹露斋词钞》六卷兵后无只字矣。"③ 从中可知，叶之词集今已不存，而姚燮在道光十二年（壬辰）至十三年（癸巳）间，与叶元壁常以词唱和往来。其实，姚燮应与叶元壁相识较早。道光十一年（1841），二人便与叶金胪、周泰等人一起在浮碧馆联诗，之后周泰将此事绘图为《慈水联吟》。④ 次年春天，姚燮还与叶元壁、妻弟吴起鹏同游普陀山，写下了数

---

① ［清］蒋宝龄撰，程青岳批注，李保民校点：《墨林今话》，上海：上海古籍出版社2015年版，第362页。
② ［清］吴德旋《初月楼文续钞》卷七《午生叶君墓志铭》，见《清代诗文集汇编》（486），上海：上海古籍出版社2010年版，第167页。
③ ［清］郭传璞：《跋》（附《疏影楼词》后），见《大梅山馆集》，同治十一年重印本。
④ 《复庄诗问》卷十二《题周泰浪迹图十二章》其九中小注云："浮碧馆，叶君别墅也。""《慈水联吟》。图中叶小谱、鸿卿暨余也。辛卯夏日共客鹤皋所作。"（见《姚燮集》二，第338页）鸿卿即叶金胪，辛卯即道光十一年。

十首为后世称道的山水诗。纵观《疏影楼词》，的确有不少与叶元壁唱和、共题、同游之作，其中仅附叶元壁同作就有六阕，且从《问梅花·登楼眺两湖……自制此声，倚浮碧馆绿萼梅下歌之，节拍婉楚，颇合越音。因邀兰士搊筝，小谱撇笛》一词的小序可知，叶元阶曾参与到姚燮的自度曲中，应和姚燮有较深的词艺交流。此期在宴游、填词中收获的欢快时光和深厚情谊，一直令姚燮难以忘怀，以致多年以后，姚燮为叶元壁词集作序时，不禁陷入追忆之中：

忆昔寒袷联社，隽彦交诩，吾簧方炙，子弦续张，九宫六摄，旁杀侧犯，穷其听于芴芒，争所辨于累黍。……君以病隐，借枕邯郸之乡；我因饥驱，作佣临邛之市。隔梦如旷世，和寡斯废歌……①

自道光十三年（1833）以后，叶元壁因病少出，姚燮奔波于科举和生计之间，二人很少像以前那样时常携手同游唱和，但姚燮依然视叶元壁为填词上的知音，深感昔日联社作词、审音辨律、同游唱和的时光弥足珍贵。不过，他们的往来并无间断。道光十八年（1838），叶元壁向姚燮寄《买陂塘》一词，在小序中道："野桥于六月间自都门归，书来询近状，兼吊二兄兰士……秋风一起，当命驾与予作痛谈也。……其初北上时，犹与二兄话别，今不得意复归，而予辄抱脊令之悲，转瞬间便有人琴之感。"② 姚燮落第而归后，致书问候叶元壁，吊念叶元址（字兰士），并于是年七月二十五日，同厉志一起探望叶元壁，"相与谈数年之离索"③。正经历丧兄之痛的叶元壁因此触绪生感，遂倚《迈陂塘》《霓裳中序第一》二调填词。另外，叶元壁对姚燮的帮助，如同堂兄叶元阶一样，既有文艺上的促进，又有生活上的接济。如在道光二十一年（1841）九月，叶元壁与冒着战火前来的姚燮一起饮酒悲歌，并资助姚燮一些生活物资，使得姚燮因"米盐仗友办初成"④ 得以救济家人。对于姚词，叶元壁更是在题《疏影楼词》时赞叹道："便贴莺笼效软语，总东风、百舌输清妙。修此慧，几生到。"⑤ 另外，抄本《疏影楼词》卷首第

---

① 《复庄骈俪文榷》卷六《叶小谱滴竹露斋词序》，见《姚燮集》（五），第1277页。
② ［清］叶元壁：《买陂塘》小序，载姚燮《琼贻副墨·兰如集》卷十三，转引自汪超宏：《姚燮年谱》，北京：中国社会科学出版社2011年版，第135页。
③ ［清］叶元壁：《迈陂塘》小序，载姚燮《琼贻副墨·浮香阁本事》卷四，转引自汪超宏：《姚燮年谱》，北京：中国社会科学出版社2011年版，第136页。
④ 《复庄诗问》卷二十三《抵寓宅》，见《姚燮集》（三），第648页。
⑤ ［清］叶元壁：《金缕曲·题野桥〈疏影楼词〉集即以奉赠》，见《姚燮集》（七），第2039页。

一页为叶元壁题语,即"癸巳上元,小谱氏拍于小足闲居"①。癸巳上元,即道光十三年元宵节,此时《疏影楼词》刻本还未问世,然叶元壁已欣然吟唱,可见其喜爱程度之深。而差不多与之同时吟唱的,还有浙派声名较大的词人冯登府,因为该本第四页即题"癸巳人日,雨窗勺园曾拍"②。人日即正月初七,勺园即冯登府。

冯登府(1783—1841),字云伯,号勺园,又号柳东,浙江嘉兴(古称"禾中")人。嘉庆二十五年(1820)进士,曾任福建长乐知县,道光十年(1830)官宁波府学教授,在鸦片战争爆发后因病告归,道光二十一年听到宁波被英军攻陷的消息后,病情加剧,不治而逝。冯登府博通经史,勤于著述,在经学研究和诗、词、古文创作方面都有所成就。就填词来说,他继承清初梅里词人的传统,宗尚浙西词派,辑录了《浙西后六家词选》《梅里词辑》等,著有《种芸仙馆词》(五卷)。《续修四库全书总目提要》称其词"自承竹垞词派,幽妍精洁,丰度雍容,又深于音律"(按:竹垞即浙派宗主朱彝尊),便指出了其词学和词风倾向。冯登府在宁波为官期间,与姚燮结识,对其才学青睐有加。道光十三年(1833),他将姚燮引荐给时任浙江学政的古文家陈用光③,次年还曾给姚燮写信道:"有近作望示我为幸。……《词律校讹》既未成书,或将原本假示,或另纸录数则以见一斑。幸甚,幸甚。"④信中提到的尚未完成的《词律校讹》,应是对清代万树《词律》之误的校订。据蒋宝龄《墨林今话》记载,姚燮著有《词律勘误》一书(今已不存),故这部《词律校讹》很可能是《词律勘误》的前身。并且,据这封信可知,冯登府与姚燮在词学上有着共同的关注点——词律。在姚燮诗词集中,还有不少与冯登府相关的作品,如《洞仙歌·灯下画壁上瓶梅影,寄怀冯丈柳东》《邝湛若天风吹夜泉砚为冯丈登府作》《过冯丈夜话,三叠前韵》《同冯丈广文登府饮月湖寓楼》(道光二十年)《答冯广文社日招饮韵》《寄冯广文》等。由此可见,二人情谊深厚。当姚燮在道光二十三年(1843)听来人说冯登府已经去世时,"反复穷诘之,犹疑误诸闻"⑤,怎么也不愿意相信。最终,残酷的事实令他不得不忍痛作《闻冯太史登府讣寄挽六章》,在

---

① 抄本《疏影楼词》卷首,《续修四库全书》(1726),上海:上海古籍出版社,第397页。
② 抄本《疏影楼词》卷首,《续修四库全书》(1726),上海:上海古籍出版社,第400页。
③ 《复庄诗问》卷首冯登府题评云:"余识梅伯最早,自癸巳延誉于陈石士宗伯。"陈石士,即陈用光(1768—1835),其字石士。道光十五年,姚燮在京时曾在其府中宴饮谈艺。
④ 《琼贻副墨·尺素集》卷二十三冯登府书,转引自汪超宏:《姚燮年谱》,北京:中国社会科学出版社2011年版,第68页。
⑤ 《复庄诗问》卷二十六《闻冯太史登府讣寄挽六章》其六,见《姚燮集》(三),第761页。

赞扬、感谢、回忆、悔恨、祈愿中哀悼亡魂。值得注意的是，冯登府的几位友人都与姚燮相交甚善。冯登府曾题姚燮诗集言："阮梅叔同年叹为古今有数人物。近游吾禾，黄霁青太守、子未大使、郭丹叔布衣送抱推衿，钦迟备至，诸君皆与余交，非虚美也。"①阮元之弟阮亨（字梅叔）、黄氏兄弟（黄安涛和黄若济）、浙派著名词人郭麐之弟郭凤（字丹叔），都是姚燮在道光十八年于嘉兴（即禾中）结交的前辈好友，其中在词坛较有名望者当属黄安涛。

黄安涛（1777—1848），字霁青，晚号葵衣老人，浙江嘉善人。嘉庆十四年（1809）进士，授翰林院编修。先后调任江西广信、广东高州、广东潮州等地知府，多有惠政。道光十二年（1832）告归后，曾主讲鸳湖书院。工诗词文，著有《诗娱室诗集》《息耕草堂诗集》《绿笺词钞》《真有益斋文编》等。②道光十八年（1838）秋冬，姚燮客居嘉兴谋生时，与黄安涛往来较为密切。其《复庄诗问》和黄安涛《息耕草堂诗集》系年为戊戌（1838）的诗歌中，都有数首互相题赠之作。③次年岁末，姚燮在进京途中路过嘉兴，又在黄安涛家中客居数日，并因这位前辈的热情款待，深感"异乡得佳聚，比昵逾所亲"④。与黄安涛的交往，无疑有助于姚燮声名的进一步扩大，如道光十八年姚燮在黄安涛组织的文人酒宴中，还得到了郭凤、潘眉、黄若济等浙西文士的赏识⑤；道光二十年（1840）秋，姚燮由京返家后，携带黄安涛的书信前去拜见鄞县知县舒恭受，并赠送《疏影楼词》和水墨花卉，从而令舒恭受惊叹姚燮为"艺林翘楚"⑥，之后二人也多有往来。当然，这些声名的获得也是建立在姚燮博学高才的基础上，而他与黄安涛在交往期间的谈诗词、论书画，正有助于彰显才学、增加识见。在词艺切磋上，姚燮不仅为黄

---

① 见《姚燮集》（四），第1138—1139页。
② 见黄燮清《国朝词宗续编》卷六"黄安涛条"、光绪《重修嘉善县志》卷十九《宦业·黄安涛》等。
③ 如《复庄诗问》卷十六（戊戌下）《息耕草堂冬日即事杂诗五章与黄太守丈安涛》《梅花庵祭画歌……为黄太守丈题》；《息耕草堂诗集》卷十（起戊戌七月尽十二月）《赠姚梅伯孝廉燮》《画梅歌为姚梅伯孝廉赋》等。
④ 《复庄诗问》卷十八《重客南园即事呈黄丈安涛三章》其三，见《姚燮集》（二），第513页。
⑤ 《息耕草堂诗集》卷十（起戊戌七月尽十二月）《仲冬望日招梅伯小饮驯鹿庄同集者为丹叔丈及舍弟子未席间雨作以赏雨茅屋分韵得雨字》《复庄诗问》卷十六《息耕草堂冬日即事杂诗五章与黄太守丈安涛》其五云："坛坫巍巍东阁开，群公联袂肯偕来。乌尤郭璞九仙骨（郭丹叔丈凤），花县潘安六代才（潘寿生丈眉）。"（见《姚燮集》二，第461页。）此期，姚燮还有与潘眉、黄若济及其子黄杞孙等人的诗歌。
⑥ 《复庄诗问》卷首舒恭受题评，见《姚燮集》（四），第1142页。

安涛词集《绿笺词》作序（即《黄霁青太守绿笺词序》），交流词学观念，而且还为黄安涛《野舫填词图》题《水龙吟》一阕，"与霁青丈同作"《长亭怨慢》。①并且，姚、黄二人都有词入选《国朝词综续编》（分别在卷六、卷十五），而该选本的编纂者正是与他们关系匪浅、同样宗尚浙西词派的黄燮清。

黄燮清（1805—1864），原名宪清，字韵甫，浙江海盐人。道光十五年（1835）举人，而后六上春闱不第，曾在江西、安徽入幕。咸丰二年（1852）充实录馆誊录，用湖北知县，但因病未赴。咸丰十一年（1861），因家乡被太平军攻破而携家逃难，先后在杭州、汉口充作幕宾。同治元年（1862），往湖北为县令，直至同治三年病逝。著有《倚晴楼诗集》《倚晴楼诗余》《倚晴楼七种曲》等，晚年还承继浙派代表词人王昶编选的《国朝词综》，辑录了《国朝词综续编》二十四卷。在道光四年（1824）左右，黄燮清便获知于黄安涛，后来亲自为黄安涛编订《绿笺词钞》（二卷），并作《题宗叔霁青太守安涛〈绿笺词钞〉》，而黄安涛"于燮清为父执"②，可见二人关系甚密。从黄燮清的人生经历和文学成就来看，他与姚燮在总体上有两点相似之处：其一，生卒年完全相同，中举时间只间隔一年，都曾经历坎坷科举之路、深受战乱之苦；其二，都工于诗、词、戏曲，均进行过规模较大的文献选辑，都是道咸时期浙西词派的重要代表。二人订交是在道光十六年（1836）春天，时姚燮在京师访黄燮清于"宣南坊邸"，之后他们"每北上，辄往来无间"③。道光二十六年，姚燮以诗送何岳龄归海昌（今海宁），在诗中诉说着当时浙东旱灾的严峻、灾民"可怜号哭干，塞耳到列缺"④的惨状，以及自己的病况，并嘱咐何岳龄到家见到黄燮清后"即此示颠末"，传达自己对他的惦念。黄燮清对姚燮之才也赞誉有加，称其词"如山鸡舞镜，顾影自妍。能独树一帜，而不屑屑于模范者也"⑤。他也曾与姚燮以词酬赠，如《清平乐·题姚梅伯梅花、任渭长美人合作》，便是为姚燮与画家任渭长合作的绘

---

① 见《疏影楼词续钞》之《水龙吟·野舫填词图，为霁青题》《长亭怨慢·月夜饮诗娱室，醉后登梅巘，倚湘奴歌〈水仙三弄〉，与霁青丈同作》。另，由第二首词小序中"倚湘奴"一句可知，该词应作于道光十八或十九年姚燮在黄安涛寓所时，因为其箫"湘奴"在道光二十年年初断裂。
② 陆萼庭：《清代戏曲家丛考》，上海：学林出版社1995年版，第120页。
③ ［清］黄燮清：《国朝词综续编》，见《清词综》（四），北京：北京图书馆出版社2006年版，第570页。
④ 《复庄诗问》卷三十四《何文学岳龄索题甬江对月图即送其还海昌并寄怀黄孝廉宪清五十韵》，见《姚燮集》（四），第988页。
⑤ ［清］黄燮清：《国朝词综续编》，见《清词综》（四），北京：北京图书馆出版社2006年版，第570页。

画题词。任渭长，即画家任熊（1823—1857）。其字渭长，平素以画谋生，曾在道光三十年（1850）于姚燮大梅山馆寓居一年，期间依据姚燮一百二十句诗歌作画，是为《姚燮诗意图册》，而姚燮与任熊的结识，乃是在道光二十九年（1849）浙江词人周闲组织的雅集上。

周闲（1820—1875），字存伯，一字小园，号范湖居士，浙江秀水人，工诗词，善书画，今存《范湖草堂遗稿》（诗文各一卷，词三卷，题画诗一卷）。据金猷深为周闲作的传记可知，周闲在弱冠之年参加院试时，因父亲病重急忙返家。父亲去世后家道中落，遂游幕浙东，鸦片战争时在罗致之幕府写下不少檄文，最终放弃举业，致力于诗古文词。道光末年，游食楚北，咸丰初期到吴中，随军镇压太平军，以功得六品官。同治三年（1864），任江苏新阳知县，因与大吏争执而归隐吴中，至光绪元年去世。① 周闲大部分著述毁于战火，现存《范湖草堂词》是他在同治年间编订的词集，其中 303 首词全部作于道咸时期。对于自己的词作，周闲期望较高，曾言："词固不工，要于古今各家之外别具一种面目。"② 而在严迪昌先生看来，其词与姚燮及当时许多词家相比，最别具面目的地方就是，"摆落习气，勇于在词中抒述浙东前沿战况的感受"③。然周闲对姚燮《疏影楼词》是颇为赞赏的。道光二十七年，周闲为姚燮《复庄诗问》题辞道：

> 闲好词，尝得读梅伯所著而善之。有人从明州来，能道其生平，辄喜，思欲见其人。应孝廉敏斋工于词，为闲之友，一日过谓余道，相传某伯有子瞻海外之事。时当五六月……相与携《疏影楼词》，登百尺危楼，酌斗酒，弹剑为节，仰天以歌，与风雷怒雨若相和答，其声乌乌，辄废卷相向，偃仰身世，而叹吾道之孤矣。丙午冬日，有明州之役。与人语，稍稍及某伯，错愕不已。蹑屣访之，把臂惊视，道昔者误传事，相将大笑，入酒楼命筋痛饮，纵论天下古今事。④

所谓的"误传"，应是指道光二十三年（1843）夏冬之间，坊间因姚燮

---

① 《范湖草堂遗稿》卷首金猷深《传》，见《清代诗文集汇编》（678），上海：上海古籍出版社 2010 年版，第 533 页。
② [清] 周闲：《范湖草堂遗稿·自记》，见《清代诗文集汇编》（678），上海：上海古籍出版社 2010 年版，第 536 页。
③ 严迪昌：《清词史》，北京：人民文学出版社 1990 年版，第 465 页。
④ [清] 周闲：《书某伯诗卷后》，见《姚燮集》（四），第 1123 页。

重病而有其已病故的传言。对此,徐时栋《姚梅伯传》云:"道光二十三年,大病几死……是岁,余客杭州,有传梅伯死者,比归,知无恙。"①这一传言导致姚燮友人纷纷作诗相挽,如孔继鏻就以《江上哭梅伯》《再哭梅伯》哀悼,后来他听闻姚燮健在,又作诗相寄,在欢喜之余还表达了对讹传的不满:"太白世人皆欲杀,东坡已死动传讹。"②道光二十四年,姚燮在京应试时,便作《都门故人多传予病死以诗相挽者作此示之得三章》一诗,来告诉朋友们实情。因此,周闲应是在道光二十三年"五六月"时听到传闻。当时,他尚未结识姚燮,但却为姚燮之"死"痛心不已,不惜在风雨之中与应敏斋一起携《疏影楼词》,登楼悲歌,慨叹此后"吾道"(即填词)"孤矣"。由此可见,周闲对姚燮其人其词的倾慕和推崇。由于古代通讯较为不畅,故直到道光二十六年(丙午1846),周闲去宁波才得知姚燮并未去世,遂前去拜访,欣然订交。是时,姚燮还为周闲《屠狗图》题诗,并对他加以劝导:"君今作此锋芒淬厉难摸扪,必使眼前之子尽君仇怨无君恩。君亦思舌枪唇剑之利四布森,窥君于门俟君路。嗟哉于危吁可怖!"③姚燮借诗来劝年仅二十六岁、正意气风发的周闲谨慎处事、掩蔽锋芒,以免遭受谗言,虽有些不合时宜,但这番语重心长,正是姚燮历经世事沧桑后的感悟和处世态度。道光二十九年(1849),姚燮路过杭州时,曾到周闲乔居的范湖草堂与众人宴饮,后应周闲嘱托,作《范湖草堂雅集记》以存当日之乐。正是在这次雅集中,姚燮结识了周闲至友,即任熊。在姚燮和周闲的推荐、帮扶下,任熊之画渐渐为人所重,而任熊对姚、周二人亦是推崇备至,曾言:"浙东有姚燮,浙西有周闲,文章尽于二人矣。"④

  姚燮与周闲的往来,不仅在于宴游、雅集等文人乐事,而且还有词艺上的切磋及对姚燮填词的触动,如姚燮《宴清都》的创作动因和感怀之事便是:咸丰二年(1852)春,佘春帆(佘镛)在吴中华阳观组织雅集,时任熊作图以记,周闲为图填词,当姚燮看到周闲题画词(即《宴清都·佘镛华阳道院雅集卷子》)时,便依其调作词,感叹道:"楼台月隔,江天雁散,旧盟谁证。何当带佩重整。倚紫凤、琼阑醉凭。奈眼前、织女黄姑,东西汉

---

① [清]徐时栋:《姚梅伯传》,见《姚燮集》(七),第2135页。按:姚燮于是年五月已患病。
② [清]孔继鏻:《心向往斋集》卷十七《既哭梅伯喜闻健在率成却寄》。按:从该句看,周闲听闻的"某伯有东坡海外事",就是指当时姚燮已故的讹传。
③ 《复庄诗问》卷三十四《题周公子闲屠狗图》,见《姚燮集》(四),第1013页。
④ [清]周闲:《范湖草堂遗稿》卷一《任处士传》,见《清代诗文集汇编》(678),上海:上海古籍出版社2010年版,第546页。

迥。"① 在此，姚燮一方面因任、周二人客居江苏润州而自己流寓上海，而以牛郎（即黄姑）与织女银河相隔来象征自己和两位好友如今的远别；另一方面则由佘春帆组织的华阳观雅集，想起了咸丰元年（1851）秋自己客居吴中时参加的两次集会，即在"元都七泉上修禊"，于"画禅寺作书画雅集"②，从而慨叹"江天雁散，旧盟谁证"。此时，姚燮对相会于吴中的友人应较为怀念，而在咸丰元年以前，他流寓吴中的时日确实比上海长久。

二、吴中词坛交游圈

姚燮出于谋生、游宴等原因，曾多次寓居吴中，也结交了许多文人雅士，如蒋宝龄、韦光黻、杨韫华、陈佐钧等都是和他关系密切、情谊深厚的布衣寒士。而与姚燮多有往来的吴中词人，则可从他的两段自述中得知：

> 刿吴趋凤称词薮，其为仆所熟游者，有若翠微花农，侧帽拈豆（戈顺卿）；黛湖渔隐，停桡采蘋（朱酉生）。慕园董翁，作梅花盟主（琴南）；昙云曹叟，为冰署冷官（艮甫）。罔不把姜拍秦，使吴隶范，飘尔绝俗，卓乎成家。而星斋少习于其间，鼎其乘铅，垒为特角。③

> 蒙尝论词晚近，于君家诸昆颇心题焉。功甫之词如瘦鹤语岑，回籁生碧；星斋之词如幺凤振篠，纤影扢烟；绂庭之词如孤鹇在蒪，疏香昵梦。君则植体能洁，研旨尚醲。④

这两段文字均作于道光二十四年（1844）。第一段中的"戈顺卿""朱酉生""琴南""艮甫"，分别为戈载（1786—1856，号顺卿）、朱绶（1789—1840，号酉生）、董国华（1773—1850，号琴南）、曹楙坚（生卒年不详，号艮甫）。第二段中的"功甫""星斋""绂庭"及"君"分别为潘曾沂（1792—1853，号功甫）、潘曾莹（1803—1878，号星斋）、潘曾绶（1810—1883，字绂庭）、潘曾玮（1818—1885，字季玉）四兄弟⑤。这八位均是姚燮熟游的吴中词人，其中以潘氏四兄弟为代表的潘氏家族词人，乃是吴中词坛的一个

---

① 《玉笛楼词·宴清都》，见《姚燮集》（七），第 1982 页。
② 见《玉笛楼词·宴清都》小注，见《姚燮集》（七），第 1982 页。
③ 《复庄骈俪文榷》卷六《潘星斋编修小鸥波馆词序》，见《姚燮集》（五），第 1271 页。
④ 《复庄骈俪文榷二编》卷四《潘季玉玉诠词序》，见《姚燮集》（五），第 1420 页。
⑤ 八人的生卒年、字、号，参见孙克强、杨传庆、裴哲编著：《清人词话》，天津：南开大学出版社 2012 年版。

重要组成部分。杜文澜《憩园词话》云:"吴县潘太傅恭文,以殿撰居首揆,勋业福德之隆,世无与匹。著述等身,而词无刊本。其诸子群从,竞为倚声,各有专集。"①"潘太傅恭文"即潘世恩,乾隆五十八年(1793)状元及第,道光年间官至武英殿大学士,进太子太傅。"诸子"即上述潘氏四兄弟,他们分别有词集《船庵词》一卷、《小鸥波馆词钞》二卷、《陔兰书屋词》六卷、《玉泾词》一卷。生活于道咸年间的潘氏词人除这四兄弟外,还有潘遵祁(1808—1892,字觉夫)、潘希甫(1811—1858,字补之)等。他们六人均与姚燮唱和往来,而若论其中与姚燮情谊最为深厚者,当是潘曾莹。

潘曾莹,道光十四年(1834)举人,道光二十一年(1841)进士,官至吏部左侍郎。在姚燮的诗、词、文中,均有酬赠潘曾莹之作,如《潘同年曾莹花卉画册》《同潘同年曾莹过崇效寺看牡丹》《柳梢青·为潘星斋同年题古小鹤花阴仕女》《浣溪沙·题星斋纨扇桃花》《潘星斋藤花馆填词图题辞》《欧波馆写兰图题辞》等。道光十五年(1835),姚燮与潘曾莹在京城结识,互相往来唱和。对于这段时光,潘曾莹在咸丰四年(1854)回忆道:"余幼时喜为长短句……嗣与同年姚野桥唱和,益肆力为倚声之学。乙未年,野桥入都,春夜薄酌,余坐梅花边吟白石《暗香》《疏影》二词,野桥以铁笛和之,音调凄婉。费晓楼为写梅边吹笛图寄赠,忽忽二十年矣。"②(按:乙未,道光十五年)可见,在填词上,姚燮对潘曾莹具有一定影响,二人也因此结下了深厚情谊,后来姚燮每次至京师,都会与潘曾莹同游共饮,切磋文艺。如道光二十年三月二十九日,姚燮、孔先彝、朱绮、梅增亮、潘曾莹、潘曾绶、黄燮清、张际亮等人在京郊尺五庄饮酒饯春、赋诗唱和,而姚燮除赋诗外,还应诸君之请,"作图而纪其略"③。是年六月,姚燮得知英军进攻定海的消息后急忙返家。临行时,潘曾莹和蒋湘南各以重金相赠,这令姚燮甚为感念。道光二十四年(1824),姚燮最后一次滞留京师时,为潘曾莹词集作序,不忍别离:"渭树江云,每恨隔君;单衫小扇,时复忆我。"④并且在这段时间内,姚燮还与其他潘氏子弟在填词上有着诸多交流。如:为潘曾玮词集《玉泾词》作序,并为其图填词;为潘曾莹《松鞠联吟图》题《买陂

---

① [清]杜文澜:《憩园词话》,见唐圭璋:《词话丛编》,北京:中华书局1986年版,第2879页。
② [清]潘曾莹:《玉泾词序》,见冯乾编校:《清词序跋汇编》(二),南京:凤凰出版社2013年版,第820页。
③ 《复庄骈俪文榷二编》卷五《尺五庄饯春图记》,见《姚燮集》(五),第1429页。
④ 《复庄骈俪文榷》卷六《潘星斋编修小鸥波馆词序》,见《姚燮集》(五),第1271页。

塘》一词时，潘曾绶"因题此解，为倒叠原叶应之"①；倚《金缕曲》调，为潘希甫《红桥泛春图》题词。随后，姚燮在返家途中创作组诗《舟中怀都门故人诗三十绝句》，其中所感怀的就有"潘星斋编修曾莹、绂庭舍人曾绶、玉泾公子曾玮，暨其从弟顺之舍人遵祁、补之舍人希甫"②。由此可见姚燮与吴中潘氏词人的相交之谊，而潘氏兄弟对填词的热衷及其词风的形成，也离不开自幼成长其间的吴中词坛的浸染，如潘曾莹曾言："予少时喜为倚声之学，与同里朱酉生、吴清如、戈顺卿诸君互相商榷，略解声律"③。潘曾莹所言的三人分别为朱绶、吴嘉淦（字清如）、戈载，他们与王嘉禄、沈传桂、沈彦曾、陈彬华合称为"后吴中七子"，都是吴中声律词派的重要代表。从前文可知，七子之中，朱、戈二人与姚燮多有往来。

　　道光十七年（1837），姚燮经由厉志的介绍与朱绶结识。厉志曾给姚燮写信道："酉生素知足下名，《疏影楼》极其叹服，《倚梅图》已属题矣。足下可即速去访他……"④ 从中可知，朱绶对姚词青睐有加，而他自身在填词上主要取径于吴文英，"精于律，严于韵"，常与相交甚笃的戈载"赏奇析疑，互相商榷"⑤，著有《知止堂词录》。然作为苦苦追逐于科举的文士，朱绶在四十二岁（道光十一年1831）中举后，也是数次参加会试失败。道光十八年（1838），再次落第的朱绶与姚燮，与黄爵滋、张际亮、鲁一同、蒋湘南等人在京师江亭共饮。次年十二月，第三次进京的姚燮在苏州停留数日，期间特意前去拜访朱绶，当时朱绶虽已患病，但还是欣然与姚燮"絮屑旧怀，证考近业"，为《疏影楼词》题辞，而姚燮也阅读了朱绶诗集，并以《赠朱绶即题其知止堂诗卷》（《复庄诗问》卷十八）一诗相赠，但怎料此次会面，竟成永别，因为朱绶在两月后病卒于家。据姚燮后来为朱绶作的诔文可知，当时朱绶对将要离去的姚燮说："子行及都，为我问讯诸故人。吾疾稍瘥，亦将束装就道。二月之杪，当觅我于宣武门之邸。行与子揽结朋辈，浣坿尘滓，系马芦沟之柳，对酒江亭之山，会有期也。"⑥ 又，道光二十年

---

① 《疏影楼词续钞·买陂塘》小序，见《姚燮集》（七），第1911页。
② 《复庄诗问》卷二十八《舟中怀都门故人诗三十绝句》其七，见《姚燮集》（三），第831页。
③ [清]潘曾莹：《花影吹笙词钞序》，见冯乾编校：《清词序跋汇编》（二），南京：凤凰出版社2013年版，第1281页。
④ [清]姚燮：《琼贻副墨·尺素集》卷一，转引自汪超宏：《姚燮年谱》，北京：中国社会科学出版社2011年版，第108页。
⑤ [清]戈载：《知止堂词录序》，见冯乾编校：《清词序跋汇编》（二），南京：凤凰出版社2013年版，第804页。
⑥ 《复庄骈俪文榷》卷八《朱仲洁孝廉诔》，见《姚燮集》（五），第1321—1322页。

(1840)初春,姚燮到京后作诗怀念朱绶云:"别时朱洁翁,有约吾宁忘。谓及杨柳青,置酒城东堂。一日三寻君,不嫌胏趾伤。遇客君边来,贻我书几行。但言病苦深,未能禁风霜。其辞若相谢,其意良疚伤。"①后附小注:"春初朱酉生孝廉绶约余到京十日后当相见,今书来言苦病未果。"从中可知,朱绶原本与姚燮约定在道光二十年二月末相会于京师,但却因病重不能成行,遂致书姚燮告知近况,而不久之后(二月二十三日)的离世,最终令朱绶未能实现赴京应试、与故友重续旧欢的愿望。道光二十年四月,当朱绶去世的噩耗经由陈佐君的书信传知姚燮时,姚燮正经历着第四次落第的残酷现实。接连而至的沉重打击,令姚燮在《朱仲洁孝廉诔》中极尽哀痛之情,并将朱绶(号仲洁)的死因归结为多年怀才不遇而导致的郁愤累积:"中郎不遇,匪有悁悁之感;茂先励志,未抒洸洸之才。致死有由,殆积之惟渐欤?"②由此,姚燮与朱绶彼此之间的惺惺相惜、同病相怜,不难想见。

戈载一生致力于词,著有《翠薇花馆词》三十九卷,且精研词律,编撰《词林正韵》《词律订》《词律补》《乐府正声》《宋七家词选》等。在戈载看来,"词之所以为词者,以有律也""词必四声和协,而后论工拙"③。在《词林正韵·发凡》(道光元年刊)中,他还针对当时词坛"流荡无节""韵学不明"等问题,极力倡导"填词之大要有二,一曰律,二曰韵。律不协则声音之道乖,韵不审则宫调之理失,二者并行不悖"④,着重从词的音乐性这一方面,推尊词体,矫正时弊。戈载以严守声律为核心的词论,虽是过分追求艺术形式、忽略内在情感,但却进一步完善了吴中声律词派的重要理论,在道咸词坛产生了较大影响。对于填词的审音定律,姚燮不像戈载那般极力强调,不过也较为注重。姚燮对戈载这位词坛前辈也较为钦慕,在道光十七年和道光十九年客居吴中时,与他多有往来,曾以诗相赠:"吴下老词客,上头白发多。愧无长剑赠,奈此短箫何?"⑤然从道光二十年初至道光二十九年秋的十年间,姚燮因种种缘故没有再游吴中,当他于道光二十九年(1849)九月初重访吴中时,则因"故友多零落"⑥,心境凄然,进而期盼着与戈载、程庭鹭(1796—1858,字序伯,号蘅乡)等诸多旧交重会。这从姚

---

① 《复庄诗问》卷二十《春夜都门怀人诗十七章》(其十六),见《姚燮集》(三),第555页。
② 《复庄骈俪文榷》卷八《朱仲洁孝廉诔》,见《姚燮集》(五),第1322页。
③ [清]戈载:《翠微雅词自序》,见冯乾编校:《清词序跋汇编》(二),南京:凤凰出版社2013年版,第797页。
④ [清]戈载:《词林正韵》,上海:上海古籍出版社1981年版,第35页。
⑤ 《复庄诗问》卷十三《赠戈载》,见《姚燮集》(二),第357页。
⑥ 《复庄骈体文酌·范湖草堂雅集记》,见《姚燮集》(六),第1606页。

燮为张凯（字次柳）所填的《台城路·张次柳公子花影庵填词图》一词中可以得知。该词云：

> 翠薇信阻红蘅远（别戈顺卿十年，客吴一月，尚未通音问。红蘅谓程序伯），谁问客怀孤峭。鹤下云间（雷约轩），舟回剡曲（王彦卿），赢得开樽一笑。……醉倚秋灯，夜来愁我梦芳草。相逢犹恨未早。爇檀重展卷，差慰孤抱。……莫寸许柔肠，露缠烟袅。且贳鑫船，去听新水调（时次柳以简来约游虎丘）。① （按：括号内为小注。）

据"别戈顺卿十年，客吴一月"推算，该词应作于道光二十九年十月初，时姚燮因尚未得见戈、程二人而心情不佳。不过，不久之后，姚燮得以与戈载在酒筵重见，并为他谱写《湘春夜月》。在该词中，姚燮面对这短暂的相逢，只能无奈地向戈载道："且共醉，怕醒来促别、重山叠水，鸿路天遥。"② 纵然不愿离别，但数日后姚燮不得不登舟赴沪。

姚燮在即将离开吴中时，还为刚结交不久的张凯词集作序，在赞赏、鼓励张凯之词后言："他日重逢，吾知次柳有慰所期也。"③ 实际上，从上引《台城路》一词的小注中可知，姚燮在客居吴中的一个多月里，曾与张凯、雷葆廉（字约轩）相与同游，而他们二人乃是留居吴中的知名词人。张凯著有《须曼罗室词》两种（包括《三影楼琴谱》《鸥波渔唱》），其事迹和词学活动可从蒋敦复《芬陀利室词话》得知大概：

> 道光末，余往来吴门，主张次柳凯公子家。次柳为白也太守令子，雅喜倚声，尝集古来闺秀词数百家，属余选订付梓未果。所著有《三影楼琴谱》。……尝从《天籁阁词谱》，补万氏《词谱》未收者……次柳又有'各自销魂，独自听春雨'句，为黄霁青丈所赏识，词名由此鹊起。④

张凯本是河南淮宁（今淮阳）人，因其父在江苏为官而长期居住吴中。

---

① 《疏影楼词续钞》之《台城路·张次柳公子花影庵填词图》，见《姚燮集》（七），第1920—1921页。
② 《疏影楼词续钞》之《湘春夜月·别戈顺卿十年，酒筵重见，为谱此声》，见《姚燮集》（七），第1941页。
③ 《复庄骈俪文榷》卷六《张次柳词序》，见《姚燮集》（五），第1274页。
④ ［清］蒋敦复：《芬陀利室词话·张次柳词》，见袁进编：《海上文学百家文库·姚燮、蒋敦复卷》，上海：上海文艺出版社2010年版，第534页。

然在姚燮看来,张凯亦是一位伤心人:"以休文身世,怆望田庐;仲宣羁旅,踯躅宇宙。情转结辖,气难振奢。薄官鸡肋,弃之不忍;通候列牙,投刺未甘。"① 雷葆廉,华亭(今上海)人,著有《莲社词》《诗窠笔记》等。雷葆廉虽然在今日词名不彰,但在道咸词坛却结交了诸多名流。如在道光年间,他曾与黄仁、张鸿卓等词人结嬉春词社,与黄安涛、袁又村以词订忘年交,还曾与汤贻汾、孙麟趾、戈载、秦耀曾、孙若霖、孙廷鐄一起结江东词社②。道光二十六年(1846)《江东词社词选》刊刻时,雷葆廉还作序云:"如江东词社诸君,趁斑管之清才……犹忆癸卯、甲辰岁,与诸君画舫叩舷……聚一时之俊侣,积满箧之零缣……月坡有书来,招余入社,时余与顺卿同客袁浦间,有唱和之作,月坡和之。"③ 咸丰元年(1851)八月,雷葆廉还和张凯以主事者的身份,在吴中举办秋禊之会,参加者则有姚燮、戈载、韦光黻、杨韫华、黄秋士、王润等十余位文士,当时姚燮还为此次集会作《吴门秋禊题名记》。由此可知,雷葆廉在吴中词坛活动中有着较高的参与程度。姚燮在与雷葆廉交往的过程中,曾以《洞仙歌·雷约轩〈通波水阁填词图〉》等词酬赠,而他们的缘分还由吴中延伸到上海。

三、上海词坛交游圈

咸丰以后,姚燮时常寓居已经开埠的上海,并在那里结识了有"海上三异人"之称的蒋敦复、王韬和李善兰。三人中与姚燮谈词论词密切者,无疑是倾向于常州词派的晚清著名词人蒋敦复。蒋敦复(1808—1867),江苏宝山(今属上海)人,可谓姚燮交往的词人中经历最具传奇性者。其字剑人,初名金和,字纯甫,后改为今名。屡次参加郡县试,皆失败,便离家出游,但因性情狂傲,喜欢臧否人事,以致在江淮一带有"怪虫"之称。道光二十二年(1842),因献策抵御英军而触怒两江总督牛鉴,遂剃发为僧以避仇。道光二十三年还俗,在江浙沪地区遍结名流文士,晚年常居上海,为人佣

---

① 《复庄骈俪文榷》卷六《张次柳词序》,见《姚燮集》(五),第1273页。
② 见张鸿卓《绿雪馆词二集》卷二《小梅花·雷约轩与黄霁青太守袁又村少尹合并沪城,以诗余订忘年交,绘海上论词图,因倚此解》。又,谢章铤《赌棋山庄词话续编》卷三记载了江东诗社成员,其言云:"《江东词社词选》一卷,作者江宁秦香光耀曾、上元孙伯雨若霖、阳湖孙树仪廷璩、苏州孙清瑞麟趾、吴县戈宝士载、华亭雷介生葆廉。评阅多出汤雨生贻汾手。"(刘荣平校注:《赌棋山庄词话》,厦门:厦门大学出版社2013年版,第331页。)
③ [清]雷葆廉:《江东词社词选》,转引自袁志成:《江东词风与嘉道词坛》,载《求索》,2014年第1期,第140页。按:癸卯、甲辰分别为道光二十三、二十四年,月坡即浙西词派孙麟趾,顺卿即戈载。

书,曾翻译《大英国志》。① 据王韬《瀛壖杂志》载,蒋敦复曾在咸丰三年向某官员上书"言乡勇、火器二事"②,以对抗起义军,但不为采纳。但费行简《现代名人小传》却称他曾向太平军领导者杨秀清献策,"不能用,乃遍历南朔,晚归憔悴死"③。至于事实为何,不得知晓,但可以确定的是,蒋敦复一生积极用世,然落拓不羁,纵有奇才大志也无处施展。在文学方面,他兼擅诗、词、文,于词尤工长调,妙解音律。著有《芬陀利室词》(五种)、《芬陀利室词话》(三卷)。

咸丰二年(1852)十二月,王韬在上海为蒋敦复作《〈芬陀利室词〉序》,其言云:"闻剑人名久矣……翌日即携梅伯、壬叔、约轩访剑人于竹林禅院,出诗词相示,自谓于词之音律颇有心得,今世失传久矣。"④ 据此可知,是年在上海,姚燮与王韬、王善兰(字壬叔)、雷葆廉同访蒋敦复。诸人中,雷葆廉与蒋敦复乃是旧交,二人在道光二十八年(1848)十二月初九,便曾与张凯、程庭鹭、齐学裘等人在上海陈中寓所集会,"预祝东坡生日"⑤,而在此次同访后,雷、蒋、姚三人在沪亦是相互往来不断。据王韬《瀛壖杂志》记载,雷葆廉曾将购买的一把铁壶呈现给众人,时"梅伯绘图,剑人题诗"⑥。进一步来说,姚燮与蒋敦复的交往,虽有日常生活方面的狭邪之游,但最重要的还是文艺上的交流唱和和彼此的理解、认同。

首先,姚燮与蒋敦复论词"旨趣颇合"⑦,也多以词相互酬赠。如姚燮有《青玉案·蒋剑人〈填词图〉》,蒋敦复有《鬓云松·姚梅伯画松下侍女》。咸丰二年(1852)除夕,姚燮在上海度岁时得赠腊梅花篮,遂倚《一枝春》

---

① 蒋敦复事见于王韬《淞滨琐话》《瀛壖杂志》和邱炜爰《五百石洞天挥麈录》、滕固《蒋剑人年谱》等。
② [清]王韬著,陈成国点校:《瀛壖杂志》,长沙:岳麓书社1988年版,第128页。
③ 沃丘仲子:《近代名人小传》,北京:中国书店1988年版,第54页。按:费行简,别号沃丘仲子。
④ [清]王韬:《〈芬陀利室词〉序》,见冯乾编校:《清词序跋汇编》(二),南京:凤凰出版社2013年版,第1050页。
⑤ [清]蒋敦复《啸古堂诗集》卷七《陈小鲁中招同张咏仙学博肇辰、齐梅溪学裘、程序伯庭鹭、王子梅鸿、雷约轩葆廉、张次柳凯集于寄庐,预祝东坡生日。咏仙作记,序伯绘图,余用集中聚星堂韵。时道光二十八年十二月初九日也》,《清代诗文集汇编》(628),上海:上海古籍出版社2010年版,第431页。
⑥ [清]王韬著,陈成国点校:《瀛壖杂志》,长沙:岳麓书社1988年版,第162页。
⑦ 蒋敦复:《芬陀利室词话·姚梅伯词》,袁进编:《海上文学百家文库·姚燮、蒋敦复卷》,上海:上海文艺出版社2010年版,第510页。

调填词,并邀蒋敦复、姚辉第同作①。姚辉第,字子箴,河南辉县人,道光十八年进士,咸丰元年至三年任上海知县,著有《菊寿庵词》。咸丰二年左右,姚燮曾为姚辉第词集作序,即《家子箴明府〈箪花庵词〉序》,并在后来将他与蒋敦复同题的《一枝春》收录于《疏影楼词续钞》。咸丰五年(1855),姚燮"客上海最久"②,与蒋敦复、王韬等人过从甚密,且在此期间,他和蒋敦复互相为对方的词集作序跋。蒋之《跋疏影楼续词卷》称姚燮近词"瑰丽恣肆,不名一家"③,姚之《蒋纯甫芬陀利室词序》则对蒋敦复的才情志气、填词之因及每一类词(拟古、体物、纪丽等)的特点,都以理解且欣赏的态度一一诉诸笔端,最后还相约明日于酒肆中"尽一夕欢,话三年别"④。

其次,对于姚燮的诗和骈文,蒋敦复都称赞不已,曾在同治二年(1863)先后校读《复庄文酳初编》和《复庄骈俪文榷二编》⑤。并且,与姚燮在怀才不遇、常年漂泊方面的相似经历,使得蒋敦复在《除夕读姚梅伯燮大梅山房集长句以赠》中不仅给予姚诗较高评价,认为"君诗不顾俗眼惊,吐纳元象镜心精",而且还借以抒发一己之叹,即执着于"丈夫不死誓报国"的信念,然今却是"侧身江海风尘客"⑥。此外,蒋敦复还对姚燮在《治兵宜复屯卫论》一文中提出的"寓兵于农"之见,表示赞同,并说:"虽然,能言之,我辈事也;能行之,非吾辈责也。独且奈何哉?"⑦从中不难看出,蒋敦复的言外之意是他们这些身处底层的寒士,虽能提出有益于时务的建议,但却没有机会将其付诸实施,因此只能独叹奈何。漂泊谋生和壮志难酬的共同处境,无疑拉近了姚、蒋二人的心灵距离。同治二年(1863)八月,姚燮从上海返乡养病,令蒋敦复深感"茫茫后会,未知何时。老友走别,殊难为怀"。然次年所发生之事,则当让他先喜后悲:喜的是姚燮于春天再次来到上海,可以与之再续前欢,且当时他还为其写下寿序,即《姚复庄孝廉

---

① 《疏影楼词续钞》之《一枝春·有除夕赠予腊梅花篮者,邀子箴、剑人同作》,见《姚燮集》(七),第1943页。
② [清]王韬著,陈戍国点校:《瀛壖杂志》卷四,长沙:岳麓书社1988年版,第129页。
③ [清]蒋敦复:《跋疏影楼续词卷》,见《姚燮集》(七),第2034页。
④ 《复庄骈俪文榷二编》卷五《蒋纯甫芬陀利室词序》,见《姚燮集》(五),第1436页。
⑤ 《复庄文酳初编》卷末云:"同治二年春王正月,宝山蒋敦复校读一过。"蒋敦复《复庄骈俪文榷二编题辞》云:"同治二年夏四月既望,宝山蒋敦复校读一过,尤心折者名印志之。"(见《姚燮集》六,第1754页)
⑥ [清]蒋敦复:《啸古堂诗集》卷八《除夕读姚梅伯燮大梅山房集长句以赠》,见《清代诗文集汇编》(628),上海:上海古籍出版社2010年版,第444页。
⑦ 蒋敦复识,载姚燮《复庄文酳初编·治兵宜复屯卫论》文后,见《姚燮集》(六),第1572页。

六十寿言序》；悲的是不久之后，姚燮便"遘疾归治，竟以不起"①，与世长辞。蒋敦复最后能为好友做的便是为其作墓志铭。

蒋敦复因其广泛的词坛交游，在今日有"最能见出近代早期上海词坛文化网络者"②之称。因此，姚燮在上海与蒋敦复及蒋氏周边诸人的谈词论艺，无疑是这个大网络中的一个组成部分。他通过结社联吟、宴游雅集、诗文唱和题赠等方式，在浙江、吴中、上海词坛不断扩大自己的交游圈，在提升自己名气的同时，也对道咸词坛的发展产生一定影响。更重要的是，姚燮在与诸位词人，尤其是吴中词派及倾向于常州词派之人的交往过程中，聆听着道咸词坛不同于浙西词派或矫正浙西词派流弊的声音，这正有助于姚燮拓宽词学观念、磨炼创作技艺，从而可以在浙西词派努力寻求转变之际，起到一定的推动作用。

第二节 姚燮词风变化及其成因

姚燮甚为尊崇浙西词派一直奉为圭臬的姜夔和张炎，但其师学取径却不限于这两家，而是博采众家。观其词集可知，"对南唐中主、晏几道、苏轼、张先、柳永、辛弃疾、史达祖、姜夔、吴文英、张炎等大家，以及清代的朱彝尊、陈维崧、厉鹗诸人，姚燮或拟其体，或倚其调，或和其韵，或集其句，或赞其词"③，从而使自己的词作能兼取众长，不名一家，在继承浙派传统的基础上，又有所发展。从前人的相关研究可知，姚燮词具有清空醇雅、形象华美、含蓄委婉等特点，但在其创作历程中，词作风格曾发生变化：《疏影楼词》刊刻于道光十三年，收录了姚燮二十九岁之前创作的三百余阕词，《疏影楼词续钞》《玉笛楼词》所收之词作于道光十三年以后，在情感内容、表现技法、语言风格等方面与前期词有所差异。目前，学界对于姚词的总体风格、题材内容、前后两期词的差异，已有一定研究，但在差异的具体表现、深层原因及其所折射出的词人心态等方面，还有待进一步揭示。鉴于此，本节将结合姚燮的曲折经历、心态变化、词学主张，从情感抒写、表现技法、填词态度三方面，对姚词的变化及其成因进行深入探讨。

---

① ［清］蒋敦复：《例授文林郎即选知县姚君墓志铭》，见《姚燮集》（七），第2132页。
② 李康化：《近代上海文人词曲研究》，上海：上海人民出版社2009年版，第211页。
③ 钱仲联：《疏影楼词·前言》，见姚燮著，沈锡麟标点：《疏影楼词》，杭州：浙江古籍出版社1986年版，第4页。

一、由闲愁到浓愁，思婉而情真

姚燮在《疏影楼词·自序》和《疏影·自题词集》中，表明了自己的填词缘由和动因。如前者云："迨弱冠后，日与世涉，哀乐渐多，兼以友朋宴游，饥寒驱逐，每有感触，即寄之。"① 后者言："侬自狂歌自赏……且畅写，随时怀抱。"② 从中可知，在日常生活中所经历的酸甜苦辣，是引起姚燮词心的主要因素，而与之相应的便是其填词的重要目的——寄托感触、畅写怀抱。这一点无论是在《疏影楼词》，还是在后来的《疏影楼词续钞》《玉笛楼词》中，都有明确体现。具体来说，姚燮在其五百多阙词中所抒写的感慨和情志，大都属于私人心曲。对此，前人已有充分揭示，如钱仲联先生说："这些词（按：《疏影楼词》），没有什么先进的思想。内容不外游宴、题赠、雅集、咏物、风景、应酬等，春愁秋怨，男女情愫占了很大的比重。……续编有道光庚戌、咸丰辛亥以后的词，是晚年作品，除大部分主题与前期作品相近外还有部分涉及时事。"③ 郝林芳《姚燮〈疏影楼词〉研究》更是从题材的角度将姚词细致分为咏物词、山水风景词、游宴雅集词、羁旅行役词、忆昔词、送别词、闲情词、艳情词、寄亲怀友词、题书词、题画词、仿意词、观剧词、民俗词等。这一分类虽稍显琐屑，但却呈现出姚词情感内容的大致面貌，即涉及层面虽不少，但大都是无关社会现实的私曲，在整体上缺乏其诗那般的深度与广度。

这些私曲在情感基调上，延续了自古以来言情词的传统，即愁苦之言多，欢愉之音少，且所吟唱的与妓女之间的艳情，在比例上无疑超出了《复庄诗问》，这从姚燮的一则自述中可窥见一斑。其《疏影·自题词集》云："江淹宋玉凭千古，总一样、愁深欢眇。尽半生、锈铗蝉徽，托与美人香草。"④该言虽是姚燮对自己前期词创作风貌的总结，但却更适用于其之后的词作，因为随着生活磨难的增加和国家每况愈下的局势，姚燮在词中所流露的"愁"，越来越深重、沉郁，并且前期词中偶有的欢愉、闲情，在之后的词作中已甚少。如同样是题赠女伶之词，作于二十九岁之前的《金缕曲·湖上赠吴伶倩笙》在赞叹吴伶琴技后言："袅出愁红丝一缕，座中人、谁是知

---

① ［清］姚燮：《疏影楼词·自序》，见《姚燮集》（七），第 1747 页。
② ［清］姚燮：《疏影·自题词集》，见《姚燮集》（七），第 1885 页。
③ 钱仲联：《疏影楼词·前言》，见姚燮著，沈锡麟标点：《疏影楼词》，杭州：浙江古籍出版社 1986 年版，第 4 页。
④ ［清］姚燮：《疏影·自题词集》，见《姚燮集》（七），第 1885 页。

音者。魂黯黯，欲消也。黄金慢抵相思价，况冬郎、年来憔悴，恨多欢寡。凤子蛾儿江上别，珠络回廊闲挂。剩春后、樱桃未嫁……好伫我，段桥下。"① 而作于二十九岁之后的《貂蝉换酒·赠吴伶杨秋伊》（六阕），不仅对女伶"落落知音少""鍊到璁珑冰玉韵，只博三餐粗饱"②的现实处境，甚为惋惜，而且所感怀的已不再是自己与女伶之间的相思别绪，而是他多年来所经受的苦楚。如其一云："我读《离骚》卿读《七》，恨不逢，击节桓宣武。抽佩剑，白虹吐。"其五云："眼看江上东流水。想年来、味都尝遍，苦甜桃李。插脚红尘无转劫，谁免谤生薏苡。"其六云："崽子轻绡须悔御，借长歌、一写穷途哭。消不尽，酒千斛。"③ 实际上，姚燮所谓的"托与美人香草"，在较大程度上确实是对其艳情词，尤其是前期艳情词的美化，不过如若从所寄寓的身世之感来说，他后期所作的不少艳词，还是当得起这一自我美誉的。

再如，姚燮作于不同时间段的《金缕曲》《飞雪满群山》，虽都抒发了自己的离愁别绪，但其中所蕴含的心境却有较大差异。现按照创作时间的先后，列二词如下：

直恁秋萧瑟。倚诗囊、无聊传盏，添侬凄忆。风过漪回阑影定，胃起水荭花碧。若个在、鹭边横笛。空翠平浮斜照去，到帘丝、吹动晶云白。酒梦醒，袖凉逼。惜惜湘簟人无力。怕明朝、荻江鸥雨，催归兰鹢。欲问兜娘团扇约，天半弄珠楼隔。甚柳角、华灯滟夕。记昨明蟾初上鬓，背冰奁、浅笑看山色。螺点点，漾烟汐。④（《金缕曲》）

冷月窥篷，冰漪沍柂，絮衾酒梦难温。炉铛剩茗，窗篝残焰，守得如此黄昏。听疏钟何处，已全失、城山翠痕。况空濛里，秃柳枯蒲，栖遍冻鸥魂。须又要、抽帆辞客去，呼童晨起，好办离尊。船娘甚怨，筝弦抽掣，也凄响泪同吞。便尽情一醉，终难遣、愁来十分。将愁与鸟，随风荡入京岘云。⑤（《飞雪满群山》）

第一首词出自《疏影楼词》，据其小序可知，在道光十三年前某年盛夏，

---

① 《疏影楼词·剪灯夜语》之《金缕曲》，见《姚燮集》（七），第1821页。
② 《疏影楼词续钞》之《貂蝉换酒》其四，见《姚燮集》（七），第1966页。
③ 《疏影楼词续钞》之《貂蝉换酒》其六，见《姚燮集》（七），第1967页。
④ 《疏影楼词·吴泾蘋唱》之《金缕曲》，见《姚燮集》（七），第1802页。
⑤ 《疏影楼词续钞》之《飞雪满群山》，见《姚燮集》（七），第1940—1941页。

姚燮在友人的邀请下游园集会，醉后"怅然题壁，情见乎词"，而其原因既有欲访妓女晓卿未果，又有"明日扁舟又将之樱桃湖上"。该词首先在开端点出自己的淡淡愁绪，接着通过对自然景物细致而形象的描绘，渲染出虽清冷却不失淡雅的意境，继而才以"酒梦醒，袖凉逼"将笔锋转向词人。过片"惜惜湘簟人无力"则上承酒醒之状，下启烦愁之语——即将于明朝登舟离去，恐怕不能再与晓卿相约。下片末尾则回忆晓卿在傍晚"浅笑看山色"的美妙神情，而此情此态又在月光朦胧、潮汐荡漾的点染下，别有一番雅致，也在较大程度上冲淡了词人的闲愁。第二首出自《疏影楼词续钞》，据其小序可知该词作于道光二十年正月，时姚燮舟停梁溪，在风雪中即将与蒋宝龄、陈佐均等好友离别，北上应试。① 该词上片以"冷月""冰澌""剩茗""残焰""秃柳枯蒲""冻鸥魂"等一系列萧索意象，营造出凄然悲凉之境，虽然景物描写也占据很大比重，但词人形象及其愁思浓重的主观情绪却一直熔铸其中。接着，"须又要、抽帆辞客去"便承接上文的环境渲染，道出词人的深愁，并通过对"船娘弹筝泪同吞"的描写，从旁观者的角度展现词人不忍与好友分别的怆然情绪，而后视角又转回到词人，通过叙写其即便纵酒也难消几分离愁这一想法，再次刻画他的凄苦内心。最后，词人发出将愁"随风荡入京岘云"之语，虽在表面上显得有些许洒脱，但背后却是他的满腹凄楚。

从以上两组词的比较中不难看出，姚燮在二十九岁未深涉世事之前，虽也常年离家漂泊，但青年人所具有的浪漫情怀、对闲情雅致的追寻、意气满满的精神状态，都使其词所抒发的愁绪不甚浓重，而他真正走上求仕道路之后所经历的种种磨难，在消减其壮心、摧残其精神的同时，必然使他将浓厚的身世之悲熔铸词中，从而使其道光十三年以后的词真正具有"愁深欢眇"的情感色彩。更重要的是，这两组词在抒情、叙事、摹景等方面，都达到了他所倡导的为词之旨——"思婉而情真"②。如上述第一组艳情词所流露的词人对女伶的态度和情思，不但无半分亵渎之意，而且在温婉情致中有几分难能可贵的尊重，因为他深知妓女伶人的艰辛处境和不幸命运。第二组抒怀词，都是借助景物或环境的层层渲染来烘托词人心境，使得词人的主观情绪与外部的客观事物融为一体，且所抒发的情感无论强烈程度如何，都能做到

---

① 《飞雪满群山》小序云："雪夜泊舟梁溪，晨起填此解，即留别蒋琴东、仲篱乔梓并徐子久、陈香邻。"查姚燮《复庄诗问》卷二十八有《庚子元夕雪夜同蒋宝龄、徐炽昌、陈佐钧买李三儿船泛舟梁溪，今蒋、徐二君俱下世，重泊有感即寄陈君》，故该词应作于道光二十年（庚子）正月。

② 《复庄骈俪文榷》卷六《张次柳词序》，见《姚燮集》（五），第1273页。

委婉真切而不放纵,这也正是姚词在情感抒发上的整体特点,与他的创作主张相统一。

道光十三年(1833),姚燮曾言:"词小道也,然韵不骚雅则俚,旨不微婉则直,过炼者气伤于辞,过疏者神浮于意,而叫嚣积习淫曼为工者尤弗取。"① 后来,他在《魏滋伯翠浮阁词序》中说:"宅胎以秀,吐息以龢,导衷以绵曲,以之为诗,庶归乎《国风》《小雅》之正。词者,诗之余也,轨其极,亦不外是三者。否则为俳俗,为突兀,为率易。"② 约作于咸丰二年(1852)左右的《家子箴明复弹花庵词序》亦云:"好媟而曼,习率而俳,竞谰哆而粗㸦,皆词之蠹也。"③ 由此可知,姚燮认为词虽是小道,但应和诗歌一样以情真韵婉、中正平和为审美旨归,故在填词上,他始终主张醇雅微婉、情真意切,摒弃淫哇浮艳、率易俳俗、粗放叫嚣之风,这与浙派一直以来提倡的"清空骚雅"一脉相承。基于这种意识,姚词普遍具有思婉、情真的特点,即便是那些为数不少的艳情词也大都如此。综观姚燮的艳情词,虽有一些只是单纯的男女情事,但基本上没有浅俗淫靡之病,且其中不乏情意深挚之作。如咸丰元年(1851),姚燮在苏州路过浮香阁,想起多年前(道光十七年)自己与妓女时湘文在一起的悲欢时光,遂作二十四阕《祝英台近》以追忆二人相识、相知、相恋、相离的整个过程。其中第二十阕云:

  绿珠恩,红线侠。论古动眉颊。恁得黄衫,媵汝莫邪匣。奈何绝壁猿巡,重梯虎守,遁不出、桃花门狭。计都乏。又难猝办明珠,换署玉贞帖。海石盟虚,枯烂预愁霎。他时返雁钱唐,回头天杪,剩无数、乱山云叠。④

该词上片首先以石崇宠姬绿珠、唐代女侠红线的典故,表明时湘文欲从良嫁予姚燮,而后又通过用典、比喻等手法,表明纵使有如同黄衫客(出自《霍小玉传》)那般的侠义之士帮助,也逃不出看管森严的妓院。在以"计都乏"过渡到下片后,又将无计可施的状况由外部转移到自身,通过采用"明珠"和"玉贞帖"的象征意蕴、化用"海誓山盟""海枯石烂"等成语,哀叹自己无力为恋人赎身,致使往日的誓言、约定都成虚幻,都转为摧残内心的

---

① [清]姚燮:《疏影楼词·自序》,见《姚燮集》(七),第1747页。
② 《复庄骈俪文榷》卷六《魏滋伯翠浮阁词序》,见《姚燮集》(五),第1434页。
③ 《复庄骈俪文榷》卷六《家子箴明复弹花庵词序》,见《姚燮集》(五),第1275页。
④ 《疏影楼词续钞·祝英台近》其二十,见《姚燮集》(七),第1930页。

绵绵愁思。最后，词人还以大雁自比，抒写自己离开苏州时的情形——回望天际，映出眼帘的却只有无数乱山愁云，从而以凄迷景象衬托出他的悲戚，为整首词再次涂上感伤色彩。由此可见，该词通过运用征典、比喻、象征、融情于景等表现手法和雅致精炼的语言，将词人与时湘文相恋却终不能相守的苦楚表达得凄婉哀切，足见词人的思致和深情。

姚词对自我心曲大量而真挚地抒写，既是他非常注重个人情感抒发的结果，也是对郭麐词论的继承与发扬。郭麐（1761—1831），字祥伯，号频伽，浙江嘉善人，师承袁枚，诗词皆工，著有《灵芬馆词》（四种）、《灵芬馆诗集》《灵芬馆诗话》等。对于郭麐在清代浙西词派发展历程中所具有的地位，可从蒋敦复的一则评价中窥知："浙派词，竹垞开其端，樊榭振其绪，频伽畅其风。"① 而郭麐之所以能被视为浙西词派继朱彝尊、厉鹗之后最具代表性的词人，就在于他对浙派传统词论的变革和对浙派流弊的矫正。其《梅边笛谱序》云：

倚声之学今莫盛于浙西，亦始衰于浙西，何也？自竹垞诸人标举清华，别裁浮艳，于是学者莫不知祧《草堂》而宗雅词矣。樊榭从而祖述之，以清空微婉之旨，为幼眇绵邈之音，其体厘然，一归于正。乃后之学者徒仿佛其音节，刻画其规模，浮游惝恍，貌若玄远，试为切而按之，性灵不存，寄托无有。②

郭麐从梳理浙西词派发展史的角度，首先肯定了朱彝尊（字竹垞）和厉鹗（字樊榭）在确定浙西词派学习对象、风格追求等方面的贡献，继而将浙派发展至嘉庆年间所产生的弊端归结为后学者的不善学，即只注重在艺术形式上模仿姜夔、张炎，过分追求清空醇雅、缥缈空灵之境，而忽视了自我情感的抒发和内在精神的寄托。鉴于此，郭麐从情感内容层面提出的一种救弊途径就是自抒襟灵，讲求寄托。他在《桃花潭水词序》中首先表明，浙西词派一直所师法的姜夔、张炎、吴文英等南宋词人在词中所蕴含的感慨和意旨，往往被曲折隐晦的表现方式所掩盖，以至于不能为后学者尽知，而后道："是在学之者之心思、才力足以与古相深，而能自抒其襟灵，乃为作者。

---

① ［清］蒋敦复：《芬陀利室词话·冯柳东词》，见袁进编：《海上文学百家文库·姚燮、蒋敦复卷》，上海：上海文艺出版社2010年版，第500页。
② ［清］郭麐：《灵芬馆杂著续编》卷二《梅边笛谱序》，见《清代诗文集汇编》（485），上海：上海古籍出版社2010年版，第456页。

其有谓当以忠孝立意而流连光景者不足与，或又谓必其声调合乎大晟之谱，皆缪论也。"① 在此，郭麐从两个层面强调了为词者的基本素养，第一，需有足够的学养和才力；第二，能自抒胸臆和性情。在他看来，只有二者兼具，才能在真正感悟南宋词人之精髓的基础上，创作出情感和艺术兼具的佳作，而那些只注重忠孝之立意、强调严守音律而忽视自我襟怀之抒发者，皆不足取。此外，郭麐还在其细辨词之风格的《词品》中专置"感慨"一则："人生一世，能无感焉。哀来乐往，云浮鸟仙。铜驼巷陌，金人岁年。铅水迸泪，鹍鸡裂弦。如有万古，入其肺肝。夫子何叹，唯唯不然。"② 至于词所要抒发的感慨，便是作者的种种哀乐，"写其心之所欲出，而取其性之所近"③，即使是"春鸟之啾啁，秋虫之流喝，自人世观之似无足以悦耳目者"④，也因"自其胸臆间出"可以成为抒写内容，不能轻弃。从中不难看出，郭麐抒写襟灵、寄托感慨之词论，与其师袁枚的性灵诗论意脉相通，而各自抒发自己独有的内心世界，正是挽救浙派"千躯同面，千面同声"之弊病的一剂良药，故郭麐的这一甚合时宜的主张，自然为后期寻求新变、挽救颓势的浙西词人所认同、继承，而姚燮便是继承者之一。

对于郭麐这位词坛前辈，姚燮十分仰慕，这从以下两个方面即可得知：第一，姚燮少年学习填词时，曾采辑前人词论编为《词学标准》，并在咸丰十一年稍加删节，重新誊录，"为学词者作南针之指"⑤。该书所收录的《灵芬馆论词》（从《灵芬馆诗话》中摘出十二条词论）和《十二词品》，便是郭麐所作。第二，道光十八年，姚燮客居嘉兴期间结识了郭麐之弟郭凤，并去郭麐故居灵芬馆凭吊，依张炎悼念王沂孙的词韵作《琐窗寒》一词追悼郭麐。该词云：

> 瓦研生苔，尘琴闭轸，暮寒帘外。莺疏燕老，几负好花春里。料当时、侧帽自吟，曼声细荡风丝碎。问蘅芜梦断，谁还解得，玉田幽致。一寸缠绵意。付杜曲钗裙，秣陵烟水。情天生汝，须不作秋坟才鬼。但

---

① [清] 郭麐：《灵芬馆杂著三编》卷四《桃花潭水词序》，见《清代诗文集汇编》（485），上海：上海古籍出版社2010年版，第529页。
② [清] 江顺诒：《词学集成》卷七，见唐圭璋编：《词话丛编》，北京：中华书局2005年版，第3296页。
③ [清] 郭麐：《灵芬馆杂著》卷二《无声诗馆词序》，见《清代诗文集汇编》（485），上海：上海古籍出版社2010年版，第410页。
④ [清] 郭麐：《灵芬馆杂著续编》卷二《蘅梦词浮眉楼词序》，见《清代诗文集汇编》（485），上海：上海古籍出版社2010年版，第460页。
⑤ [清] 姚燮：《词学标准》，咸丰十一年手稿本。

平生、吾未识君,不知何自凄然泪。剩门前、塔火钟声,冻云低乱苇。①

郭麐于道光十一年去世,与姚燮未曾谋面,所以姚燮只有通过想象郭麐当年在寓宅自吟填词的情景,悲缅一代词人的亡故。只"情天生汝"一语,就可见姚燮对郭麐之词的肯定与尊崇。至于姚燮"不知何自凄然泪"的原因,当主要缘于郭麐凄楚的身世。郭麐在三十岁左右便放弃科举,以布衣的身份在穷寒中度过一生,唯一的女儿也远嫁山西,而他在词中自由抒发自己的心灵曲、缠绵意,既是排解苦闷、倾诉情肠的重要途径,又是追求自我价值、"须不作秋坟才鬼"的最佳方式。这些都使身处贫寒、多次落第的姚燮,在以"风流耆宿感蒿莱"② 惋惜郭麐怀才不遇的同时,因感同身受而心有凄凄焉。并且,在填词实践中,姚燮所说的"每有感触,即寄之""畅写随时怀抱""春怀绮燕,秋怨哀蛩,聊存泥雪之痕,傥补天水之录"③ 等,无疑与郭麐之论一脉相承,这种继承性还体现在姚燮的词学见解上。姚燮认为每个人的性情和心灵各不相同,故如果只是"规式两白,粉泽二窗,自斫心根,私坿颦貌"④,因极力模仿姜夔、张炎、吴文英等词人的艺术形式而失掉"心根"——自己的真实性情和内心感触,那就是没有真正领会作词的要领。

更重要的是,姚燮在继承郭麐之论的基础上又有所发展,这具体表现在:郭麐提出了词抒写性灵的必要性,而姚燮则阐述了抒发感慨、寄托心曲的具体表现。如在《张次柳词序》中,姚燮首先指出张凯将心中伤悲寄托于词,"明月在天,横笛相诉。由中之恉,藉斯托焉",而后从"登临之作""游宴之作""投赠怀感之作"三个方面揭示了张词所寄托的具体内容及其缘起。其中对登临之作的阐述为:

> 其或浮舸江湖,策马厓壑。落日横野,忧从中来;芳蕙照衿,春若可掇。说剑于吴公子墓,试钓于韩王孙亭。朝游九峰,萝涧寻鹤;夕下京岘,霜灯听钟。迤复贯宅姑胥,寄褉茂苑。破楚之门,上有荒云;梧桐之园,鞠为茂草。趑趄寡悦,吊古涕零。于是乎有登临之作。⑤

---

① 《疏影楼词续钞·琐窗寒》,见《姚燮集》(七),第1886页。
② 《复庄诗问》卷十六《息耕草堂冬日即事杂诗五章与黄太守丈安涛》,见《姚燮集》(二),第461页。
③ 《疏影楼词续钞·祝英台近》小序,见《姚燮集》(七),第1925页。
④ 《复庄骈俪文榷》卷六《家子箴明复弹花庵词序》,见《姚燮集》(五),第1275页。
⑤ 《复庄骈俪文榷》卷六《张次柳词序》,见《姚燮集》(五),第1273页。

身处山水旷野、名胜古迹、园林苑囿中所生发的自然感触,如"落日横野,忧从中来""趑趄寡悦,吊古涕零",正是张凯词所寄寓的个人情感。再联系"游宴之作"中的"银甲一泛,筝语潜送。凝情相许,倚扇索题","投赠怀感"之作中的"帝子已去,寸肠九回""青山阻欢,红豆写瘦"等阐述可知,姚燮所强调的情感是真实自然、少有束缚的,且在游宴、感怀之作中寄寓词人与妓女之间的情与事,并付之以深情,既符合词体的艳科传统,又是抒写个人性情的一种表现。而姚燮对张凯词所寄托的情思的解说,可以说是对郭麐《词品·感慨》的具体阐释,估计正是在这个意义上,晚清词学家江顺诒将姚燮此言视为词品:"又次柳词云有登临之作,有游宴之作,有投赠感怀之作,亦可补词品之未及。"①

二、由纡回往复到直抒胸臆的转变

姚燮《叶小谱滴竹露斋词序》云:"夫意内言外谓之词,必其意之纡回往复,郁焉而无由自达,以言之纡回往复者达之,然后谓之词。"②"意内言外"是清代常州词派的核心理论,但姚燮也认为这是为词之旨。在他看来,"意"即为词人所要寄寓的情思和感慨,"言"则是表达情思、抒发感慨的语言和方式,在词中,"意"与"言"都要做到纡回往复,这具体表现为:词人既要将内心情感在回环往复的过程中不断累积以达到最深处,又要用委婉含蓄的语言和曲折迂回的方式表达这些情感。可以说,以纡回往复这一技法来填词,是姚燮较为重要的创作主张。

在实际创作中,姚燮的部分词作也具有纡回往复,一唱三叹的特点,与其创作主张相统一,这可从吴中词人朱绶的题辞中窥知大概。其言云:"慢词之妙全在转笔,愈转愈灵,斯有不尽之致,而意之难达者自然刻露于语言之表。此最是古作家胜境,读《疏影楼词》,时一遇之。"③朱绶认为,慢词的妙境便是不断运用转笔之法,使得全词韵味绵长,使得词人的复杂情思在回环曲折的过程中得以明确表达,而姚燮《疏影楼词》中的慢词便达到

---

① [清]江顺诒:《词学集成》卷七,见唐圭璋编《词话丛编》,北京:中华书局2005年版,第3291页。
② 《复庄骈俪文榷》卷六《叶小谱滴竹露斋词序》,见《姚燮集》(五),第1276页。
③ [清]朱绶《疏影楼词题辞》,载姚燮《琼贻副墨·兰如集》卷二,同治元年稿本。按:据笔者考证,朱绶的这段题辞应在被稍加改动后(将"读《疏影楼词》"换成了"读《玉笛楼词》"),置于《玉笛楼词》(国家图书馆藏)卷首。其原本是朱绶为姚燮《疏影楼词》所作,其中有明确的纪年"道光己亥十二月",即道光十九年冬。是时,姚燮进京赴试路过苏州,暂住朱绶家中,而《玉笛楼词》尚未成书。

了这一妙境。细品《疏影楼词》可知,朱绶此言非虚。如出自《疏影楼词》的《玲珑四犯·钱塘舟中听桂香女士琵琶》云:

> 画桨柳心,凉篝烟隙,时光如许须醉。拢弦声乍动,满座飞蛾翠。弦耶一条条碎。是愁耶、一声声泪。万里思乡,三秋惜别,多少客无寐。开帘望、江天霁。有江云曳鸟,江月窥水。树深孤塔出,沙远群山媚。西陵明夜疏篷枕,定有梦、依依来此。怀未已。听残响、泠泠又起。①

该词上片以景物起兴,渲染出词人"时光如许须醉"的淡淡愁思,之后转而描绘琵琶的丝丝声动,接着以"是愁耶、一声声泪"下启词人由凄楚弦声所引发的浓浓乡愁。但下片却没有再直接倾诉乡愁,而是转入描写他掀帘远望到的钱塘江景。江水流动于月光下,孤塔置身于丛林中,远处群山妩媚等疏朗气清之景,使得词人愁思渐消,期盼着明夜在西陵舟中入睡后,能在梦中再见此处景象。然而接下来,词人则以"怀未已"收束这份感思,将笔锋又转入琵琶残声,叙写出如此情景:词人正沉浸于佳景所带来的美好感怀时,又听到了那清脆凄然、摧人肺腑的琵琶声响。至此,全词完结,而词人之后的所思所感,并未再言,但他定会浓愁再起这一点,我们当不难知晓。由此可见,该词在起承转合的过程中,多次运用转笔和情景交融的手法,富有层次性地抒发词人乡愁,并将这份乡愁推向绵延不尽之境,从而使得读者可以在言与意的纡回往复中,领略到情韵婉转之美。

钱仲联先生曾指出,姚词在学习柳永、张先两位北宋词人的基础上,形成了一大特点,即工于摹写。②的确,姚燮正善于通过对客观事物、内心体验和具体情境的细致摹写,使词臻至曲折婉妙、摇曳人心之境。如《壶中天·乌篷船》云:

> 曹娥东去,荡弯环百里,越江如镜。风好宜帆风定纤,触荻乍闻笭箵。鑫口停沽,溪头看澣,逼袖春波冷。苧萝天末,晚山送到眉影。还爱娇小鱼娃,柁楼罢饭,照水斜兜鬟。采采菱花新《水调》,我已年来惯

---

① 《疏影楼词·剪灯夜语》之《玲珑四犯》,见《姚燮集》(七),第1842页。
② 钱仲联:《疏影楼词·前言》,见姚燮著,沈锡麟标点:《疏影楼词》,杭州:浙江古籍出版社1986年版,第8页。

听。桨碧挖烟,舷红扣月,客梦浮能稳。西陵树色,雁边渐渐移近。①

若从题名来看,该词意在咏物——乌篷船,但其实质却是融纪行、摹景、抒怀为一体,乌篷船不过是词人行舟观景的一个载体罢了。上片主要叙写词人的行舟观感,以细致的笔触描绘出一幅绵延流淌的画面:小舟从曹娥江东下,顺着蜿蜒曲折、清澈如镜的江水荡行百里。春风畅好,扬帆行进,风止拉纤靠岸,当纤绳触到丛丛荻草时,突然听到了隐藏其下的鱼篓发出的簌簌声响。停泊后,只见女子在溪头浣纱,遂觉江水的凉气逼近袖口。远望天边的苎萝山,又见笼罩在晚霞中的如黛山影。至此,一幅绵延流淌的沙画便由词人细腻的笔触描绘而出,并且其间夹杂着他的内心活动,即看到女子在尚有寒意的春水中浣纱,不免为她们担心,与此同时想到了生于此地(浙江萧山)的浣纱女西施,遂望向苎萝山。然而西施毕竟已相隔千年,追慕无益,况且眼前自有一番惹人欢喜的情景,这便关乎下片转笔所抒写的内容:回头看向那容颜娇美的渔家少女,只见她在船头吃完饭后,正拢起鬓发,对着江水不停照看。在此闲暇时分,远处传来采菱女的歌声,但由于经常往来此处,已然听惯。望向江中,只见船桨划动,掀起层层碧水,好似拖着一道绿烟,船舷霞光映照,仿佛扣住了水中月影。面对此番美景,纵然身为羁客,也可稳睡舟中、做个美梦吧。转眼再次远望,又觉那茂密树林的浓浓绿色,正随着一群大雁慢慢移近,然此时已暮色苍茫。情思至此,词人已极尽摹写之能事。

在全词中,有"触荻乍闻笭箵"这般关乎听觉的细节描写,有"逼袖春波冷"这般关切的细腻感触,有"照水斜兜鬓"这般生动传神的人物神态刻画,有"桨碧挖烟,舷红扣月"这般字句锻炼、辞藻清丽的景色精摹,又有"雁边渐渐移近"这般意境幽远、饶有余味的错觉传达。这些平素常见之景,在词人笔下,都别具一番情致,而词人漂泊异乡的内心感思,也在对人、事、物交替摹写的过程中,委婉道出。并且,全词在曲折往复的同时,又运用照应之法构建工稳有致的结构。如上片末绘苎萝山影,下片末写西陵树色;上片开端绘景,表明江水澄澈得如同一面镜子,下片换头写人,摹写少女把江水当作镜子,拢鬓照看。如此种种,足以显见姚燮填词的纯熟技法和细密思致。

上引《玲珑四犯》《壶中天》均是慢词,由于篇幅相对较长,所以有利

---

① 《疏影楼词·剪灯夜语》之《壶中天》,见《姚燮集》(七),第 1815 页。

于多次转笔，而《疏影楼词》中的多数小令、中调，虽因容量有限不能如慢词那般极尽曲折纡回之事，但也普遍具有含蓄婉转的审美特点。如小令《菩萨蛮·冬至日晓起》云："五更帘幕收残雨，翠翎画鹊枝头语。初日弄春姿。隔烟梅已知。梦痕衾上浅。乡树东南远。晓阁起梳鬟。那人寒不寒。"① 中调《青玉案》云：

> 横塘夕午风微起。弄杨柳、丝丝翠。月色避人帘押坠。楼东人醉，楼西人睡，楼下空江水。一声怨语惊遥递。有鸿影、横山背。不分传来双锦字。昨宵枕上，今宵帆底。深浅量愁味。②

该词当是词人停泊江边时所作，上片通过对物与人简约有致的描绘，营造出清空淡雅的意境：傍晚时分，横塘微风吹起，丝丝翠柳随之轻轻摇动，只见岸边小楼，竹帘低垂，月色难入，东边有人沉醉，西边有人沉睡，下方唯有悠悠江水。至此，词人初露端倪的愁绪只在隐隐约约间，而接下来的过片"一声怨语惊遥递"突然以转折之笔叙写词人的瞬间感触和想象，即仿佛有怨语从远方传来。下片则委婉地表明这份怨语为何，出自何人，进一步抒写词人因漂泊在外及与某位女子分离而产生的感伤。最后，收束全篇的"深浅量愁味"，又增添了几分含蓄与意蕴。

浙西词人魏谦升在题评姚燮词集时言"句丽克佛，思曲善达"③，正指出了姚词的重要特点。但值得注意的是，姚词在表现技法上还有直抒胸臆的一面，如《疏影楼词》中一些叙写男女情事的作品就是如此，不过总体来说所占比重并不大，而在姚燮后期词作中，这一表现技法却有着较为鲜明的体现。如出自《疏影楼词续钞》的《金缕曲·月痕楼席上听徐月荷琵琶》云：

> 梦底闻弦语。听声声、骚骚屑屑，凄凄楚楚。不唱谢娘《团扇曲》，不唱苏娘《眉妩》。也不唱秋娘《金缕》。玉碾为尘珠撒串，脱鹔裘、未抵缠头赌。明月上，乱鸦舞。　　年时欢会同千古。几相逢、佳人二八，良宵三五。客似乱萍离复合，侬似堕莲心苦。便卿也似风飘絮。霎地悬灯倾热酒。怕明朝、劳燕难为主。谁痛打，正平鼓。④

---

① 《疏影楼词·画边琴趣上》之《菩萨蛮》，见《姚燮集》（七），第 1761 页。
② 《疏影楼词·吴泾蘋唱》之《青玉案》，见《姚燮集》（七），第 1807—1808 页。
③ ［清］魏谦升：《玉笛楼词题辞》，见《姚燮集》（七），第 2035 页。
④ 《疏影楼词续钞·金缕曲》，见《姚燮集》（七），第 1920 页。

将该词与上述《玲珑四犯·钱塘舟中听桂香女士琵琶》相比较可知，二者都是抒发词人因琵琶弦语而产生的愁思，但在主要表现技法上却存在较大差异，因为后者通过转笔、融情入景等手法，尽显曲折迂回之致，而前者则平铺直叙，在开端已不再以景物起兴，而是直接点题，接着便连用两个叠词来形容凄楚悲切的琵琶声，以"不唱"领起的"排比句"，暗示徐月荷选唱这支悲曲的原因，即下片所言的"侬似堕莲心苦"。可能也正是这个原因，使得词人不惜倾囊相赠。该词转入下片后，先后抒发一系列所思所感：在此良宵，与佳人相聚同欢，然在他乡为客的词人和身世飘零的佳人一样，都满腹悲苦，面对此情此景，应当立即饮酒作乐，因为恐怕明朝二人就会劳燕分飞，再难相见。在这首《金缕曲》中，只有"明月上，乱鸦舞"一句关涉景物描写，其余都在铺陈、抒感，且所用的语言明晓畅达地表明了词人之意，但已不似《玲珑四犯》的那般工丽、精致，从而导致全词在审美意蕴上，畅写怀抱有余，含蓄蕴藉不足。

韶华易逝中夜忧，是姚燮诗词常常抒写的心曲。但这在前后两期所作的两首《清平乐》中，却有着不同的表现。

  露霏藓冷。独立看吟鬓。庭气如波春月凝。只欠旧时花影。梦魂不度江潮。江南燕子迢迢。听到漏声五转，醒来又是明朝①（前期词）
  更无佳鸟。但有鸣蛩扰。莫怨秋风吹鬓早。心已春风催老。楼前澹月疏星。楼中澹酒疏檠。要睡不能多睡，隔墙送过鸡声。②（后期词）

第一首词将淡淡愁绪融入对客观景物的细致摹写中，抒发年华渐逝、时光匆匆之感，语言凝练雅致，意境清空浑融。第二首则即景抒情，在上片直接哀叹自己容颜衰老、夜不能寐，对景物的描绘倾向于简单勾勒，且"更无""但有""要睡不能多睡"等，颇具口语色彩。其较之第一首，少了几分含蓄、细密，多了几分感慨、忧伤，而这正是姚燮后期词的总体面貌。

三、姚燮填词态度的前后变化

随着岁月的流逝，姚词不仅在情感基调上由先前的清愁渐趋悲苦，而且还在表现技法上发生着转变，即前期以纡回往复为主，后期则更加倾向于直

---

① 《疏影楼词·花边琴趣上》之《清平乐》，见《姚燮集》（七），第1756页。
② 《疏影楼词续钞·清平乐》，见《姚燮集》（七），第1939页。

抒胸臆。这些转变，使得各家在对姚燮前后期词创作成就的评价上，产生了两种不同意见：第一，后期词优于前期词。如蒋敦复《芬陀利室词话》评姚燮词云："余谓其少作微嫌纤碎，虽为人传诵，当自悔也。近造诣益深，自然名家。与余论姚燮词于海上，旨趣颇合。"① 现今一些研究者多基于思想意义的角度，认为姚燮后期词优于前期词。如严迪昌先生认为姚燮的前期词虽"亦有哀乐感触，但未超出文人习见范畴，少有新警处"②，而后期词"尽管题图之作、应酬之篇仍多，但在山程水驿的吟哦中却深溢出悲凉萧瑟之感"，且尤以《疏影楼词续钞》中"二十四首溶写景、咏物、记事为一体的长调最著"③。第二，前期词优于后期词。如洪克夷先生一方面指出了姚燮《疏影楼词》所存在的缺点，如咏物词、纪事词的"内容与形象过于琐碎"，且以"呵""嚏""睡""息"等为吟咏对象的作品实乃无聊的文字游戏，另一方面认为《疏影楼词》自有其艺术个性，而姚燮后期词则"回避动荡不安的社会背景而情感疏淡，构思则不如早年词那样的缜密精巧，而近于粗率了。所以几乎都称不上佳作"④。另外，时润民也认为姚燮后期词中"除题画以外之大多数作品"，无论是笔触、辞藻还是思致、情绪，都"无法与《疏影楼词》相抗衡"⑤。

这些观点从多种角度展现了姚词的创作风貌，而它们之间最大的分歧在于对姚燮后期词的评价上。主张"以诗存史"的姚燮，从始至终都受传统词论的影响，认为词乃小道。即便是在乱世的冲击下，他也没能突破这一观念束缚，如常州词人那样形成"词史"意识，以至于其后期词中的绝大部分还是沉浸于对个人私曲（如感伤身世、男女艳情、题画酬赠）的抒写。这也是当时词坛的普遍现象，严迪昌先生就曾指出：关于鸦片战争的描写与记述，"在当时汗牛充栋的词集中极少涉及，更不要说直接反映了"⑥。不过，就姚词来说，其后期词因熔铸了丰富、沉重的生活阅历和人生感悟，更加深沉、老辣，不仅已无前期那种缺乏寄托、流于琐屑的咏物词，而且还有部分作品展现了战乱后衰败、凋敝的社会图景（以二十四首连章组词为代表）。但若

---

① 蒋敦复：《芬陀利室词话·姚梅伯词》，见袁进编：《海上文学百家文库·姚燮、蒋敦复卷》，上海：上海文艺出版社 2010 年版，第 510 页。
② 严迪昌：《清词史》，南京：江苏古籍出版社 1990 年版，第 470 页。
③ 严迪昌：《清词史》，南京：江苏古籍出版社 1990 年版，第 471 页。
④ 洪克夷：《姚燮评传》，杭州：浙江古籍出版社 1987 年版，第 31 页。
⑤ 时润民：《〈疏影楼词〉与〈水云楼〉的比较研究》，华东师范大学硕士论文，2011 年，第 49 页。
⑥ 严迪昌：《清词史》，南京：江苏古籍出版社 1990 年版，第 464 页。

从艺术水平层面来说，这些词确实不再如前期那般思致细密、语言精工、含蓄蕴藉。而姚燮前后期词在艺术水平上之所以有如此差异，不是因为他已江郎才尽，而是在于其填词态度的变化。

  道光十三年，《疏影楼词》刊刻问世时，姚燮自言其填词心得："此中甘苦，余颇自信。其有合于古人之旨否，余未敢自断也。"①所谓"余未敢自断也"，不过是自谦之语，并不能掩藏他此时在填词上的强烈自信和积极态度。然而，约在十年以后，姚燮在为其好友叶元壁词集作序时则说："仆之废此（按：即填词）者殆十年，偶迫于朋从之索，动辄以结轖摧心，否则进角流觞，飙厉莫制，益畏避而不敢作。"②姚燮在此流露出的填词态度，已与多年前的自信满满颇为不同。值得一提的是，前人多根据姚燮的这一自述推断出一点，即姚燮约在道光十三年（1833）以后的十年间不再填词，其《续疏影楼词》（包含《疏影楼词续钞》）的全部和《玉笛楼词》的绝大部分）所收之词作于道光二十二年（1842）以后。例如，严迪昌先生言："姚燮《疏影楼词》结集后，曾十年左右不作词。……《续疏影楼词》八卷是道光二十二年以后的作品。"③莫立民言："《续疏影楼词》为创作于道光二十二年以后一段时间的作品。"④然而事实上，姚燮在此期间不是不作词，只是很少再作，现存《续疏影楼词》中就有个别词作于道光十三年至道光二十二年之间。⑤况且，"十年"乃是姚燮的一个笼统说法。他在道光二十四年（1844）为潘季玉词集作序时也道："仆也琴手如棘，弃已十年。……并艰为东亩之谑词，何望步晋卿之雅调？"⑥由此可知，姚燮至少在道光十三年至道光二十四年，已较少填词，偶有所作，也多半是应朋友之索。而这十一年，正是姚燮考举人、应会试的科举岁月，其间他所经历的科举失意、贫困交加、战乱流离、大病几死等磨难，都令其身心备受摧残。故当他把内心的种种郁结、悲怨发之为体制束缚相对较少的诗歌时，便多有愤激之语。然在姚燮看来，若将其发之为词，那自己必会不断挖绞沉积于内心的郁愤，在酝酿种种

---

  ① ［清］姚燮：《疏影楼词·自序》，见《姚燮集》（七），第1747页。
  ② 《复庄骈俪文榷》卷六《叶小谱滴竹露斋词序》，见《姚燮集》（五），第1277页。
  ③ 严迪昌：《清词史》，南京：江苏古籍出版社1991年版，第491页。
  ④ 莫立民：《清吟与哀唱——论姚燮词两种心曲的认识价值》，载《漳州师范学院学报》，2001年第2期，第57页。
  ⑤ 据汪超宏《姚燮年谱》的相关考述可知，《续疏影楼词》中也有作于道光十四年至二十二年之间的作品。如《浪淘沙·题蒋仲篔湘江幽怨图》（道光二十年）、《长亭怨慢·月夜饮诗娱室，醉后登梅·倚湘奴歌水仙三弄，与霁青丈同作》（约道光十八年）、《飞雪满群山》（道光二十年）等。
  ⑥ 《复庄骈俪文榷二编》卷四《潘季玉玉诠词序》，见《姚燮集》（五），第1420页。

悲苦情绪的过程中摧心不已，且难以兼顾到骚雅微婉、审音协律、力避叫嚣等艺术要求，故较少主动填词。

姚燮的这种想法，固然是其词体观念保守的表现，但也反映了他这一时期的填词心态：生活已然甚为悲苦，还是别在千回百转的沉著酝酿中，令那本就凄苦满怀的内心再次遭受摧残了。也许正是基于这一点，姚燮才在为友人词集所作的序中多次流露出劝谏之意。如他对叶元壁说："自兹以往，君亦藏云于壑，止水于渟。敛音閟缪以为言，投想太希以为意，而不复作，其亦可乎？"① 对词作纡郁甚深的江祥叔说："不忍卒读，恐有伤于我怀；旷难与言，请还缄之笥箧。且愿早从佛忏，养璞还真；幸毋老作蚕痴，引丝自缚。"② 不过，姚燮虽然劝好友不要耽于作词、特别是作摧心之词，多半是出于珍重自身的考虑，绝非否定词体。他在道光二十四年绝意仕进后的一段时间内，又复作词。究其原因，应与他终于放下科举重压、心境渐趋平和有较大关系，且他在苏州、浙江、上海等地的交游唱和，也在一定程度上促使其填作了为数不少的题画词。这些词虽有应酬色彩，或直接抒感，或即景抒发，削弱了对客观景物的细致描写，但大都融入了自己的身世之感，以意运辞，从而使词自然浑融，亦足打动人心。如《高阳台·中泠纪游图》云：

> 楼阁鸳鸯，林峦翡翠，仙梯蹋上芙蓉。莽荡江天，此身渺渺何从。青山送得行帆去，又迎来、海上孤鸿。指鸿边，楚尾吴头，一碧冥濛。苍凉不尽兴亡感，甚南朝梦短，北固城雄。渔笛歌残，又闻隔水疏钟。斜阳落叶纷如扫，是东风、还是西风。且烹泉，枕石高眠，鹤背看峰。③

该词上片将词人的孤独茫然之感，巧妙融入对纪游图开阔景象的会心体察和细致勾勒中。下片则转入对自我感慨的进一步抒发，其中对"渔笛歌残""斜阳落叶"等萧索景象的描绘，上承词人的兴亡之感，下引其高隐之思。这两种感怀是姚燮后期词作常常直接抒发的情感内容，而在该词中则较为贴切地与一系列景物所营造的苍凉意境融为一体。

历经诸多困苦后，姚燮已不再如早期那般偏重营造细致幽微的词境，而

---

① 《复庄骈俪文榷》卷六《叶小谱滴竹露斋词序》，见《姚燮集》（五），第1277页。
② 《复庄骈俪文榷》卷六《江祥叔琴韵楼词序》，见《姚燮集》（五），第1275页。
③ 《疏影楼词续钞·高阳台》，见《姚燮集》（七），第1908页。

是将更多的目光投向对自我心曲的真挚抒发，同时注重整体的浑融自然，想来这样可以使他在畅写随时怀抱的同时，不至于有强烈的"结辖摧心"之感。而姚燮后期词所抒发的悲苦愁绪，虽然浓重沉郁，但大都具有情深、委婉的风貌，并未流于叫嚣，正如他在《蒋纯甫芬陀利室词序》中所言："要之，吾人之遇，哀怨多，欢乐少；发之为辞，激烈浅，纡郁深。君之词，哀怨而纡郁也。鄙人知之，故敢为序之。"① 姚燮自认为是蒋敦复的知己，而蒋敦复也是站在知己的立场去看待姚燮后期词，认为其造诣较深，与自己所倡导的"以有厚入无间"这一词论相符。对于"以有厚入无间"，孙克强《清代词学》阐释道："蒋氏之'有厚'乃词人作品中的表现出的情感深挚醇厚，'无间'指作品的表现自然浑成。……蒋氏意欲以北宋以前词的深挚浑厚革除浙派末流的轻薄浮靡。"② 据此可知，正是因为姚燮后期词情感深厚、浑融自然，蒋敦复才对其有"近造诣益深，自然名家"之评，恐非如洪克夷先生所言："（蒋敦复）对姚燮晚年词尤其溢美。"③

本章小结

从以上论述可知，姚燮的前期词以细腻雅致的情思和清丽婉转的词境取胜，而后期词则以融入岁月沧桑的深沉情感打动人心。二者一起畅写着姚燮波澜起伏的内心世界，与其众多诗歌一起展现着他的贫寒之悲、飘零之苦、失意之恨、离乱之哀、死别之痛、交游之乐、艳情之感。至于其前后期词在情感内容和表现技法上的转变，有着多方因素，但归根结底，还是在于多年来的寒士悲苦，令他一方面将自己的心曲、感慨发之于词，但却不再倾力去构建幽微深婉的词境，更不愿千回百转地倾诉伤痛，以免摧心不已，难以平复，而这何尝不是寒士群体复杂内心的另一种写照！

---

① 《复庄骈俪文榷二编》卷五《蒋纯甫芬陀利室词序》，见《姚燮集》（五），第1437页。
② 孙克强：《清代词学》，北京：中国社会科学出版社2004年版，第296页。
③ 洪克夷：《姚燮评传》，杭州：浙江古籍出版社1987年版，第32页。

第四章　姚燮骈文研究

骈文和散文在不同历史时期各自消长，构成了中国古代文章流变的重要内容。其大致态势正如清末罗惇曧总结的那样："周秦逮于汉初，骈散不分之代也。西汉衍乎东汉，骈散角出之代也。魏、晋历六朝而迄唐，骈文极盛之代也。古文挺起于中唐，策论靡然于赵宋，散文兴而骈文蹶之代也。宋四六，骈文之余波也。元明二代，骈散并衰，而散力终胜于骈。明末逮乎国朝，散骈并兴，而骈势差强于散。综其分合，推迁可迹。"① 骈文在元明两代式微后，于明末清初开始复兴，至乾嘉时期达到鼎盛，直到清末依然保持着高涨的创作态势。骈文在清代兴盛的主要表现可大致概括为三点：第一，作家作品陡然而增，文坛将骈文与散文并尊、融合的呼声愈来愈高，著名学者阮元甚至否定散文，视骈文为文章正宗；第二，随着骈散之争的演进和骈文尊体思潮的逐步推动，文坛对骈文理论有着长足而深入的阐释和探讨，并出现了专门著述，如孙梅《四六丛话》。第三，具有总结、推扬、指导性质的骈文选本应运而生，如吴鼒《八家四六文钞》、曾燠《国朝骈体正宗》、李兆洛《骈体文钞》、屠寄《国朝常州骈体文录》、王先谦《国朝十家四六文钞》和《骈文类纂》等。

在这种社会文化的熏陶下，身处浙江骈文创作圈②的姚燮也对骈文有着浓厚兴趣，不仅评点《国朝骈体正宗》，编目规模较大的《皇朝骈文类苑》，肯定清代骈文的总体成就，更是在钻研骈文的发展历程、文体特征、创作技

---

① ［清］罗惇曧《文学源流·总论》，见舒芜、陈迩冬、周绍良、王利器编选：《中国近代文论选》（下），北京：人民文学出版社1959年版，第622—623页。

② 晚清李详《与孙益庵书》道："骈文一道，自国初以来，名辈迭出，浙派初宗云间，后亦别开户牖。"（见李详著，李稚甫编校：《李审言文集》，南京：江苏古籍出版社1989年版，第1038页）颜建华《清代乾嘉骈文研究》亦言："浙江骈文创作在清代非常兴盛，顺、康时期浙江骈文创作几乎与江苏分庭抗礼……乾嘉时期浙江骈文创作亦自成特色，且形成了带地域特征的创作群体。"（北京：光明日报出版社2011年版，第69页。）

法的基础上，创作了两百余篇骈文①，由此可见其对骈文所下功夫之深、尊体意识之强。本章力求结合姚燮的骈文主张和道咸文坛风气，深入分析其骈文的艺术风貌和几类重要体裁的内容特点，揭示其骈文创作的得失和在近代获得的评价。

第一节 姚燮各体骈文内容探析

姚燮在《皇朝骈文类苑叙录》中将骈文体裁分为十五类，即典册制诰文、颂扬奏进文、书启、序、记、杂颂赞铭、论古文、碑记、墓碑志铭、哀诔祭文、赋、释难文、笺牍、寿文、杂体文，并简要概述了每一类的源流、特点。而他创作的骈文除了没有典册制诰文、书启、论古、释难文，对其他诸类都有所涉及。由于姚燮从少年至逝世都主要以卖文为生，故其骈文集中诸如墓志碑铭、传状祭文、序跋题辞等应别人之请而作的文较多，这也是姚燮骈文颇为后世诟病的地方。但应酬文并非没有特点与价值，它们也是姚燮骈文创作才华和文体意识的重要体现，其中亦不乏情感真挚、反映时代现实之作。因此，本节将联系姚燮的文体认识及应酬文的书写文化，重点对其骈文集中的书序、笺牍、杂记、墓志碑传和哀诔祭文等几类体裁进行探讨，以揭示出其骈文的丰富内容和写作特点。

一、喻象化的品评方式，鲜明的遣怀意识——书序

明代两部重要的文体学著作——吴纳《文章辨体序说》和徐师曾《文体明辨序说》，都以《尔雅》对"序"的释义及由此生发的"言次有序"来说明序这一文体的特点。② 姚燮与之类似，认为"言有序曰序，叙而抒其绪也。纡徐不迫，次弟有经，櫽括而中乎旨也"③，且他的论说基础也是书序。其实，书序与附在书籍上的题辞、跋、书后、引等，在文体功能上基本一致，它们之间的主要区别则在于篇幅或长或短、所附位置或前或后。因此，出于细致辨析文体的目的，吴纳将序和题跋分而述之，徐师曾更是分别论说了序、小序、引、题跋等文体。而姚燮则基于编选骈文选本的角度，将题

---

① 《复庄骈俪文榷》初编、二编共收骈文237篇，另外《姚燮集》第六册《文补遗》中亦有几篇骈文，如《清河君语兰小传》、代他人而作的几篇《邺侯论》等。

② [明]吴纳、徐师曾著，于北山、罗根泽校点：《文章辨体序说 文体明辨序说》，北京：人民文学出版社1962年版，第42、135页。

③ 《复庄骈俪文榷》卷六《皇朝骈文类苑叙录》，见《姚燮集》（五），第1261页。

辞、跋、引、书后等予以整合，统一隶属于序类。姚燮《皇朝骈文类苑叙录》在简要梳理书序的发展演变情况后道：

> 至其践胜领契，因时哀娱，祖帐在衢，贻以金错，亦假斯体，宣结而达深。导紊持纲，乃云卓佹。倾芰浮曼，绎其绪余，遂衍为题辞、书后及跋与引之目，然其揆一也，故附隶之。①

据此可知，姚燮将书序、游序、赠序、题辞、书后、跋、引等文体全部纳入序类，认为后四者乃是序的衍生品，它们的重要特点就是简明扼要，即"倾芰浮曼，绎其绪余"。综观姚燮骈文，属于上述七种体裁的有七十余篇，而所序或所题的对象或是诗文集，或是绘画，或是雅集，或是游览，或是送别，其中数量较多、也较有特点的便是为书籍所作的序文（按：其中也包括几篇题辞、书后，但为论述方便，下文就统称为"书序"）。

书序自《诗大序》肇始至今，有着悠久的历史，其基本内容包括介绍作者的生平经历及其写作缘起和经过、概括著作的内容或风格特点、评述著作得失等。②并且，书序的自由性又可使序文作者在文中阐发文学观念、叙记情谊、表达人生感悟。正如傅璇琮先生所言："书的序言应当是一种较为自由的文体，大致是撰写者的一篇读后感，可以对书作感想式的评论，也可与著者做学术上或友情上的交流，也还可抒发撰序者本人的某些感慨。"③因而，若从内容的角度来说，姚燮的骈体书序，都或多或少地涉及上述的诸多层面，而其最为突出的特点在于以下两个方面。

首先，采用喻象化的品评方式来评鉴所序的诗集和词集。据笔者统计，姚燮骈体书序共36篇，其中词集序11篇，诗集序9篇；散体书序十余篇，其中词集序1篇，诗集序8篇。在对诗词风格特征或意境的品评上，姚燮散体序多以朴实无华的语言进行直接概括，而骈体序则常常借助一些景象或情境，以比喻或象征的方式进行形象化描绘。如骈体《潘星斋编修小鸥波馆词序》便以这种方法将潘曾莹的词风归纳为柔腻、疏秀、明润、俊逸、绵远五种，其中阐释两种云："至于顾影自怜，凝情遗世。脱枫亭之荔壳，樱桃可奴；结苕溪之鸥盟，菡萏为佩。其俊逸也。抑且渺兮若思，迥乎无尽。关中

---

① 《复庄骈俪文榷》卷六《皇朝骈文类苑叙录》，见《姚燮集》（五），第1261页。
② 参见曹之：《中国古籍编辑史》，武汉：武汉大学出版社2006年版，第474—475页。
③ 傅璇琮：《序》，见吴承学：《中国古代文体形态研究》，广州：中山大学出版社2000年版，第1—2页。

行马之路,蘼芜未黄;湘上夕阳之楼,阑干有絮。其绵远也。"① 再如,《黄霁青太守绿笺词序》将黄安涛(字霁青)的词风简括为"绮而不靡""典而不滞"两方面,然对前者的阐释则并非从词作本身入手,而是通过对具体情境的描摹来象征。其言云:

  当其夕绮搜芬,春小系梦,笛尾涕下,烟心醉慵,延睬水以荡怀,引眉丝以结语。背花凭镜,纤鬐窣波;兜燕坐衣,素肩横雪。离合者影,婵媛其姿。至曼难镌,极娴可抚。为之犀梳柿玉,巍管题纨。罗帐灯昏,三更画楼之雨;横塘月落,一笏遥天之峰。盖绮而不靡,情之止乎义也。②

这段文字以诗化的语言和朦胧的意境,呈现出文士(很有可能就是指黄安涛)与女子相恋、相会的情景,其中对二人在晚夕具体情景的描绘,只明写了文士为女子梳妆题诗,并以"罗帐灯昏""横塘月落"来渲染美妙氛围,点到即止,从而使得女子的容颜娇美、身姿曼妙、性情娴雅,以及文士的风雅、痴情、守礼,都跃然纸上,亦使这段男女之事看起来虽绮艳但不颓靡、虽有情爱但并不悖理。如此,姚燮便以这一情境来象征黄安涛"绮而不靡,情之止乎义"的词风。将譬喻和描绘相结合的品评方式,不仅也在《魏滋伯翠浮阁词序》《家子箴明府弹花庵词序》《潘季玉玉泠词序》等骈体词集序中有所体现,而且在姚燮个别诗集序中亦可得见。如《意云楼诗序》对叶磊山《意云楼诗》的艺术风格,便采取"即以云喻"的方式进行品评。其言曰:

  方其天皎焕景,灵扇嫋嫋。峰回岫拚,容与之;林透川迤,窈窕之。鲜阴四拓,修翮满空。此其一境欤? 亡何,警焱振穹,霄垮曈荇,雷动电燎,轮蜚菌盘,龙跛海立,若闻鞍鞠。此云境之一变也。俄焉玉绵荟野,蝉绡舒汉,宓妃翠旂,天女妙鬟,媚曜鸾丽,写晴虹绎。此云境之又一变也。洎乎弦摹籁沈,卿霄采敛,片影摇曳,欲归未归,层楼高寒,梧叶偶晻,大江颢白,兔影忽青。此云境之又一变也。磊山之诗,其恬与放者如彼,其绮与澹者复如此。③

---

① 《复庄骈俪文榷》卷六《潘星斋编修小鸥波馆词序》,见《姚燮集》(五),第1271页。
② 《复庄骈俪文榷》卷四《黄霁青太守绿笺词序》,见《姚燮集》(五),第1216页。
③ 《复庄骈俪文榷二编》卷三《意云楼诗序》,见《姚燮集》(五),第1380页。

因为叶磊生的楼阁与诗集均以"意云楼"命名,故姚燮有意以"云"来比喻其诗风。在具体的构思上,该序以自然界变化所照应的四次"云境之变",分别类比叶诗所具有的四种风格,即文章开端概括出的"恬不入枯,放不竞嚣,绮不伤纤,澹不流俗"。所选取的自然景象既在整体上呈现出阔大之境,又贴合各层所述之意。如第四层以片影、层楼、江水、凫影等疏朗景象,营造出一幅清新淡雅的画面,而如此形象化的描绘,不仅可使读者在对自然景象的体会中理解文中所说的"澹不流俗",更使文章意味隽永。可以说,通过富有诗意的语言、所选择的意象及比喻手法,将抽象的风格特征进一步形象化,从而调动读者的丰富想象去感悟所序作品乃至序文本身所具有的美感,正是姚燮骈体书序采用喻象化的品评方式所取得的表达效果。

另外,在品评之语是否客观公正、符合实际方面,姚燮的骈体书序和散体书序都有失当的地方。因为书序的重要功能是推荐此书佳处,故对作者及其作品予以褒扬便是书序的常态,即使其间偶有夸大失实的赞语,也在情理之中。但自明代中叶书坊出版业兴盛以来,随着作者和出版物的日益增多,为书籍作序、请序便成为一种风尚和常态。加之书序的商业化和应酬性色彩逐渐浓厚,从而导致明代后期书序泛滥,失真、空洞、阿谀之病愈加严重,这正如姚燮所言:"流变既滥,嫉者寓诟,阿者謦欬,未可为训。"[①] 其实,这种情况到清代并未缓解多少,即便是批判此种不良风气的姚燮也没有完全做到避免夸饰的客观评述。如其《杨子坚先生自春堂诗后集序》的立意是"杨诗近李白",为此姚燮一方面指出杨铸(字子坚)少年时代常与洪亮吉、宋大樽、张问陶、杨芳灿四位诗近李白的乾嘉诗人交往,另一方面表明四家分别得李白诗歌之笔超、格古、才横、词华,而杨诗得其气清,欲借这些名家称赞诗集作者杨铸。尽管姚燮还用"然则近乎太白之说,谁欺乎"[②] 这一反问句来提高读者的信任度,但还是没能说服他的好友蒋敦复。在该文后,蒋氏注云:

> 吴穀人《有正味斋文集》中称金手山为善学太白,及观手山诗,与太白邈乎不相及。姚石甫方伯又极口称刘孟涂、张亨甫两人为太白一流,孟涂才高,视太白则未也,亨甫虚有其表而已。乾嘉来,洪、宋、张、杨诸君各名一家,不必衡以太白。……复翁以一清字许子坚固当。

[①]《复庄骈俪文榷》卷六《皇朝骈文类苑叙录》,见《姚燮集》(五),第1261页。
[②]《复庄文酉初编·杨子坚先生自春堂诗后集序》,见《姚燮集》(六),第1591页。

复谓其天地自然之清气,亦即子坚自有之清气,即太白亦受天地自然之清气,成其为自有之清气,若今与古两两相形,其中大有径庭矣。……质之复翁,以为然否?①

吴毂人、金手山、姚石甫、刘孟涂、张亨甫,分别是吴锡麒、金兆燕、姚莹、刘开、张际亮,五人均在清代诗坛占有一席之地。从这番论述可知,蒋敦复不仅不认同姚燮将洪亮吉、宋大樽、杨铸等人的诗歌比附李白的做法,而且还否定了吴锡麒、姚莹的类似行为。蒋敦复此言纵然存在文人各自见解上的差异,但也折射出了明清书序文的一种常态,即借名家推扬书籍作者,以至于出现名不副实的尴尬局面。

上引姚燮之文乃是散文,而这种比附名家以评价、推扬著作的现象在其骈体书序中也较为常见。并且,骈体所运用的方式除了直接类比外,还有骈文重要的表现手法,即化用典故。如其《潘星斋编修小鸥波馆词序》云:"是以稼轩侠才,论丰神则让乎永叔;耆卿情种,语气骨则弱乎龙洲。各擅厥常,无由强致。而星斋之词何其妙之能兼乎?"②姚燮首先将辛弃疾、柳永之词分别与欧阳修、刘过进行比较,进而表明潘曾莹的词既有辛、柳之长,又无辛、柳之不足,实乃过誉。再如,姚燮赞潘曾绶《山抹微云馆词》云:"兹卷钩提骚雅,圭臬石云。……画角谯门之声,灯火高城之思。柳耆卿是真情种,桓子野辄唤奈何矣。"③此处接连采用与秦观、柳永、桓子野有关的三个典故④,来表明潘曾绶的词饱含深情,其中秦观之典可谓妙用。秦观《满庭芳·山抹微云》的首句和末句,分别为"山抹微云,天连衰草,画角声断谯门""伤情处,高城望断,灯火已黄昏"⑤。姚燮化用此典,既表明潘曾绶词情深绵邈,与少游情思相通,又暗合所序词集之名——"山抹微云"。与推扬潘曾莹之语相比,姚燮对潘曾绶词的评鉴还算得上中肯。总体来说,姚燮骈体书序对书籍作者的溢美,尚在读者可理解或接受的范围内,且在个别篇章,姚燮也对书籍作者提出了改进意见,毕竟他也深知书序文的流弊。

---

① 《复庄文酉初编·杨子坚先生自春堂诗后集序》,见《姚燮集》(六),第1591—1592页。
② 《复庄骈俪文榷初编》卷六《潘星斋编修小鸥波馆词序》,见《姚燮集》(五),第1270页。
③ 《复庄骈俪文榷初编》卷六《潘绂庭光禄山抹微云馆词序》,见《姚燮集》(五),第1272页。
④ 柳永情种之说众所周知,桓子野之典见《世说新语·任诞第二十三》其四十二:"桓子野每闻清歌,辄唤'奈何'!谢公闻之,曰:'子野可谓一往有深情。'"([南朝宋]刘义庆撰,宁稼雨注评:《世说新语》,南京:凤凰出版社2010年版,第323页。)
⑤ [宋]秦观著,王辉曾笺注:《淮海词笺注》,北京:中国书店1985年版,第13页。

其次，渗透着姚燮鲜明的遣怀意识。姚燮骈体书序在其骈文集中位次居首者，当是《燕台本事录序》(《复庄骈俪文榷》卷四第一篇)。从该文内容来看，姚燮所序之书乃是他依据自己在京城市井、歌场中的见闻编撰的《燕台本事录》(今已不存)。该文开端云："东海生（按：即姚燮）匿志侘傺，栖心蠲没。大钧罔怜，广土鲜倚。惰窳一息，滥邀粟丝。歉厌名义，性情潜愧。犹欲放怫骸魄，消泪日时，谐谑百端，下等猥儿，亦复何敢？必谓屈宋隐愤、庄列寓言……"① 在此，姚燮表明他作此书时的处境和心态。即：在京因科举失意、鲜有依靠而内心郁结、情绪消极，但又不愿终日沉沦、谐谑放浪，为排解忧愁、寄寓悲愤，遂作此书。继而，该序描述京城里种类繁多的声色技艺，铺写华胄贵人、五陵豪杰、落拓文人流连于舞榭歌台的不同情形，其中落拓文人乃是"酣歌絖如，击剑骂座，俟为涕洟，以抒洩其髳嗒潜尉、绵烟蜎郁之气"，这或许便是姚燮当时的真实写照。最后，该序笔锋一转道：

客有难之者曰："文章之事，所以抉性命，役鬼神，何狼戾挥洒以蚀天秀？苟有所作，小则揄扬忠孝，阐表潜德，指南庸愚；大则勃窣理窟，祎圣祖贤，翊赞名教。……雕镂铜鞮，刻画上声。纵使潭景飙起……态尽妍极，亦适为靡志之俑。虽究其端绪，错文见义，能体五旨于《春秋》之言。又若呵壁捶轸，亘议忾凄，时露中懑，有别感焉以寓之不尽。翦削腻侈，厕诸谰言，然终何益于谍谍耶？"②

据此可知，此"客"站在"文以载道"的立场，认为文章应阐扬忠孝德善，有益于名教和世道人心，而那些关乎风月声色的文章，尽管文辞优美、刻画工致，却还是难脱荡志靡心之嫌，尽管作者能领略"微言大义"之旨以行文，但在文中流露的愤懑言辞，寄寓的诸多感怀，仿若没有根据的喋喋不休，终究无所裨益。显然，《燕台本事录序》也是他的责难对象。然而，姚燮对此则表示："蒙不佞，罔置喙焉……聊缘赏以遣怀，夫何问乎吾谅与吾诽？"③ 由此可见，无论此"客"是否为虚构，姚燮都有意借客之责难，表示自己创作该序的主观意识和重要目的，即"遣怀"。

---

① 《复庄骈俪文榷》卷四《燕台本事录序》，见《姚燮集》(五)，第1211页。
② 《复庄骈俪文榷》卷四《燕台本事录序》，见《姚燮集》(五)，第1212页。
③ 《复庄骈俪文榷》卷四《燕台本事录序》，见《姚燮集》(五)，第1212页。

当然，在自序文中抒写个人感怀，是较为普遍的现象，如姚燮《自题闲情诗卷》《枕湖感旧诗小引》所序对象均是自己的作品，都以今昔对比的方式抒发自己的惆怅与忧愁，除此之外，别无其他。不过，姚燮在为别人著作序时，也往往将自己的遣怀意识渗透其中，而他所遣之怀，具体包括两个方面。第一，进退有据的人生感悟。如姚燮作于咸丰年间的《韫玉山人诗序》，详细解释了胡韫玉诗歌多愁苦伤怀的原因，而后言：

> 荆榛满目，别存罔告之怀；块垒在胸，原是难消之物。而一思名山风雨，自有千秋；媚俗文章，只供一噱。出不能宰天下如陈平之肉，入何妨效虱处于阮籍之裈。进不能驱子弟如谢安之棋，退犹足逃蜗隐于焦先之室。山人其信从我说乎？则以浮云轻富贵，林泉之寝寐皆恬；以逝水警年华，宿昔之蹉跎可挽。他日庚申障断，甲乙编成。世能知我，定当如不韦《吕览》，以之县国门……"①

胡韫玉乃是姚燮后学，性情笃厚磊落，因科举失意而退隐山中。其"怀才不遇，抱诗为命"的遭际，以及抒发纡郁不平之气的诗歌风貌，引起了姚燮的共鸣。故姚燮的这段话，一方面是为了鼓励胡韫玉要在贫苦的环境的中，坚持创作具有真性情的诗歌，另一方面则是在传达自己此时的人生价值追求，即退隐以求安、著述以垂世。如果说姚燮的个人感怀在《韫玉山人诗序》中尚处于从属地位的话，那么在《陈桐屋明经春明集序》中便几乎是序文的全部内容。该序九百余字，作于道光二十四年（1844）姚燮第五次落第后，但其中真正关乎诗集的只有开端"大抵寄兴游览以外，闲情之作十之五，宴会之作十之三"② 一句。此后的内容则是：反思自己早年行径；对滞留京师七年的陈桐屋诉说放纵行乐、依附权贵之害；表达自己守臧持节、进退有据的选择；描述归隐后的生活情景，并邀请陈桐屋共游于山水之间。在末尾，姚燮道："盖吾与桐屋形影相吊，不辨人虫，放佛无归，同悲身世。安敢作曼倩之谐语，抒正则之牢骚？……桐屋其亮此言乎？即以为桐屋之集序可也。"③ 由此可见，姚燮撰写此序的用意，丝毫不在于评鉴诗作，而是要借诗集作者与自己相似的身世遭际，来阐发自己历经诸多困苦后的内心想

---

① 《复庄骈俪文榷二编》卷三《韫玉山人诗序》，见《姚燮集》（五），第1382—1383页。
② 《复庄骈俪文榷二编》卷四《陈桐屋明经春明集序》，见《姚燮集》（五），第1407页。
③ 《复庄骈俪文榷二编》卷四《陈桐屋明经春明集序》，见《姚燮集》（五），第1409页。

法,仿若一篇总结过去、展望未来的人生宣言。

然而,时常陷入自我矛盾的姚燮,在为他人所作的书序中所抒发的人生感悟,并不总是那么洒脱、超然,而是常常具有一层挥之难去的感伤色彩,这在《魏滋伯翠浮阁词序》《杨西明小峨眉山馆集序》《潘季玉玉淦词序》《听瓶生馆骈文遗稿序》等文中有明确体现。这一点便关涉姚燮所遣之怀的第二个方面,即哀叹时光易逝、知交离散、旧欢不再、老无所成。如其《叶小谱滴竹露斋词序》云:

> 忆昔擐袊联社,隽彦交诩,吾簧方炙,子弦续张……时或凉灯虫炧,檐梧不飙;莎鸡在廇,唧唧私语。瞻残蟾其西下,怜幽花之欲眠。徙倚中摩,有感斯作。复或一舸同泛,山木缭舷……脱巾命酒,古思遥集,匪有不平,鸣辀应之。且复画屏玉筝,佳女团扇,明月三五,高楼置筵……写情驻欢,又若难已。无何,燕吾劳汝,异迹东西。……隔梦如旷世,和寡斯废歌。……嗟乎!良友迭逝,有如莩坠蓬影;中年以还,同此哀多乐少。郡w重觏,各惊二毛,追溯畴囊,弥足珍惜。影事历历,具著是编……①

姚燮在该序中言:"仆之废此者殆十年。""此"即填词,故若从道光十三年《疏影楼词》刊刻问世开始推算的话,那么该序应作于道光二十三年(1843)左右。此时姚燮的诸多故交,如叶元阶(叶元壁堂兄)、潘德舆、朱绶、蒋宝龄、冯登府等,已相继去世。当姚燮阅览叶元壁(号小谱)词集时,不禁回忆起自己与叶元壁在青年时代一起宴游、填词的情景。文中所言的"有感斯作""匪有不平,鸣辀应之""写情驻欢"三方面,既是对叶词创作缘起或内容的间接概述,更是对往日欢乐时光的层层追忆。然而,对于已步入中年的姚燮来说,昔日与好友的种种欢乐,与今日聚少离多、"良友迭逝""哀多乐少"所形成的强烈对比,无疑加重着他本就悲苦的心境,也使他深深觉得恍如隔世。其实,这种感怀并非偶然,而是缘于姚燮内心的一种焦虑,即年华易逝,欢乐难驻,这据其《范湖草堂雅集记》《元夕金阊城纪游图卷后序》二文,便可得知。前者叙述了这样一段故事:道光二十九年,姚燮在杭州参加了周闲组织的范湖草堂雅集,当时因为即将赶赴苏州,所以只将此事绘图而未作记文。不过,他在苏州的情形则是,旧友纷纷下世,常

---

① 《复庄骈俪文榷》卷六《叶小谱滴竹露斋词序》,见《姚燮集》(五),第1277页。

与知交杨韫华在醉酒、歌哭间苍茫凭吊。由苏州至上海后，姚燮在与几位流寓文士"迭为文酒之宴"期间，"差忘其身之在客"，故当他离开上海时，深感纵使以后重归，也不会再继续今时之乐，由此，再回想参加范湖草堂雅集者的各自行迹，不禁悲叹："弹指之顷，其散而不可复聚，聚而不复为向之九人者已如此，况异日耶？"① 这也正是导致姚燮为范湖草堂雅集补作记文的重要因素。后者所序乃是蒋仲篱（蒋宝龄之子）在道光十八年绘制的《元夕金阊城纪游图》，该图绘纪的是元宵之夜姚燮与诸位好友在苏州城的宴游。然而，姚燮在咸丰四年作此序时，该图的绘者蒋仲篱、题辞者丁澂庵、序者杨韫华均已去世。因此，姚燮在"载抚遗墨，回思坠欢"之际道：

> 生命之永，鲜及百年；人境所阅，疾于过影。……岁惟戊戌，客居金昌。直上元之良夜，邀三五之佳侣。……忽忽者已十有七年。庐主已换，院径旋改。名士多埋于黄土，美人长没于朱门。顾景自怜，亦颓然就老矣。岂不知朱华之荣，难留芳于春晚；萍鸥所合，为天涯之暂踪。②

从这两篇文章可窥知，相聚不易离散易、往日欢乐难再复、年华似水不可挽等伤感情绪，在姚燮内心深处始终难以抹去，这便导致他在一些为友人创作的书序文中，流露出浓厚的哀叹之意。而他以赋诗、作文、绘图等方式对一次次游览、宴会的纷繁记述，往往在其风雅情怀的背后蕴藏着一份情愫，即欲以文字、图画存记今日之欢景，尽可能地留下生命历程中少有的愉悦。

二、哀悼·讽今·纪实——碑志诔传

"碑志诔传"具体指的是姚燮骈文集中的墓志铭、墓碑、墓表、行状、传、诔、哀辞等，有六十余篇。这些文体虽然有着各自的特点和功用，但在书写对象和基本内容方面存在共同点，即叙写主人公③的生平行宜。它们发展至清代，受众群体已林林总总，商人、妓女、艺人也皆可有墓志、传记、诔辞，而产生该现象的一个重要原因便是人们对留名传世和光耀门楣的追求。如姚燮《向府君家传》云："今宸既以国学生获军功，欲出而筮仕，怆怀风木，思表彰之。"④ "宸"即姚燮同乡向宸。咸丰八年（1858），他"以

---

① 《复庄文酌初编·范湖草堂雅集记》，见《姚燮集》（六），第1607页。
② 《复庄骈俪文榷二编》卷四《元夕金阊城纪游图卷后序》，见《姚燮集》（五），第1423页。
③ 大多为逝者，但也有个别在世之人，如《王征君蒲塘生圹志》《清河君语兰小传》等。
④ 《复庄骈俪文榷二编》卷七《向府君家传》，见《姚燮集》（六），第1496页。

通判保举五品衔"后,请姚燮为自己在咸丰元年(1851)去世的父亲(向府君)作传,以显扬父亲的德行,光大门闾,同时又尽孝子本分。又如《故处士沈君墓版文》云:"请以文丹之,俾其不泯于世。"① 《清河君语兰小传》云:"君介吾友乐安生属燮书以传近事……"② 声名不彰的布衣(沈处士)和落难妓女(语兰)都想借文传名,由此不难想见古代墓志、传记文的繁盛。

然而,这种社会文化现象又衍生出了不良风气:其一,碑志"论列德善功烈""称美弗称恶"③及家传"扬先人之德"④的内容性质,导致文人在书写时容易徇以私情、润饰太过,这也是应酬性作品的通病;其二,出于某种目的,将作者伪托为名人;其三,一些受请者因自己无力作文而找他人代笔。对于后者,姚燮曾言:

> 士有由科第跻卿贰,出为开府,束图书置高阁,穷年累月,惟簿书钱谷会计萦其心。一旦间里故人慕其先达,求一言为家乘光宠,久荒所学,情又不可辞,因假手于幕之能文者酬之,工拙非知也,以故屏诸庭、石诸墓,其列衔隆赫之文鲜佳者,固然无足怪。其稍稍知讲求者又不然,于当道只假其名氏,必求诸士穷而其文名著者,如明经《优孟》之集是也。⑤

寒士郑明经替缙绅公卿写了不少颂寿谀墓之文,将其编为《优孟集》。姚燮在为该集作序时便揭示了一个士林乱象:部分士子取得功名后荒书废学,当别人以寿序、碑志相求时,只能假托幕僚或享有文名的穷士之手,且一些幕僚的作品又在一定程度上拉低了此类文章的整体水平。相应的,姚燮还对请文者提出批评:"其人之轻穷士、重当道者,情之溺于势力,而不顾以伪为羞者也。文犹不以伪为羞,岂述于文之所为行者皆信而无伪者耶?……然而古今来畸人逸士多藉传于能文者之书,而不闻一屏一石能垂久远而弗灭也。"⑥ 在此,姚燮从人品层面对为借势而甘愿接受代作的请文者的所述之

---

① 《复庄骈俪文榷二编》卷六《故处士沈君墓版文》,见《姚燮集》(六),第1462页。
② [清] 姚燮:《清河君语兰小传》,见《姚燮集》(六),第1697页。
③ 吴纳语,见 [明] 吴纳、徐师曾著,于北山、罗根泽校点:《文章辨体序说 文体明辨序说》,北京:人民文学出版社1962年版,第53页。
④ [明] 归有光著,周本淳校点:《震川先生集》卷二十六《元忠张君家传》,上海:上海古籍出版社2007年版,第604页。
⑤ 此文题目缺失,见《姚燮集》(六),第1660页。
⑥ 此文题目缺失,见《姚燮集》(六),第1660页。

言（即文章主人公的生平、德行等），以及代作内容的真实性提出质疑，表明真正能令人名传后世的载体是能文者的文集，而非题写寿文的屏障①、镌刻墓文的石碑。虽然姚燮的言论颇有为穷士鸣不平之意，有些观点也存在局限②，但却反映出了他对应酬文弊端的重要认识。

然而就此类文章本身来说，若要做到篇篇无润饰、均能取信于人又谈何容易，就连墓志铭成就甚高的韩愈都免不了"谀墓"③之讥，何况他人。因此，倾向实录而又知其不易的姚燮，在自己所作的墓文、传记中时常强调文章的客观性，如《凌国学家传》云："爰次其略，以复我庆鋐君，未敢有饰辞也。"④《赠朝议大夫河南汝宁通判王公墓碣》云："义在征信，用诒永久。遵状而述，曷敢溢辞？"⑤ 至于实际效果如何，则取决于读者的判断。窃以为，姚燮的这类文章也有虚美、应酬之病，如写逝者去世时，常描绘自然变化。如《高士青禺子墓碑铭》云："卒之日，月贯而不魄，雨暗而不春。夭桃蔫，新柳折，莺语寂，鹃声凄。"⑥《丁宝哀辞》云："惟时春阴夜寂，残溜滴檐；孤灯半灺，哀鹃啼树。"⑦《故国子监生虞君诔》："是日也，山门籁暗，江原积潦。蟋蟀絮庸，相助愁怛；篁柯蔽庭，昏如梦夜。"⑧虽然这种艺术化的书写方式能够渲染浓厚的悲戚氛围，但若在不同文章中多次出现，便会消减原有的美感，未免有模式化之嫌。不过总体来说，姚燮大部分碑志诔传还是以征实为主，且贯穿其中的还有他哀悼故交、旌扬忠孝节烈、反映时事等创作动机。

哀悼故交、追思情谊是姚燮碑诔志传的特点之一。这些篇章的书写对象多半是姚燮相识之人，其中不乏情谊笃厚的好友，故在文中，姚燮大都将自己的哀痛及他与逝者的深交之谊熔铸在内，这一点在其诔文中尤为突出。对

---

① 寿文（寿序）始于元代，盛行于明清。寿者生日当天，家人会将请人所作的寿文或题写到立于庭院中的屏障之上，或张贴在墙上，以让前来祝寿者观看，展示寿者德行，这在当时是一项重要的寿庆文化活动。

② 向富有名望之士求文乃人之常情，且就所述之言来说，并非所有向当道求文者的都参以伪辞，也并非所有向穷士求文者的都为真实。

③ 《新唐书·列传第一百一》："刘义者，亦一杰士。……闻愈接天下士，步归之……后以争语不下宾客，因持愈金数斤去，曰：'此谀墓中人得耳，不若与刘君为寿。'"（［宋］欧阳修、宋祁：《新唐书》第一七册，北京：中华书局2013年版，第5268—5269页。）

④ 《复庄骈俪文榷二编》卷七《凌国学家传》，见《姚燮集》（六），第1494页。

⑤ 《复庄骈俪文榷二编》卷八《赠朝议大夫河南汝宁通判王公墓碣》，见《姚燮集》（六），第1519页。

⑥ 《复庄骈俪文榷二编》卷七《高士青禺子墓碑铭》，见《姚燮集》（六），第1482页。

⑦ 《复庄骈俪文榷二编》卷五《丁宝哀辞》，见《姚燮集》（五），第1439—1440页。

⑧ 《复庄骈俪文榷二编》卷七《故国子监生虞君诔》，见《姚燮集》（六），第1488页。

于"诔"这一文体,刘勰曾言:"详夫诔之为制,盖选言录行,传体而颂文,荣始而哀终。论其人也,暖乎若可觌;道其哀也,凄焉如可伤:此其旨也。"① 姚燮继承此论,曾说:"累其行迹为之谥,其诔之始与?……盖述哀之作,摧恻非难,婉恳为难。取径益工,乃益乖于正,则信乎选言以录行,荣始而哀终,得其旨然后称其制。"② 在此,姚燮一方面借诔文难作,表明述哀之作的最高创作标准——不仅要摧恻哀切,更要委婉恭谨,另一方面认同"荣始而哀终"的创作方式。而在实际创作中,姚燮的骈体诔文则具有情感哀婉悱恻、写法不拘一格的特点。如《叶仲兰文学诔》在简叙叶元阶(字仲兰)生平、学养、德行之后,通过追忆他与叶之间的深厚情谊来抒发满腹哀伤。其言曰:

> 燮之与君铭车笠于弱冠,同研席者十年。……忆昨天风戒寒,江桡待发。高楼杯酒,苦更漏之不长,出门判袂,尚回头之频顾。相期束笈,共匿深山。讵料斯言,竟成千古。金铓尘掩,琼林霜摧,君魂九升,吾哀七聚。钟期逝矣,忍复鼓《高山》之琴;张劭归时,怆及执西门之绋。③

姚燮以简笔描摹了他与毕生挚友叶元阶分别、也是最后一次相见时的情景,可与其悼诗《江上四哀诗·叶山人元阶》互为补充。文中只"回头频顾"一语就已饱含至情,而后的哀恸言辞也哀婉真挚,不落俗套。此外,姚燮还采用"俞伯牙摔琴谢知音"(知音即钟子期)"张劭与范式死生交"两个熟典,表示自己因挚友亡故产生的无限悲痛。后者的运用更是贴切地传达出他当时的遗憾,并与本书开端,即"其友人姚燮远之京,不获询疾视含殓,负我仲兰矣"④,所涵盖的自责之意相照应。据《后汉书·独行列传》记载,当范式(字巨卿)梦到视自己为"死友"的张劭(字元伯)去世后,急忙赶去,而张劭本已发丧在路的灵柩一直等到范式来"执绋而引"⑤,才继续前进。然叶元阶去世、发丧之时,姚燮都因会试未能前去,故他在诔文中以"怆及"二字哀叹:自己若能如范式那样,及时回来为叶元阶扶柩归葬,也

---

① [南朝梁]刘勰著,范文澜注:《文心雕龙注》,北京:人民文学出版社 2011 年版,第 213—214 页。
② 《复庄骈俪文榷》卷六《皇朝骈文类苑叙录》,见《姚燮集》(五),第 1263 页。
③ 《复庄骈俪文榷》卷六《叶仲兰文学诔》,见《姚燮集》(五),第 1320 页。
④ 《复庄骈俪文榷》卷六《叶仲兰文学诔》,见《姚燮集》(五),第 1318 页。
⑤ [南朝宋]范晔撰:《后汉书》卷八十一,北京:中华书局 2007 年版,第 784 页。

多少能减轻些遗憾吧。相较之下，姚燮《谢铁卿孝廉诔》并没有严格遵循"荣始而哀终"这一写法，而是在开端以哀痛谢铁卿"才略未用于时，著述未显于世"来总括文意，然后"偶理哀绪，倏感往踪"，分别截取自己与谢铁卿在青年游乐、寓京应试、下第归里途中、各自归隐之后四个时间段的交往剪影。如第四层写道："逮乎屏迹里居，年岁各迈，见面渐少，握手益欢。惊短发之就苍，萧飒秋柳；话旧侣之多故，飘零天鸿。犹复踏灯南关之市，狂笑辟人；玩荷北郭之池，沉醉狎座。发颓放之老态，畏峥嵘之少年。"①这种整饬的行文，在简叙三十余年友情的同时勾勒出作者与逝者相似的性格，也为后文的述哀、颂美提供了有力的情感支撑。

光耀门楣、显亲传名，既是请文者的目的，也符合姚燮的创作观念。综观姚燮所作的碑志诔传可知，他在文中所彰显的人物德行，并没有脱离忠孝节义的范围，即便书写对象是娼妓歌女，也重在塑造她们忠贞不渝的形象②。不过，姚燮十分看重旌扬美德所产生的实际功用。如《象山李女适慈溪金氏妇女贞烈碑》是为宁死守贞的烈女李氏而作，讲述了李氏婚后三年的悲惨遭遇：恶毒、贪婪的婆婆龚氏在情人汤侩的怂恿下，竟让儿媳李氏与汤侩私通，而李氏的誓死不从换来的则是婆婆历时三月有余、极为残忍的打骂和虐待。最终，邻人告发、官府查问，使奄奄一息的李氏得以沉冤昭雪，但她最终还是死在了县衙大堂上，时年只有十九岁。其实，古代反映此类事件的文学作品并不鲜见，如散文《汪客子妻张氏》《型世言》第六回"完令节冰心独抱 全姑丑冷韵千秋"、《清夜钟》第二回"村犊浪占双桥 洁流竟沉二璧"所讲述的故事均与之相似。若从各家的深层用意来说，姚燮此文与《清夜钟》第二回③有相通之处，因为后者是借姒娌二人宁死守节的贞烈言行，来斥责朝臣士人节义沦丧，而姚燮也是要借李氏的故事讽今醒世，这从《象山李女适慈溪金氏妇女贞烈碑》首尾处的几番议论便可得知。其开端云：

---

① 《复庄骈俪文榷二编》卷六《谢铁卿孝廉诔》，见《姚燮集》（六），第1477页。按："见面渐少"在《姚燮集》中为"见而渐少"，今据《续修四库全书·复庄骈俪文榷二编》改。

② 如《刘阿满小传》中的乐妓刘阿满在父母双亡后沦落风尘，但一直坚守贞洁，后因商人韩五赠金得以脱身。清贫而居五年后，在茶肆中遇到了落魄的未婚夫，遂嫁之。《丁宝哀辞》中的乐妓丁宝得知终究不能嫁给恋人徐氏子后，饮鸩自尽，在姚燮看来，此事"烈亦可嘉"。

③ 《清夜钟》成书于明末清初，第二回讲述的是婆婆陈氏不守妇道，不仅打骂两位儿媳，还纵容两个姘头试图强占她们，最终她们不堪凌辱，为守贞洁一同投河自尽。其创作目的，一方面是警醒"喜淫失节妇人"，另一方面则是借姒娌二人宁死守节的贞烈品行，斥责当时朝臣士人的贪生怕死、失节灭义，因为他们的行径正如回前诗所言："节义久沦丧，笄帼在衿绅。负骨柔如泥，临难兢逡巡。"（[明]陆云龙著，李汉秋、陆林校点：《清夜钟》，见《中国话本大系·京本通俗小说等五种》，南京：江苏古籍出版社1991年版，第15页。）

可杀不可辱，矫矫焉士之特；弃命不弃性，铮铮乎臣之孤。故不屈胡羯以毁忠，赵威武能刎喉示烈；亦不附阉狗以坏节，左浮邱敢裂体完贞。惟生也茹蘗含冰，故死也掀天揭日。兴言及此，能不肃然懔然于今。①

　　姚燮首先宣扬自古以来所崇尚的忠贞不屈、大义凛然、生而高洁、死得其所这些精神品质，并以此反观当时风气，流露出不满与批评之意，而后才将笔锋转入人物与事件。当故事结束后，他又感慨道："呜呼！伊一女子耳，曾何愧圣贤；彼百丈夫者，畴不钦节义？金谓席刀磴以卫廉耻，握坚忍以惕人禽。创瘠虽切于肌肤，清白全还于天地。亦何让聂舜英绝胫，足持风教之颓……"②该言直接以李氏的贞烈批判当时节义观念微弱的男子，并将李氏与金代集孝悌节烈于一身的聂舜英③等视，认为李氏的德行可振兴当时已堕落的风教，从而呼应开端。由此可见姚燮借机讽今的创作心理，而这一点在那些与时事有关的碑诔中体现得更加鲜明。如《旌封节烈恭人塔塔喇氏暨二女葬井铭》乃是为在鸦片战争中死去的果仁布妻女而作，故姚燮以沉痛的笔调叙记了她们去世的经过：妻子嗒嗒喇氏听闻丈夫战死后投井殉节，两位幼女也随之而去，以致并未阵亡的果仁布还家后悲痛欲绝。然在此之前，姚燮还相继罗列出四位死难女性和十位战死沙场的将领，并指明当时有"二百六十七人，各省府调防官弁等五百人，均死事焉"。如果说罗列其他女性的主要目的是为了衬托主人公之死尤其悲惨的话，那么后面的做法就意在借仁人斥鼠辈。在文末，姚燮便道出此意："伊贪生丧洁之俦，与食禄曒忠之士，其能闻之而愧悔欤，而兴起欤？故于时之成仁就义确然有征者，连类附志之。"④

　　并且，这种做法也已初具姚燮骈文的重要特点，即以史家意识来纪事，

---

① 《复庄骈俪文榷二编》卷五《象山李女适慈溪金氏妇女贞烈碑》，见《姚燮集》（五），第1449—1450页。

② 《复庄骈俪文榷二编》卷五《象山李女适慈溪金氏妇女贞烈碑》，见《姚燮集》（五），第1451页。按："绝胫"应为"绝胭"（见下条注释），意为自缢。至于错误原因，或是姚燮失察，或是刊刻者之误。

③ 据元好问《聂孝女墓铭》载，金代聂舜英为救在战乱中受伤的父亲不惜割股，但终究不能挽回其性命。"时京城围久，食且尽，闾巷间有嫁妻以易一饱者……女资孝弟，读书知义理，思以大义自完，葬其父之明日，乃绝胭而死。"（［金］元好问：《元好问全集》上，太原：山西人民出版社1990年版，第613页。）

④ 《复庄骈俪文榷二编》卷二《旌封节烈恭人塔塔喇氏暨二女葬井铭》，见《姚燮集》（五），第1375页。

而将其突显的正是十余篇以死于战乱的官员、将领为书写对象的哀悼文,尽管其中大部分都关系到在今天备受诟病的立场——反对太平天国、上海小刀会等民间起义。如在《恤赠朝议大夫上海县知县袁君状》中,姚燮对逝者——袁枚之孙袁祖德出任上海县县令(咸丰三年夏)前的履历只作简短交代后,便将叙写重心集中于致使袁祖德被杀的上海小刀会起义①。姚燮首先描述了上海自开埠以来游民大肆积聚、"以市烟、哄博、鬻娼为行止"的社会形势,表示这种状况的积累正是产生祸乱的原因,而后转入对起义情况的叙述:

> 时粤逆窜江省,邻疆方戒严,奸民抗粮,乘衅蜂起。连陷川沙、青浦、南汇、宝山、嘉定诸厅县。……类皆与官相仇,与民无患者,土著之人多,贪房之心少也。若上海则不然。苏松太兵备道署故在上海城,是年官之者广东香山县人也。官本有家赀畜,累囊悉运贮于库,关税之入,日复万锾,窥伺而思劫取者久且众矣。官亦虑笼积所在,或有不虞。乃募其乡人练为军勇,分图列卡,持械守巡,名则防奸,实以自卫。而不知若辈者轻律而藐法,黠桀而丑婪,要而聚之,适遂其计。乘有外乱,造讹以摇众心;旁及富商,侦路以俟分掠。勾结党羽,煽惑蠢顽。如前之所云者,畴不耸利乐从,联络一气?于焉克期举事,斩门入城。舆隶之属,半为内应;精锐所蓄,尽皆反戈。既猝发于不及防,至溃决于不可救。②

这段文字无疑显露了姚燮的思想局限和矛盾,因为他曾在《粮船凶如虎》一诗中抨击征粮的官吏,深知沉重的赋税给农民带来的苦难,也看到了以周立春为首的土著抗粮起义者"与民无患"的一面,但还是视起义者为奸民,反对民变。不过,姚燮也通过对比反映了咸丰三年(1853)八月初五上海县城小刀会起义在人员构成上与其他地方(青浦、嘉定等)的不同,即后者多是土著居民,前者则既有游民,又有周边土著,且由游民组成的乡勇团练是酿造此事的主体力量。从现今学界对上海小刀会起义的相关研究来看,

---

① "上海小刀会起义"这一名词是今人提出的,本书亦袭用。该起义开始于咸丰三年七月,历时十七个月,以上海为主战场,周边嘉定、宝山、清浦、川沙、南汇等地亦牵涉其中。
② 《复庄骈俪文榷二编》卷六《恤赠朝议大夫上海县知县袁君状》,见《姚燮集》(六),第1459页。

姚燮所论并非虚言①，且他所说的苏松太道招募粤籍同乡组成团练以自卫一事，在当时的文人笔记中也可得见，如毛祥麟《三略汇编》云："苏松太道吴健彰籍隶广东，饶于财，以纳粟得官，粤人恃乡谊，多不法，终姑息不坐，且广招潮勇以自卫，悍者日给洋数十员，不知皆贼党也。"② 在说完起义情况后，姚燮才转而简叙袁祖德拒敌被杀的情景。由此可见，姚燮的这段关于上海小刀会起义的叙述，不仅是对逝者死难背景的介绍，更是对社会时事的记载和自己见解的阐发。诸如此类的情况还存在于《恤赠员外郎衔光禄寺署正胡君死节事状》《赠太仆寺卿广西龙州牧死难事状》《江中丞诔》《皇故授中宪大夫晋赠通议大夫徐公碑》等文中。如若抛却政治立场不论，那么姚燮的这些骈文在纪实方面还是有可取之处的。并且，因为姚燮不满战争、担忧时局，故这些为清廷殉难者、特别是其中乃是其好友之人（如徐荣）的死亡，给他的内心世界带来了巨大冲击，从而使其文在叙事、议论的同时灌注了强烈的凄怆之情。对此，在同治十三年主持刊刻《复庄骈俪文榷二编》的蔡鸿鉴曾言："文则二编多表彰忠义之篇。军兴以来，东南鳞籍，先生目击心尽，沉郁凄厉，犹兰成过江文字。顾金戈铁马，议论崇宏，有关彰瘅之大，则兰成所未有也。"③ 蔡鸿鉴基于传统士子的立场，高度评价了姚燮为在鸦片战争、太平天国运动中殉难之人所作的碑诔、墓志、行状、箴赞等，并将这些作品与庾信出仕北周后所作的骈文进行比较，指出相似或有所超越的地方。蔡鸿鉴所言虽有过于推崇之嫌，但却揭示了姚燮此类骈文的一个重要特点，即记录时事，议论宏大，情感激烈。

三、强烈的身世之悲——笺牍

姚燮在《皇朝骈文类苑叙录》中单列"笺牍"一类，认为笺牍"拟诸专陈事理之作，体差别焉"④，有意将它与旨在向皇帝或上级臣僚"陈政言事"

---

① 周育民、邵雍《中国帮会史》："上海小刀会起义的整个过程中，实际上存在着两种性质不同的起义，一个是上海附近各县的农民起义，一个是上海县城内的游民起义。这两种起义互相联结，互相声援，但又有各自发动的原因和过程。"（武汉：武汉大学出版社2012年版，第173页）戴海斌《"嘉定之变"与上海小刀会起义诸问题考论》："上海县城中以粤、闽、浙籍客帮人为主的队伍与活跃于周边乡村市镇的本籍民众都曾卷入这场风暴，后者则以嘉定县南部的南翔、青浦县塘湾和两县交界处的黄渡为风暴眼，活跃于当地以周立春、徐耀等人为首的地方力量构成了上海县城之外起义队伍的骨干。"（载《上海师范大学学报》，2014年第5期，第126页。）
② ［清］毛祥麟：《三略汇编》，见中国科学院上海历史研究所筹备委员会编：《上海小刀会起义史料汇编》，上海：上海人民出版社1958年版，第985页。
③ ［清］蔡鸿鉴：《复庄骈俪文榷二编序》，见《姚燮集》（六），第1740页。
④ 《复庄骈俪文榷》卷六《皇朝骈文类苑叙录》，见《姚燮集》（五），第1264页。

的"书"区别开来,专指亲友之间互相传寄的书信,这与"尺牍""书牍"等虽名称相异,但实质相同。其实,无论从创作主客体的身份、关系而言,还是从文章的形式、内容、风格、表现方式来说,书信都是最具自由性的一种文体,如陈维崧《周栎园先生〈尺牍新钞〉序》所说:"其(按:即尺牍、书信)为体也,或磊落以见才,或嵯峨以植旨,或首尾以温丽,或缔构之缜密。或文辞简要,情片语而已该;或思理淹通,气百亟而弥历。或临池详慎,细蟠诸里之蝇;或握管飞腾,横跳天门之虎。铿锵可听,塗山之玉帛万重;藻绩堪观,赤坡之云霞十丈。"①

就内容来说,笺牍可以叙情、论学、言事、干谒、论道、刺时、讽世、描山绘水、表达问候或闲情等,不一而足。不过,姚燮却着重突出笺牍"抒远怀"的特性,认为鲍照《登大雷岸与妹书》、江淹《与交友论隐书》、沈约《陈情书与徐勉》等佳作"纡宕以为思,绸密以为致,掩抑以为情。山川秋高,如闻雁声;风雨梦回,凄其鸡唱,其言愁也如诉,其引感也易深。用是楷模,未改涂辙"②。可见,通过笺牍向家人、朋友抒真情,道真意,真实展现内心深处的波澜起伏,既是姚燮衡量笺牍之优劣的重要标准,也是其创作向导。收录在姚燮骈文集中的笺牍虽数量不多,其中亦有论学之篇(如《答董蕴文书》《与陈云伯明府书》),但其总体特点则是:寄书对象多为关系甚笃的友人;在抒怀言事的过程中,融入强烈的身世之悲和人生感悟。如姚燮《与叶仲兰书》向时常在精神和物质上都慰藉他的挚友叶元阶"缕屑以笔,聊抒郁迂",直陈自己贫病交加的生活处境及内心矛盾:

> 仰视屋脊,咄嗟奈何!辄思囊铗卷襆,丐食他方。又恐王孙鲜遇,仲宣罔依,不为伍胥携吴市之麓,即为马周困新丰之店。矧赤浪相骇,久怯梦于大江;白头在堂,难委任于弱妇。辄又思离家谢俗,空山影韬,自劳薪汲,尚友巢许。……登临告倦,眠藉芳草。吐茹元气,佚宕天游。所计亦非左也,然且未能焉。即欲与足下申新约,续旧欢……抒我醉愤,擅袖拓将军之戟;写子幽怨,侧帽搦美人之筝。千秋在胸,睥睨上下。奇语惊座,搜索鬼神。而今亦未能也。③

---

① [清]陈维崧:《陈检讨四六笺注》卷三《周栎园先生尺牍新钞序》,上海文瑞楼石印本。
② 《复庄骈俪文榷》卷六《皇朝骈文类苑叙录》,见《姚燮集》(五),第1264页。
③ 《复庄骈俪文榷》卷七《与叶仲兰书》,见《姚燮集》(五),第1282—1283页。

在此，姚燮表明了自己的顾虑与想法：想外出谋食，但恐难以遇到尊重、赏识自己之人，从而导致自己在无所依靠的情形下，只能如身处穷途时的伍子胥和马周那样困顿无助①，遭人白眼，又恐路途艰险，深知不能将奉养双亲、支撑家庭的重担全部压给病妻；想如巢父、许由那般归隐山林，不问世事，优游卒岁，但又不能得之；想和叶元阶重续旧约，像青年时那样一起在鹤皋楼咏史治史，邀请诸多意气相投之士重建枕湖吟舍，在花竹琴瑟、推杯换盏、诗吟歌咏间高谈阔论，以复昔日狂放不羁之态，然亦未能。而这些"不遇之忧"和"思而不得"既让姚燮深感"家累牵率，若绁系囚"，又是其多重内心向往、面临诸多羁绊的真实写照。

道光二十四年（1844），姚燮落第返家至扬州时，写下《扬州寄汤海秋郎中书》，向远在京城的汤鹏尽诉自己因心灰意冷、旧交零落、知音稀少而产生的凄楚心境，以及绝意仕进的想法和原因，回思此次在京师他和魏源热情款待自己、临行饯别时依依不舍的动人情景，进而深感良友情笃，相会愉悦，然时不再易，惟有道一声"千万珍重"以舒解离情，寄托佳愿。该文开篇首先描绘今昔两幅图景：冬日进京途中，景象荒率；今日归途正值"夏末秋始"，生机盎然，村店中的人们大都酣歌交错，欢笑其间。继而道：

> 仆与二三同侣亦来停车挈钱，假憩其地。而以心目所注，一似萧瑟蓼落之况，什倍于去时所历者，何也？夫由昔而论，离家日远；由今而论，去家日近。昔之象凋悴，今之象荣荣。宜乎和荡之情多于恻恓之思。而不知满意而往者，其气盛，虽狎洌风愁雪之海而不夺其心；失意而返者，其气愦，虽涉佳山丽树之乡而莫娱其志。②

姚燮通过今昔景象与作者心情甚不相符这一实情，道出了科举失败带给他的打击及"境以遇移之理"。即：按照常理，冬日进京途中，寒冷荒芜、离家愈远的状况，容易令人感到孤寂荒芜，而夏日归途中的和煦天气、美妙风景，以及离家愈近，便会使人心情舒畅。但姚燮此时的寥落凄凉之感，却比冬日进京时还要浓厚十倍，因为对于意气满满的应试者来说，即便天气再

---

① 《史记·范雎蔡泽列传》："伍子胥橐载而出昭关，夜行昼伏，至于陵水，无以糊其口，膝行蒲伏，稽首肉袒，鼓腹吹篪，乞食于吴市。"（［汉］司马迁：《史记》第七册，北京：中华书局2014年版，第2921页。）《新唐书·列传第二十三》："马周字宾王……舍新丰，逆旅主人不之顾。"（［宋］欧阳修、宋祁：《新唐书》第一三册，北京：中华书局2013年版，第3894—3895页。）

② 《复庄骈俪文榷二编》卷四《扬州寄汤海秋郎中书》，见《姚燮集》（五），第1414页。

恶劣，也不能消减盛气壮心，而对于落第失意而归者来说，纵然风景再美，也难以消除愤懑愁苦，难以令他们恢复已颓丧的心气。这番心境和感受虽是在姚燮第五次落第后才道出，但自然也发生在之前他每次进京、返家途中，而他兼济天下的雄心壮志就是在这个过程中时而复起，时而退却，最终在其他因素的共同作用下消磨殆尽。该段之后，姚燮又向汤鹏说起自己在归途中造访好友孔宥函，与鲁一同、吴稼轩共聚畅谈几日之事，并因孔宥函出示的作于道光十八年的《燕山话别图》追昔抚今：当年"虽身世多氍毹，而友朋之乐亦至矣"，今日"潘君逝焉，而若翰初、亨甫、蕴之诸君，亦皆身无成名，墓有宿草。披图感喟，又曷禁与！宥函诸君遥忆足下之远隔二千里而不与共今聚也……叶落复生，已非故叶；萍散而聚，不尽旧萍。闻诸足下，其亦当黯然而悲，潸焉而下涕者乎？"①在此，姚燮以近乎全为散体的行文，抒发他与几位至交故友生离死别的悲慨，不仅能令汤鹏黯然伤悲，亦可令读者为之动容，且在一定程度上使得全篇将骈散融合发挥到了较高水平。

笺牍作为沟通双方情感的重要方式，当然不能总是只顾抒写自我感思而不谈及对方境况。姚燮《与厉心甫书》《山中与厉心甫书》《复俞秋农刺史书》等文，均将受信人的境遇和自己的遭际联系在一起，从而在同病相怜、感同身受的基础上，增进情谊，抒写悲愤。如《山中与厉心甫书》作于道光二十一年冬姚燮携家逃难两月后，是时，厉志（即厉心甫）也遭受了兵戈之患。这封书信，不仅饱含着姚燮在战乱中所流淌的血与泪，而且交织着他对时局的复杂情感，即"于状可丑，于事可愤，于情可通，于势可危"。在分述"状""事""情""势"这四端后，姚燮虽发出"责且谁归"之问，但又因位卑名微而深感无助。继而，他又将笔锋转至自己与厉志的今昔境况：往日浙东屯军而战事尚未全面爆发时，他和厉志颇为忧虑，"共谋汲郡之隐"，而今"惟足下敛光大隐，入山已深，牵萝补茆，煮橡代饵。……僻无铃骑之警，崄无凶渠之窥，静无叫呼之闻，安无惨怛之见。以之较仆，已不同焉。若仆之所处，其去危城之远数十里耳。舍此以求，更无善计……"②在此，姚燮一方面展现他与厉志共同经历着的国祸民难、饥寒交迫，另一方面则通过与厉志状况的对比，突显自己身处的危险境地。也正是此番劫难，让姚燮更加期盼停战承平，以致可以和至交"握手有期，无劳怆忆"。《复俞秋农刺史书》作于姚燮放弃科考后。对于曾经一起应试的俞刺史来信慰问和勉励，

---

① 《复庄骈俪文榷二编》卷四《扬州寄汤海秋郎中书》，见《姚燮集》（五），第1415页。
② 《复庄骈俪文榷》卷四《山中与厉心甫书》，见《姚燮集》（五），第1254页。

姚燮一方面在感激之余向他诉说自己的穷愁遭际，表示"自惭沦废，有辜盛期"，另一方面则站在俞刺史的角度分析他在为官期间的艰难与失意，进而不禁感叹道："以仆若此，以君又如彼，迹虽异乎藏用，心实等其疏芜。握鸡肋者未能充饥于大庖，怀马勃者并莫见收于药笼。亦何能不抚青翻而推心，望鲜柯而洒涕者矣。"① 在此，姚燮充分发挥了虚词、连词、介词等在骈文中沟通文意的作用，更以两个由11字组成的散句构成对仗句式，将身为寒士的自己和为官的俞刺史分别比喻成"握鸡肋者""怀马勃者"（即以笔谋生者、具有经世之才者），道出他们看似不同实则均怀才不遇的悲怨。

四、摹景畅想，纪游抒感——亭台楼阁记和山水游记

亭台楼阁记、山水游记属于杂记一体。对于杂记文，清末民初文学家林纾明确指出其"综名为记，而体例实非一"的文体特点，并从内容的角度归纳了其所涵盖的诸多类别："然勘灾、浚渠、筑塘、修祠宇、纪亭台，当为一类；记书画、记古器物，又别为一类；记山水又别为一类；记琐细奇骇之事，不能入正传者，其名为'书某事'，又别为一类；学记则为说理之文，不当归入厅壁；至游宴觞咏之事，又别为一类。"② 这一略过精细的分类，大致展现了杂记文的整体面貌。在此之前，明代徐师曾、吴讷还未提出"杂记"之名，而对"记"的分类也主要从表现手法（叙事、议论）予以论述，视"纪事之文"为正体，将夹杂议论、托物寓意等称为变体或别体③。清代桐城派古文大家姚鼐，在《古文辞类纂序目》中列出"杂记"一类，并阐述此体道："杂记类者，亦碑文之属。碑主于称颂功德，记则所纪大小事殊，取义各异，故有作序与铭诗全用碑文体者，又有为纪事而不以刻石者。柳子厚记事小文，或谓之'序'，然实记之类也。"④ 从中可知，姚鼐重在分析杂记文与"碑文""序"之间的关系，并未划分具体类别。

对于姚鼐此言，姚燮十分赞同："厥论韪矣！蒙以为今之记皆序之余，立名虽殊，辞义鲜别，例以河东名序亦允。"⑤ "河东名序"即是姚鼐所谓的

---

① 《复庄骈俪文榷》卷四《复俞秋农刺史书》，见《姚燮集》（五），第1251页。
② ［清］林纾：《畏庐论文·流别论》，见《清代诗文集汇编》（775），上海：上海古籍出版社2010年版，第735页。按：该书又称为《春觉斋论文》。
③ ［明］吴纳、徐师曾著，于北山、罗根泽校点：《文章辨体序说 文体明辨序说》，北京：人民文学出版社1962年版，第41、145页。
④ ［清］姚鼐纂集，胡士明、李祚唐标校：《古文辞类纂》，上海：上海古籍出版社1998年版，第14页。
⑤ 《复庄骈俪文榷》卷六《皇朝骈文类苑叙录》，见《姚燮集》（五），第1261页。

柳宗元以"序"命名的"记事小文",如收入《古文辞类纂》中的《柳子厚陪永州崔使君游燕宴南池序》《柳子厚序饮》《柳子厚序棋》等。姚鼐以此为例来说明,这些以纪事为主的序实属"记"体,而姚燮则进一步认为记乃序之余。姚燮此言虽未免片面,但却影响着其文章命名和选本编纂。在《复庄骈俪文榷》及二编中,姚燮将游览、题画、游宴等题材的骈文,或名之为序,或名之为记,如游览之作《太白楼秋眺序》和《游南池记》、题画之作《王苏泉披发入山图序》和《齐玉溪峄山荡玩月图记》、游宴之作《廊岩秋饯序》和《晚晴楼七夕小宴记》。并且,姚燮编选《皇朝骈文类苑》时,也将一些以"记"命名的作品归入"序"类,以致后来张寿荣在将序体文分为四大类时①,以"游宴行役序记"作为其中一类的名称。姚燮如此做法,既是对文学传统的继承,也在一定程度上说明他有意通过实际行动来缩小序、记之间的距离。

在姚燮二十八篇以"记"命名的骈文中,篇目较多且较有特点的是亭台楼阁记和山水游记。首先,姚燮的亭台楼阁记多是应别人之请,而所请之人(即亭台楼阁的主人)又多是托迹山野的布衣文士,他们的舍名又具有闲适之风,如又一村舍(《又一村舍记》)、闲闲草堂(《闲闲草堂记》)、养闲草堂(《养闲草堂记》)、月半山楼(《月半山楼记》)。特定的群体和舍名,使得姚燮的亭台楼阁记具有一个鲜明特点,即所记不在楼阁屋舍本身(如历史沿革、装饰布置、形状结构等),而是重在结合对周边自然之景的描绘,畅想身居其中可以获得的悠然与恬淡,并由此展现自己希冀超尘脱俗的情怀与心境。如其《翠竹轩后记》所记之物是王蒔兰家中已有四百年历史的翠竹轩,然该文只在开端点出其得名由来,继而便围绕庭院多翠竹这一点摹景写意。其言云:

> 观其苞解稚黄,叶洒凉碧。濯以明瀣,栉以静飔。山眉上横,岚色相避;涧琴下泛,玉声与沉。偶巢幺凤,撷月来媚;苍帚一拂,流云亦媽。可以当羽可之画屏,续子猷之佳话。命酒其下,交接古欢;读书在旁,吐纳清气。回影荡而素壁皆渌,暗籁泄而暑夏亦秋。抑复扫籜代薪,试玉川之蟹眼;菹笋入馔,佐东坡之花豬。宜主人情不就嚣,习不

---

① [清]张寿荣《皇朝骈文类苑例言》云:"序类著录繁夥,体亦不一,今析其卷为上下,而并别之以四,其为著录序跋之文,曰序类之一;为题图诸作,曰序类之二;为游宴行役序记,曰序类之三;为赠送诸作,曰序类之四。"(见《皇朝骈文类苑》光绪九年刊本)

染俗，悠然会此中之意，而翛然得尘外之风也。①

　　该段首先通过对翠竹、山色、幽涧、飞鸟、流云等自然景观的形象描写，渲染出翠竹轩所处的清雅环境，接着以"羽可"和"子猷"两位文士，引入在翠竹环绕之轩会产生的古雅情致。"羽可"即郭仪霄（1775—1859），在诗、书、画三方面均有所造诣，平生最喜画竹，故姚燮曾以《画竹篇赠郭中翰仪霄》一诗相赠。"子猷"即东晋爱竹成癖的王徽之。据《世说新语》记载，王徽之曾到一位士大夫家赏竹，直到即将离去时也没有前去拜访等待许久的主人，致使主人下令关门不许他离开，而他却因此"赏主人，乃留坐，尽欢而去"②，后来此事广为传颂。欲邀喜竹之今朋，续古人之佳话，畅饮翠竹轩中，乐享古人情韵，读书竹林之旁，吐纳清畅之气，至于食竹笋、焚笋皮，亦是物尽其用、增添雅致之事。主人身处其中，定能悠然会意，陶冶性情，别有一番简远脱俗之风。如此虚实结合的风雅畅想，不仅甚合王莳兰的心意，也是姚燮渴求的生活情境。并且在后文，姚燮继续通过抒写翠竹坚忍不拔、宁折不屈、孤傲高洁的象征品格，来衬托主人情志，最终表露出遁世之思："晨撷其馨，夕饮其息，敛迹逃穆，避世谢纷。……有那其居，云胡不乐？挥尔麈以对，恍挹晋江左之风；愧余情不芳，徒系楚湘潭之恨。"③ 翠竹轩周围茂密幽静的竹林、和畅清新的氛围，让虽已放弃科举、向往归隐但却依然为生计奔波的姚燮，不禁追慕竹林七贤萧散自然的魏晋风度，纵谈居住其间的种种美妙，但客居异乡、怀才不遇的郁结却终究令他只能心向往之。不过，尽管全文的情感基调因最后一句略带伤感，但贯穿其间的悠远之思、简古之风、清畅之气和雅洁之辞，都足以使此文成为入选《国朝骈体正宗续编》④ 的佳作。

　　游山泛水是姚燮诗、词、文共有的创作题材，而他对此这般热衷的原因，可从以下两段文字中得知大概：

　　　　且夫造化孕育，随境构奇；吾人游观，即心存趣。趼履所及，每越

---

① 《复庄骈俪文榷》卷六《翠竹轩后记》，见《姚燮集》（五），第1268页。
② ［南朝宋］刘义庆撰，宁稼雨注评：《世说新语·简傲第二十四》，南京：凤凰出版社2010年版，第334页。
③ 《复庄骈俪文榷》卷六《翠竹轩后记》，见《姚燮集》（五），第1269页。
④ 《国朝骈体正宗续编》是晚清张鸣珂所编，其中收录姚燮九篇骈文，即《二十四研斋铭》《过庭录序》《黄霁青太守绿笺词序》《周缦云茗边填词图序》《阮梅叔雷塘话雨图卷跋》《书徐随轩韵红楼曲图后》《翠竹轩后记》《潘绂庭光禄山抹微云馆词序》《邢湖观秋荷记》。

恒蹊；视听已违，不无余慕。……则今日者，不诚延清披朗，藉涤积胸之尘坋；餐幽饫深，一践宿因于泉石也哉！①

夫以牧佣荛竖，晨往夕还，习为故恒，畴领其趣？即或相告，哂为迂辞。遂使山灵，抱屈终古。景与流逝，象同烟飘，向所迁移，索之终窅。视听既及，不述而存，于彼化机，能无负乎？……爰假豪楮，寄此清娱。……志乘均逸焉，并以示后之采补者。②

第一段文字出自作于道光二十一年（1841）十月的《游光溪诸山记》，时姚燮与友人、弟弟一起前往鄞江桥，途中得以游览它山、狮山、响岩、洗马池诸地。第二段文字出自作于咸丰十年（1860）四月的《游三庵及支墺山记》，时姚燮同友人相继游览莲花庵、永庆庵、披云庵、支墺山等地。综合这两段可知两点：第一，姚燮具有即心存趣、不负山川的游览观念。在他看来，自然现象变幻万千，一地一类之景会随时迁移或消逝，故需将耳目所及之景和从中领会到的各种意趣予以存述，但经常往返于山林以放牧、获取生活物资的寻常百姓，对映入眼帘的景象习以为常，在学养、意识、心境等因素的限制下，普遍不能会心领略自然界蕴含的万千真趣，因而，向往自然山水、学识和审美兼具的文人学士，便需承担此责，如此才能在寄托情思的同时，为世人展示自然之妙，不辜负山川之盛。如在道光十四年（1834）秋，姚燮第七次来到钱塘江，因感"壮观得此惟此秋"，遂作《观潮行》一诗。此时，姚燮虽觉得"武进黄生造生句，能拔枚生帜孤树，两篇跳出万口传……我今对此何能辞"③，即黄仲则（江苏武进人）《观潮行》《后观潮行》二诗，与枚乘《七发》中的观潮描写相比，可谓独树一帜，难以超越，但姚燮还是采取"漫将简老争雄奇"的方式，以简而苍劲的诗笔描绘自己感受到的雄壮景观，并言"天殆俟我诗笔健，故蓄此景相迟留"，在自然山水面前展现出充分的自信。第二，姚燮肯定了游览的重要价值，即亲近自然，荡涤俗肠，净化心灵，缓解烦忧，而这便建立在他从山水名胜中得到的体悟。

进一步来说，姚燮骈体游记的主要表现手法——写景、抒感相互交融，便与以上两点相统一。如《游光溪诸山记》依其游踪移步换景，随物赋行，在描绘每一处景象的同时都流露出他在该地产生的内心体悟。《游南池记》

---

① 《复庄骈俪文榷二编》卷四《游光溪诸山记》，见《姚燮集》（五），第1412—1413页。
② 《复庄骈俪文榷二编》卷六《游三庵及支墺山记》，见《姚燮集》（六），第1456页。
③ 《复庄诗问》卷七《观潮行》，见《姚燮集》（一），第171页。

作于道光二十四年姚燮落第返家途中，而其所游南池乃是杜甫曾经游宴赋诗之地。因此，该文在渲染南池雅致清新、极具风韵的环境后，转入对杜甫的凭吊和追慕："恻怆孤衷，奈长流之已去；俯仰万里，但只雁之西来。九县已芜，三川竟塞。新安石埭，哀痛若闻；涪水夔州，穷征此继。铿锵五字，后有作者何人；泛滥三唐，公独持其正轨。……傥有桂旌自天而下，愿执羔币拜公作师。"① 姚燮类似于杜甫的不遇之悲、忧民之心，以及对杜甫的无限敬仰，都使自己触景成思，吊古伤情，以至于在傍晚时分因看园人的催促而不得不离去时，仍依依不舍，"一步一顾，夕阳不能揽衣；此际此情，孤燕庶几同调"。再如，《游三庵及支坞山记》依据游踪从视觉、触觉、听觉、平视、俯视、远景、近景等多个维度摹写支坞山的幽景后，便抒写了作者在一静一动中生发的感受。即：与友人在山中饮茶歇息时，姚燮觉得"别有岁历，迥非人间"，而姚燮在"人间"的真实状况则是"相依妻孥，磐蘉之梦无扰；嗟彼吴楚，兵燹之劫正危"。想到国家内有太平军起义，外有列强入侵的动荡局势，姚燮又不能平静了，因而起身"陵崇冈，眄辽海"。随之而来的观感便是"岛屿明灭，过无片帆；水天混茫，飞有零雁。思仙人兮黄鹤逝，发浩歌兮长飙来"②，自然之境与观者之情均是看似缥缈，实则凄清。然别有意味的是，姚燮在最后明确表示他和友人都"不知感之何从生也"，其实有可能是：不是不知，只是这种只可意会不可言传之感，难以道明。如此一来，又给该文情境增添了些许朦胧。

综上所述，姚燮各体骈文的整体特征如下：书序文采取喻象化的品评方式来评鉴诗词作品，且所抒发的自我感怀，或是进退有据的人生感悟，或是对聚散无常、欢乐难驻的哀叹。碑诔传记文具有哀悼、讽今、纪时等写作动机，姚燮在其间所流露出的情感浓烈程度，基本取决于他与逝者之间的关系，以及逝者给其心灵带来的冲击力。笺牍大都在与友人沟通情感的同时融入了姚燮强烈的身世之感，是他抒发内心郁结愁苦的重要通道。亭台楼阁记多为布衣山人而作，姚燮时常在摹景状物间畅想身居其中的种种乐趣，进而流露出镌刻于心的归隐情怀。山水游记在姚燮即心存趣、不负山川等游览观念的影响下，将记述踪迹、描绘景物、渲染意境等内容与其内心感受相互融合，从而形成了纪游抒怀、情景交融的特点。从中可窥知，在创作中融入自己的见解、感受、体悟等主观色彩，是姚燮骈文在内容上的一个鲜明特点，

---

① 《复庄骈俪文榷二编》卷四《游南池记》，见《姚燮集》（五），第1413—1414页。
② 《复庄骈俪文榷二编》卷六《游三庵及支坞山记》，见《姚燮集》（六），第1457页。

这既符合其"正之以性情"①的文章创作要求，又与其"诗需有我"的诗学观念一脉相承。

第二节 姚燮骈文的艺术风貌

姚燮在其《皇朝骈文类苑叙录》《与陈明伯云府书》及对《国朝骈体正宗》②的评点中，表明了他对骈文发展历程、骈散关系、骈文创作要素的认识。因此，本节欲结合姚燮的骈文主张，从以下三个方面来考察其骈文的艺术特点，以及其理论与实践脱轨的地方。

一、骈散兼行，情真气畅

关于骈文和散文关系的争论，是乾嘉道时期影响颇大的文坛现象。陈子展先生曾将此期肯定骈文者的观点归纳为三类："有的以为骈散并尊，不宜歧视，如曾燠、吴鼒、孔广森诸人的主张便是。有的以为骈文才可以叫做文，说是孔子解易，于乾坤之言，自名曰文，此千古文章之祖。并痛斥散文不得自命曰文，且尊之曰古，俨然要与古文家争文章正统，如阮元、阮福父子的主张便是。……有的以为骈散合体，不应分家，如汪中、李兆洛、谭献诸人的主张便是。总之，这一时期的骈文家敢和古文家抗衡，敢和古文家争正统。"③此论基本符合历史实际。清代乾嘉道时期，为骈文争正统地位的最强音确实来自阮元。阮元（1764—1849），字伯元，号云台，江苏仪征人，乾隆五十四年（1789）进士，曾历任湖广、两广、云贵总督，道光朝官至体仁阁大学士。阮元在其《文言说》《文韵说》《与友人论古文书》《书梁昭明太子〈文选序〉后》等文中阐发了骈文理论。其中，《文言说》云："为文章者，不务协音以成韵，修词以达远，使人易诵易记，而惟以单行之语，纵横恣肆，动辄千言万字，不知此乃古人所谓直言之言，论难之语，非言之有文者也，非孔子之所谓文也。……孔子以用韵比偶之法，错综其言而自名曰'文'，何后人必欲反孔子之道，而自命曰'文'，且尊之曰'古'也？"④在此，阮元明确表示真正的文是句式对偶、音韵相和的骈体，而句式单行的散体，不可被称为"文"，更不能被尊为"古文"。

---

① 《复庄文酎初编·与徐安甫说文派》，见《姚燮集》（六），第1579页。
② 《国朝骈体正宗评本》选录清代43家共172篇骈文，姚燮评语有总评170条，眉批2条。
③ 陈子展：《中国文学史讲话》（下），上海：北新书局1937年版，第263—264页。
④ ［清］阮元：《揅经室集》（下），北京：中华书局1993年版，第605—606页。

嘉道时期，阮元集显宦、经学家、文学家等多重身份于一身，先后在杭州、广州创办诂经精舍和学海堂书院，培养众多弟子投入到以经学为主的学术研究中，声名赫赫，影响颇大，故他对骈文的热衷和极力推扬，有助于进一步推动清代骈文的尊体思潮。不过，阮元崇骈废散的观念，在其弟子姚燮这里并没有得到完全继承。姚燮尊奉阮元为师长，曾在阮元文选楼和阮亨一起校对金石书画，并得到阮元赏识及其相赠的"二石生"之号①。但对于骈散之争，姚燮虽也较为重视骈体，但总体主张则是：在文体地位上，骈散并尊；在骈文创作方法上，融通骈散。姚燮《皇朝骈文类苑叙录》开端云：

> 其曰"古文丧真，反逊骈体，骈体脱俗，即是古文"者，曾燠氏之言也。其曰"以多为贵，双辞非骈拇，沿饰得奇，偶语非重台"者，吴鼒氏之言也。其曰"人受天地之中，资五气之和，一言之中莫不律吕和，宫徵宣，而不自知，或右韩柳而左徐庾，殆非通论"，则又吴育氏之言也。三君之为文，椎轮太素，镌鞣上哲，其所论如此，非执偏臆为支辨者。②

在此，姚燮列出曾燠、吴鼒、吴育三家之言，称赞他们持论中肯，可见他也如三家一样，认为骈文自有其文体特点和优势，应与散文地位同等，不应受到轻蔑、贬低。在此基础上，姚燮一方面肯定清代骈文创作之"瑰盛"，另一方面则有感于先前只收录清代骈文的选本"举偏而操约"，尚不能充分而全面地彰显清代骈文成就，垂范后世，故而他秉持彭兆荪提出的"矫俳俗，式浮靡"这一标准，承继《骈体文钞》的体例而"略变通之"，遴选了顺治至道光年间一百余位作家的五百余篇骈文，是为《皇朝骈文类苑》。其中重要的一点是，姚燮对阳湖文派代表李兆洛编选的《骈体文钞》赞赏不已。《骈体文钞》收录了战国至隋代的骈体文，在道光元年刊刻问世时正值阮元极力提倡骈文、否定散文之际，但该书却寄寓着李兆洛不拘奇偶、骈散融

---

① 姚燮曾言："向在扬州阮文达公师文选楼，同梅君蕴之分校金石书画者五阅月……"（见《姚燮集》六《失题》，第1702页）周白山《跋玉笛楼门后》云："'二石'者，煮石画，白石词，仪征相国题赠之言也。"（《姚燮集》七，第2037页）"阮文达公""仪征"即为阮元（1764—1849），谥号文达；"梅君"即为阮元之弟阮亨（1783—1819），号梅叔。"煮石"为元代极为喜爱梅花的画家王冕，其号煮石山农；"白石"即南宋著名词人姜夔，其号白石道人。因姚燮亦热衷于画梅、赏梅，作词宗尚姜夔，故阮元便将赠其号为"二石生"，虽过于推崇，但却可见阮元对他的赏识。另外，姚燮与阮亨往来密切，其诗、词、文中都有与其相关的作品。

② 《复庄骈俪文榷》卷六《皇朝骈文类苑叙录》，见《姚燮集》（五），第1259页。按："沿饰得奇，偶语非重台"在《姚燮集》中作"沿饰得奇偶，语非重台"，今改。

合的文学思想，而这正为姚燮所认同。具体而言，这主要表现为两个方面：

第一，李兆洛《骈体文钞序》从肯定骈散同源的角度为骈文正名，提出奇偶句"相杂迭用"、不可偏废一端的为文要旨，从而进一步融通骈散，为文章写作提供了更为宽广的门径。其言云："文之体，至六代而变尽矣。沿其流，极而溯之，以至乎其源，则其所出者一也。吾甚惜夫歧奇偶而二之者之毗于阴阳也。毗阳则躁剽，毗阴则沉腽，理所必至也，于相杂迭用之旨均无当也。"① 而姚燮正称赞李氏选本"沉腽之弊与躁剽并揭，而南车之指得准"②，肯定李兆洛不拘奇偶之论对时弊的指摘和对后世的指导意义。第二，《骈体文钞》中的个别篇章历来都被视为散文，也见于姚鼐的古文选本《古文辞类纂》中，如贾谊《过秦论》、司马迁《报任安书》、诸葛亮《出师表》等。李兆洛将这些文章纳入骈文选本，便是为了打通骈散之畛域，明确其"相杂迭用"之旨，而姚燮《皇朝骈文类苑》也收录了乾嘉道年间姚鼐、恽敬、张惠言、刘开等古文名家之作。

由此可见，姚燮对李兆洛《骈体文钞》所高度认同的，除编纂体例外，还有融通骈散这一文学观念。他之所以如此，于外与道光以后骈散交融基本成为文坛共识不无关系，于内则主要出于其反对门户壁垒森严、追求自成一家的意识。姚燮在《与徐安甫说文派》中表达出对当时文坛各竞流派、各执己见的不满，认为有志于文者不能为流派所惑，而要以孔、孟为基准，于其上"扬饫其蓄积之深"，于其下"贯通其错出之变""然后正之以性情，纬之以精神，鼓之以才力，而倾之，而泻之，而翕张之，而于是汪淼焉，恣肆焉，……以自成为一家之文也。"③ 这与其以性情为本、陶铸众家的诗歌主张一脉相承。并且，虽然姚燮古文在数量上只有骈文的一半，但他始终对唐代发起古文运动的韩愈推崇备至，自言"仆好昌黎文，卒而未能窥其门户"④。在姚燮看来，"文章之道，理足、词足、气足而已矣"⑤，骈、散之间并无轩轾。综观姚燮在《国朝骈体正宗评本》中的评语，也多注重骈文在情理、语词、气息等方面的得失。如评胡天游《拟一统志表》云："九天阊阖，万国冕毓，壮采鸿文，真能以大气包举者。"评吴锡麒《曾盱江静香斋遗诗序》云："情至之文，如水到渠成，山动生秀。"评洪亮吉《蒋定安墓碣》

---

① 李兆洛编，殷海国、殷海安校点：《骈体文钞》，上海：上海古籍出版社2001年版，第629页。
② 《复庄骈俪文榷》卷六《皇朝骈文类苑叙录》，见《姚燮集》（五），第1259页。
③ 《复庄文酌初编·与徐安甫说文派》，见《姚燮集》（六），第1579—1580页。
④ ［清］姚燮：《失题》，见《姚燮集》（六），第1658页。
⑤ ［清］姚燮：《失题》，见《姚燮集》（六），第1658—1659页。

云："文有峻骨，寓以绵思，读之令人凄婉。"评查初揆《屠兰诸丈昔游图序》云："以操纵捎撇之笔，为清新宏逸之文，叩之心沉，扬之气厚。"① 这些见解，既是姚燮长期潜心研习古人作品的结果，也是其多年创作经验的理论总结，因为他的骈文便具有骈散兼行、情感真挚、气势畅达等特点。若从思想内容的角度来看，这种特点突出地体现在两类骈文中。

其一，以抒发个人情志为主题的篇章。从本章第一节的相关论述可知，《与叶仲兰书》《扬州寄汤海秋郎中书》《复俞秋农刺史书》等意在抒怀的笺牍，骈散交错，文气舒畅，语言简约凝练而又不失雅致灵秀，用典适度、妥帖，在发挥骈文审美特质的同时，较为真挚、生动地向好友诉说其不尽情思，并无刻意雕饰之嫌。在姚燮笔下，诸如此类的骈文还有《太白楼秋眺序》《陈桐屋明经春明集序》《元夕金阊城西纪游图卷后序》《息游园赋》等。其中，《太白楼秋眺序》作于道光二十四年七月，当时姚燮已是第五次落第。在返家途中，姚燮与同样下第而归的谢铁卿、李荣庭等友人一起，"或践名迹，与深古愁"，当路过济宁太白楼时，遂登楼凭吊，拜谒李白和贺知章石像，并写下此篇，述其"耳目意兴"以寄之。其中一段云：

今日也，天潆潆而风泠泠也，云下翼而鸟高飞也。何使我独立无倚而恍有思也？又使我凭望移时而不忍去也？恶呼！黄鹄一举，隔巴山兮万重；明月不来，怆美人兮终古。涞水泗水，漪作晓色；兔山峄山，黛犹昔时。河声过城，直至海上；榆色横塞，远见楚中。惟弗阻于所观，而目转疑小；无可闻于斯世，而心还悔豪。为之歌《天姥》之吟，唱《铜鞮》之曲。儿童在下，笑为痴人；燕雀拂前，弄若枯木。郭汾阳平生知己，今之于我也其谁；谢宣城五字新篇，我之服公也犹是。黄金挥霍之地，野麦成蒿；白日苍莽之天，乱鸿如虱。时乎不再，忧从中来。难问昔人，剀其过者。然而积胸有滓，且资痛洗于清虚；小醉终醒，何必提携以樽罂？天下事不甚了了，付之烟霞；古今来共此茫茫，阅者花鸟。得乐且乐，莫负良期；欲行未行，聊竟旷眇。乃复高敞檐庙，下俯州闾。一塔瓴孤，鹰听钟语；万家瓦合，人杂犬声。无边去帆，来搅落叶；不尽芳草，未照夕阳。亦足瞻风景之靡常，而悟时序之善变也已！②

---

① ［清］曾燠选，姚燮评，张寿荣参：《国朝骈体正宗评本》，清光绪十年花雨楼朱墨套印本。
② 《复庄骈俪文榷二编》卷四《太白楼秋眺序》，见《姚燮集》（五），第1410页。按："黄鹄一举，隔巴山兮万重；明月不来，怆美人兮终古"，《姚燮集》作"黄鹄一举，隔巴山兮。万重明月不来，怆美人兮终占"，今改。

这段文字首先以简笔点染萧瑟的自然环境，接着便以两个融通骈散的问句道出文眼，即姚燮为什么会"恍有思""不忍去"，而所思所望又为何？继而，下文便围绕这两个问题展开，以"凭望移时"之法，接连叙写了姚燮在早晨和下午两个时间段不同的见闻、感思，其间又蕴含着心与物之间的相互感发。首先，清晨在楼上远眺的所见所闻，使姚燮为自己的多年不遇，以及今日此地野麦丛生、乱鸿遍野、不复昔日豪情与光芒的衰败景象，怅怅不已。因此，他便以酒和清静虚无之念来消解愤懑，以致小醉醒来后心境由先前之忧愁转为旷达，又觉天下事终究会归于虚无，而今应及时行乐。随后，姚燮以这种心境再去俯瞰时，映入眼帘的另一番景象所蕴含的基调，虽有些清冷，但较之前还是缓和了许多，最终令其心情、思绪与所感受到的风景之无常、时序之善变，交融在一起。在该段中，姚燮只用了与郭子仪（郭汾阳）、谢朓（谢宣城）有关的两个典故①，分别表达自己的怀才不遇之叹和对李白的无限敬仰，彰显出切意用典所具有的辞简意婉之美。其余篇幅则以简明达意的语言，或写实白描，或直接抒情，或情景交融，又多以虚词、连词乃至散句贯穿其中，从而使得文章因骈散交融更加气韵流畅。并且，接下来的一段首先抒写李白虽有万丈豪情却终不得志，而后言："不如断绠，随汗漫以为乡；让与闲鸥，宿菰蒲而无警。兴言及此，辄唤奈何，后之视今，如是耳已。远霭乍敛，晚景转澄，再拜别公，解缆南下。"②挣脱束缚，潇洒漫游，既是姚燮所向往的、与李白性格经历相符的生活方式，又与姚燮此时已绝意仕进的选择暗合；晚景转为澄澈而不复详述，只因急需踏入归途，而姚燮的触物感兴之思、尽力平复愤懑之无奈，却随着与开端之"不忍去"在某种程度上的呼应，萦绕全篇。

在《陈桐屋明经春明集序》中，姚燮将对污浊士风的揭露、对自我性情的剖析、对人生价值的看法等，抒写得淋漓尽致。如他邀友人陈桐屋共游时道：

> 庭有兰，不厌其不芳，可以对文君之琴；涧可钓，不愁其无鱼，可

---

① 《新唐书·列传第一百二十七·李白》云："初，白游并州，见郭子仪，奇之。子仪尝犯法，白为救免。"（［宋］欧阳修、宋祁：《新唐书》第一八册，北京：中华书局2013年版，第5763页。）此后李白救郭子仪的故事广为流传，言郭子仪视曾李白为第一知己，不过现今部分学者认为此事系伪托；李白十分推崇东晋诗人谢朓，在诗歌中多有称赞，如《宣州谢朓楼饯别校书叔云》："蓬莱文章建安骨，中间小谢又清发。""小谢"即谢朓。"五字新篇"即五言诗，因谢朓多作五言诗，故有此称。

② 《复庄骈俪文榷二编》卷四《太白楼秋眺序》，见《姚燮集》（五），第1410—1411页。

以弃冯驩之铗。垂帘自酌，别有其风月；得句偶佳，告之于狷鸟。无羁苦之感，其意然后闲；无摇荡之怜，其身然后逸。桐屋其能从我游乎？苕霅之水涟且漪，子浮子艇；大梅之山幽而邃，吾结吾庐。他日重逢，或在蓬壶天间，共扬霓旌孔盖之辉，未可知也；不则烟霞世外，并成铅龙汞虎之鼎，亦足乐耳。……天高地厚，得一日之食息皆恩；水往云来，任万事之迁流随化。①

该段对仗方式多样，不仅有四五对、五五对、七四对、四八对等两句式，而且还有以三、五、七字和六、八、四字构建成的三句式长对。这些本就奇偶迭用的对仗句，与单行的散句交融在一起，使得姚燮以气脉畅通、情韵潇洒之文，畅想着惬意的归隐生活。其间虽夹杂着姚燮历经诸多困苦后的沧桑感，但对在山水中悠然自得、在天地间优游卒岁的生动描绘，却令人心驰神往。

其二，关乎时事、民瘼的篇章。如若不论政治立场，那么可以说在《盛川乡赈图记》《为李邑侯作镇海县昭忠祠碑》《葛壮节公宝刀箴》《高氏双忠赞》等与民间灾害、鸦片战争、太平天国运动相关的骈文中，姚燮都在层层铺叙中灌注着自己的满腹伤痛和强烈愤慨。如《盛川乡赈图记》对道光三年（1823）盛川乡受灾情况分稻苗残败、织无麻葛、饥民遍野三层予以叙述，其中第三层道："洎乎严冥杀物，霾发鼓寒，溪木肤伤，泽茇肉尽。虚囷县磬，井无弃稗。荒巢蔽柯，几及卵雀。益以愁瘴郁腑，刀风削肌，立骸茧皱，菜面焦黑。遂使老弱齐命，疮痍遍衢，殍者暴露，弃儿枕籍。巷日惨惨，四听惟哭；瓦霰凛凛，万突少烟。降尔极愍，欲无生理。"② 该段以散行之气运骈偶句式，通过层叠的四字句、由物及人地描摹了一幅荒野无食、饿殍遍布的惨痛画面，令人触目惊心。

再如，《为李邑侯作镇海县昭忠祠碑》以沉痛的笔调哀记裕谦、谢朝恩、金佐谢、李向阳四位官员在鸦片战争中殉难之事。在人物、事例的详略取舍上，姚燮对最具代表性的两江总督裕谦着墨颇多。该文先是简叙裕谦自道光二十年（1840）春临危受命后坚决抗战、从严治军、纾解民困等事，而后着重叙述裕谦在道光二十一年（1841）八月英军再次攻打定海时（按：道光二十年七月初，英军第一次攻陷定海）誓死抗战、终在镇海陷落时以身殉国的

---

① 《复庄骈俪文榷二编》卷四《陈桐屋明经春明集序》，见《姚燮集》（五），第1409页。
② 《复庄骈俪文榷》卷五《盛川乡赈图记》，见《姚燮集》（五），第1244页。

具体经过，且将武将谢朝恩、金佐谢战死之事穿插其中。其言云：

> 昌国再陷，三镇授命。遂使符坚胆炽，长驱而逼鄞城；庞萌焰张，引军而窥泗水。公乃登陴斮马，升坛歃牲。而孤城之县，已如卵危；群志之怯，复同斋靡。河桥之旗未折，潼关之骑多逃。霍将军称上阁勋臣，竟拔寨而退奔乌鑿；严县官本刑余下走，敢弃辎而远出平陵。揭揭然如朽拉枯摧，纷纷者类狐跄鼠窜。铁闸倾而黄流决，石车发而赤檓飞。而公于此，既难为王胺之誓天，复莫效李廉之祷火。伤哉朱鸟，促零丁欲堕之魂；嗟此青山，仗建业屏军之守。时维余狼山镇谢公固垒金鸡，独当一面。……可怜忼慨虞悝，与谯王承而同死。盖把总金公佐谢公以拒战，同被害于时也。……而裕公于此，以为大局如斯，藐躬奚属？掌握已无寸柄，左右不过数人。忍寄活于亡命儿之肩，敢受殂于操觚家之笔？因为之冠裂裳毁，面北拜稽，仰天苍苍，呼臣负负。靴刀已失，鸩酒何来？洒痛泪以仓皇，矢危心以坚白。素车未眇，逝从子胥而游；清流一泓，往揽灵均之襟。则公之投池以徇也。其属官负之出，匿于舟，江行抵姚邑。公既苏，卒仰药而死。①

将这段引文与《清史稿·列传一百五十九·裕谦传》对比可知，二者在内容上的不同之处主要有二：第一，裕谦死因。虽然两文都说裕谦投河自尽后被副将救出，乘小舟前往余姚，但《清史稿》说裕谦被救出后不省人事，最终"卒於途"，而姚燮却说裕谦在途中苏醒，最后服毒而死。至于真相如何，尚未可知，但毫无疑问的是，姚燮笔下的"两次自尽"，更能强化这位两江总督的民族气节和国家大义。第二，侧重点。对于裕谦迎敌、自尽的叙述，《清史稿》重在记载裕谦召集众将士誓死抗英及其预感死亡之言，如："一日经学宫前，见泮池石镌'流芳'二字，曰：'他日於此收吾尸也！……非佳兆。'预检朱批寄谕、奏稿送嘉兴行馆，处分家事甚悉。临战，挥幕客先去，曰：'胜，为我草露布；败，则代办后事。'至是果投泮池……"② 其间略微穿插了镇守招宝山的浙江提督余步云不战而退一事。然而姚燮在文中却不记裕谦言语，而是通过外部形势的渲染和对裕谦无力回天、有负国家、

---

① 《复庄骈俪文榷二编》卷五《为李邑侯作镇海县昭忠祠碑》，见《姚燮集》（五），第1441—1442页。按："揭揭然"，原作"揭揭然"，盖刊刻错误，今改。

② [清] 赵尔巽等：《清史稿》卷三百七十二，北京：中华书局1976年版，第11525页。

视死如归等复杂心理的描写，塑造其忠贞、英勇形象。在描述战况时，更是以六六对、七七对、八八对等既工整又充满愤慨的对仗句（从"河桥之旗未折"到"石车发而赤檄飞"一段），再现当时将士和官员多弃城逃跑、清军犹如一盘散沙以致全线崩溃的局面，这也正是姚燮的用意之一。因此，上述引文虽用了十余处历史典故和较多对仗句式，但互相融合的骈散文辞和贯穿文中的浩荡气势，却难掩姚燮对裕谦发自内心的敬仰和悲思，对贪生逃跑之辈的鄙夷和痛恨，以及时隔多年后再次回顾昔日情景的无限悲怆（按：该文作于咸丰四年1854）。

二、广博而灵活的用典及其蕴含的世俗偏见

用典（又称"隶事"）是骈文重要的表现手法和文体特点。孙德谦《六朝丽指》曾通过实例分析指出六朝骈文用典的多种情况："文章运典，于骈体为尤要。……陈古况今，并以足文气也。……借以衬托，用彰今美也。……别引他物，取以佐证也。……义颇相符，反若未衬者也。……无涉本题，尽力描摹者也。"① 可见，恰当、适度的典故运用对骈文思想情感的形象表达、审美效果的提升有着不可替代的作用。但自汉魏六朝骈文崇尚踵事增华以来，只顾频繁征引而不顾文意表达的创作弊病愈演愈烈，在宋代，大肆摘引类书以铺列成文，已是四六文创作中的常态。因此，堆砌典故便成为骈文备受诟病的重要因素之一，即便是骈文名家李商隐（字义山）也因用典繁富被讥讽为"獭祭鱼"②。

在努力恢复昔日骈文地位的清代，便有论者反对骈文过度用典。如康熙朝的张谦宜（1649—1731）曾云："以骈语论事，不难于工整，难于曲折如意、情理协耳。总之，此种文全以识见笔力，用事与雕镂短订者，相去径庭。"③ 姚燮亦批评骈文"堆沙砌石以为富"④ 的做法，认为"尚獭祭者昧真"⑤。在这一意识的影响下，姚燮骈文"大多数还是能做到避免'獭祭昧真''狐饰靡气'的"⑥，且在典故运用上还具有广博而灵活的特点。这首先

---

① 孙德谦：《六朝丽指》，四益宧刊本，1923年，第27页。
② 《杨文公谈苑》云："旧说义山为文，多简阅书册，鳞次堆积，时号獭祭鱼。"（[宋] 杨亿口述，黄鉴笔录，宋庠整理：《杨文公谈苑》，上海：上海古籍出版社1993年版，第23页。）
③ [清] 张谦宜：《絸斋论文》，见王水照编：《历代文话》，上海：复旦大学出版社2007年版，第3915页。
④ 《复庄骈俪文榷》卷七《与陈云伯明府书》，见《姚燮集》（五），第1297页。
⑤ 《复庄骈俪文榷》卷六《皇朝骈文类苑叙录》，见《姚燮集》（五），第1259页。
⑥ 杨旭辉：《清代骈文史》，北京：人民出版社2013年版，第287页。

体现为大部分篇章（以序跋、书信、杂记为主）中的典故并不繁富，并且从宏观而言，典源广博，用典方式多样。姚燮学养深厚，读书颇广，"自经传子史至传奇小说，以旁逮乎道藏空门者言，靡不览观"①，致使其骈文不仅题材丰富，内容涉及儒、释、道三家②，而且言典致博，在广泛征引先秦至清代的经史子集、小说戏曲、佛道典籍的基础上，通过明用、暗用、正用、反用、借用、衍用、叠引等多种手法来指事类情。这在前文的相关论述中已有所体现。

其次，姚燮骈文广博而灵活的用典特点还体现为：少数篇章（以碑文、墓志为主）用典繁密，和其主张并不相符，不过大都能适情达意，用而能化。这在数篇与女性、艳情有关的文章中体现得尤为突出，如《丑女赋》《玉钩斜哀隋宫人文》《刘阿满小传》《象山李女适慈溪金氏妇女贞烈碑》《叙蔡生微波阁本事乐府》等。其中，最后一篇书序在姚燮序跋文中个性非常鲜明，约有典故八十处，几乎是句句用典。该篇主要以"叙"的方式，讲述了蔡生与住所名为"微波阁"的妓女（下文称"微波阁主"）之间的悲欢离合。其故事梗概为：微波阁主与蔡生情投意合，有意嫁蔡生为妾，然有好事者谣传她私会别人，导致蔡生与她绝交。她为向蔡生表明真心，乞求谅解，便请人写赋、撮合，最终与蔡生和好如初。五年后，蔡生因要为微波阁主赎身而外出置钱，临行前也约定好了再会日期，但当他返回时却已人去楼空。三年后，蔡生依然毫无她的音信。事实上，这种看似凄美的士妓爱情故事并不新鲜，类似的情况也曾发生在姚燮身上③，其中对"情真意切"的谱写和渲染，不过是风流文人自我安慰或陶醉的一种方式，很难令今世读者心生叹息。不过，全篇令人应接不暇的典故运用，虽可能出于作者的炫才之心或艳情喜好，但却在一定程度上降低了故事本身的艳俗色彩，使该文具有一定的文化内涵，也为所序之书进行了有效的宣传。如最后一段道：

> 呜呼！紫鸾一阕，已作《广陵》，菖蒲有冠，愁其老大。或浔阳商妇，悔嫁浮梁；或邯郸才人，下沦厮养。或效蓬首垢面齐景云，已悟读佛书；或非稚齿雅容张小三，仍不离门户。或青娥过横水驿，因赵蝦而

---

① [清] 徐时栋：《姚梅伯传》，见《姚燮集》（七），第 2135 页。
② 与佛家相关的骈文是《唐石佛人焦山颂》《吴山宝成寺麻葛剌佛序颂》《玉佛庵碣》等，与道家相关的是《玉梵台天帝说经序颂》《上元夫人授汉武帝六帝入金致黄水月华之法序》等。
③ 如本书第一章第一节曾言，咸丰年间，曾有一位妓女因事惹怒姚燮，后来她请蒋敦复作了一篇赋从中调停。姚燮看罢，遂作《彤馆冰蚕阁后赋》以答，与妓女和好。

亡；或红绡入一品家，遗昆仑所劫。事均不可知。所惜魏野辞存，无复添苏拂拭；难说长沙情在，到今南望悲啼。鹦鹉去而画楼空，芍药开而春梦醒矣。蔡生于是仿冒巢民之例，填孔云亭之词。人生行乐，白发奈何；情之所钟，青天为老。《胡笳十八拍》，且咽且鸣；筝柱十三弦，一声一泪。怡云了却，幼玉何言？转转者当代名姝，一诗难易；东东者残红堕劫，万古伤心。①

　　该段大意是蔡生不知微波阁主现状如何，也不再苦等，遂将二人之事敷演成戏曲《微波阁本事乐府》，抒写伤悲，但文中却运用了十多个典故。如：嵇康《广陵散》、薛涛"老大始顶菖蒲冠"②、白居易《琵琶记》、乐府歌辞《邯郸才人嫁为厮养卒妇》、钱谦益《诗妓齐景云》、冯梦龙《情史·张小三》、赵嘏侍妾在横水驿抱赵嘏恸哭而卒事（见《唐摭言》卷十五）、裴铏《昆仑奴》、宋代隐士魏野与妓女添苏事（见《续湘山野录》）、冯梦龙《情史·长沙义妓》、冒襄《影梅庵忆语》、孔尚任《桃花扇》、蔡文姬《胡笳十八拍》、夏庭芝《青楼记·张怡云》、刘斧《青琐高议·王幼玉记》、马郁与妓女转转事（见《旧五代史》）、窦巩《悼妓东东》等。其中为阐明"事均不可知"，依次叠引了六个典故，这样既可带领读者回顾六位女子各自不同的经历③，又借此表示了微波阁主现状的多种可能性，相较于没有征引的平铺直叙，具有意婉而尽、内容丰富的表达效果。为了说明所序书籍的内容和文体（回忆书作者与妓女的故事、戏曲），姚燮巧妙地运用了清初两则关于"士妓爱情"的名典，即冒襄作《影梅庵忆语》回忆自己与董小宛之间的点点滴滴，孔尚任的戏曲《桃花扇》演绎了侯方域与李香君之间的悲欢离合。其中，冒、侯二人与陈贞慧、方以智合称为"明末四公子"，董、李二女名列"秦淮八艳"。这两个典故的运用虽不免美化了蔡生与妓女之事，夸大了蔡生的才华，但在当时应对所序书籍有着或多或少的宣传作用。最后，姚燮

---

① 《复庄骈俪文榷》卷八《叙蔡生微波阁本事乐府》，《姚燮集》（五），第1315—1316页。按："或效蓬首垢面齐景云，已悟读佛书；或非稚齿雅容张小三，仍不离门户"，《姚燮集》作"或效蓬首垢面，齐景云已悟读佛书；或非稚齿雅容，张小三仍不离门户"，今改。

② 《夷坚三志》已集一《吴女盈盈》中记载魏人为盈盈所作之诗云："浣花溪上海棠湾，薛涛朱户皆金环。……扫眉涂粉迨七十，老大始顶菖蒲冠。"后注："涛七十始顶菖蒲冠，学谢自然上升之术。"（见［宋］洪迈撰，何卓点校：《夷坚志》，北京：中华书局1981年版，第1307页。）

③ 琵琶女嫁给商人，最终后悔；本居宫中的邯郸才人嫁给仆役；齐景云蓬头垢面，一心向佛；张小三从良，远离妓院；赵嘏侍妾被浙帅抢去，后在被送回途中的横水驿见到赵嘏，遂恸哭而卒；红绡被昆仑奴带出相府，与情郎私奔。

为抒发因此事而产生的具体感受，还采取正反两种用典方式（即反用马郁以一诗换得名妓转转事，正用窦巩哀悼东东早逝事①），哀叹佳妓难得、士妓难以长相守，从而收束全文。

综观《叙蔡生微波阁本事乐府》所用之典，时间跨度上至西汉，下至清代，所涉及的女子既有娼妓歌女，又有烈妇、侠女、宫人。如果将这些典故全部摘出还原，仿若一部女儿故事汇集。同类或相似典故如此密集的征引，一方面是基于姚燮对历代典籍（以史传、小说、诗歌为主）中的女子，尤其是妓女故事颇为熟悉，及其较高的驾驭能力，另一方面或许与前人编撰的类书或选集有关，因为仅将这些典故与王世贞《艳异编》"妓女部"相对照，便可发现有十余处都见于其中，而这一点在姚燮《丑女赋》中有着更为充分的体现。该赋开端交代其创作缘起，即读过王律芳意在"刺非类"的《短人赋》后，"因感于时，爰广其意"②。以"短人赋"为题的赋作始于东汉蔡邕，其《短人赋》以诙谐的笔调戏虐、讽刺了西域侏儒人，故王律芳之赋的旨趣应无出其右。而自言要广其意的姚燮《丑女赋》，真正讽刺的对象却不是"非类"——丑女，而是重色轻德的世风。这与明代徐祯卿《丑女赋》所言的"世降道凉，好色贱德"③ 相同，但若将二赋进一步比较，可发现它们也存在诸多差异。其中较大的不同就是，在表现手法上徐赋工于描摹，姚赋主于用典。

徐祯卿《丑女赋》采用了欲扬先抑的写法，首先描摹女子的丑陋形态，接着通过直叙和将丑女与妖媚丽人对比的方式，感愤丑女纵然勤劳贤良却终无人求取的遭遇，进而只化用四个典故，即"《新台》废耻，《谷风》见黜。商嬖妲己，靡奢丧国；晋爱骊姬，宗子销骨"④，来告诫世人女色的祸害犹如鬼蜮。而姚燮《丑女赋》中的典故约有三十处。该赋以艾子和欲嫁给他的丑女对话的方式展开，先由艾子道出女子极其丑陋的外貌，接着女子通过对

---

① 《旧五代史·唐书·马郁传》："（马郁）尝使于镇州王镕，州中官妓有转转者，美丽善歌舞，因宴席，郁累挑之。镕幕客张泽亦以文章名，谓郁曰：'子能座上成赋，可以此妓奉酬。'郁抽笔操纸，即时成赋，拥妓而去。"（见［宋］薛居正等撰，陈尚君辑纂：《旧五代史新辑会证》第6册，上海：复旦大学出版社2005年版，第1911页。）［唐］窦巩《悼妓东东》："芳菲美艳不禁风，未到春残已坠红。惟有侧轮车上铎，耳边长似叫东东。"
② 《复庄骈俪文榷二编》卷一《丑女赋》，见《姚燮集》（五），第1336页。
③ ［明］徐祯卿《迪功集》卷五《丑女赋》，见《四库全书》（1268），上海：上海古籍出版社1987年版，第755页。
④ ［明］徐祯卿《迪功集》卷五《丑女赋》，见《四库全书》（1268），上海：上海古籍出版社1987年版，第755页。

比斥责了艾子好色轻德、以貌取人,最后以艾子虽认可丑女之言却仍然拒婚来收束全文。尽管这个有些出人意料、更具讽刺意味的结果具有新意,但该文令人印象最深刻的,还是典故使用密集,且其中绝大部分都见于类书。如丑女在斥责艾子时,连续征引了历史上两类女子的故事:一类是容貌丑陋但德行俱佳、与丈夫双宿双栖的女子,如嫫母、蓬莱、钟无盐、宿瘤、伦倠、黄月英、孟光等;另一类是容颜美丽却倾国破家的女子,如褒姒、西施、河间妇(柳宗元《河间传》)、瑶光寺女尼(杨衒之《洛阳伽蓝记》)。这些关于丑女的典故和前文为衬托女子之丑而征引的支离疏、籧篨之典,以及后文为表现艾子不愿娶丑女而征引的鹍鶄、屠门肚、陇廉、敦洽等典,大都出自《太平御览·事部下·丑妇人》和《初学记·丑人第三》。具体来说,姚燮很有可能主要参考了《太平御览》,这是因为见于其中的典故不仅有上述大部分事典,而且还有语典。即:艾子拒婚后所赠之歌"嬬以为殊乎?嬒以为都乎?橆而娭焉以为姝乎"① 中的"嬬""嬒""橆""娭"四字,出自《通俗文》"不媚曰嬬,可恶曰嬒,大丑曰橆,丑称曰娭"②,而这条正见于《太平御览·丑妇人》中。

参考类书以征引典故者最易遭到批评,如钱钟书便称那些摘缀《小学绀珠》(宋代王应麟编)、《古今合璧事类备要》(宋代谢维新、虞载编)等类书而成的骈文为"米汤大全"③。不过,姚燮骈文中这种情况毕竟很少,且从最典型的《丑女赋》来看,他也能做到因事而用,用而能化。如艾子见到丑妇后惊骇道:"其支离疏之女耶?抑其籧篨之妹?出乎其类,拔乎其萃。"④ 该句将支离疏、籧篨两个关乎丑男的事典,与"出类拔萃"这一具有褒义色彩的语典,通过设问、夸张的修辞巧妙组合在一起,既衬托出女子极其丑陋,为后文具体的形态描摹进行铺垫,又为文章增添了些许诙谐趣味。

另外,《丑女篇》所折射出的问题不仅有姚燮骈文用典繁密、可能参考类书的一面,而且还有姚燮的世俗偏见,即以褒姒、西施之典来表达古人常有的女色亡国之论。无独有偶,他的一些偏见还存在于反映其艳词创作心态的典故中。如姚燮在《忏绮图书后》(作于道光十九年)中陈述自己书写艳情之作的概况道:

---

① 《复庄骈俪文榷二编》卷一《丑女赋》,见《姚燮集》(五),第 1337 页。
② [宋] 李昉等:《太平御览》卷三八二《人事部二三·丑妇人》,北京:中华书局 1960 年版,第 1767 页。
③ 钱钟书:《管锥篇》,北京:中华书局 1986 年版,第 1023 页。
④ 《复庄骈俪文榷二编》卷一《丑女赋》,见《姚燮集》(五),第 1336 页。

刻由眷而憎，憎而狎，而昵，而留想，而蹈行，而未已也，而缘以笔，而饰以辞。……其犹曰抒骚士怀，述风人旨与？……造《牡丹亭》以杀三妇，汤临川堕永世泥犁；演《会真记》以诬元稹，李温陵遭晚年奇祸。蒙自恧焉，幸违其辙。然而释鞶摽以幼眇，耽燕婉于蝉媛。江柳纡永叔之怀，梅花寄广平之思。洛灵不系佩而受衷于陈思，巫神不荐枕而遭谤于宋玉。蝶饮馨而醉，莺恋碧而凄。触绪成文，奚复能免？①

实际上，此番言语名为忏悔，实为辩解。姚燮所要表达的意思无非就是：虽然知道艳辞不可为，但现实状况难免会令人触绪成文，有感而发，而自己的艳情之作乃是排解郁愁与愤懑的产物，并非败坏礼教、荡人心志的淫词艳曲。在辩解过程中，姚燮征引诸多典故来证言明意，但这些典故寓意的形成大都建立在歪曲事实的基础上。如他化用"汤显祖因作《还魂记》而不得超生""李贽因评点小说而遭横死之报"② 两个典故，来表明自己并未像二人那样沾染蛊惑人心的"淫书"。此二典的形成、流传，与清代官方禁毁"淫秽邪书"，以及旨在劝人远离色欲、"淫书"的善书之盛行密切相关，且它们均见于在道光年间编成③的善书《文昌帝君谕禁淫书天律证注》。该书专门针对"淫书"而作，所收录的条目大都出自以往的善书，如《文昌帝君天戒录》、黄正元《欲海慈航》等，而编撰者笠舫（此为编者之号，真名不得而知）的注解，也集中表明了他与几位前辈一致的卫道者立场，即"淫书"的创作者、刊刻传播者、评点以"误导"他人者、阅读而作恶者，都会遭到恶报。故而，我们就看到了《李某好评西厢水浒竟遭横毙之报》《作〈还魂记〉永堕地狱之报》《金圣叹评刻小说戮身绝嗣之报》《淫词艳曲妻女偿债之报》等违背事实根据的故事。其中最荒唐的就是不顾历史实际，公然把李贽和金圣叹的之死归因于他们评点"淫书"所遭至的报应，并以"自作孽不可活""必不得好死"④ 等恶言相加。更令人匪夷所思的是，不少文人居然采纳这些说法，而姚燮在征引上述二典时更是按照己意予以化用、衍生，毫无道理地将清初评点《牡丹亭》的"三妇"——吴舒凫的未婚妻陈同、妻子谈则、继

---

① 《复庄骈俪文榷》卷七《忏绮图书后》，见《姚燮集》（五），第1300页。
② 姚文中所言的李贽评点之作为元稹《会真记》，此处的用典方式属于衍用，且《牡丹亭》又名为《还魂记》，这些下文将有所涉及。
③ 赵维国：《教化与惩戒：中国古代戏曲小说禁毁问题研究》，上海：上海古籍出版社2014年版，第142页。
④ ［清］笠舫：《文昌帝君谕禁淫书天律证注》，见王利器：《元明清三代禁毁小说戏曲史料》，上海：上海古籍出版社1981年版，第409页。

室钱宜的因病早逝①归罪于汤显祖,将李贽之死视为他在评点《会真记》时污蔑元稹②所遭受的恶报。并且,从姚燮继而征引的欧阳修《望江南·江南柳》、宋璟《梅花赋》、曹植《洛神赋》、宋玉《神女赋》等典中可知,他虽认为这些作品是借香草美人写志抒怀,并借此为自己创作艳辞的行为辩解,其中不乏自嘲意味,但也认为曹植亵渎了洛神、宋玉污蔑了神女。

总之,这些典故的使用不免令我们感到些许惊讶或失望:曾评赞《红楼梦》、创作艳情笔记、对戏曲颇有研究、风流重情的姚燮,怎也如卫道者那般肆意中伤《牡丹亭》这部佳作,视其为伤风败俗的淫词艳曲?纵然他看重礼教和名节,却怎会如此轻易地认同世俗和善书中违背史实的言论?不过,由此亦可知,忧国忧民的姚燮亦是一位固守传统、未能摆脱世俗偏见的文士,而他在道光二十三年(1843)秋重病时的行为——因噩梦而烧掉数十种小说、绮语③,当也与善书的影响有一定关系。

三、清丽简雅与繁博奥涩兼具

今人在论姚燮骈文风格时,多以"沉博绝丽"来概括。而这实出于古人评价,如徐荣《书梅伯骈文卷后》云:"其文沉博绝丽,动魄惊心。"④《清史列传·姚燮》云:"其骈文沉博绝丽,与彭兆荪相近。"⑤ 若一家之骈文兼具内容宏赡、典故广博、辞彩华美、对偶精工、气韵沉厚等优点,做到学问与文采、内容与形式的融汇贯通,便会形成沉博绝丽之风,不过"沉博绝丽作为骈文评价的独特和褒义用语,从乾隆以后,直到清末民初,都是骈文风格理论的中心"⑥,常被用来赞扬某家的骈文成就。从宏观的角度来看,这一现象昭示着清代骈文整体较高的创作水平和在风格论上的趋同,亦与清代博学征实的总体学风相符,但就单独某一家的骈文来看,这一具有时代共性的赞赏,不免有些笼统,亦未必都中肯。道咸年间的文学家张维屏就曾言:

---

① 事见《三妇评牡丹亭杂记》卷首吴舒凫序。另,陈同尚未出嫁就已去世,且郑发楚《谈评〈牡丹亭〉的钱宜》载三人的生卒年分别是陈同(1650—1665)、谈则(1655—1675)、钱宜(1671—1695)。(见郑发楚、仲向平主编:《西溪名人》,杭州:杭州出版社2013年版,第94页。)

② 李贽在《李卓吾先生批评〈会真记〉》讽刺元稹"大妖似贞",并言:"元微之是负心人也。岂独负郎已哉,亦负《会真记》矣。"(见[元]王实甫原著,周锡山编著:《〈西厢记〉注释汇评》中册,上海:上海人民出版社2014年版,第513页。)

③ 据陆壝《玉枢经篇序》载,当时姚燮在梦中觉得有神告诉他:"多作绮语,当入无间狱,不独疾之不愈也。"

④ [清]徐荣:《书梅伯骈文卷后》,见《姚燮集》(六),第1743页。

⑤ 王锺翰点校:《清史列传》(第十九册),北京:中华书局1987年版,第6048页。

⑥ 吕双伟:《清代骈文理论研究》,浙江大学博士论文,2006年,第64页。

"昔人有'沉博绝丽'之语,求诸近代,罕觏其人。盖多读书者博不待言,惟沉丽难兼。沉未必丽,丽未必沉,丽在肉采,沉在神骨,骨重神寒,是之谓沉,然非博,不能丽,更不能沉,徒恃博,不能沉,并不能丽,此中有天事焉,有人事焉……胡稚威诗文沉多于丽,彭甘亭诗文丽多于沉。"① 胡稚威即胡天游,彭甘亭即彭兆荪,这两位乾嘉骈文名家之文都有"沉博绝丽"之评②,而张维屏则明确表示:学养深厚者的骈文,广博易得,但含义深厚之沉、辞藻丰缛之丽却难以兼具,即便是风格类似的两家骈文,也会产生同中有异、偏重一端的情况。这也就是说,"沉博绝丽"在每一家骈文中都有各自不同的内涵和具体表现,故单凭此语难以全面认识姚燮骈文的审美风格,难以了解其具有的个性和负面特征。窃以为,姚燮骈文确实具有"博"与"丽"的审美特点,不过这一特点却在不同的篇章中体现为清丽简雅、繁博奥衍两种迥异的文风。

姚燮清楚骈文发展过程中存在的弊病,即"攫丹撘绿以为工,飞空走滑以为清,画丑雕媸以为古,俭色枯声以为简,荼辞驰气以为和"③,"袪袂之整,变于襞积之邪;羹酒之淳,坏于麴醴之杂"④。简而言之,就是文章结构支离破碎、内容冗杂繁芜、言辞浮华绮靡、格调俗浅软滑。因此,除了理足、情真、气畅外,姚燮还肯定以古为尚、陈言务去、辞清文醇等为文要素。其中,尚古在诸要素中占据核心地位。在骈文评点中,姚燮常以"简古""高古""入古""藻古"等词赞赏诸家骈文,将是否近古与有无俗滥、浮靡之病互相联系。如他评洪亮吉《八月十五泛舟白云溪诗序》云:"语无近藻,笔无俗格。"评赵怀玉《重刻独孤宪公毘陵集序》云:"树骨无靡,撷采无醲,可以传古人矣。"⑤ 由此可见,尚古乃是姚燮的重要骈文主张,也是其避俳俗、去浮靡的重要手段。

至于姚燮所崇尚的"古",当是指唐以前的骈文。这是因为,对于历代

---

① [清]张维屏:《听松庐文钞》,见张维屏编撰,陈永正点校,苏展鸿审定:《国朝诗人征略》卷五十九"彭兆荪"条,广州:中山大学出版社2004年版,第821页。
② 胡天游(1696—1758),字云持,又字稚威,浙江山阴人,著有骈文集《石笥山房文集》六卷;彭兆荪(1768—1821字湘涵,号甘亭,江苏镇洋(今太仓)人,著有骈文集《小谟觞馆文集》四卷《续集二卷》。《清史稿·文苑传二·胡天游》:"时四方文士云集京师,每置酒高会,分题命赋,天游辄出数千言,沉博绝丽,见者咸惊服。"徐达源《南北朝文钞序》云:"吾友彭子甘亭,少学为沈博绝丽之文。"(见彭兆荪采辑:《南北朝文钞》,北京:中华书局1985年版,第1页。)
③ 《复庄骈俪文榷》卷七《与陈云伯明府书》,见《姚燮集》(五),第1297页。
④ 《复庄骈俪文榷》卷六《皇朝骈文类苑叙录》,见《姚燮集》(五),第1259页。
⑤ [清]曾燠选,姚燮评,张寿荣参:《国朝骈体正宗评本》,清光绪十年花雨楼朱墨套印本。

骈文，他崇尚汉魏六朝，肯定初唐，但贬斥宋、元、明三代骈文"非排比平通，墨守制诰之体，即敷衍卑陋，规模公牍之辞"。并且，姚燮为窥得骈文创作门径，曾"游猎乎老、庄、荀、列、贾、董、匡、刘，以逮龙门、扶风之所著；饮息乎屈、宋、班、扬、枚、马、建安七子，以及唐初四杰，燕、许诸公之所撰"①，"裁其舛驳，辨其精醇"，向唐以前的诸位名家取经。从此处又可知两点：第一，姚燮不仅师法骈文名家，而且兼取先秦诸子散文、《史记》和《汉书》，再次说明了其融合骈散的文学主张。第二，由于清代骈文家多以"汉魏、六朝和初唐"时期的骈文风格为主要的崇尚对象和评价依据，基本上"无取乎宋四六"②，至于在三者中具体侧重于哪一端，则因人而异，故姚燮对前代骈文的态度及其师承取径虽并不新鲜，但也可谓是清代骈文复古潮流的一个缩影。

若论姚燮最为宗尚之"古"，在其现存言论中并不能明确得知。不过，根据以下两点可推知其骈文应受六朝影响较大：第一，《清史列传》评姚燮骈文近彭兆荪，而彭兆荪在《南北朝文钞·原引》中道："六朝文为偶语之左海，习骈俪而不胎息于此，庸音俗体，于古人固而存之之义何居焉？"③彭兆荪以六朝骈文为最佳学习范本，曾协助曾燠编选《国朝骈体正宗》，力求"矫俳俗、式浮靡"④，以推动骈文良性发展，这得到了姚燮的肯定和认可。第二，约在道光二十八年（1848），时任浙江学政的赵光曾言姚燮骈文"取法乎六朝，而博宗于百氏"⑤。综观姚燮骈文可知，其在宗尚六朝、兼取汉魏之优长的基础上，形成了清新简丽、典雅赡博之风，这突出地体现在以抒怀、摹景、论文为主题的篇章中。

《与秦悟悔笺》是姚燮客居异乡时写给友人的一篇小笺⑥，以130余字层次分明地道出了自己醉归难眠的情境和感受。全文大致结构为：醉归思睡，不寐而起，忧思独悲，鸡鸣而卧，辗转达旦，相约欢宴，以慰韶年。而

---

① 《复庄骈俪文榷》卷七《与陈云伯明府书》，见《姚燮集》（五），第1296页。
② 刘麟生：《中国骈文史》，北京：东方出版社1996年版，第114页。
③ ［清］彭兆荪采辑：《南北朝文钞》，北京：中华书局1985年版，第1页。
④ ［清］彭兆荪：《小谟觞馆文集》卷三《与姚椿木书》，见《清代诗文集汇编》（492），上海：上海古籍出版社2010年版，第130页。
⑤ ［清］赵光：《姚某伯骈体文序》，见《姚燮集》（六），第1743页。
⑥ 该文有言云："知佳人之何怨，抚繁筝而未停。使我悲生，恻焉涕下，秋士善感，矧在异乡与？"据此可推测此文应作于道光十七年秋姚燮客居苏州之时，因为他在此年所作的《同邱泰厉志饮韦君在山草堂听其十三龄女公子韵觉弹琴》一诗，便是关于女子弹琴引得其感伤悲戚之事，且诗中多次出现"秋士"一词；这在本书第二章第二节中有所述及。而该文末尾所说的"偶得小诗"，当是指上述之诗。

姚燮的难眠之因与倚栏之观，都关乎秋夜萧景。如其文云：

> 金风气凉，瓦灯焰短，瓶花在几，摇影素壁，高梧出檐，与竹战声。辄复不寐而起，卷露台之幕，悄焉倚阑，数银河之疏星，听石砌之断蝉。残月东上，流光散于蕙丛；远山西横，明翠拂乎烟杪。①

该段以"辄复不寐而起"为界，可分为上下两层：秋天之凉风、瓦灯之微光、瓶花之摇影、梧桐与翠竹因枝叶碰撞而发出的萧瑟之声，令醉意熏熏的作者欲寐不得；作者起身独自倚栏后，天空之疏星、院中之蟋蟀、残月之流光、缥缈之远山，都陪伴着他度过这个漫漫长夜。在炼句造境方面，第一层连用三对四字句，以"凉""短""摇影""战声"等词，描绘作者在触觉、视觉、听觉三方面感受到的凄清之景；第二层则在骈散交融的多种句式中（既有四言、五言、七言单句，又有四、六言对偶句，还以助词疏通文气），以"疏星""断蝉""残月""远山"等萧索意象，摹写其身处的悄然夜色。至此，姚燮以简雅笔调所作的绘景渲情，使凄凉萧索的意境、简远疏淡的忧思都散发其间，令残寂夜景和孤独游子都跃然纸上。

同样情景相生、文辞简练、笔意淡雅之作还有《凉月赋》《揽秋赋》《邢湖观秋荷记》《翠竹轩后记》《魏滋伯花滩渔唱图引》《枕湖感旧诗小引》《自题闲情诗卷》《游南池记》等。这些篇章大都关乎游览、绘画、闲情等，其中最具代表性的当属作于道光二十四（1844）年的《邢湖观秋荷记》。该文是一篇短小精悍的游记，主要叙写是年初秋姚燮在鱼台邢庄乘舟游赏湖中千顷荷花的情景。文章在开端简单交代背景后，便转入对"望与思远"的具体描述。其文为：

> 高日平照，叶背皆白；远树交合，花气转碧。水角一蕊，悄疑仵人；涧末断菼，凉可招雨。鲜菂有露，堕蝉自斟；落瓣如艇，孤翠来立。玉笛能按，惜无女郎；明月可怜，但照凄夜。昔者江南采绿，西湖闹红。……画城烟水，难觅坠欢。兹以闲眄偶缘，宿情遥寄。残英犹绾，风不忍吹；斜溆稍空，蘋与之补。……回楫景逝，倚舷眼穿，天晶川平，渺渺而已。②

---

① 《复庄骈俪文榷》卷七《与秦悟悔笺》，见《姚燮集》（五），第 1282 页。
② 《复庄骈俪文榷》卷八《邢湖观秋荷记》，见《姚燮集》（五），第 1318 页。

该段首先以白描手法，从多个角度状摹了湖中秋荷风貌：整体望去，但见照耀在阳光里的荷叶一片洁白，粉嫩荷花与远处绿树交融，渐觉花气转碧；细致观赏，便觉水角处一枝荷花与观者正相互凝望，生长在荷旁的残断水草已发散出丝丝凉意，又见停驻的鸣蝉正在享用鲜嫩莲子上的露水，落花漂浮水面已如一叶小艇，被包围在满眼翠绿之中。不过寥寥数语，便描绘出一幅清新淡雅、生机盎然的自然图景。作者的纯熟技法和细腻情思，由此可见。在摹写白日景色后，作者又在夜间抚今追昔，由对今日虽有美景而无风月的感叹，回忆起往日游览江南和西湖时美人在旁、纵情寻欢的美好时光，其中虽难掩文人风流，但导致他有此感的主要还是五次科考不中的落寞心情。遥寄"宿情"后，作者在萧瑟夜景中乘舟远去，以"天晶川平，渺渺而已"收束，使得全文虽意尽言止，却节短韵长。在句式和辞藻上，全文以四字偶句绘景抒怀，既工丽又不失清雅本色，从而具有语言凝练、气息清新、音节流利、情韵婉转的审美效果。

在书序文中，姚燮往往会对所序诗集和词集进行内容或风格概括，叙写诗词作者的创作缘起或情境，而他所运用的喻象化的品评方式及富有形式美感的丽词偶句，便会促使文章具有浓厚的典雅隽永之风。如《张次柳词序》对张次柳创作投赠感怀词的原因阐释道：

> 矧复五陵气豪，侠盛交广，缟纻所纳，满乎东南。孟郊性介，与韩忘形。亦有嵇阮，金兰为契。倾盖片语，怜美人之目成；一日不见，解琼瑰以密赠。至于阳安折柳，送客尽情之桥；少陵听乌，寄梦渭北之树。帝子已去，寸肠九回；高台偶凭，蔓烟千里。逝潮无鲤鱼之信，明河断鸤鹊之梁。青山阻欢，红豆写痗。于是乎有投赠怀感之作。"①

该段多句式多样，只对仗句就有四四对、四六对、七七对三种形式，但文辞并不复杂。文中基本出自唐以前的典故，如韩愈视孟郊为忘形交、嵇康与阮籍结为金兰、雍陶《折柳诗》②、杜甫《春日忆李白》、娥皇和女英身殉

---

① 《复庄骈俪文榷》卷六《张次柳词序》，见《姚燮集》（五），第1273页。
② 何光远《鉴戒录》卷八《改桥名》云："雍使君陶。典阳安日，简州地名。送客至桥。离情未已，揖让既久，欲更前车。客曰：'此处呼为情尽桥，向来送迎，至此礼毕。'陶下马命笔，题其桥楣，改为折柳，自兹送别咸吟是诗……诗曰：'从来只有情难尽，何事名为情尽桥。自此改名为折柳，从他离恨一条条。'"（[五代后蜀]何光远撰，刘石校点：《鉴戒录》，见傅璇琮、徐海荣、徐吉军主编：《五代史书汇编》十六，杭州：杭州出版社2004年版，第5929页。）

舜帝等，与骈俪之语交融在一起，使得文章在作者学力的浸染下，多了几许婉约含蓄、典雅厚重之美。类似于此的序文还有《黄霁青太守绿笺词序》《潘星斋编修小鸥波馆词序》《蒋纯甫芬陀利室词序》《叶小谱滴竹露斋词序》《韫玉山人诗序》等，这些都是兼具内涵性和审美性的佳作。清代词论家江顺诒就曾言："姚梅伯燮《绿笺词》云：'一曰绮而不靡，一曰典而不滞。'措词幽隽，亦词家之妙境。"①"姚梅伯《瓣花词》叙语亦简当。"② 姚燮评述黄安涛（即黄霁青）词特点的文字，在本章第一节已有所引，而他在《家子箴明府瓣花庵词序》开端的叙语为：

好蝶而曼，习率而俳，竞调哆而粗坌，皆词之蠹也。而若规式两白，粉泽二窗，自斲心根，私坿瞠貌，抑惑焉。风弄林叶，态无一同；月当流波，影有万变。形声至眇，要乎自然，静气相挹，可得其理。③

这段文字是姚燮对自己词学思想的阐发。他认为淫哇浮艳、率易俳俗、粗放叫嚣之词不可取，且每个人的性情和心灵各不相同，如果只是亦步亦趋地学习、模仿"两白""二窗"，不顾自我真实的性情和感触，那便是自己斩断了"心根"，致使词作难至佳境。"两白"即姜夔（号白石道人）、张炎（词集为《山中白云词》），"二窗"即吴文英（号梦窗）、周密（号草窗），四人均是浙派词人的学习对象，而文中如此称呼，便与整段的四言句式谐同。为表明词作应有自己的独特个性，作者还采用借喻手法，以风中姿态万千的林叶、流水中瞬息万变的月影予以形象阐述。总之，整段文字以简洁精妙的语言，阐发了符合词旨、有助于挽救时弊的主张，当得起江顺诒的"简当"赞语。

姚燮骈文清丽简雅之风的形成，也与他在用词藻饰方面的主张密切相关。在《国朝骈体正宗评本》中，姚燮对骈文文词投入了较多的关注，如评吴锡麒《圣道执中记》："若再能陈言务去，加以精炼之词，当更出色。"评胡敬《重修会稽大禹陵庙碑》："词尚瑰丽，再加简古便佳。"评刘嗣绾《贻友人书》："讽喻曲当，辞亦清醲。"评吴农祥《画图梧同记》："词亦工，而

---

① ［清］江顺诒：《词学集成》卷七，唐圭璋编《词话丛编》，北京：中华书局2005年版，第3290页。
② ［清］江顺诒：《词学集成》卷七，唐圭璋编《词话丛编》，北京：中华书局2005年版，第3292页。
③ 《复庄骈俪文榷》卷六《家子箴明复瓣花庵词序》，见《姚燮集》（五），第1275页。

不免于费。"① 从中可知，在骈文辞藻上，较之奇特绚丽，姚燮更倾向于醇美雅洁，力求以精炼之词涤除枝蔓，这从以下两组对比中亦可知晓。

其一，潘季玉《玉诠词》卷首有姚燮《玉诠词序》，据该序末尾的题署时间可知，这篇文章作于道光二十四年（1844）四月二十日。而收入《复庄骈俪文榷二编》的《潘季玉玉诠词序》，则与《玉诠词序》有所不同，这当是姚燮后来修改原文所致。若论二文差别最大的地方，当是末尾部分：

> 仆也恨比灵均，才羞孝穆。数茎秃发，渐近霜生；一寸愁心，已同蕉剥。照欲空夫五蕴，难为茧之脱身；琴不弹者十年，又愧棘之生手。感坠欢之犹梦，嗟老大之无成。咄彼空空，曷云已已。旗亭有壁，谁来唱我黄河；绮夜如年，且复赠君白纻。（《玉诠词序》）
>
> 仆也琴手如棘，弃已十年；骚心若蒁，卷无半寸。旧欢梦坠，短发霜生。并艰为东亩之谑词，何望步晋卿之雅调？今日赠君白纻，莫辜绮夜如年；昔时唱我黄河，枉忆旗亭有酒。（《潘季玉玉诠词序》）

通过对比可知，修改后的文字在保留原文要义（即嗟叹自己年华已逝、词心退减）的基础上，通过删减、精炼、整合、重组等方式，使得语言更加简炼，对仗更加工整。如将原文中的"感坠欢之犹梦，嗟老大之无成""数茎秃发，渐近霜生"② 两句精炼、删减后，重组为"旧欢梦坠，短发霜生"③。

其二，姚燮为好友陈佐钧（字香邻，吴中文人）作了两篇诔文——骈体《陈处士诔》、散体《香邻陈处士诔》。这两篇文章的相似点主要有二：第一，诔辞完全一致。第二，诔辞之前序言的主要内容基本相同，其中所讲述的主要事件是，道光二十年（1840）春，陈左钧送姚燮赶赴京城，至梁溪时因大风雪滞留三日，天晴后陈左钧还不愿离去，遂停留舟中，晚夕置酒与姚燮痛饮，次日清晨返归。而两文最大的差异就在于对这件事的叙述方式和叙述语言上。散体文以 300 余字记述了送别的具体过程，其中穿插了陈左钧的许多话语及其与姚燮之间的互动，如叙述二人分别时道：

> 香邻去，舟子始解缆。余凭舷望香邻舟，香邻已凭舷望余舟，语之曰：

---

① ［清］曾燠选，姚燮评，张寿荣参：《国朝骈体正宗评本》，清光绪十年花雨楼朱墨套印本。
② ［清］姚燮：《玉诠词序》，见冯乾编校：《清词序跋汇编》（二），南京：凤凰出版社 2013 年版，第 817—818 页。
③《复庄骈俪文榷二编》卷四《潘季玉玉诠词序》，见《姚燮集》（五），第 1420 页。

"兄归,抵吴,即遣人中市王家询弟迹。君去抵京,即寄信中市王家,慰弟念。毋相忘,毋相忘!"余舟始行,香邻舟亦行,犹遥遥以手指作语。①

而骈体文只以59余字记此事。其文为:

届乎庚子春始,余将入都,过君。君冒大风雪送余,舟达梁溪岸,更维缆作三日留。晨沽市楼之酒,夜剪江蓬之烛。劝饮视眠,百致款曲,凄咽叙别,若不胜怀。②

通过比较可知:对二人分别情景的叙述,散体文用了67字,而骈体文则以"凄咽叙别,若不胜怀"8字简括;在整个事件的叙述上,骈体文较散体文少了许多言行上的细节描写,然却简明达意,并不影响对二人深厚情谊的传达效果。况且,从这两篇文章全部的序言来看,散体约640字,骈体则约280字,且在对作者哀痛之情的表达上,骈体文为:"黔嬴目闭,巫阳口暗。念我佳人,怅不知所。山阳之笛,闻者泪焉;湘水之兰,茇其枯矣。生不如雷之于陈,死徒为谢之于卫,吾负香邻矣。"③这段文字化用了几则典故,例如:以黔嬴、巫阳两位神者分别闭目、无言,以向秀听闻邻人笛声而感念昔日与嵇康的美好时光,来衬托作者的不舍和哀伤;以湘兰根苦,来比喻陈佐君这位品性高洁者已逝;以未能如雷义那般无私地对待好友(雷义让"茂才"之名于挚友陈重),来表示自己对陈佐君的愧疚。④这较之散体诔文中仅有的"抑何其情之系我之深也!吾愧负香怜矣"⑤两句,在内涵、审美及情感深度上,都更胜一等。因此可以说,骈体《陈处士诔》较之散体《香邻陈处士诔》,着重突出了作者的哀痛和对逝者的愧疚,并剪去了许多细枝末节,以简炼雅洁且富有感染力的语言,记事述情。

从以上两例可窥知,姚燮骈文在锤炼语句上用功较深,具有文辞简洁凝练的一面。不过锤炼一旦过度,便容易流于晦涩,如若再与古奥生僻之词并行,便会使文章难以卒读,而姚燮的部分骈文就有这些弊病,这从姚

---

① 《复庄文酉初编·香邻陈处士诔》,见《姚燮集》(六),第1649页。
② 《复庄骈俪文榷》卷八《陈处士诔》,见《姚燮集》(五),第1323页。按:"君冒大风雪送余,舟达梁溪岸",《姚燮集》作"君冒大风雪,送余舟达梁溪岸",今改。
③ 《复庄骈俪文榷》卷八《陈处士诔》,见《姚燮集》(五),第1323页。
④ 这些典故分别出自《楚辞·招魂》《楚辞·远游》、向秀《思旧赋》《楚辞·湘夫人》《后汉书·雷义传》等。
⑤ 《复庄文酉初编·香邻陈处士诔》,见《姚燮集》(六),第1649页。

燮友人、晚清著名藏书家徐时栋（1814—1873）的评述中可见一斑。徐时栋曾在姚燮刊刻《复庄诗问》时为姚燮作《姚梅伯传》，其中有言云："余尝评梅伯所著骈体文第一，诗次之，填词又次之，余所横溢可观传人也。"① 之后，这句评语便成为后世评价姚燮文学成就、特别是骈文的常用引证。但殊不知，徐时栋对姚燮骈文并不怎么认可。据徐时栋《烟屿楼读书志》记载，他在为姚燮作传时，只看到姚燮几篇骈文手稿，倍感惊艳，因此便作出上述评语，但后来看到其骈文刻稿时，便"觉有千首一律之概，其词、其句、其字，总以僻涩为工，读第一篇如是，第二篇复如是，至于篇篇无不如是"②。并且，徐时栋还批评道："复庄才大博极群书，然语语求新，字字避熟，往往为才所累。又刻稿中好写奇字，词本僻奥，加以不经见之字，毋乃艰深文浅易乎？"③ 从中不难看出徐时栋对姚燮骈文的不满。实际上，徐复栋所言未免有些夸大，因为姚燮骈文并非篇篇都僻晦难懂，其中还有不少清新易懂之作，不过他也确实指出了姚燮骈文的缺点所在。就好写奇字这方面来说，若查看姚燮骈文刻本，当知徐时栋所言不虚，这导致当代学者路伟、曹鑫在整理编纂《姚燮集》时，为方便读者理解，便将姚燮两部骈文集中的许多古字、奇字"改为通行字"④。生字、僻词、炼句等不利因素融合在一起，便容易使姚燮一些骈文看似繁博古奥，但却是言辞艰深繁缛、文意晦涩难懂。这在那些长篇赋颂、碑文，尤其是与宗教有关的作品中体现得尤为突出，如其"《洞真玉枢经绎义》《斗母宫寿醮青词》等则写得奇崛僻怪，难于卒读，颇有争奇斗巧，标新立异之感"⑤。

由此看来，姚燮虽有心在创作中避免骈文流弊，但也未能完全做到。究其原因，主要有二：第一，多少有些耀才炫学之念。第二，有追求古奥的审美倾向。姚燮初学骈文时从古奥入手，"喜索沉闷。缀辛玄空明之崄，摘灵壁猗玕之葩，烛伯阳天隋之幽，抉于陵元真之诡。不《元包》不字，不《太玄》不句，不《淮南》不篇"⑥，力求一字一句之古奥、奇诡，未免忽略了整体的结构和立意，当深刻意识到这些弊病后，才转而游猎先秦至初唐诸位名家之作，从而在学古的道路上经历了由闭塞到宽广的重要转变。不过，青

---

① ［清］徐时栋：《姚梅伯传》，见《姚燮集》（七），第2135页。按：该文见于徐时栋《烟屿楼文集》卷七、姚燮《复庄诗问》卷首《诗传》和《琼贻副墨·兰如集》卷四。徐时栋《烟屿楼读书志》云："前复庄刻诗集时，余为之作小传。"
② ［清］徐时栋：《烟屿楼读书志》卷十六《大梅山馆集》，民国十七年刻本。
③ ［清］徐时栋：《烟屿楼读书志》卷十六《大梅山馆集》，民国十七年刻本。
④ 《姚燮集·凡例》，见《姚燮集》（一），第4页。
⑤ 洪克夷：《姚燮评传》，杭州：浙江古籍出版社1987年版，第133页。
⑥ 《复庄骈俪文榷》卷七《与陈云伯明府书》，见《姚燮集》（五），第1295—1296页。

年时形成的这一审美倾向，在以后的创作中也难以完全消除。并且，徐时栋在批评姚燮骈文语词生僻时，还言：

> 吾友朱明经漪生师洛，工于制艺，尝语余曰："明文中吾最恶艾千子之文，前辈以为大家、名家，吾读之竟至不能句读。若以难读难解即为高古，即可为大家名家……而四子书何为绝无难读难解者耶？世不以古圣贤易读易解之四子书为法，而极力推尊难读难解之时文，一何可笑。"余尝以语姚梅伯，梅伯笑而不答。梅伯作四六文字颇有千子制艺之风，故讽之。①

艾千子，即明末文学家艾南英（1583—1646），其字千子。艾南英以古文、八股文名世，然而在徐时栋友人朱漪生看来，艾南英的八股文难读难解，但世人居然视其为高古，极力推尊，殊为可笑。朱氏所言是否公允有据，是否合乎艾南英八股文实际，姑且不论，重要的是它不仅符合徐时栋的文艺观，即为文要"通畅明白，使人人能解"②，而且还为徐时栋批评姚燮骈文提供了一个较好的凭借。在徐时栋看来，姚燮创作骈文的倾向类似于艾南英八股，二人都欲以难读难解之文来追求高古博奥之风，所以他故意将朱氏的言论告诉姚燮以暗讽。然而，姚燮对此却是只笑不答，至于原因，是默认，还是不愿争论，已不能知晓。

姚燮曾在《与陈云伯明府书》中，简要概述了胡天游、袁枚、洪亮吉、彭兆荪的骈文创作得失，一方面赞扬这四位乾嘉时期的骈体名家在清代骈文发展历程中"转一时之风气"，另一方面则借他们"犹不免于所失如此"这一现象，来表明骈文创作甚难，并在最后道："虽有志于群垒以外别创孤军，而学有所未深，才有所不及。"③ 因此，当姚燮以炫学之心、古奥生僻之辞及相对有限的才力追古求博、避免俗浅时，便容易其令其骈文失之晦涩，给读者带来古奥费解之感，而非高雅古朴之风。

综上所论，姚燮在学习古人、反思骈文流弊的基础上，以深厚的学力驾驭广博的典故，构建精工雅致的丽词偶句，力避浮词俗语，在行文中或以散行之气运骈俪句式，或奇偶相杂，阐发出种种主观体悟与见解，从而使其大部分骈文情真气畅，内容充实渊博，并具清丽简洁、典雅浑融之风，亦与其骈散交融、熔铸性情、以气驭文、陈言务去等主张相统一。不过，他从善书

---

① ［清］徐时栋：《烟屿楼读书志》卷十六《大梅山馆集》，民国十七年刻本。
② ［清］徐时栋：《烟屿楼读书志》卷十六《大梅山馆集》，民国十七年刻本。
③ 《复庄骈俪文榷》卷七《与陈云伯明府书》，见《姚燮集》（五），第1297页。

中征引的某些典故，则折射出其世俗偏见，而对博奥风貌、精炼文辞的过度追求，也使其部分骈文因堆砌典故、遣词求生、语句过炼、僻字间杂，令人心生繁博奥涩之感。

本章小结

姚燮骈文自有优缺点，故近人对它的评价也不尽一致。首先，道光至同治年间，多有赞赏者称其文"精气厚力，鸿笔丽藻"①"渊懿古博，光怪陆离"②"足以抗手六朝，绝尘一代"③。就连对姚燮散文颇有微词的蒋敦复④，在校阅姚燮骈文时虽指出了"一二累句"，但总体上还是认为其文"渊懿其气，浑噩其神，庸陿其格，汗漫其词，奥衍其笔，艳逸其致，而不著一肤庸粗靡之习，求之近代，罕有其匹"⑤。这些持肯定态度的评语合并起来，便近于"沉博绝丽"之意，道出了姚燮骈文内容广博、笔力深厚、文辞古茂等特点，不过其中难免颂美成分。

相比之下，赵光在《姚某伯骈体文序》中对姚燮骈文的评价可谓别具一格。赵光（1797—1865），字蓉舫，云南昆明人，与姚燮恩师徐宝善为同年（嘉庆二十五年）进士，曾于道光二十六至二十九年以侍郎之职在浙江视察学政，并在此期间（极有可能是道光二十九年）为姚燮写下此序⑥。该序首

---

① ［清］周白山：《复庄骈俪文榷题后》，见《姚燮集》（六），第 1739 页。
② ［清］张成渠：《跋复庄骈体文后》，见《姚燮集》（六），第 1744 页。
③ ［清］王韬：《瀛壖杂志》卷四，见《姚燮集》（七），第 2143 页。
④ 蒋敦复在评校姚燮散文集《复庄文酉初编》时，多有指摘，并言："读大集文字，取材宏富，往往有不甚拣择处，不免零杂，恐为大文所累。悉爱，敬贡赘言，恕罪。"（见《姚燮集》（六），第 1584 页）
⑤ ［清］蒋敦复：《跋复庄骈体文后》，见《姚燮集》（六），第 1744 页。
⑥ 赵光《姚某伯骈体文序》（下文简称"赵序"）有言："前年曾诵其（按：姚燮）所为诗，琳琅悦心，上继作者。"查《复庄诗歌》卷首赵光题辞云："君为余友廉峰同年所取士，读集中哭廉峰诗，一字一泪，何沉痛乃尔也。吾友仙去，倐已十年，诵君诗，为黯然者久之。"（见《姚燮集》四，第 1147 页）徐廉峰，即姚燮恩师徐宝善，逝于道光十八年（1838），故若据"倐已十年"一语，可推断该题辞作于道光二十八年（1848），再据"前年"一词，可推断赵序作于道光三十年（1850），不过事实恐非如此。这是因为：王蒔兰作于咸丰十一年的《复庄骈俪文榷二编序目》全文引录赵序，并言："复检昆明赵蓉舫先生光视学来浙时所作序文相示，因录之以弁简端。"（见《姚燮集》六，第 1741 页）由此可知，该序作于赵光在浙视学期间。而据赵光《赵文恪自订年谱》可知，赵光从道光二十六（1846）年八月开始奉旨视学两浙，至道光二十九年（1849）十月卸任返京（见王超宏：《姚燮年谱》，北京：中国社会科学出版社 2011 年版，第 247—248 页），故赵序的创作时间并非道光三十年。极有可能的是，赵光所谓的"十年"是一个约数，他为姚诗写题辞时，距离徐廉峰去世已九年多。如此一来，其题辞、序便分别作于道光二十七（1837）、二十九年（1829），这亦在他在浙视学的时间范围内。当然，也不排除分别作于道光二十六、二十八年，只是相比之下，前者的可能性更大。

先以大段篇幅阐明自己对骈文发展流变和文体特点的看法，然后才涉及所序对象，即姚燮骈文。其言曰：（骈文）若乃佻巧恍荡，流而忘归，取媚于一字之纤，求工于一句之丽，俳优谐俗，何以异此？此非可以语某伯之文矣。① 从中可知，对于姚燮作于道光年间的骈文，赵光并不直言其优点，而是先道出骈文不应具有的弊病，即旨趣浅薄、语词纤巧、字句雕琢繁缛，然后表明姚文并无此弊，这就是他的全部评价。身为一位品阶较高的在朝官员兼前辈，赵光自然不需发过多虚美之词。与前文提及的几位布衣文士之评相比，赵光的评价方式可谓迂回含蓄，关注的重点也不在于文章是否古博、奥衍，而是是否华而不实，流为俗调。咸丰十一年（1861），姚燮将这篇并非盛赞其文的序出示给王蒔兰，从而使得王蒔兰在为《复庄骈俪文榷二编》作序时将其全部引录②。由此可见，姚燮对赵序较为看重，这固然不排除他想借赵光名宦的身份为文集增添分量，但在一定程度上也说明他认同赵光对自己文章的评论。

现今来看，赵光之评是客观的，不过其中也略有失实之处，即姚燮骈文也有雕琢字句的一面，而这点便与用字避熟、好为奇字等弊端一起，成为徐时栋批评的焦点。徐时栋对姚燮骈文的几番批评，可谓道咸同年间一篇赞扬声中的另类，不过在光绪以后便出现了与之相似的观点。近世学者王葆心曾言："骈文亦忌太生，孔广森谓不可用经典奥衍之词。如彭兆荪深选学，近人病其撦词太繁，与姚燮同病。王昙好奇，欲别立一派，皆不可藉口。"③王葆心虽明白文人有用"僻字涩句以戒俗"④的想法，但还是觉得这种文字"不可学不易学"，且对于更加注重博采、显见学力的骈文而言，切不可用佶屈聱牙、生僻古奥之词，故他也赞同近人对彭兆荪、姚燮、王昙三家骈文的批评，即古语生词繁多，难以卒读。王葆心所谓的"近人"，或为一人，或为多家，而近人批评之语则与晚清学者朱一新的若干言论同中有异。朱一新曾云：

> 甘亭选学最深，亦颇为选学所累。拚撦太多，真气不出……。曾选

---

① ［清］赵光：《姚某伯骈体文序》，见《姚燮集》（六），第1743页。
② 王蒔兰《复庄骈俪文榷二编序目》言："复检昆明赵容舫先生光视学来浙时所作序文相示，因录之以弁简端。"（见《姚燮集》六，第1741页）
③ 王葆心：《古文辞通义》，王水照编：《历代文话》（八），上海：复旦大学出版社2007年版，第7079页。
④ 王葆心：《古文辞通义》，王水照编：《历代文话》（八），上海：复旦大学出版社2007年版，第7073页。

中如郭频迦诸人，故为拗体，笔意似雅，边幅甚窘。此外，若王仲瞿，虽有奇气，乃野狐禅。姚复庄欲开生面，亦颇犯此弊。[①]

甘亭即彭兆荪，郭频迦即郭麐，王仲瞿即王昙（1760—1817，其字仲瞿），三人均闻名于乾嘉文坛，且彭、郭之文均入选曾燠《国朝骈体正宗》（即"曾选"）。在朱一新看来，彭文征典太多，缀词太繁，郭文以炼句避圆熟，看似雅致，实则艰涩，王文虽在纵横中得奇气，但终非正轨，而姚燮虽有心别开生面，但还是陷入旧习之中。不难看出，除了字句生僻外，朱一新还指摘出姚燮骈文另一个弊病，即与王昙一样，恣肆太过。无独有偶，清末民初骈文名家李详也言："仲瞿、伯梅，披猖无已。"[②]（按："伯梅"应是"梅伯"，即姚燮）谢无量则在参照朱一新之论的基础上言："王仲瞿亦有奇气，然用事造语，不合法度。姚复庄欲别开生面，亦太著气力。"[③] 姚燮骈文之所以会受到如此批评，当与其部分篇章铺排过甚有关。实际上，从前文相关实例分析可窥知，姚燮能较好地运用乃至融合叙事、抒情、议论、写景等表达方式，擅长在层层铺叙中营造气势，但一些以记事或议论为主的长篇碑文、辞赋，如《平定湖粤猺纪功碑文》《砭疢》《虫诘》《拯惑》《七择》等，却往往因铺陈太多而显得累赘，若再加上立意不新，言辞古奥，便容易令人因觉气力太过而不喜。不过，这种弊病只在部分篇章中存在，并非姚燮骈文主调。而且，在一些文士看来，姚燮的骈文成就要高于王昙，如清末学者叶昌炽曾言："从泫民处见姚复庄集，骈文优于王仲瞿。"[④]

由上可知，近代对姚燮骈文的评价可谓褒贬不一。总体来说，道、咸、同年间，以褒奖主，而光绪至民初，则多有责弊之评。其中分歧较大的地方便是：对于其文多用生词古藻，欣赏者认为这是深厚学力和古博文风的一种表现，批评者则认为这会使文章难读难懂，陷入僻涩。由于每个人的审美标准不同，所以得出不同的感受和认识实属自然，而姚燮骈文的整体风貌和优劣得失亦由此折射而出。另外，值得一提的是，姚燮在《与陈云伯明府书》中大致梳理了清初至道光年间骈文的发展概貌，以比较肯定的态度，对乾嘉

[①] [清]朱一新著，吕鸿儒、张长法点校：《无邪堂答问》，北京：中华书局2000年版，第91页。
[②] [清]李详著，李稚甫编校：《李审言文集·与孙益庵书》，南京：江苏古籍出版社1989年版，第1038页。
[③] 谢无量：《骈文指南》，上海：中华书局1940年版，第91页。
[④] [清]叶昌炽《缘督庐日记抄》卷四，见《续修四库全书·史部·传记类》（576），上海：上海古籍出版社1996年版，第437页。

21位骈文名家的风格予以简要点评①。这与他编选本朝骈文、评点收录本朝骈文的选本，一起彰显出其推扬清代骈文成就、指摘弊端以导向正轨的自觉意识。不过，姚燮在评点诸家骈文、指摘骈文弊病中阐发其见解，涉及辞、理、气、情、骈散关系等重要方面，但也应该看到，他的骈文主张多是顺应时代潮流，对自己提出的观点大多是点到即止，并不做深入阐释，对风骨、立意、结构等核心要素虽有所关注，却未明确提出，以至于其骈文理论存在零碎不精、过于笼统的缺点。可以说，对于骈文，姚燮以实际创作和选本编纂为重心，虽知种种症结和创作要素，具有自己的为文心得和评价标准，却缺乏系统而鲜明的理论建构。实际上，这种状况在其诗学主张中也有一定体现。至于其中原因，或是向来批评门户之争、畏忌口舌之害的他不欲过多表示自己的看法，以避免争论，或是理论建构意识相对薄弱。总之，文学理论主张的不丰富、不系统，也在一定程度上降低了姚燮在后世的影响力。

或许在今天看来，姚燮骈文创作的总体成就不如其诗，在晚清的影响力也较为有限，但他为研习骈文付出的诸多努力，对融通骈散、精炼语辞、涤荡浮滑、避俗归古等主张的实践，对清初至中叶诸家骈文创作得失的梳理和归纳，对清代骈文创作成就的总结，以及欲矫正时弊以推动骈文良性发展的苦心，都值得肯定和称赞。

---

① 除前文所提到的胡天游、袁枚、洪亮吉、彭兆荪四家外，还有吴锡麒、邵齐焘、汪中、杨芳灿、张惠言、孔广森、孙星衍、刘嗣绾、乐钧、刘开、查揆、董佑诚、王昙、郭麐、王衍梅、李兆洛、陈文述。

结 语

姚燮博学高才，著述宏富，"经史子集，各有论阐；诗古文辞，靡不精擅"①，然其成就的取得也离不开他的勤奋刻苦。道光三十年（1850），绍兴知府徐荣在为姚燮骈文题辞时写道："梅伯倚马万言，文不加点，人徒讶其天分之高，而不知其手不释卷，夜以继日，于世间有字之书无不读者。"②姚燮弟子陈继聪亦言："人多谓山人负异质，不知山人刻苦人也。当其闭户偶息，辄手一编不置。尝谓聪曰：'著书有福，吾生平撰述，皆匆迫之余寸积而成。'"③ 由此可见，主张为诗需才、学、识三者相统一的姚燮，在"学"这方面所下功夫之深，对著书为文的重视程度之高，着实当得起蒋敦复对他的一则评价，即"君子之于立言，可谓勤且富矣"④。姚燮将先天的禀赋和后天的勤奋钻研融为一体，创作出在道咸文坛广受赞誉的诗、词和骈文，而其人其文无论对当时还是现在，都有一定的价值与意义。这主要体现为以下两个方面：

第一，道咸时期，姚燮不仅以较高的文学创作成就在浙江文坛独树一帜，而且还通过交游酬唱、培养弟子、奖掖后进等方式，推动着浙东文坛的发展。道光十三年（1833），姚燮因第一部正式刊刻之书《疏影楼词》，声名鹊起，而后在诗歌、词、骈文乃至绘画领域的大放异彩，都使其在江浙一带为人所重，在京师也享有一定声名。随着姚燮的文名远播，不少浙江士子或与其结交，或师从其门下，致使姚燮可以在交游网络中发挥自己的影响力。姚燮弟子董沛曾对姚燮放弃科举后的生活记述道："生平足迹遍于江南北，而寓鄞之日最久，作文写画，藉以自给。老屋三间，客常满座，间或撷笛品

---

① ［清］蒋敦复：《例授文林郎即选知县姚君墓志铭》，见《姚燮集》（七），第2132—2133页。
② ［清］徐荣：《书梅伯骈文卷后》，见《姚燮集》（六），第1743页。
③ ［清］陈继聪：《大某山人生传》，见《姚燮集》（七），第2131页。
④ ［清］蒋敦复：《例授文林郎即选知县姚君墓志铭》，见《姚燮集》（七），第2133页。

花,与诸少年为诗社而甲乙之,著录弟子至数百人。"① 董沛所言的"与诸少年为诗社"事,应是指咸丰九年(1859)姚燮在象山应王苕兰之请,为红犀馆诗社祭酒,专门负责评判社员每期所杂拟的古今体诗,并亲自编订这些诗歌,结集为《红犀馆诗课》。而当时参与诗社者,除象山、鄞县能诗之士外,"近自台、越,远暨杭、湖,闻风而应者,无虑数十家。闺秀、方外之作,亦参列期间,可谓盛矣"②。姚燮在诗社中的指导、评定工作,对年轻学子的诗歌创作当有所裨益。

在浙江文坛,向姚燮学习诗、词、骈文者,皆有之。如姚燮弟子郭传璞(字怡士,鄞县人,著有骈文集《金鹅山馆文甲乙集》)的骈文便"得其嫡传"③。陈寿祺(字珊士,山阴人)少年学习填词时,便听闻姚词声名,心向往之,至咸丰七年(1857)携带词作前去拜访姚燮,遂"为忘年交,晨夕过从,启迪良多"④。至于师从姚燮学诗者,更是不少。如董沛(字孟如,鄞县人)自弱冠之年便师从姚燮,"诗法皆先生所授"⑤,其"乐府、五言古浸淫汉魏,七言古独宗少陵"⑥,与姚燮诗歌的取径和风格基本一致。董沛是姚燮弟子中诗歌成就最高者,不仅著有《六一山房诗集》,而且将清代宁波府诗人及其作品单独选录成《四明清诗略》。又如,镇海林嵩尧(字餐英)、陈尔修(字聿昌)、陈继聪(字骏孙)、陈继揆(字舜百)及仁和吴元镜(字仲祥)均是姚燮较为看重的弟子。林嵩尧在为吴元镜作的小传中言:"仲祥与余同受业于姚复庄先生之门,诗日益进,尝赋《秋草》诗,为师所激赏,一时传诵,有'吴秋草'之目。"⑦ 陈尔修为诗初学其舅,"后游姚燮之门,益淘汰凡近,务为博奥,论者谓得燮之衣钵"⑧。据董沛所评,陈继聪"诗笔激昂慷慨,无嗫嚅之态,骎骎浣花矣",陈继揆"诗才学兼到,白

---

① [清]董沛:《姚复庄先生墓表》,见《姚燮集》(七),第2134页。
② [清]董沛:《正谊堂文集》卷一《红犀馆诗序》,见《清代诗文集汇编》(707),上海:上海古籍出版社2010年版,第417页。
③ [清]忻江明辑:《四明清诗略续稿》卷三"郭传璞条",民国十九年中华书局聚珍版。
④ [清]陈寿祺:《玉笛楼词题辞》,见《姚燮集》(七),第2036页。
⑤ [清]董沛:《姚复庄先生墓表》,见《姚燮集》(七),第2134页。
⑥ [清]董缙祺:《知州衔封朝议大夫江西建昌知县董府君行状》,见《清代诗文集汇编》(707),上海:上海古籍出版社2010年版,第589页。
⑦ [清]林嵩尧:《传略》,见[清]潘衍桐编纂,夏勇、熊湘整理:《两浙輶轩续录》(11),杭州:浙江古籍出版社2014年版,第3036页。
⑧ [清]王荣商:《容膝轩诗文集》文集卷五《陈尔修传》,见[清]袁均:《四明文征》,扬州:广陵书社2006年版,第19435页。

璧无瑕"①。其实,陈继揆既是姚燮弟子,又是他的妹婿,故姚燮与陈继聪、陈继揆兄弟二人往来甚密。道光二十五年(1845),姚燮亲自校订陈继聪文集,并将读书心得写成五首诗寄赠陈继揆,所传达的既有读书之理,又有"既富亦弗骄,深藏宜若虚"②的处世观,这也在一定程度上说明,姚燮对弟子不仅有学业、创作上的指导和鼓励,而且还有德行操守、为人处世上的潜移默化。道光二十五年(1845),姚燮曾作《励志四章示家塾同学诸子》教导弟子,其中第一首云:

> 腐儒在天地,年壮悲鲜成。求古有微志,苦于饥寒撄。石田废不治,已多荒秽生。弗商还弗农,何以侪庶氓?环顾吾党友,翠英春兰英。专锐务所宜,久可树其名。……黄雀啄田粒,微饱安足争?③

该诗意在告诉弟子,身为有志于学的儒生文士,如果既不能在仕进、功名上有所成就,又不去务农经商,以致时常苦于饥寒,难以经世济民,那么就安贫守拙,"专锐务所宜",在适合自己的方面锐意进取,最终也可传名当代与后世。并且,其第三首又言:"莫云富可骄,坐构群舌诛。甘苦有究竟,食蔗宁食荼。"④由此看来,姚燮将自己历经世事沧桑所得到的人生体验和价值观念,都熔铸于诗歌中,从精神和思想上来引导弟子,希望他们能在为学上刻苦进取,在为人上谦虚谨慎、安贫勿争。

姚燮对后学的多方教导和提携,无疑对浙东地区的文学发展和学风延续有着推动作用。而姚燮之所以如此的一个重要原因,乃是他与许多文人一样,有振兴、推扬乡邦文化之心。姚燮曾在《韫玉山人诗序》中道:

> 历数吾党之能诗者,弃兰于荆棘,而吴仲祥以憔悴亡矣;贱玉于碱硙,而叶叔兰以牢骚死矣。若胡生韫玉山人者,亦一怀才不遇,抱诗为命之士也。……矧吾党攻诗之子如此其凋零,则所以振作而兴起之者,余亦唯山人是望矣!⑤

---

① [清]董沛辑:《四明清诗略》卷二十九,民国十九年中华书局聚珍版。
② 《复庄诗问》卷三十四《读书偶得示妹聟陈文学继揆五章》其五,见《姚燮集》(四),第993页。
③ 《复庄诗问》卷三十一《励志四章示家塾同学诸子》其一,见《姚燮集》(四),第906页。
④ 《复庄诗问》卷三十一《励志四章示家塾同学诸子》其三,见《姚燮集》(四),第906页。
⑤ 《复庄骈俪文榷二编》卷三《韫玉山人诗序》,见《姚燮集》(五),第1381—1383页。

叶叔兰即叶元垚，吴仲祥即吴元镜，均师从姚燮。姚燮视叶、吴为浙东一带能诗者，也曾分别为他们的诗集作序，即《书叶生叔兰遗诗卷后》《吴仲祥笛倚楼诗序》，故对于二人的相继去世，姚燮一方面基于与他们的深厚情谊，痛心不已，另一方面则深感这是浙东诗坛的较大损失，并由此将振兴之希望寄托于吴韫华的身上。再者，姚燮从二十岁直至病逝，都在辑录《蛟川诗系》。该书选录了隋唐至清代嘉道时期三百余位宁波诗人之诗，并为每一位诗人系小传，足见其弘扬乡邦文化之意。另外，据蔡鸿鉴《复庄骈俪文榷二编序》（作于同治十三年1874）著录，姚燮的未刻稿中有"《蛟川耆旧诗系》三十二卷"①，但1913年盛炳纬根据姚燮稿本所印行的《蛟川诗系》，只有三十一卷，其中没有姚燮弟子的诗歌。然而，姚燮弟子吴有容《寿大梅夫子六十》其二云："淮采参苓储药笼，惭余小草荷兼收。"其后自注："《蛟川诗系》附有诸弟子诗。"② 据此可推知，姚燮在编纂该书时也将弟子的诗歌予以选录，至于现今不存的原因，或是原稿丢失，或是盛炳纬印行时删掉。不过，无论怎样，姚燮选弟子诗入集这一做法，都表明其奖掖后进、保存乡邦文献之心。另外，关于姚燮骈文创作所具有的重要意义，董沛曾言："吾乡骈文古无作，姚令开山号沉博（谓复庄先生）。"③ 在当时较少创作骈文的宁波府，姚燮的骈文创作实开一地之风气，也为浙江骈文创作圈注入了新的力量。综上所言，姚燮在文学创作上的成就、对弟子的影响和鼓励、振兴浙东诗坛和弘扬乡邦文化的心愿，都使他足以成为道咸之际浙东乃至浙江文坛的中坚力量。

第二，姚燮其人及其文学创作在宏观上所具有的认识意义，一方面在于其诗、词和骈文所具有的时代特征，有助于我们了解道咸文坛的整体风貌。如其诗在思想主题、艺术风貌、情感基调等方面的多次转变，不仅是诗艺日臻成熟的体现，而且还反映出道光诗坛的某些时代色彩。即：随着鸦片战争的爆发，诗人们的创作主题普遍由个人情怀转向国家民族，在学习对象上，袁枚性灵派已渐渐被排除在外，转而加大融合汉魏六朝、唐宋诗的力度，强调学养，以求自成面目。其骈文所具有的骈散交融、情真气畅之优点，折射出道咸时期骈文创作的总体追求，即在创作上骈散合一，注重立意和气脉。另一方面则在于姚燮在其文学作品中所寄寓的情感和心声，基本展现出他从

---

① ［清］蔡鸿鉴：《复庄骈俪文榷二编序》，见《姚燮集》（六），第1740页。
② ［清］范寿金辑：《蛟川诗系续编》卷七，民国三年活字本。
③ ［清］董沛：《六一山房诗集》卷九《送王研农舍人归象山兼示欧仲真员外》，见《清代诗文集汇编》（707），上海：上海古籍出版社2010年版，第313页。

少年至晚年的生平行迹、思想性格、心路历程和人生追求。在六十年的岁月里，姚燮的精神面貌发生了较大变化：少年时追逐浪漫、踌躇满志，青年时豪放不羁、哀伤渐多、闲愁淡淡，中年时落拓失意、凄苦满怀、郁愤难平，晚年时快行胸臆、安于著述。而他在科举道路上的挣扎，在鸦片战争前国家形势的总体认知上所存在的局限性，在狎妓问题上的矛盾，对个人穷愁的多方位展现，对自我价值的体认，都为后世认识道咸寒士的内心世界和生存状态提供了一个较好的契机。

  姚燮曾言："古人相去千百载，往往诵诗读书，如接謦欬，岂真有笑貌可意构欤？亦于其文章以得其性情与行谊，而笑貌亦若于形似遇之……"① 从诗文作品中得知古人的生平行迹和思想性情，进而想象他们的音容笑貌。姚燮所言的这一点是古往今来大众阅读史、学术研究史中的常态，虽无新意，但其背后却蕴含着较为厚重而又难以尽言的文化精髓和人生体验。当我们翻开某位古代作家的别集后，透过那不无隔阂的文字和语言去感受他们生活的时代，体会他们所经历的顺境、逆境、欢笑、悲伤，以及对家国、人生、自然等世间万象的种种思考，并尽量以理解和同情的眼光去看待他们的选择和转变，从而做出较为客观的判断。在这个过程中，所收获的不仅是研究方法和相关知识，而且还有心灵上的碰撞与冲击，因为在那个时空下的人民和社会，总会在一些地方能引起我们的共鸣或反思，并引领我们在不知不觉间关照自己的人生或所赖以生存的社会，想来这也是古代众多文人学者给后世留下的精神财富。

---

① 《复庄文酉初编·王澹园遗诗序》，见《姚燮集》（六），第1588页。

主要参考文献

一、古代文献（含整理本）

［南朝宋］范晔：《后汉书》，北京：中华书局2007年版。

［南朝宋］刘义庆撰，宁稼雨注评：《世说新语》，南京：凤凰出版社2010年版。

［南朝梁］刘勰著，范文澜注：《文心雕龙注》，北京：人民文学出版社2006年版。

［宋］欧阳修、宋祁：《新唐书》，北京：中华书局出版社2013年版。

［宋］李昉等：《太平御览》，北京：中华书局1960年版。

［宋］洪迈撰，何卓点校：《夷坚志》，北京：中华书局1981年版。

［宋］秦观著，王辉曾笺注：《淮海词笺注》，北京：中国书店1985年版。

［明］吴讷、徐师曾著，于北山、罗根泽校点：《文章辨体序说 文体明辨序说》，北京：人民文学出版社1962年版。

［明］徐祯卿：《迪功集》，《四库全书》（1268），上海：上海古籍出版社1987年版。

［明］归有光著，周本淳校点：《震川先生集》，上海：上海古籍出版社2007年版。

［明］胡应麟：《诗薮》，北京：中华书局1962年版。

［明］陆云龙著，李汉秋、陆林校点：《清夜钟》，《中国话本大系·京本通俗小说等五种》，南京：江苏古籍出版社1991年版。

［清］袁枚著，王英志主编：《袁枚全集》，南京：江苏古籍出版社1993年版。

［清］姚鼐纂集，胡士明、李祚唐标校：《古文辞类纂》，上海：上海古籍出版社1998年版。

［清］黄景仁著，李国章校点：《两当轩集》，上海：上海古籍出版社1998年版。

［清］洪亮吉撰，刘德权点校：《洪亮吉集》，北京：中华书局2001年版。

［清］彭兆荪：《小谟觞馆文集》，《清代诗文集汇编》（492），上海：上海古籍出版社2010年版。

［清］金兆燕：《棕亭古文钞》，《续修四库全书》（1442），上海：上海古籍出版社1995年版。

［清］阮元著，邓经元点校：《揅经室集》，北京：中华书局1993年版。

［清］孙梅著，李金松校点：《四六丛话》，北京：人民文学出版社2010年版。

［清］龚自珍著，王佩诤校：《龚自珍全集》，上海：上海古籍出版社1999年版。

［清］郭麐：《灵芬馆杂著》《灵芬馆杂著续编》《灵芬馆杂著三编》，《清代诗文集汇编》（485），上海：上海古籍出版社2010年版。

［清］潘德舆：《养一斋集》，《清代诗文集汇编》（548），上海：上海古籍出版社2010年版。

［清］潘德舆：《养一斋诗话》，北京：中华书局2010年版。

［清］潘德舆：《潘德舆家书与日记（外四种）》，南京：凤凰出版社2015年版。

［清］张际亮著，王飙标点：《思伯子堂诗文集》，上海：上海古籍出版社2007年版。

［清］汤鹏：《汤鹏集》，长沙：岳麓书社2011年版。

［清］魏源：《魏源全集》（12），长沙：岳麓书社2004年版。

［清］戈载：《词林正韵》，上海：上海古籍出版社1981年版。

［清］李兆洛编，殷海国、殷海安校点：《骈体文钞》，上海：上海古籍出版社2001年版。

［清］姚燮：《复庄诗问》，《续修四库全书》（1532），上海：上海古籍出版社。

［清］姚燮：《大梅山馆集》，同治十一年重印本。

［清］姚燮：《复庄骈俪文榷》《复庄骈俪文榷二编》《疏影楼词》，《清代诗文集汇编》（第618册），上海：上海古籍出版社2010年版。

［清］姚燮：《疏影楼词续钞》，《续修四库全书》（1726），上海：上海古

籍出版社。

［清］姚燮著，沈锡麟标点：《疏影楼词》，杭州：浙江古籍出版社1986年版。

［清］姚燮著，周劭标点：《复庄诗问》，上海：上海古籍出版社1988年版。

［清］姚燮、蒋敦复撰，袁进编：《海上文学百家文库2·姚燮、蒋敦复卷》，上海：上海文艺出版社2010年版。

［清］姚燮撰，路伟、曹鑫编集：《姚燮集》，杭州：浙江古籍出版社2014年版。

［清］姚燮编：《琼贻副墨》，同治元年稿本。

［清］姚燮原选，张寿荣汇刊：《皇朝骈文类苑》，光绪九年刊本。

［清］曾燠选，姚燮评，张寿荣参：《国朝骈体正宗评本》，光绪十年花雨楼朱墨套印本。

［清］姚燮：《十洲春语》，见虫天子辑：《香艳丛书》（4），北京：人民文学出版社1994年版。

［清］姚燮辑：《蛟川诗系》，民国二年癸卯活字版。

［清］姚燮著，魏友裴、洪荆山校订：《红楼梦类索》，上海：上海珠林书店1940年版。

［清］姚燮：《今乐考证》，北京：北京大学出版社1936年版。

［清］曹雪芹、高鹗著，王希廉、姚燮、张新之评：《红楼梦三家评本》，上海：上海古籍出版社1988年版。

［清］黄燮清：《国朝词综续编》，《清词综》（四），北京：北京图书馆出版社2006年版。

［清］郑珍著，白敦仁笺注：《巢经巢诗钞笺注》，成都：巴蜀书社1996年版。

［清］厉志：《白华山人诗集》，成都：巴蜀书社2008年版。

［清］蒋敦复《啸古堂诗集》，《清代诗文集汇编》（628），上海：上海古籍出版社2010年版。

［清］周闲：《范湖草堂遗稿》，《清代诗文集汇编》（678），上海：上海古籍出版社2010年版。

［清］徐时栋：《烟屿楼读书志》，民国十七年刻本。

［清］江湜著，左鹏军点校：《伏敔堂诗录》，上海：上海古籍出版社2008年版。

［清］王韬著，陈戍国点校：《瀛壖杂志》，长沙：岳麓书社1988年版。

［清］蒋宝龄撰，程青岳批注，李保民校点：《墨林今话》，上海：上海古籍出版社2015年版。

［清］张维屏编撰，陈永正点校，苏展鸿审定：《国朝诗人征略》，广州：中山大学出版社2004年版。

［清］吴德旋：《初月楼文续钞》，《清代诗文集汇编》（486），上海：上海古籍出版社2010年版。

［清］董沛：《六一山房诗集》《正谊堂文集》，《清代诗文集汇编》（707），上海：上海古籍出版社2010年版。

［清］董沛辑：《四明清诗略》，民国十九年中华书局聚珍版。

［清］忻江明辑：《四明清诗略续稿》，民国十九年中华书局聚珍版。

［清］刘熙载：《艺概》，上海：上海古籍出版社1978年版。

［清］谢章铤著，刘荣平校注：《赌棋山庄词话校注》，厦门：厦门大学出版社2013年版。

［清］谭献著，范旭仑、牟晓朋整理：《复堂日记》，石家庄：河北教育出版社2001年版。

［清］陈廷焯著，杜维沫校点：《白雨斋词话》，北京：人民文学出版社1959年版。

［清］丁绍仪：《听秋声馆词话》，《续修四库全书》（1734），上海：上海古籍出版社1995年版。

［清］潘衍桐编纂，夏勇、熊湘整理：《两浙輶轩续录》（11），杭州：浙江古籍出版社2014年版。

［清］陈康祺：《郎潜纪闻二笔》，北京：中华书局1984年版。

［清］徐珂：《清稗类钞》，北京：中华书局2010年版。

［清］崇彝：《道咸以来朝野杂记》，北京：北京古籍出版社1982年版。

［清］朱一新著，吕鸿儒、张长法点校：《无邪堂答问》，北京：中华书局2000年版。

［清］范寿金辑：《蛟川诗系续编》，民国三年活字版。

［清］林纾：《畏庐论文》，见《清代诗文集汇编》（775），上海：上海古籍出版社2010年版。

赵尔巽等：《清史稿》，北京：中华书局1977年版。

王锺翰点校：《清史列传》，北京：中华书局1987年版。

徐世昌编，闻石点校：《晚晴簃诗汇》，北京：中华书局1990年版。

中国戏曲研究院编：《中国古典戏曲论著集成》（十），北京：中国戏剧出版社1959年版。

王利器：《元明清三代禁毁小说戏曲史料》，上海：上海古籍出版社1981年版。

唐圭璋编：《词话丛编》，北京：中华书局1986年版。

钱仲联编著：《近代诗钞》，南京：江苏古籍出版社1993年版。

钱仲联主编：《清诗纪事》，南京：凤凰出版社2004年版。

严迪昌编著：《近代词钞》，南京：江苏古籍出版社1996年版。

孙克强、杨传庆、裴喆编著：《清人词话》，天津：南开大学出版社2012年版。

冯乾编校：《清词序跋汇编》，南京：凤凰出版社2013年版。

二、现代论著

梁启超：《清代学术概论》，北京：中华书局2010年版。

汪辟疆：《汪辟疆说近代诗》，上海：上海古籍出版社2001年版。

商衍鎏：《清代科举考试述录》，北京：生活·读书·新知三联书店1958年版。

刘大杰：《中国文学发展史》，上海：上海古籍出版社1982年版。

钱仲联：《梦苕庵诗话》，济南：齐鲁书社1986年版。

钱钟书：《管锥篇》，北京：中华书局1986年版。

姜书阁：《骈文史论》，北京：人民文学出版社1986年版。

洪克夷：《姚燮评传》，杭州：浙江古籍出版社1987年版。

沃丘仲子：《近代名人小传》，北京：中国书店1988年版。

褚斌杰：《中国古代文体概论》，北京：北京大学出版社1990年版。

郭延礼：《中国近代文学发展史》，济南：山东教育出版社1990年版。

严迪昌：《清词史》，南京：江苏古籍出版社1990年版。

马亚中：《中国近代诗史》，台北：学生书局1992年版。

王书奴：《中国娼妓史》，上海：上海书店1992年版。

陶慕宁：《青楼文学与中国文化》，北京：东方出版社1993年版。

莫道才：《骈文通论》，南宁：广西教育出版社1994年版。

陆萼庭：《清代戏曲家丛考》，上海：学林出版社1995年版。

王英志：《性灵派研究》，沈阳：辽宁大学出版社1998年版。

沈松勤：《唐宋词社会文化学研究》，杭州：浙江大学出版社2000年版。

吴承学：《中国古代文体形态研究》，广州：中山大学出版社 2000 年版。

李灵年、杨忠主编：《清人别集总目》（上），合肥：安徽教育出版社 2000 年版。

马积高：《清代学术思想的变迁与文学》，长沙：湖南出版社 2002 年版。

于景阳：《中国骈文通史》，长春：吉林人民出版社 2002 年版。

陈玉兰：《清代嘉道时期江南寒士诗群与闺阁诗侣研究》，北京：人民文学出版社 2004 年版。

罗积勇：《用典研究》，武汉：武汉大学出版社 2005 年版。

奚彤云：《中国古代骈文批评史稿》，上海：华东师范大学出版社 2006 年版。

曹之：《中国古籍编辑史》，武汉：武汉大学出版社 2006 年版。

王济民：《清乾隆嘉庆道光时期诗学》，成都：巴蜀书社 2007 年版。

［日］滨岛敦俊著，朱海滨译：《明清江南农村社会与民间信仰》，厦门：厦门大学出版社 2008 年版。

张仁青：《中国骈文发展史》，杭州：浙江大学出版社 2009 年版。

赵明正：《汉乐府研究史论》，北京：同心出版社 2009 年版。

李康化：《近代上海文人词曲研究》，上海：上海人民出版社 2009 年版。

曹虹、陈曙雯、倪惠颖：《清代常州骈文研究》，南京：江苏人民出版社 2010 年版。

莫立民：《近代词史》，北京：人民文学出版社 2010 年版。

王顺贵：《明清及近代诗学演进史稿》，南昌：江西人民出版社 2010 年版。

翟景运：《晚唐骈文研究》，北京：商务印书馆 2010 年版。

莫道才：《骈文研究与历代四六话》，沈阳：辽海出版社 2011 年版。

汪超宏：《姚燮年谱》，北京：中国社会科学出版社 2011 年版。

严迪昌：《清诗史》，北京：人民文学出版社 2011 年版。

颜建华：《清代乾嘉骈文研究》，北京：光明日报出版社 2011 年版。

蒋寅：《清代诗学史》（第一卷），北京：中国社会科学出版社 2012 年版。

王英志主编，赵娜、张丽华、郭前孔执笔：《清代唐宋诗之争流变史》，北京：人民文学出版社 2012 年版。

赵敏俐、吴思敬主编，王小舒著：《中国诗歌通史·清代卷》，北京：人民文学出版社 2012 年版。

朱一玄编：《红楼梦资料汇编》，天津：南开大学出版社2012年版。
周育民、邵雍：《中国帮会史》，武汉：武汉大学出版社2012年版。
钱钟书：《谈艺录》，北京：生活·读书·新知三联书店2013年版。
林姝：《大梅山馆诗意图研究》，北京：故宫出版社2013年版。
岳立松：《晚清狭邪文学与京沪文化研究》，上海：上海古籍出版社2013年版。
杨旭辉：《清代骈文史》，北京：人民出版社2013年版。
路海洋：《社会 地域 家族：清代常州古文与骈文研究》，南京：凤凰出版社2014年版。
赵维国：《教化与惩戒：中国古代戏曲小说禁毁问题研究》，上海：上海古籍出版社2014年版。
张静：《北宋书序文研究》，北京：中国社会科学出版社2014年版。
〔美〕魏乐博、范丽珠主编：《江南地区的宗教与公共生活》，上海：上海人民出版社2015年版。

三、期刊论文

钱南扬：《姚复庄先生著述考》，载《北平图书馆馆刊》，1932年六卷六号。
李一氓：《读词札记》，载《文学遗产》，1982年第4期。
洪克夷：《论晚清诗人姚燮》，载《杭州大学学报》，1983年第1期。
钱仲联：《三百年来浙江的古典诗歌》，载《文学遗产》，1984年第2期。
王飙：《鸦片战争前后的"志士之诗"及其诗风新变》，载《文学遗产》，1984年第2期。
张志良：《姚燮反映鸦片战争的爱国诗歌》，载《苏州大学学报》，1984年第4期。
邵胜定：《谈姚燮鸦片战争前的诗歌》，载《上海大学学报》，1985年第3期。
赵杏根：《试论姚燮诗的主要语言风格》，载《宁波师院学报》，1985年第1期。
赵杏根：《姚燮著述考》，见朱东润、李俊民、罗竹风主编：《中华文史论丛》（总第三十四辑），上海：上海古籍出版社1985年版。
赵杏根：《时代的现实 进步的思想——论姚燮诗歌创作的主要内容》，

见苏州大学明清诗文研究室编：《明清诗文论文集》，南京：江苏古籍出版社1986年版。

赵杏根：《论姚燮诗歌创作与其经历、素质之关系》，载《苏州大学学报》，1990年第2期。

陈铭：《浙派词人的最后代表姚燮——读〈疏影楼词〉》，载《古籍整理出版情况简报》，1986年第168期。

赵坚：《姚燮文学观初探》，见《文学评论》编辑部编：《文学评论丛刊》（第31辑），北京：文化艺术出版社1989年版。

胡克善：《姚燮反映鸦片战争的爱国诗歌》，载《山东社会科学》，1990年第5期。

莫立民：《清吟与哀唱——论姚燮词两种心曲的认识价值》，载《漳州师范学院学报》，2001年第2期。

韩立平：《姚燮"元气说"探究》，见中国古代文学理论学会第十四届年会暨国际学术研讨会编：《古代文学理论研究》（第二十三辑），2005年。

刘贵华：《被忽视的词学理论——清人的词品理论初探》，载《兰州学刊》，2006年第1期。

陈曙雯：《清嘉道以降骈文尊体思潮探析》，载《南京大学学报》，2009年第5期。

洪伟、曹虹：《清代骈文总集编纂述要》，见南京大学古典文献研究所主编：《古代文学研究》（第十三辑），2010年。

左鹏军：《穷愁诗人的心曲与歌哭》，载《深圳大学学报》，2010年第5期。

戴海斌：《"嘉定之变"与上海小刀会起义诸问题考论》，载《上海师范大学学报》，2014年第5期。

袁志成：《江东词风与嘉道词坛》，载《求索》，2014年第1期。

马卫中、杨曦：《道咸诗坛吴门寒士诗人心态及诗歌创作》，载《苏州大学学报》，2015年第4期。

孟伟：《清人所编清代骈文总集的文献价值与文学批评意义》，载《古籍整理研究学刊》，2015年第4期。

李晨、马亚中：《姚燮的诗学渊源与浙东"四明诗派"之建构》，载《文艺理论研究》，2020年第1期。

路海洋：《"辟途径于文苑，示楷模于艺林"——论《国朝骈体正宗》及其姚燮、张寿荣评点的骈文批评建树》，载《新疆大学学报》，2021年第4期。

四、学位论文

赵坚：《姚燮年谱》，复旦大学硕士论文，1987年。

李姣玲：《姚燮诗歌研究》，暨南大学硕士论文，2003年。

许隽超：《黄仲则研究》，南京师范大学博士论文，2004年。

吕双伟：《清代骈文理论研究》，浙江大学博士论文，2006年。

魏明扬：《姚燮研究》，华东师范大学博士论文，2006年。

王珏丹：《姚燮考论》，浙江大学硕士论文，2006年。

刘深：《后期浙西词派研究》，南京大学博士论文，2009年。

时润民：《〈疏影楼词〉与〈水云楼词〉比较研究》，华东师范大学硕士论文，2011年。

唐艳：《从〈疏影楼词〉到〈续疏影楼词〉》，湘潭大学硕士论文，2011年。

周芳：《道咸宋诗派研究》，山东大学博士论文，2012年。

郝林芳：《姚燮〈疏影楼词〉研究》，广西大学硕士论文，2014年。

李晨：《道咸两浙诗歌流变》，苏州大学博士博士论文，2017年。

附录一　未收入《姚燮集》的姚燮佚诗佚文及序跋题评

第一部分　佚　诗

姚燮《十洲春语》中的部分诗歌被收入《复庄诗问》，现据《香艳丛书·第十五集卷三·十洲春语》（虫天子辑，上海国学扶轮社于宣统年间印行）辑录其中未被收入的诗歌。

录《十洲春语》成自题七律十六首并杂感旧游

原十六首，《复庄诗问》卷十三"丁酉下"[①]《悔曾九章》收录其中九首。今录其第一、二、四、七、十四、十五、十六首。

十二瑀牙凤字牌，棘心纤眇镂风怀。酒垆说剑逢红拂，水阁横箫唱紫钗。三峡偶寻神女梦，八关谁禁太常斋。輶轩不废言情什，莫泥环圭任舣排。

花难常好月难圆，且约樵青话水天。虾菜市楼三月雨，莺桃画舸五湖烟。寓公白社同飘篆，华胄朱门有堕鸢。莫怪斜阳春草路，舞裙歌扇换年年。

緤辔东游姑幕城，黄埃如雪上彰缨。峥嵘台阁羞同辈，泛滥莺花愧主盟。驿店眠云春是梦，筝弦抗月玉为声（柳宛娟、王双林、香月、绣蕊，皆齐鲁间琵琶名手）。无聊听到皋兰曲，凄绝陈留阮步兵。

兰陵风雨泣摧兰（阳湖耿兰珍名冠北里，乙未春以病下世），又向西陵吊玉棺（钱塘王双喜工琵琶，能弹《海东青》《卸甲》《月儿高》《白翎雀》

[①] 丁酉，即道光十七年（1937）。然据诗题可知，该组诗应作于道光二十一年（1841）《十洲春语》成书之际。可见，姚燮将这九首诗编入《复庄诗问》时，也采用了"改动诗题，误定系年"的手法。

诸曲,以乙未五月死,年仅十四)。酒舫阁萍江月蚀,春灯照藓井波寒。重楼萧瑟栖山鬼(篁语楼,兰珍所居),上界真灵隶女官(双喜殁后,觇者言姬为瑶天仙乐使者、宝瓶仙子后身,今仍隶其籍)。眼看珊瑚双玦碎,漫携瑶瑟唱朝欢。

月氅霞珰翠凤旗,明珠瑟瑟耀缨蕤。共乘西土无遮会,来送东君欲去时(三月杪,偕同人于寒松亭作饯春会,征锦凤、咏仙二部演剧,并招王素芳、素卿、孙爱月、柴润、杨眉史、杜孅卿、沈桂、王问卿、语香,并流妓舒柴云、小斌、李月娥、王巧林、钱桂珠入座,极一时声伎之乐)。每有堕钗声似玉,忽看残烛泪如脂。一听婪尾红都尽,谁管啼鸟在柳枝。

小劫鸳鸯修秘牒,下方兜率说痴猕。广征彭泽闲情例,细续徐陵本事篇。未必欢因非恨果(谓玉立词匼),须知苦障亦甘缘(谓花解楼)。眼前红紫知多少,一样飞花付水烟。

凄然含睇披秋萝,来听王郎斫地歌。急溜溅溅穿石壁,华星熠熠挂天河。漫拚苦志尝莲蕈,那有明心障绮罗。鼎火不还欧冶去,纯钩钝涩借沙磨。

再赠润卿五首

悔向筝琶索雅音,从知焦尾是名琴。窥阑月冷花仍热,匝院烟疏竹自深。娱客不凭脂粉习,待人能得友朋心。无端忆到秋娘曲,坐对凄然拥髻吟。

青虬百尺古松柯,陡地缠绵施女萝。愧指皦心盟白日,愿倾痛泪泻黄河。潇潇暮雨愁同唱,黯黯春痕恐不多。那得波斯螺子黛,弯环替与补修蛾。

黄金无计赎龙媒,燕市空悬郭隗台。形到澹忘翻似却,情当微至转相猜。为谁憔悴甘耽病,与我周旋苦费才。好自护持春后絮,莫教飘落溷尘埃。

昙华天上玉麒麟,咀雪茹虹迥绝尘。欲想能超为佛种,繁华不滓是仙身。每缘别后频相忆,转使逢时未敢亲。除却锦屏三尺地,人间何处有阳春?

五彩回牵绣户丝,肯将浅意了深卮。会心每在无言表,含睇难禁欲醉时。偶溢浓情相喷薄,恐滋旁笑复矜持。氤氲别有炉山火,袅过重帘燕不知。

寄怀润卿集西溪《吴门画舫录》句

茶嫩灯清小洞房（梅卿），倩他浓绿护鸳鸯（曼叔）。美人何必都华屋（廉山），春色终须让海棠（地山）。似此国香才绝代（竹士），忍将愁绪对明妆（瑶冈）。生来艳福知多少（船山），欲听琵琶恐断肠（翼庵）。

露眼烟眉四照明（竹士），许教平视到刘桢（山民）。花间旧事谁能说（莲趺），意外相逢定夙因（碧城）。曲涉嫌疑伴落莫（韵篁），转因离别倍关情（七夕生）。江州桄舫天涯恨（瑶冈），叶叶梧桐作雨声（小苑）。

楚云湘雨护香芽（甘亭），冷巷何须种枇杷（静山）。欲证前尘如影事（秋史），每因迟暮惜芳华（碧城生）。贪征月府鸳鸯牒（韵篁），不唱当年玉树花（西溪）。我是闲愁忘不得（七夕生），生同燕子惯离家（竹士）。

冷雨幽窗病起时（碧城生），润娘膝上坐题诗（鉴湖）。无端知己推红袖（七夕生），各有秋心上鬓丝（芷桥）。本是鬘华宜供佛（杯湖），不堪持赠只相思（韵篁）。十年闲却昆仑手（藕庵），薄倖休嗔杜牧之（竹士）。

灵蕤篇赠金缕杜媔卿

灵蕤匝叶舒琼影，晨露香霏玉觥冷。绝代佳人空谷姿，含愁独向横波静。载酒闲过杜曲家，画楼空际碧阑斜。韦娘眉黛秋娘鬓，湘浦神仙澧浦花。神仙绰约花姿绰，眉黛弯环鬓丝绿。云丝结麝挂笙囊，月睇回虹开镜褥。腻雨芳尘十锦塘，西泠华胄字温郎。六萌绣毂初迎薛，百珪明珠乍聘梁。妆台懒听笼鹦语，雁钿飘零问谁主。别种樱桃一桁花，竟同杨柳三春絮。娉婷帘底记初逢，两颊槟榔映酒红。细撷鸾翎挑烛泪，暗兜莲叶倚屏风。银河络角牵牛抱，更拜支机乞天巧。入掌真宜凤子轻，避羞犹似鸦鬟小。未容撒手赠将离，唾点难抛半臂衣。隐渚雏鸳娇并睡，向风乳燕怨孤飞。青琴生小洲南住，闻说扁舟欲归去。劫海频劳精卫魂，情天愿护芬陀树。萍缘絮果未分明，唱到鹍弦第四声。樊素何当依白傅，江东空自愧云英。

评花小诗百一首

原一百首评花小诗，并附一首诗作结。《复庄诗问》卷十二"丁酉上"《扇影词三十八章》收录其中三十八首，今录其余六十三首。

过影珊珊有玉声，王家小奕早知名。背人慢唱罗敷曲，陌上春来雨不晴。（俞雪香）

窣烟六褶藕丝裳，竟体旃檀递暗香。十八胡笳翻怨拍，文姬有父是中郎。（洪翠卿）

向人敛衽故矜持，春思偏从暗触知。掷与湘奁画眉笔，蘸花研露看填词。（朱蕙卿）

玉髻珑鬆插闹妆，苦随群艳斗容光。却输浑脱无闺气，抵过公孙舞剑娘。（王二姐）

自是东邻掌上珠，不堪流落向穷途。莫提旧日桐花事，眼见么鸾养玉雏。（陆莲卿）

十年香火了前因，天际茶山与佛邻。愿借青蘪重庆石，细研小凤赠宫春。（谷雨茶）

锁山寒绿照深卮，记得高筵坐酒时。绕屋春杨都吹尽，夜乌犹觅旧栖枝。（洋兰）

十二兰房七宝台，奇花卅六洞天开。瀛壶海上三神秀，翠羽金支斗胜来。（夜蝙蝠、檀香果、玉胡蝶）

起掷琼樽泣数行，只如秋燕避斜阳。蘼芜已嫁横波死，应分飘零到卞娘。（素云）

琼钗偃髻夜飞蝉，画袂柔香玉井莲。不饵人间烟火气，除将天上藐姑仙。（何素君）

四壁春山闭苧萝，一丝云影画霜蛾。叙州鹤钿称诗妓，那及红儿慧悟多。（王素芳）

相思天末暮云低，莽莽河桥接大堤。凄绝柳梢眉子月，枕函来照梦边啼。（张月香）

辜尔湘南一片心，金笼闭梦十年深。已无人问安妃阁，苦抱秋翎怨秃襟。（鹦鹉四）

寻常眉黛瘦横钿，略带春愁便可怜。入夜分明纤月白，玉箫吹梦落梅边。（徐兰卿）

沈沈睡起坐恹恹，楼上西风近夕尖。对镜自看还看菊，掩奁不语更垂帘。（桂香二）

青裙黄袄佛家妆，龙女天衣自在香。多恐绮词消慧福，懒携锦瑟唱鸳鸯。（张醒香）

欲嫁琅琊大道王，更无心绪了残妆。解将约领通犀扣，掩泪筵前赠七郎。（昊湘颦）

屏弃罗纨谢粉脂，丰神亦复减他时。摩云阿阁青桐树，让作飘鸾泊凤

枝。(应阿凤)

独立春风拥画髻,四娘傅态压桐桥。无端遣嫁毗陵去,从此南园卉木凋。(双珠)

乌鹊高楼烛影衔,唾花点上越罗衫。楚芳玉润吴兰媚,文字知音有蜕岩。(史兰卿)

倚门弹髻学夭斜,不嫁梨花嫁杏花。莫讶文如江夏冠,婉卿身世出长沙。(应月仙)

窈窕春莺韵绝佳,笑声背地泄风怀。夜凉划袜携琼烛,悄步苔阴觅堕钗。(沈兰因)

迥绝危楼对夕阳,水云如絮雁天长。芙蓉落尽秋江晚,一蓼当风自倚妆。(芝香三)

袷衣疏鬓病宜秋,颇识吴娘暮雨愁。晓拨莲房收宿露,不防叶底有眠鸥。(台阁凤)

心事难通一点犀,更从何处索零啼。画楼天半帘高卷,冷落斜阳照燕泥。(绣鹦)

高鬟两两照银荷,花底春筵荡鹚波。颇厌洛真淫冶习,愿从天水觅仙哥。(林葵卿)

千里江城澹碧云,登楼无那望斜曛。鸳鸯冢上相思树,只挂金闻紫玉裙。(王阿润)

柳丝生小鲍娘溪,春日湔裙过水西。一曲箜篌公子去,遥看楚树洒零啼。(王素卿)

布裙椎髻孟家妆,羞睨人前道胜常。为尔微吟团扇句,不期天壤有王郎。(姚玉生)

结臂连环玉琢成,沙才沙嫩艳倾城。鸳鸯鹚鹕原相偶,漫数徐家两阿英。(胡灵香)

眼云缬醉向人微,翠蓼珠蘅绣窄衣。记赛春街三月社,月明细马驮花归。(杨双喜)

夕窗凭镜暗凄然,春息微呵袅弱烟。便道丰姿如董宛,飘花零叶总堪怜。(范玉梅)

但有荒萝满若耶,难凭越女艳如花。醉听白纻吴宫曲,何似溪头看浣纱。(上虞桂)

铁板铜琶唱大江,西来潮气未全降。曲终仰看天边月,照见南飞鹄一双。(杭州绣凤)

莫听小玉院门鸦,莫折窈娘井上花。莫变商声歌子夜,请看飞雪搅寒沙。(四喜)

回风丽曲阻重听,江水迢迢去越舲。杨柳楼台苏小宅,夜来明月梦西泠。(尤秀宾)

长信天高断旧恩,自翩茜袖拭啼痕。红儿幸脱罗虬刃,好忏维摩闭画门。(杜兰)

堪人属意是虫娘,露液云酥浃骨香。兄妹无恩鸿信阻,年年风雨走关梁。(如兰)

苏合微薰宿火温,雨中罗帐记黄昏。一淮荡尽残春絮,忍访当年寇白门。(叶秀兰)

醉里愁听《菩萨蛮》,交鸾绣被叠屏山。雨晴月白天如午,烛影横花花照鬟。(桂珠)

孤影伶俜是断鸦,曲传幽恨到琵琶。小桃已怨无人护,况向东风伴柳花。(徐月卿)

不向平陵看射雕,几回对酒坐疏寮。剪灯醉读《双红记》,剑气琼声满碧霄。(袁翠凤)

飘落他乡似断鸾,春阳不系秣陵船。我怜江上无瑕女,枉解怜人与自怜。①

画院谁陈秘戏图,晓窗水②色映琼肤。朝天虢国能坚宠,暗笑真妃泄塞酥。(王文香)

琐子身材嫩玉肌,流珠眼色卧蚕眉。姗姗禀性真如意,合与黄娘作侍儿。(王阿保)

亦工颦笑亦伴嗔,略带微酸更可人。惯抱筌篌歌泣露,桃枝绰约认前身。(楼吟香)

灵芝新苗水精苗,护以龙烟似玉绡。一样翾风年十五,如何六万买春条。(朱问梅)

双交屈戌静无声,鹦鹉低鬟唤宿醒。酥胛玉肩谁受得,只除魏野解风情。(戴绣兰)

楚女腰肢渐减围,不因春草怨芳菲。眼看黄竹空箱在,忍为他人作嫁衣。(方葆生)

---

① 原书中,此诗后无人名。
② 原为"氺",即"冰",疑讹误,今改为"水"。

南来夷虏陷昌州，险夺名花出画楼。漫恨不如毛惜惜，问谁枕刃护高邮。（沈瘦海）

雕屏六扇灿堂花，清极筠帘似水遮。要倚鬈婆听阿鹊，来寻妥十二娘家。（润宝）

李家翠翠马娉娉，姊妹双花耀肉屏。莫怨桃根太娇小，我愁桃叶易飘零。（孙双凤）

再顾难寻陌上车，玉鱼深锁五侯家。请看燕子穿门去，一树春桃依旧花。（吴蕊娟）

一渠花泪冷初凝，怕踏春花过马塍。当世已无姜石帚，小红只合葬西陵。（陈宝玉）

第三院落住红绡，背影春灯按玉箫。那得昆仑锤猘犬，碧天无尽夜迢迢。（许月舲）

尚含睡态约残云，入颊红肌有簟纹。要约邻姑闲斗草，不知花外已斜曛。（杜赛金）

不是文舒定满营，天池香水浴娇婴。灵妪手植蜻蜓树，能作丹刚九奏声。（范润）

麝月揩摩甑露熏，泪为行雨意为云。湘兰解践新簟梦，不唱青灯白练裙。（俞小雪）

熨花贴柳未全谙，酒半风怀荡不堪。转爱得怜堂上住，垂髫扶竹乞春柑。（李玉香）

拉杂花枝锦洞春，天魔别队颖龙津。红鹦未剪双歧舌，便拍帘钩学骂人。（王楚香）

东园花女怯风姨，洗酿春容避酒厄。愿乞七星旛一座，与他密护过春时。（张瑞芸）

灼灼盈盈髻未梳，高秋明水漾新蕖。六桥油碧他年见，眼底群花总不如。（杨阿翠）

痛饮醇醪无太阿，年华如水逐清歌。翻空且当《离骚》读，莫罪灵均绮语多。

绝句（无题）

原为两首，均无题名。《复庄诗问》卷二十一收其第二首，题为《听歌》，今录其第一首。

贴屏春影海棠娇，风过疏帘烛晕消。难得相逢尽知己，如何不饮负良宵。

第二部分　佚　文

姚燮《澜谷遗诗序》

澜谷虞君隐于市而好饮，醉辄吟小诗以自娱。诗不必守成格，机之所至，往往近于古不自知。生平未尝出示人，人亦未知君之能诗也。君既没，其子寄生始以诗卷示予，且乞予言弁其端。夫鸟之于春，虫之于秋，风之于谷，波涛之于江海，或冷然而畅，或凄然而幽，或硈磕然，澎汃然，而闳而肆，皆天地自然之籁，以发为天地自然之文，论乎诗犹是也。《风》之纤徐，《雅》之敦厚，《颂》之正大，其声韵局境不相强而亦各有其自然。澜谷之诗，澜谷自然之音也，又何必规规于肖古哉。抑予尝知澜谷之为人矣，旷达豪迈似古嵇阮者流，又好结纳名流，以声气肝胆相尚而但不言诗，岂君之自视为旁骛耶？抑不敢以少有之才炫当世耶？然其音之自然，若春之鸟，秋之虫，谷之风，江海之波涛，其不假雕饰者，固可使人讽而意远也，则君亦何必自讳也。若寄生不没其先人之能，而思表彰于世，尤为庸子弟所不可及者。同邑弟姚燮大梅甫序。（摘自：《澜谷遗诗 醉古楼诗集合刻》民国七年印本）

姚燮《种玉词跋》

吾郡近世词学，推周茂才小厓先生世绪暨先生，一时有双南金之目。小厓著有《寿苏馆词》，才气肆逸，出入东坡、稼轩两家。余友郑明经耐翁乔迁为附刻《四明近体乐府》后。先生之词，情婉意约，的宗秦柳。其秾丽俊雅处，又与梦窗、西麓为近。具见南宋流风，至今未坠云。翌日又识。（摘自：孙家毂《种玉词》道光十三年刻本）

第三部分　序跋题评

郭传璞《跋》（三篇）

右《诗问》三十四卷，吾师镇海姚复庄先生所撰。吾同年友会稽孙廉士所刊也。兵后雕板仅存，艰于刷印，爰商诸同年陈鱼门太守，太守慨然出白镪相助，乃先印若干部。先生有《续诗问》十二卷未刊，传璞与诸同人约将于明春开雕焉。同治十一年壬申十月鄞县弟子郭传璞谨跋。

　　右《骈体文榷初编》八卷，吾师镇海姚复庄先生撰。先生骈文为近时一大宗，吾友象山王纫香笃嗜之，于咸丰壬子刻初编，后八年又为刻二编，剞劂方半而粤寇至，片板无存。传璞拟通初二编分类重刊，勿为李汉所笑，而力有未逮，姑俟异日。然初编板存先生息游园，故无恙也。兹因陈鱼门太守之印《诗问》，并印若干部，以饷海内之同好者。同治十一年壬申十一月鄞县弟子郭传璞谨跋。

　　右《疏影楼词》四卷，吾师镇海姚复庄先生著。道光壬辰、癸巳间，先生馆慈溪叶氏。时叶君心水治诗有声。其从弟小谱先生雅好填词，先生与倡和无虚日，今因重印《诗问》《文榷》，次第及之。其《续词》四卷，传璞缮写已竟，将付梓。而小谱先生《滴竹露斋词钞》六卷兵后无只字矣。呜呼！同治十一年壬申十一月鄞县弟子郭传璞谨跋。（摘自：《大梅山馆集》同治十一年重印本）

叶名沣《读姚梅伯辛丑以后诗卷感赋》

　　传烽南望甬东天，千里惊魂速去鞭。诗句激昂留信史，酒尊潦倒度中年。蒹葭秋水庐安在，花月春江梦惘然。不见黄垆旧游侣，一编相对泪如泉。（卷中哭张亨父、汤海秋诸诗，均极沉痛）（摘自：叶名沣《敦夙好斋诗全集》初编卷十一）

徐时栋《大楳山馆集》

　　镇海姚复庄举人燮，吾友也。工骈体文，已刻稿行世矣。复庄才大，博极群书，然语语求新，字字避熟，往往为才所累。又刻稿中好写奇字，词本僻奥，加以不经见之字，毋乃艰深文浅易乎？

　　吾友朱明经滫生师洛，工于制艺，尝语余曰："明文中吾最恶艾千子之文，前辈以为大家、名家，吾读之竟至不能句读。若以难读难解即为高古，即可为大家名家，则时文原是阐发四子书义理，而四子书何为绝无难读难解者耶？世不以古圣贤易读易解之四子书为法，而极力推尊难读难解之时文，一何可笑。"余尝以语姚梅伯，梅伯笑而不答。梅伯作四六文字颇有千子制艺之风，故讽之。

　　前复庄刻诗集时，余为之作小传，有曰："骈体文第一，诗次之，填词又次之，余所旁溢，皆可观传人也。"是时，余偶见其四六文不过一二篇，觉是惊才绝艳之作，故当时云云。今见其全稿，觉有千首一律之慨。其词、其句、其字，总以僻涩为工，读第一篇如是，第二篇复如是，至于篇篇无不如是。按其命意皆是寻常思路所必有，毋乃艰深文浅易乎？余不甚喜作四六，偶作之必欲通畅明白，使人人能解，而复庄适与大相反。然则余之非复庄者，乃一己之私意而，岂天下之公言乎？

《复庄诗问》岿然大集，其中乐府拟古及五七言古，入汉魏之室，真心悦而诚服者也。世尚有讥之者，门外语耳。五律亦有唐音，惟七律则多脂粉气，余甚不喜之。余尝语复庄何不尽删七律，别为一集乎？复庄诗万余首，前年自选存四千余首刻之，余谓淘汰尚未净尽，若能删削之至一千首，则无篇非珠玉矣。然而割爱之难，古今同病也。（摘自：徐时栋《烟屿楼读书志》卷十六）

高锡恩《题姚梅伯〈复庄诗问〉》

长剑横空赤蛟舞，大戟如龙箭飞羽。奇花美女更互映，神佛鬼怪聚同语。此才横绝冠古今，天风琅琅鸾凤音。谪仙不来昌谷死，摹写乾坤笔惟此。（高锡恩作，摘自：潘衍桐《两浙輶轩续录》卷三十七）

厉同勋《题姚梅伯孝廉〈复庄诗问〉集后》

湘兰沅芷古芬芳，痛读《离骚》秋水长。不必寰中建旗鼓，已无一将可相当。（摘自：厉同勋《重订厉廉州先生诗全集·幸存稿》）

王庆勋《题姚梅伯孝廉燮〈疏影楼词稿〉》（三首）

梅花消息忆江南，别向蘩洲谱外参。此亦人间姜白石，歌唇艳摘小红酣。

瑶想琼思绝代才，灯前几度费推裁。那须听到江城笛，已自寒香泼墨来。

但牵愁处总魂消，客里情怀暮复朝。何日红牙低按拍，也扶香雪替吹箫。（摘自：王庆勋《诒安堂诗稿》）

陈来泰《寿松堂诗话》："余客四明，得识姚梅伯孝廉燮，观其《大梅山馆诗集》三十四卷，才调富有，可以惊四筵。如叹夷、纪事诸篇，并沉雄奔放，独出冠时，悼亡、悼女之作，悱恻缠绵，使人凄动，皆集中上承也。近体亦有清婉可诵者。"

许起《珊瑚舌雕谈初笔》卷二《题赵子昂画诗》："余在沪上，偶过梅伯姚君寓斋，适值有一洋商令人持子昂《桃源图》一幅，并出朱提数笏为润笔乞题词。梅伯展轴握管，疾书二十八字云：洞口桃花一色栽，避秦人自早安排。当初若昧此闲间乐，争及山中鸡犬来。余笑曰："先生之诗堪与张白斋、沈石田，并称绝调，然微嫌太露，似乏蕴藉。"梅伯然之。后读《大梅山房集》中竟无此诗，殆以余言而删之欤。"

符葆森《国朝正雅集》卷七十九《寄心庵诗话》："向读姚梅伯孝廉《疏影楼词》，以为樊榭复生。其诗则十荡十决，再接再厉，非俭腹、冥心两家所能望其门径。"

附录二 《国朝骈体正宗评本》中姚燮评语辑录

姚燮在《国朝骈体正宗评本》中的评语是其骈文观念和鉴赏特点的体现，且因该书评点情况复杂（见本书第一章第二节），个别论著（如《清代常州骈文研究》）在引述其中评语时，将张寿荣的眉批误为姚评，故现根据该书光绪十年花雨楼朱墨套印本，将姚燮评语予以辑录，且以"姚评"代表其文末总评，以"姚眉批"代表其眉批。

卷首
曾燠《原序》（即《国朝骈体正宗序》）姚评：持论颇允。

卷一
毛奇龄
《平滇颂》姚评：犹有魏晋人遗意。
《复沈九庸成书》姚评：立言真挚，而笔意亦疏宕入古。
《与秦留仙翰林书》姚评：以往仲宣之感写江文通之思，摧抑缠绵，耐人百讽。
《陆尽思新曲题词》姚评：不落俗套。
《故明特授游击将军道州守备烈女沈氏云英墓志铭》姚评：点染处，唾时艳，局陈亦并有条。

陈维崧
《刘沛元诗古文序》姚评：澹约。
《周栎园先生尺牍新钞序》姚评：雅近初唐，而用笔亦极推波助澜之致。
《上龚芝麓先生书》姚评：奇崛中有后爽气。
《与张芑山先生书》姚评：清辞婉纡，识义超隽。
《答周寿王书》姚评：有筋节处，便觉灵动。

《与芝麓先生书》姚评：神似开府。
《上芝麓先生书》姚评：茹志徐回，导言婉竺。
《与陈际叔书》姚评：有逸致。

毛先舒
《湖海楼俪体文序》姚评：尚稳惬，不能移去陈言，而气体犹不入格。
《答沈去矜书》姚眉批：以下数行具出。
姚评：学古而未免生涩，末段却臻自然之境。

陆圻
《吴汉槎杂体诗序》姚评：气息尚佳。

张兆骞
《孙赤崖诗序》姚评：后幅颇沉郁。

吴农祥
《画图梧同记》姚评：词亦工，而不免于费。

卷二
胡天游
《拟一统志表》姚评：九天阊阖，万国冕毓，壮采鸿文，真能以大气包举者，恐玉堂群彦无此道才。
《三洞游华序》姚评：词尚瑰玮。
《逊国名臣赞序》姚评：揭明之光华，扬风庭之赫穆，生气回出，闳议不刊，杰作也。
《贻友人书》姚评：抒仲宣之郁伊，导明远之凄戾，情文之交胜者。
《报友人书》姚评：总不肯作一凡语。
《玉清宫碑》姚评：叙事井井有条，立言亦得体。
《有道先生安頣将军碑》姚评：抽弦桨上，静息和声，聆之弥幽，味之愈永。
《赵开府碑》姚评：斟经腴与史腴，而扬声炼色，是能胎《淮西碑》，而不能袭其貌者。
《禹陵铭》姚评：宏博奥衍。
《越王峥欧儿尊者道场铭》姚评：似唐碑。
《为如皋公与僚属祭镇海吴将军文》姚评：此首纯以端整胜，始知文人之笔无所不能。

卷三

杭世骏

《东城杂记序》姚评：希音幽旨，如聆空山之琴。

《方镜诗序》姚评：自是唐人小品。

《寄所亲书》姚评：结响迂轇。

胡浚

《答制府王允论改桑直司土官书》姚评：其纵横驰骋处，笔意自是不凡。

黄之隽

《香屑集自序（集唐）》姚评：工于纬织，居然无缝天衣，是备一格。

卷四

袁枚

《为尹太保贺伊里荡平表》姚评：元虞鸿声，动谐上律。

《为庄抚将军贺平伊里表》姚评：与前一篇可谓一时尹邢，真槃槃大才也。

《莺脰湖庄诗集序》姚评：沈谢酾刘，作有芒采。

《万柘坡栾于集序》姚评：姚评：洗冶出金，绝无鸎色。

《答王原斋书》姚评：辞婉而意轇。

《与蒋苕生书》姚评：浑脱浏漓，足擅胜场。

《与延绥先生书》姚评：指挥深幄，如王景略扪虱而谭（按：石印本作"谈"），读之使人气壮。

《为黄太保贺经略傅公平大金川启》姚评：是何意态？雄且深。

《卞忠贞公墓纪恩碑记》姚评：伟词闳议，可掷地作金声。

《重修于忠肃庙碑》姚评：记丑而博，才辨而通，煌煌巨制也。

《余杭诸葛武侯庙碑》姚评：辨才无碍。

《诰封奉政大夫江南左营游击署城守副将—加三级孙公墓志铭》姚评：意善翻腾，辞工比属。

卷五

王太岳

《上杨相公书》姚评：蹈墨中绳语协分寸，而用笔亦骎骎入古。

《答顾密斋书》姚评：风骨峻上，驾越齐梁。

《答胡静庵书》姚评：情文交挚，笔亦疏宕入古。

《答方柳峰书》姚评：其运用故实处，驭重若轻，当由沉潜于蔚宗史赞而得之者，殊可取其为法。

邵齐焘

《答周芝山同年书》姚评：节短韵长。

《答王芥子同年书》姚评：《书》之辞云："于绮藻之中能存简质清刚之制。"知叔宀先生非自负语也。（按："叔宀"在石印本中作"叔定"，然前者为是，乃邵之号；《书》即《答王芥子同年书》。）

《圣驾东巡恭谒祖陵诗谨序》姚评：饶有西京气息。

《送顾古湫同年之荆南序》姚评：疏蒨。

《送黄生汉镛往徽州诗序》姚评：大似兰成。

《诰赠朝议大夫沧崖袁公墓志铭》姚评：似隋唐间金石文字。

刘星炜

《沈观察从军集序》姚评：稳惬中嫌板滞。

《为胜国阎陈二公征诗启》姚评：辞扫尘氛，气铄星斗。

朱珪

《大阅礼成恭纪饶歌序》姚评：黄钟大吕之音。

卷六

吴锡麒

《赵雪崧前辈陔余丛考序》姚评：妥帖无支词。

《曾盱江静香斋遗诗序》姚评：情至之文，如水到渠成，山动生秀。

《谢蕴山前辈咏史诗序》姚评：气亦畅达，然未免多衍词。

《圣道执中记》姚评：铺张扬厉之文，独抒机轴，自足树帜一坛，若再能陈言务去，加以精炼之词，当更出色。

《李石梁先生陇西宦游图记》姚评：其精到处自不堕入恒蹊。

《湖北吕堰驿巡检恤授云骑尉世职王君葬衣冠记》姚评：其写殉节一段，生气回出，余文亦协萬中规。

《寄王治山同年》姚评：委婉有致，洁无坋。

《寄两广制府长牧庵同年》姚评：叙事有经，而振采不力，得毋流入时响耶。

《与黄相圃书》姚评：飚厉霜摧，哀逝赋之遗响也。

《答皇十一子成亲王启》姚评：设色处，尚绝妍古。

《李泌论》姚评：持论亦允，惜无翻空出奇以驾驭之，故读之觉庸澹无奇。

《岳飞论》姚评：能援例立案，道以司马之长，然后可入史论。

卷七

汪中

《兰韵轩诗集序》姚评：要眇中旨之作。

《自序》姚评：楚些吴歈，能使座人摧怆，况哀蚕轧轧抽机中独茧丝也。

《汉上琴台之铭》姚评：缊然其馨，醰然其味。

杨芳灿

《答赵艮甫书》姚评：委婉尚有致，但少警耳。然气息古穆，自非俗手所能。

《秋林集序》姚评：稳惬。

《重修汉平襄侯祠碑记》姚评：伟议闳辞，可当一则史论。

《金朗甫诔》姚评：积思沉竺，发词纡回。

《湖南湘乡县丞吴君诔》姚评：词义森整之作。

杨揆

《荆圃倡和集序》姚评：蔼恻缠绵，情文并挚。

赵怀玉

《重刻独孤宪公昆陵集序》姚评：树骨无靡，撷采无醲，可以传古人矣。

《瓯北诗钞序》姚评：词藻绵缛，气息苏平，其论断亦有分寸。

沈清瑞

《读赋卮言序》姚评：似刘氏《文心雕龙》。

顾敏恒

《重修梁昭明太子祠碑文》姚评：不寂不喧，文境到恰好处者。

《真率斋初稿序》姚评：写缠绵旖旎于悲壮，激楚中雍门之琴耶，易水之筑耶，抑吴市之箫耶？

杨梦符

《与庄葆琛书》姚评：沉郁顿挫。

卷八

孔广森

《武成颂》姚评：懿铄鸿文可勒燕然之石。

《戴氏遗书总序》姚评：眉胪目列，不蔓不枝，前段肯，后段束，俱能大气包涵至理捖搏东原，当之无愧矣。

《王氏医冶序》姚评：确有义蕴，非苟为炳炳烺烺者。

《张舍人热河集序》姚评：正而有则，简而不肤。

《闺秀王采薇长离阁诗集序》姚评：亦自工整，然未免迦陵滥觞矣。

《元武宗论》姚评：目铦手辣，成此兀奡之文，不同拾人唾余，自诩为龙门巨笔者。

《书鸟岩图后》姚评：有空山无人水流华开之致。

《书周长生先生画像赞后》姚评：精心独运，至论不刊。

《林编修诔》姚评：愜心贵当之作。

《林氏子哀辞》姚评：含茹鸣唈，骚之变音也。

孙星衍

《大清防护昭陵之碑》姚评：博大昌明，言有体制。

《国子监生洪先生妻蒋氏合葬圹志》姚评：明通精奥，古调独弹。

《祭钱大令文》姚评：幽艳凄戾。

《国子监生赵君妻金氏诔》姚评：亮音古节，并赴毫端，文之有情者。

《洪节母诔》姚评：尚高古。

《关中金石记跋》姚评：不佻不砌，文之可诵者。

阮元

《重修郑公祠碑》姚评：粹然儒者之言，是学汉碑文字而得其神髓者也。

《兰亭秋禊诗序》姚评：饶有魏晋人风格。

《四六丛话后序》姚评：源流支别，了晰掌中。

《重修会稽大禹陵庙碑》姚评：涉笔简古，而精采无疑，其视胡崇雅所作何如也？明眼人必能辨之。

王芑孙

《詹鳞飞独茧诗钞序》姚评：立言导窾，咀味入希。

《横云秋兴图记》姚评：绵邈其音，如聆空山之瑟。

卷九

洪亮吉

《伤知己赋序》姚评：江鲍之遗。

《楚相孙叔敖庙碑》姚评：论断识议俱佳，而用笔亦骎骎入古。

《八月十五泛舟白云溪诗序》姚评：语无近藻，笔无俗格。

《适汪氏仲姊哀诔》姚评：悱恻动人。

《蒋定安墓碣》姚评：文有峻骨，寓以绵思，读之令人凄婉。

《与孙季述书》姚评：状景琐而幽，言情郁而达。

《重修唐太宗庙碑记》姚评：辞义醇美，不尚叫嚣。

《蒋青容先生冬青树乐府序》姚评：呜咽激昂，饶有胜概。

《长俪阁遗像赞》姚评：哀艳。

《送汪剑潭南归序》姚评：沉着而婉竺。

《与崔礼卿书》姚评：景协中情，辞薄内素。

《南华九老会倡和诗序》姚评：槃圆有范，带矩中钩，至其气息渊足，自是作家本色。

《与钱季木论友书》姚评：涤辞除瀡，炼笔入苏，方之吴縠人友论一篇，有自雅郑之，别眼人当不河汉予言也。

《与孙季述书》姚评：修洁。

《出关与毕侍郎笺》姚评：笃于友朋之谊，故言之真挚乃尔。

卷十

凌廷堪

《西魏书后序》姚评：持论颇允，错辞醇。

朱文翰

《仓部集序》姚评：端整而能宏逸。

《纪畹诗丛序》姚评：竟体醲粹。

《蒨簪录序》姚评：抑塞磊落，可当斫地之歌。

《仪郑堂遗文后序》姚评：周折宗度之作。

刘嗣绾

《颐园读书记》姚评：矜炼名贵。

《山中与鲍若洲书》姚评：幽秀。

《贻友人书》姚评：讽喻曲当，辞亦清醇。

《与王秋塍书》姚评：托思隽永。

《与张皋闻书》姚评：炙輠通才，慧辨无碍。

《与蔡浣霞书》姚评：其风骨遒峻，当于六朝以上求之。

《祭吴季子庙文》姚评：比事属辞，可当一则史论，而气宇亦兀奡不凡。

《潘君妻周孺人诔》姚评：齐梁小品。

吴鼒

《八家四六文钞序》姚评：有慨乎其言之者。

《题襟馆销寒联句诗后序》姚评：不切定"题襟馆销寒"，立意徒取"联句"二字衍绎成文，读之转觉其泛。覆阅再四，觉精芒采色，流溢于楮墨间，始叹古人文章未可草草读过。

乐钧

《廉镇吴云绣先生荣性堂诗集序》姚眉批：翻腾处殊欠简炼；此段瘦硬通神。姚评：后幅佳。

《曾宾谷都转赏雨茅屋诗集序》姚评：其精炼处自不可掩。

《答王痴山先生书》姚评：辒情郁思，倾写无遗，如聆秋夜清商，令人神志为耸。

《白云寺读书记》姚评：情境两佳。

《胜国天潢小裔墓碑》姚评：澹不蹈空，绮不伤靡。

《重修朝云墓碑》姚评：芊绵其语，摧恻其里。

金式玉

《张皋闻词选后序》姚评：竟体恬适。

卷十一

查初揆

《西湖岳忠武庙合祀流芳翊忠二祠栗主记（代）》姚评：词正而醇，论赅而洽。

《西湖新建白苏一公祠碑铭》姚燮无评。

《屠兰诸丈昔游图序》姚评：以操纵捎撇之笔，为清新宏逸之文，叩之心沉，扬之气厚。

《钱塘龚氏谱序》姚评：铃系善解，丸转能承文之以辨胜者。

彭兆荪

《红蕙山房倡和诗序》姚评：体物浏亮，导思清妍。

《陈蔼人诗序》姚评：炼藻成古色，殊非俗手所能。

《雅乐精义后序》姚评：粹旨精心，齐赴腕下。

《张子白进士入都谒选送行诗序》姚评：语隽情深，绝无泛滥之响。

《答李洪九进士书》姚评：戴橡望星而侥幸青紫者，读之当通身下汗。

《与吴颖皋书》姚评：批却导窾，实有功世习之作，不得以曼情《解嘲》视之。

《天池记》姚燮无评。

《泛颖记》姚评：藻古葩鲜之，如身涉其境。

《宁化定河村台骀庙碑》姚评：议论似翻空出奇，而用笔亦芒砺不懦。

《明故特进光禄大夫柱国太子太保镇守山西提督雁门等关总兵官左都督周忠武公夫人刘氏庙碑》姚评：鸿芒壮采，有中郎之骨，而兼开府之腴者。

《牒城隍神驱猫鬼文》姚注：彭氏自记云："宁武俗崇于猫鬼巫者，缘以为利。先君子宰是邑，械罴巫至，搜画像焚之，出示严禁，风遂绝。此告神文，盖命兆荪拟作初稿也。"

姚评：看似奥衍，而其骨干实强。

《宁征君诔（并序）》姚评：文整伤，诔辞亦高古。

《翰林院待诏徐君妻吴安人诔》姚评：一序婉峭，诔文作变体，古亦有为之者？

卷十二

胡敬

《重修会稽大禹陵庙碑》姚评：词尚瑰丽，再加简古便佳。

朱为弼

《积古斋钟鼎彝器款识后序》姚评：论有根柢，文亦古奥可观。

郭麐

《查伯葵诗序》姚评：朴讷而有奇崛气，真可自成一家。

顾广圻

《开方补记后序》姚评：通人之论，非貌为古者。

吴慈鹤

《春日游白云山序》姚评：韶秀处不减北宋人小品。

《越台倡和诗序》姚评：圆畅。

《与彭甘亭书》姚评：结轖凌厉，工于赋情。

《与曾都转书》姚评：辞义超隽，别具心裁。

汪全德

《蘅香馆词序》姚评：绮整而已。